W0349519

THESE DEADLY AMBITIONS

Kalyn Josephson est une autrice américaine. Elle a écrit des romans de fantasy, bestsellers du *New York Times*. Diplômée en biologie et en écriture créative de l'université de Santa Clara, elle travaille comme rédactrice technique dans la Silicon Valley, en Californie.

Ouvrage initialement publié aux États-Unis
par Roaring Brook Press, a division of
Holtzbrinck Publishing Holdings Limited Partnership
120 Broadway, New York, NY 10271 • fiercereads.com
sous le titre : *Our Deadly Designs*

© 2023, Kalyn Josephson
Couverture : Germain Barthélémy,
fusils : serikbaib / Adobe Stock
Cartes et illustrations intérieures : Virginia Allyn
© 2025, Bayard Éditions pour la présente édition
15, bd Gabriel Péri 92240 Malakoff
ISBN : 979-1-0363-6645-1
Dépôt légal : septembre 2025

Loi n° 49-956 du 16 juillet 1949 sur les publications destinées à la jeunesse.
Tous droits réservés. Reproduction, même partielle, interdite.

KALYN
JOSEPHSON

THESE DEADLY AMBITIONS

THIS DARK
DESCENT 2

**DE LA COURSE AU TRÔNE,
PERSONNE NE REVIENT INDEMNE.**

Traduit de l'anglais (États-Unis)
par Éric Moreau

bayard

À Rowan, pour avoir lu tous mes premiers jets médiocres

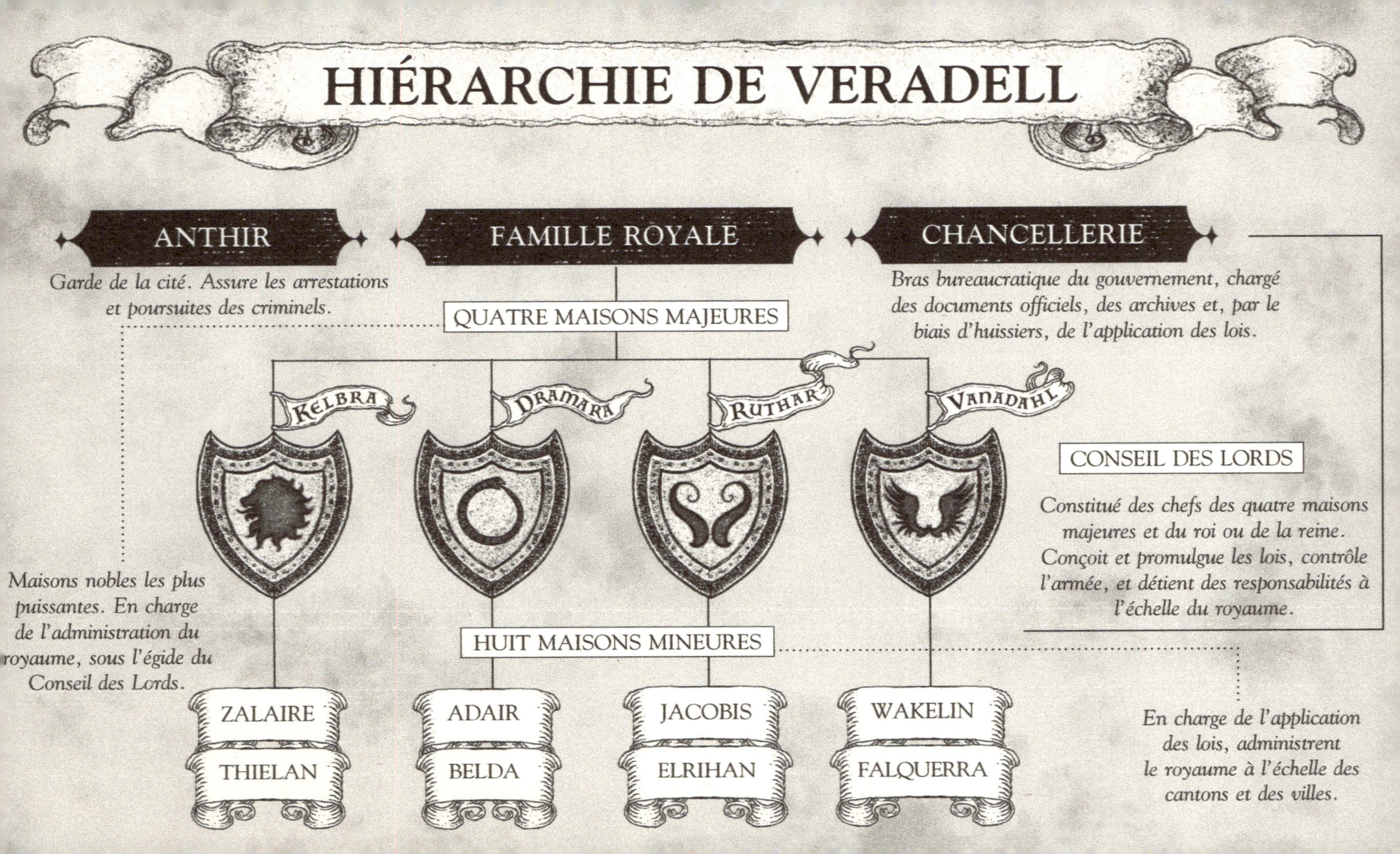
HIÉRARCHIE DE VERADELL
ANTHIR
Garde de la cité. Assure les arrestations et poursuites des criminels.
FAMILLE ROYALE
CHANCELLERIE
Bras bureaucratique du gouvernement, chargé des documents officiels, des archives et, par le biais d'huissiers, de l'application des lois.
QUATRE MAISONS MAJEURES
KELBRA
DRAMARA
RUTHAR
VANADAHL
CONSEIL DES LORDS
Constitué des chefs des quatre maisons majeures et du roi ou de la reine. Conçoit et promulgue les lois, contrôle l'armée, et détient des responsabilités à l'échelle du royaume.
Maisons nobles les plus puissantes. En charge de l'administration du royaume, sous l'égide du Conseil des Lords.
HUIT MAISONS MINEURES
ZALAIRE
THIELAN
ADAIR
BELDA
JACOBIS
ELRIHAN
WAKELIN
FALQUERRA
En charge de l'application des lois, administrent le royaume à l'échelle des cantons et des villes.

LA FAMILLE ROYALE

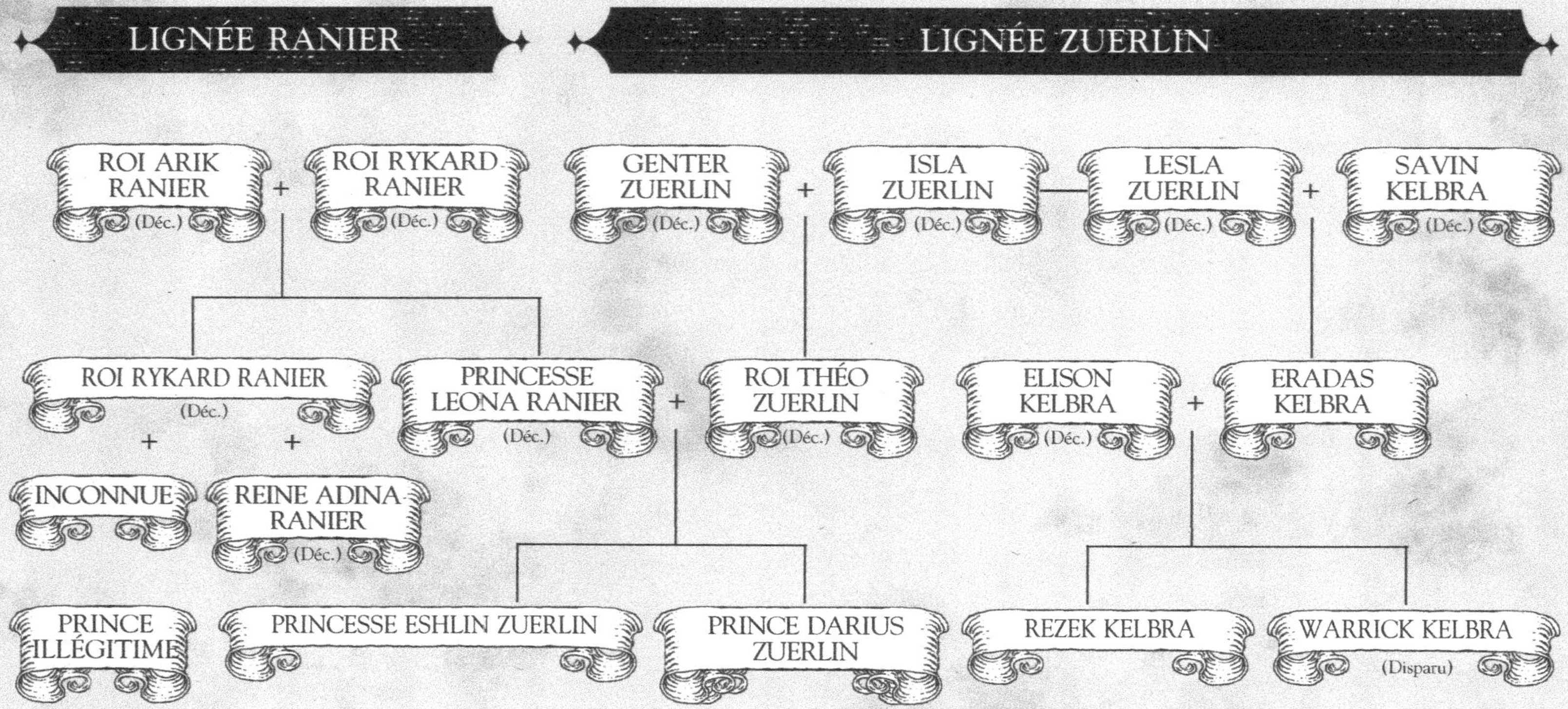

Précédemment, dans *This Dark Descent*

Lorsque Rezek Kelbra, héritier de l'une des grandes maisons de Veradell, découvre que le père de Mikira Rusel est un enchanteur clandestin, il lui propose un pari cruel. Si la jeune femme remporte l'Illinir – une prestigieuse course de chevaux magiques organisée par les Kelbra – sur une monture non enchantée, son père sera gracié. Mais si elle échoue, les Kelbra s'empareront de leurs chevaux… et réduiront Mr Rusel en esclavage.

Un défi à priori impossible… jusqu'à ce qu'un allié inattendu entre en scène : Damien Adair, jeune héritier d'une maison rivale, consumé par un désir de vengeance envers Rezek. Il promet à Mikira un cheval magique indétectable et pour cela fait appel à une enchanteresse, Arielle Kadar. Ari crée un golem enchanté pour la course, mais à mesure qu'elle utilise sa magie, elle se sent possédée par une puissance étrangère.

Pendant ce temps, Mikira s'entraine sans relâche, épaulée par Reid Haldane, emmerdeur notoire et meilleur ami de Damien. Peu à peu, un lien fort se tisse entre les quatre jeunes gens – et un amour nait entre Ari et Damien. Ils réalisent bientôt que l'âme d'un Hérétique semble liée à un livre ancien qu'Ari a utilisé…

Par ailleurs, l'Ascension, épreuve décisive pour désigner le futur héritier des Adair, approche. Trois candidats s'affrontent : Damien, Loïc et Shira. Celui qui frappera le plus fort une maison rivale en sortira vainqueur. Damien mise tout : si Mikira gagne l'Illinir, il obtient les droits d'organisation de la course ; si elle perd, il livre aux Kelbra les meilleurs chevaux des Adair.

Mikira, elle, affronte les dangers de l'Illinir aux côtés de Talyana, son amie d'enfance, qui l'avertit : Damien serait un meurtrier. Mikira refuse d'y croire sans preuve. Mais lorsqu'un cadavre portant un anneau des Adair est retrouvé, le doute s'installe. Tiraillée, Mikira remet les preuves à Talyana, sans savoir que celle-ci enquête secrètement pour la rébellion.

Damien est arrêté. Rezek enlève Arielle et la torture pour tenter de percer le secret de la victoire de Mikira. Reid la sauve in extremis.

La dernière course débute. Ensemble, Mikira, Damien, Ari et Reid doivent unir leurs forces une dernière fois.

Tandis que Mikira remporte l'Illinir, Loïc, prêt à tout pour gagner l'Ascension, assassine le père de Rezek. Mais Damien, nouvel organisateur de l'Illinir, est désigné héritier des Adair et Loïc est arrêté.

Ruiné et déshonoré, Rezek disparait alors que Mikira se rend au bal de l'Illinir, espérant convaincre le Lord de libérer son père. Elle y retrouve Talyana, qui lui présente la princesse Eshlin et révèle qu'elles ont rejoint la rébellion.

Damien, apprenant que Mikira a causé son arrestation, l'excommunie, et Mikira accepte de suivre les rebelles.

Tandis que le bal touche à sa fin, Ari comprend que l'âme de l'Hérétique ne réside pas dans le livre, mais en elle. En croisant le regard de Rezek, elle réalise, avec effroi, que lui aussi est possédé.

✦ PREMIÈRE PARTIE ✦

La fin venue, les Hérétiques détruisirent tout ce que les Messagers avaient bâti.
Les écoles de Lyzairin tombèrent en ruine,

L'observatoire de Rach fut rongé par la pourriture.

La sagesse apportée par Skylis sombra dans l'oubli,

et l'espérance d'Aslir, autrefois vigoureuse… se flétrit.

L'Humanité était perdue.

1
ARIELLE

Arielle n'avait pas le sentiment d'être un monstre.

Dans le miroir en pied face à elle, elle voyait une jeune femme vêtue d'une robe en velours noir, avec le croc argenté d'Aslir niché au creux de sa gorge et le poids d'une maison noble derrière elle. Mais ses yeux montraient une réalité différente. Elle y décelait la peur, ce qui la mettait hors d'elle.

Elle palpa son bras, son ventre, son cou, cherchant là un signe de la créature tapie dessous, mais que celle-ci soit esprit, monstre ou fantôme, rien ne les démarquait l'une de l'autre.

Tu ne feras pas de moi un petit être apeuré, défia-t-elle l'Hérétique. Celle-ci était silencieuse depuis son échange avec Rezek Kelbra au bal de clôture de l'Illinir. Depuis qu'elle avait compris que ce n'était pas le livre de sortilèges de son Saba qui était possédé par l'enchanteresse ancestrale, mais *elle*. Une semaine s'était écoulée, et garder le secret de l'offre que lui avait faite Rezek lui pesait davantage chaque jour.

Je peux t'apporter des réponses, lui avait-il promis, les yeux d'un blanc de neige immaculée dû à la magie qui coulait dans ses veines. Mais Rezek n'était pas digne de confiance, et Damien ne lui pardonnerait jamais si elle acceptait l'aide de son ennemi juré. Elle s'était donc enfuie.

Toutefois, comment s'ôter de la tête que les connaissances qu'elle recherchait depuis si longtemps étaient à sa portée ?

– Arielle ?

La voix de Damien se drapa autour d'elle telle une cape douillette, dont elle s'enveloppa tandis qu'il approchait derrière elle et la serrait dans ses bras. Un peu plus loin dans le reflet, la chambre du jeune noble formait un renfoncement plongé dans l'ombre, coupé du crépuscule proche par les rideaux tirés, mais les lampes enchantées illuminaient la pesanteur nouvelle dans ses yeux gris.

Ses lèvres lui effleurèrent la joue.

– Tu es magnifique, la complimenta-t-il.

C'était vrai. On avait tressé ses cheveux en chignon haut, et quelques mèches tombaient en spirale devant son visage. Du khôl rendait le marron de ses yeux plus éclatant et plus profond. Sa robe brodée de fil blanc et argent était le pendant du gilet gris anthracite et de la veste à doublure en satin noir de Damien. Il était coiffé à la perfection, aucune mèche rebelle ne trahissant la grande agitation qui bouillonnait sous son apparence inébranlable.

Ari se retourna entre ses bras, frôlant au passage les revolvers qu'il portait contre sa poitrine, puis croisa les doigts au bas de son dos.

– J'aimerais tant que ce soit pour une autre occasion.

Damien poussa un léger soupir. Il avait à peine évoqué la mort de son père depuis qu'il l'avait apprise, quelques jours seulement après son Ascension à la tête de la maison Adair. Galan Adair s'était éteint paisiblement dans son sommeil, avec la certitude que l'avenir de sa famille était assuré, et depuis, Damien avait passé chaque soir dans son fauteuil près de la cheminée avec un verre de whisky, le regard plongé dans l'obscurité.

Avec précaution, il glissa une mèche derrière l'oreille d'Arielle.

– Je suis content que tu sois là pour m'accompagner, déclara-t-il au bout d'un moment. Les loups seront aux aguets.

– C'est l'enterrement de ton père. Auront-ils si peu de décence ?

– Bien sûr. Ils s'attendent à me trouver plus vulnérable que jamais, c'est pour eux une occasion à ne pas manquer.

Les doigts d'Ari se crispèrent. Damien aurait dû se consacrer à son deuil, pas aux jeux malsains de l'Enderlain. Mais après sa victoire à l'Illinir, il avait bénéficié d'une gratification royale et obtenu que la maison Adair remplace les Kelbra au sein des quatre maisons majeures. Ces funérailles et la veillée funèbre allaient être sa première mise à l'épreuve depuis son Ascension. Certains chercheraient à nouer une alliance avec lui, d'autres conspireraient pour le voir chuter, et tous n'auraient de cesse de lui soutirer quelque chose.

Ensemble, Ari et Damien allaient les affronter, et commencer à bâtir la nouvelle maison Adair.

Ari lui donna un baiser doux et tendre, qu'il lui rendit avec ferveur. Elle sentit ses doigts se resserrer sur ses hanches, et une vive chaleur la gagna. Rien ne l'apaisait autant que la présence de Damien et sa façon de la regarder comme si le monde disparaissait autour d'elle.

– C'est en train de devenir une mauvaise habitude, ça, maugréa quelqu'un depuis la porte.

Damien esquissa un sourire. Les bras croisés, Reid était le pendant débraillé de son ami toujours impeccable. Ses cheveux noirs évoquaient un corbeau hirsute, il portait sa chemise hors de son pantalon, sans veste ni gilet, et ses manches retroussées révélaient les lignes sinueuses de ses tatouages.

Depuis la brouille de Damien avec Mikira, il avait renoncé à faire le moindre effort. Ari aurait préféré qu'il se laisse moins aller. Cela lui rappelait trop l'absence de sa camarade, qu'elle ressentait déjà comme celle d'un membre amputé. Ils n'avaient pas revu la cavalière depuis le bal de clôture, durant lequel Damien avait appris qu'elle lui avait caché une preuve qui le liait à un crime, et qui aurait pu le mener à sa perte.

C'était là encore un sujet qu'ils n'avaient pas abordé, mais ce n'était pas le moment.

– Tout est prêt, annonça Reid. Ils t'attendent pour commencer.

Ari entrecroisa ses doigts dans ceux de Damien. Il avait besoin d'elle, et Ari serait là, à ses côtés. Reid sur les talons, ils sortirent dans la nuit qui fraichissait vite, remontèrent la galerie extérieure du manoir avant d'émerger dans le domaine.

Ils se dirigèrent vers une assemblée installée devant une estrade, où Shira, la sœur de Damien, les attendait. La voir là, vêtue d'un tailleur bleu marine, sans ses couteaux, et avec ses cheveux d'ordinaire tressés à présent ramassés en chignon soigné sur sa nuque, se révélait très déroutant.

Comme son frère, elle cachait sa peine derrière un masque de grand contrôle.

L'élite de Veradell occupait les sièges telle une armée ennemie, océan de robes longues et de vestes parées de gemmes tournant vers eux des yeux avides. L'attention qu'on lui portait lui rappela tant l'enterrement de son Saba qu'elle faillit flancher. Des souvenirs lui revinrent du Sage qui psalmodiait des prières, des vêtements qu'elle avait déchirés de chagrin, et des cris stridents de sa sœur.

Tout le monde l'avait dévisagée, là aussi.

Saisie par l'envie de disparaitre, elle brula le vérillion qu'elle avait ingéré en anticipation. La magie bourdonnante de la plante diffusa en elle sa chaleur familière. Elle n'y avait recouru qu'en petite quantité les jours précédents, car elle soupçonnait que la substance renforçait son lien avec l'Hérétique, mais elle était incapable de renoncer tout à fait à sa puissance, de nier combien elle la rassurait chaque fois qu'elle en reprenait.

Elle se lança un sortilège de calme à l'aide de la bague en rubis à son doigt, à présent serrée contre celle en émeraude que Damien lui avait offerte. Quand l'enchantement l'aurait apaisée, elle l'interromprait.

Damien lui donna une pression sur le bras et lui adressa un coup d'œil interrogateur. Depuis presque toujours, on avait appris à Arielle à ne pas attirer l'attention, à rester cachée. Se rendre sur le champ de bataille pour affronter la haute société de la ville était en contradiction flagrante avec cette éducation, et il voulait s'assurer qu'elle soit prête.

Ari songea à Mikira, qui s'était mêlée à ces loups et les avait mis au défi de la mordre, puis releva le menton.

Elle ne se laisserait pas gagner par la peur.

À la fin de la cérémonie, Arielle demeura debout au premier rang tandis que les autres suivaient Reid vers la bâtisse et sa cour principale, où la veillée allait avoir lieu. C'était la première fois qu'elle assistait à un enterrement conduit selon le rite célairain, cercueil ouvert, le corps blême de Galan vêtu d'un costume noir et argenté. Il lui semblait indélicat d'attarder le regard sur lui, aussi détourna-t-elle les yeux.

Damien et Shira descendirent de l'estrade et rejoignirent Ari, cependant que les porteurs soulevaient le cercueil.

– On ne les suit pas ? s'enquit-elle.

Shira secoua la tête.

– Notre père a indiqué clairement qu'il ne voulait pas que sa mise en terre soit un spectacle. Je vais m'en charger pendant que Damien s'occupe de nos invités.

C'était là une conclusion très brusque pour un processus qu'Ari savait sans fin. Le chagrin dû à la perte d'un être cher n'était jamais fugace. Après les funérailles de leur Saba, sa sœur et elle avaient observé le deuil avec leurs parents pendant sept jours, durant lesquels ils avaient reçu voisins et amis chez elles, et ça n'avait été que le début. Mais Damien lui avait expliqué que la mort n'avait rien d'aussi solennel à Célair, royaume qui avait appris à la côtoyer de près sous le joug interminable de l'Enderlain.

Cette soirée, on célèbrerait autant la vie de leur père qu'on pleurerait sa disparition.

– Tu nous rejoins, après ? demanda Damien à Shira, avec un désintérêt travaillé.

Son sourire en coin indiqua qu'elle s'en était aperçue elle aussi.

– Non, petit frère. Je vais te laisser briller.

On eut un instant l'impression qu'elle allait le serrer contre elle, mais elle se ravisa, et posa une main sur l'épaule d'Ari.

– Attention à ce qu'il ne lance pas des regards noirs trop insistants.

– Je ne peux rien promettre, rétorqua Ari, s'amusant de la façon dont Damien crispa la mâchoire.

Shira suivit les porteurs du cercueil, puis Ari prit Damien par le bras et l'accompagna sur le chemin de la demeure.

– Tu es prêt ? l'interrogea-t-elle lorsqu'ils s'engagèrent dans le couloir intérieur.

Damien tira sur les manchettes de sa veste.

– Allons-y.

Le passage vouté débouchait sur une cour spacieuse parée de décorations blanches et argentées, où retentissait la mélodie d'un piano enchanté. Une imposante statue de lion blanc dominait les lieux en l'honneur du Messager Aslir, à présent le patron de la maison Adair. Même l'anneau sigillaire de Damien avait été repensé, fait de diamants en forme de crocs de lion.

Ils s'avancèrent dans l'assemblée nombreuse, où ils saluèrent les uns et les autres. Le chef de l'Anthir, l'inspecteur Elrihan, serra la main de Damien et lui présenta ses condoléances. D'autres les interrompirent pour leur adresser un mot gentil ou leur faire part d'un souvenir ému de Galan, et Damien les recueillit de bonne grâce, même si ça n'était pas sa priorité.

Il avait établi une liste d'invités importants, avec lesquels il passa plus de temps, afin de nouer des relations qui pourraient lui servir plus tard. Toutes les personnes présentes voulaient quelque chose de lui, et réciproquement ; au cours de la soirée, ils allaient poser les fondations de l'avenir de la maison Adair, ainsi que Galan l'aurait voulu. Quant à Ari, elle laissait frémir son vérillion, se promettant de n'y recourir encore qu'un court moment.

La veillée passa dans un flot de conversations et de coupes de champagne, de danses brèves et de petits fours grappillés au passage. Alors que les dernières lueurs du jour s'éteignaient et que les lampes enchantées baignaient la cour d'une lueur indolente, une douleur familière se nicha dans le crâne d'Ari. Ses migraines ne la quittaient pas, et elle avait appris à fonctionner malgré elles, mais elles continuaient à lui gâcher ses soirées.

– Excuse-moi, murmura-t-elle à Damien, avant de prendre congé pour gagner la galerie extérieure.

Elle vit Reid près du buffet, et l'y rejoignit en prenant de grandes bouffées d'air frais.

Il lui jeta un rapide coup d'œil.

– Tu en as déjà marre ?

Elle se massa sur la tempe.

– Tu n'aurais pas de ton infusion, par hasard ?

Il sortit une flasque de sa poche, et elle faillit lever les yeux au ciel.

– Ce n'est pas fait pour la tisane, normalement, maugréa-t-elle.

L'infusion était tiède, mais la camomille lui apporta un soulagement immédiat.

– Un jour, déclara-t-il d'un ton sec, l'un d'entre vous me dira juste merci.

– Merci, dit-elle avec un petit air amusé.

Comme on pouvait s'y attendre, il ne s'en renfrogna que davantage. Le sourire d'Ari s'effaça lorsqu'elle prit la pleine mesure de sa réflexion : *l'un d'entre vous*. Damien et elle, bien sûr, mais elle devinait à ses épaules voutées et à la façon dont il évitait son regard qu'il pensait surtout à Mikira.

Elle lui rendit sa flasque, puis lui donna une pression sur le bras.

– On va trouver un moyen de tout arranger, Reid. Je te le promets.

– Tu n'as pas remarqué que Damien était le roi des rancuniers ? demanda-t-il avec amertume. Le pardon, ça ne fait pas partie de son vocabulaire.

C'était vrai. Damien avait à peine écouté ses protestations lorsqu'il avait rejeté Mikira. Très affectée d'avoir perdu son amie, elle en avait assez de le cacher, de mettre ce sentiment sous le tapis tel un secret honteux. Cette considération attisa son mécontentement, et intensifia le bourdonnement dans sa tête.

Je perçois ta colère ardente, petite lionne, retentit un chuchotement en elle. *Laisse-la s'exprimer.*

Ari sursauta, surprise par la voix de l'Hérétique, stupéfaite qu'elle s'immisce si facilement dans son esprit. Elle paraissait plus consistante, plus tangible, comme si elle aurait pu tendre la main et… Ari ferma vigoureusement les yeux afin d'étouffer cette pensée, mais elle ne put repousser le malaise qui bouillonnait dans sa poitrine.

Où étiez-vous passée ? s'enquit-elle, certaine que l'absence de la créature ne se produisait pas sans raison.

Ces rassemblements me font horreur, dit l'Hérétique comme si elle ne l'avait pas entendue. *Il n'y a ici que des imposteurs et des menteurs.*

Cette déclaration évasive l'agaça. Elle avait presque renoncé à convaincre l'Hérétique de lui livrer des détails sur elle. Son silence des derniers jours l'aidait à faire comme si tout allait bien, mais la frustration que lui inspiraient ses propos énigmatiques ne fit que redoubler.

Et vous, qu'est-ce que vous êtes ? rétorqua-t-elle sèchement.

La réponse de l'Hérétique se diffusa dans son esprit telle une goutte de poison.

Le châtiment.

– Ari ? fit Reid d'un ton hésitant.

Elle l'entendit à peine. Un bourdonnement grave résonnait dans ses oreilles, proche de celui que propagea en elle le lien qu'elle partageait avec ses golems. Il imprégnait ses sens, l'enveloppait dans un cocon, devenait son…

On la percuta par-derrière. Ari fit volteface, renversa un plateau chargé de verres et expédia un serveur dans une colonne à proximité. Sans s'en rendre compte, elle avait puisé dans l'émeraude de son autre bague et s'était armée d'un enchantement de force.

Le serveur en resta bouche bée, paralysé par la peur. Ari le fixa sans ciller.

– Arielle ?

La main que Damien posa sur son bras la ramena à l'instant présent. Rien ne lui avait échappé, mais il croyait encore que l'Hérétique était lié au grimoire de son Saba, et seulement une voix qui s'adressait à elle au travers de ce lien.

Il ignorait la vérité.

Il s'était passé tant de choses depuis le bal qu'elle n'avait toujours pas trouvé le bon moment pour se confier à lui, et avec tout ce qui requérait son attention, elle préférait ne pas l'accabler davantage.

– Arielle ? Ça ne va pas ?

Le masque de Damien s'était fissuré, et l'inquiétude en suintait.

– Ce n'est rien.

Elle s'éloigna dans le couloir sous les regards des convives. Une part reculée d'elle savait que cette colère n'était pas vraiment la sienne, en tout cas pas entièrement, pourtant, cette rage l'étourdissait tel un parfum entêtant.

Damien la suivit et s'arrêta à côté d'elle derrière une autre colonne.

– Je sais qu'il y a quelque chose, insista-t-il.

La culpabilité s'immisça en elle, mais le vrombissement était si fort qu'elle n'avait pas toutes ses capacités de réflexion.

– Et alors ? lâcha-t-elle sèchement. Si je te disais que je suis furieuse contre toi à cause de ce que tu as fait à Mikira, et que ta réaction est excessive ?

Damien se raidit.

– Je te l'ai déjà expliqué, répondit-il d'un ton trop égal. Mikira, c'est terminé.

– C'est notre amie, le contredit-elle.

– Elle a cessé de l'être quand elle m'a trahi.

Reid les rejoignit et les regarda d'un air paniqué.

– Il vaudrait mieux que…

– Elle n'a trahi personne, le coupa-t-elle, l'agacement qui bouillonnait en elle ayant fini par déborder. C'était un malentendu, et tu refuses de l'admettre !

– Les gens vous écoutent, déclara Reid plus fort.

Ce n'était en effet pas le moment d'aborder ce sujet, mais la colère d'Ari s'intensifiait à chaque seconde. Elle s'enroulait autour de son cœur et serrait jusqu'à l'étouffement.

– Arielle ?

Damien lui tendit la main. Elle s'en empara et la tordit en arrière assez fort pour qu'il s'agenouille avec un chuintement de douleur. L'espace d'un instant, elle le fixa du regard sans le reconnaitre, chercha à mettre un nom sur son visage, à comprendre pourquoi sa grimace de souffrance l'inquiétait. Puis elle se ressaisit.

Elle retira vite sa main et se mit à genoux à côté de lui.

– Je suis vraiment désolée. Je... Je ne sais pas ce qui m'a pris.

– Tes yeux, répondit-il, en tenant son poignet blessé. Ils sont encore devenus blancs.

– Oh non...

Elle se passa les doigts sur la joue. Son vérillion – à force de recourir à sa magie, elle avait brulé sa réserve presque entière sans s'en rendre compte.

Sortez de ma tête, ordonna-t-elle à l'Hérétique.

Après un bref silence, la voix grommela :

C'est notre *tête, maintenant.*

L'estomac au bord des lèvres, Ari plaqua la main sur sa bouche. Aussi surement que l'Hérétique connaissait tout de ses émotions, Ari percevait la vérité dans les paroles de l'esprit. Jour après jour, leur lien s'était consolidé, alimenté par la magie à laquelle elle était incapable de renoncer. Il faisait partie d'elle, aussi indissociable de son être que son sang ou ses os. Elle ne pouvait pas s'en couper, et ce ne serait pas la dernière fois qu'elle perdait le contrôle, que l'Hérétique lui volait son corps.

– Je suis désolée, répéta-t-elle en aidant Damien à se relever. Je vais arranger ça. Je te le promets. Je…

– Lady Kadar ?

Une domestique se tenait devant la porte des appartements de Damien.

– Je m'excuse de vous interrompre, mais une jeune fille veut absolument vous parler.

– Qui…

Ari laissa sa phrase en suspens, le souffle coupé, alors que quelqu'un s'avançait dans le vestibule. Quelqu'un qu'elle croyait ne jamais revoir.

Sa sœur était là.

2
ARIELLE

– Rivkah ? dit Ari dans un souffle, stupéfaite.

Sa sœur ouvrait de grands yeux affolés. Ses vêtements usés étaient sales, ses cheveux bouclés ramassés sur le côté en natte désordonnée, et sa peau brune était hâlée par le soleil.

Ari tendit la main vers sa joue, sans la toucher, par peur qu'elle passe au travers. Puis Rivkah se jeta dans ses bras, et Ari sut qu'elle ne rêvait pas. Elle avait grandi ; sa tête lui arrivait presque au menton, mais elle était toujours très maigre, et elle sentait les rugelach, ces petits croissants au chocolat dont elle raffolait.

– Tu es vivante, déclara Rivkah.

Sa voix brisée par l'émotion bouleversa Ari.

Cela faisait presque un an qu'elle avait quitté leur foyer, terrifiée par ses pouvoirs, et accablée de culpabilité par la mort de leur Saba. Un an qu'elle n'avait pas vu le visage de sa sœur ni entendu son rire éraillé.

Mille questions l'assaillirent, mais elle s'accorda encore quelques instants pour serrer sa cadette contre elle avant de l'interroger. Lorsqu'elles mirent fin à leur embrassade, toutes les deux avaient les joues trempées de larmes.

Damien comprit aussitôt ce qui se passait.

– Nous allons vous laisser tranquilles.

Il fit signe à Reid, qui le suivit, non sans décocher à Rivkah un regard soupçonneux.

Surexcitée, Ari fit entrer sa sœur dans les appartements et désigna la causeuse.

– Assieds-toi, va. Je peux te servir du thé ou du whisky. Ou... non, tu n'as que quinze ans. Quoiqu'aujourd'hui, remarque...

Elle n'acheva pas sa phrase, rattrapée par la question qu'elle aurait dû poser dès le début.

– Qu'est-ce que tu fais ici ?

– J'allais te demander la même chose, répondit Rivkah, avant de déposer son sac et de la rejoindre. Ça fait des semaines que je te cherche.

Ari écarquilla les yeux.

– Quoi ? Mais papa et maman... Ils doivent être morts d'inquiétude.

Rivkah se rembrunit.

– Ça ne t'a pas empêchée de t'en aller, toi.

– C'était différent.

Ari contempla la gorge de sa sœur, où une fine cicatrice dépassait sous l'étoffe de sa chemise. Une parmi les nombreuses autres que lui avait laissées ce premier golem de malheur.

– Je n'avais pas le choix, tu sais pourquoi.

– Non, tu n'étais pas obligée. Tu en avais envie. Ça faisait déjà des années que tu voulais partir, ce drame t'a juste servi de prétexte.

– J'étais un danger pour vous tous !

Rivkah se leva brusquement.

– Tu étais ma sœur ! Tu avais peur, tu étais désemparée, et tu ne nous as même pas accordé une chance de tout arranger. Tu m'as *abandonnée*.

La douleur à vif qui perçait dans sa voix fit tressaillir Ari. Il lui manquait les mots pour expliquer la terreur qui s'était enracinée en elle ce jour-là. Depuis toujours, ses parents lui avaient intimé de rester discrète, prudente, et elle venait de comprendre pourquoi.

Ce n'était pas de sa famille qu'on avait peur, dans leur petite ville –, c'était d'elle. Parce qu'elle avait trouvé le grimoire de son Saba, que l'âme de l'Hérétique s'était liée à elle, et qu'elle avait dû faire des choses étranges, utiliser une magie qu'elle ne contrôlait pas. Avait-elle blessé quelqu'un, ou n'avaient-ils craint que l'attention qu'elle risquait d'attirer ?

Une enchanteresse kinienne ne pouvait être que de mauvais augure.

– Tu as raison, reconnut-elle. Je désirais partir depuis longtemps. Je n'avais pas ma place à Aversheen. Mais jamais je n'ai voulu t'abandonner, Riv. Toi, jamais.

Rivkah se laissa tomber mollement dans la causeuse. Ari aurait aimé la serrer dans ses bras jusqu'à réparer ce qui s'était brisé entre elles, mais elle ignorait si ce serait possible un jour, malgré toute sa volonté.

C'était Rivkah qui poussait Ari à sortir de sa coquille. À la suivre dans ses aventures quand elle faisait une farce aux fils du boulanger devant le temple, ou quand elle se glissait en catimini dans les coulisses des représentations qu'on donnait sur l'eida du village. En se séparant d'elle, elle avait perdu l'étincelle qui la maintenait en vie, et sombré dans une existence qu'on pouvait à peine qualifier de survie.

Jusqu'au jour où Damien avait franchi sa porte.

– Mais maintenant, me voilà, dit doucement Rivkah, en lui assénant un petit coup d'épaule.

– Oui, murmura Ari. Te voilà.

Elles bavardèrent ensuite, comme Ari ne l'avait pas fait depuis des mois. Elles parlèrent du pain hallah qui lui manquait tant, de l'immensité de Veradell et de ses innombrables secrets, dont Rivkah voulait tout connaitre. Elles discutèrent de tout, sauf de la magie qui l'avait poussée à s'enfuir. Sauf des golems, de leur grand-père, de l'année qui venait de s'écouler.

Au bout d'un moment, la porte s'entrouvrit, Damien et Reid entrèrent, ce dernier muni d'un plateau de petits fours sucrés. Les bruits de la soirée s'étaient tus.

– C'est fini ? s'enquit-elle.

– Ça m'a semblé préférable, dans ces circonstances.

Damien se servit un whisky Adair sur la desserte avant de s'installer dans son fauteuil favori près du feu, où il s'enfonça avec un épuisement inhabituel. Si la visiteuse avait été quelqu'un d'autre que Rivkah, elle lui aurait demandé de partir, certaine qu'il avait besoin de calme. Mais, sachant l'importance que Rivkah avait pour elle, il se contenta de boire son verre.

Reid lança un regard mauvais aux deux sœurs.

– Vous avez pris ma place.

Rivkah montra du doigt le fauteuil vide à côté de Damien.

– Oh, regardez, il y en a une ici.

Reid se renfrogna de plus belle, et posa brusquement le plateau sur les piles de livres qui faisaient office de table. Rivkah se servit une pâtisserie, puis encore deux autres. Rien n'avait changé, semblait-il : sa sœur était toujours aussi gourmande.

Ari réprima un sourire.

– Rivkah, je te présente Reid Haldane et Damien Adair.

Damien leva son verre, mais Reid prit seulement un gâteau et alla d'un pas lourd s'installer dans l'autre siège. Au même moment, le dossier de la causeuse remua, et peu après, une petite forme noire s'extirpa d'entre les coussins.

Le chat n'eut qu'un bref instant pour s'étirer de tout son long avant que Rivkah s'empare de lui et s'écrie d'une voix suraigüe :

– Il est trop mignon !

Reid faillit s'étouffer.

– Ce n'est pas un jouet ! protesta-t-il.

Le chat golem fit des moulinets dans le vide, et Ari le retira vite des mains de sa sœur.

– Tu es toujours aussi terrible avec les animaux, commenta-t-elle.

Elle se leva pour déposer Bidule sur les genoux de son maitre, d'où il s'empressa de grimper sur sa chemise. Reid foudroya Rivkah d'un regard plus noir que jamais.

La jeune fille fit un sourire timide à Ari, scène d'une familiarité qui lui serra le cœur. Sa cadette lui avait manqué avec une intensité si forte qu'elle l'avait enfouie, consciente qu'elle la consumerait. Mais maintenant que sa sœur était de retour, ce besoin revenait au galop.

Rivkah observa la suite luxueuse et contempla les revolvers de Damien sans dissimuler sa méfiance.

– C'est là que tu étais depuis tout ce temps ? s'enquit-elle. Avec… eux ?

Ari referma les doigts autour du collier de son Saba, et en cet instant, les évènements des mois précédents remontèrent à la surface. Atara et l'Illinir, son exploration de la magie avec Damien, les Hérétiques, Mikira – elle voulait tout lui raconter, comme autrefois.

Pour que tu puisses de nouveau lui briser le cœur ? murmura la voix. *Oh, petite lionne. Ne lui as-tu pas fait assez de mal ?*

Ari serra le collier plus fort, comme pour écraser la présence de l'Hérétique. Ses flux et reflux la déroutaient déjà, mais le plus inquiétant, ce qui menaçait de la pousser à la panique, c'était la connaissance précise que l'Hérétique avait d'elle. L'esprit ne semblait pas capable de lire dans ses pensées, mais il percevait ses émotions, les identifiait avec une aisance inouïe et les mêlait aux siennes.

Et il avait raison.

Malgré les innombrables changements, une chose restait la même : la magie d'Ari était dangereuse, et sa sœur n'était pas en sécurité en sa compagnie.

– Ari ? fit Rivkah d'un air hésitant.

– Tu devrais repartir, Riv, annonça Ari. C'est trop… *je* suis trop dangereuse, pour l'instant.

– À cause de ta magie ?

Ari se figea. Damien posa son verre sur la table d'appoint et se pencha en avant.

– Que sais-tu à ce sujet ? lui demanda-t-il.

Rivkah le fixa d'un regard indéchiffrable, mais ce fut à Ari qu'elle répondit :

– Après ton départ, papa et maman m'ont raconté la vérité au sujet de ton livre de sortilèges. C'est un des quatre Racari, et tu y es liée. J'ai pensé que si j'en apprenais plus à son sujet, que je découvrais d'autres personnes comme toi, elles pourraient peut-être t'aider.

D'autres personnes comme toi. Ari songea aussitôt à Rezek, à sa proposition de lui fournir des réponses.

– Je travaille dans les archives d'un temple, chez nous, reprit Rivkah, avec un enthousiasme flagrant. Ils me laissent fouiller dans les dossiers, et je me suis dit : pour que le grimoire te soit parvenu, quelqu'un a dû le sortir du Kinahara après le Cataclysme. Peut-être que les Messagers les ont récupérés, alors si nous pouvions retrouver l'un d'eux…

– Un Messager, rien que ça ?

– Ils existent, Ari, affirma Rivkah d'un ton de défi, les bras croisés, avec une moue que son ainée connaissait bien. Mais si ce ne sont pas eux qui les ont, il faudra qu'on découvre qui. Si j'arrive à trouver…

– Non, la coupa Ari, en se levant de nouveau. Tu ne peux pas être mêlée à ça. C'est trop dangereux.

L'excitation de Rivkah retomba, et en cet instant, Ari fut frappée par la soudaine maturité de sa sœur. Malgré ses quinze ans, elle avait accompli seule un voyage périlleux pour lui apporter ce qu'elle pensait être une solution.

– Je te garantis que nous faisons tout notre possible pour aider Arielle, ajouta Damien, qui reçut un nouveau regard impénétrable de la part de Rivkah. Nous avons la situation bien en main.

– C'est drôle, ça, maugréa Reid, avachi dans son fauteuil. Ça ne donnait pas cette impression quand elle était en train de te casser le…

Le coup d'œil glacial de Damien le réduisit au silence.

– J'essaie juste de te protéger, Riv, enchaina Ari. Depuis toujours, je n'ai pas d'autre intention.

Rivkah se leva et lui prit les mains.

– Ce n'est plus la peine, maintenant, et tu n'es plus obligée de rester ici. Je peux t'aider.

Ari comprit l'attitude de sa sœur envers Damien : elle pensait qu'il la retenait contre son gré, que c'était pour cette raison qu'elle n'était pas revenue. Elle ne se rendait pas compte que c'était par choix.

– Je connais quelqu'un de confiance, insista Rivkah. Elle nous fournira un lieu sûr où loger le temps qu'on prépare notre retour.

Ari eut un hoquet d'étonnement. À *la maison ?* Autrefois, elle ne rêvait que de ça. Apprendre à maitriser sa magie, faire en sorte que jamais ne se reproduise l'accident qui avait couté la vie à son Saba, dans l'espoir de pouvoir regagner Aversheen, et retrouver Rivkah. Mais après tout ce qui s'était produit, après Kyvin et Rezek, comment pourrait-elle jamais rentrer chez elle ?

– Rivkah, intervint Damien d'un ton tendu. Comment es-tu remontée jusqu'à Arielle ?

L'agacement de Rivkah redoubla, et Ari s'amusa de voir ses émotions si transparentes. En cet instant, sa sœur lui fit penser à Mikira.

– Je suis allée dans tous les temples de la ville, expliqua-t-elle, avant de reporter son attention sur Ari. Tu passais tellement de temps à contempler celui d'Arversheen, je me suis dit que tu irais sans doute dans un d'ici. Dans le dernier, une femme bardée de couteaux m'a dit qu'elle savait où te trouver.

Reid grogna, et Damien crispa la mâchoire. Ari n'eut pas besoin d'en entendre davantage. Shira était vraiment partout, semblait-il.

– Qu'est-ce qu'il y a ? demanda Rivkah, en les regardant l'un après l'autre.

– Il est tard, déclara Damien en se levant. Logeras-tu ici ?

– J'ai une chambre au Corbeau Noyé, répondit-elle d'un ton acerbe.

L'implication de Shira ne fit plus aucun doute. Cette auberge était tenue par Vix, proche camarade de l'ainée des Adair.

– Tu peux venir avec moi, Ari.

Celle-ci frissonna et serra fort la main de sa cadette dans la sienne.

– Je ne peux pas. Pas encore.

– Alors laisse-moi t'aider, insista Rivkah, mais Ari secouait déjà la tête.

– Je vais tout arranger, promit-elle. Pour l'instant, ce qui m'importe, c'est que tu sois en sécurité. Je t'en prie, rentre à la maison.

Dépitée, la jeune fille fit un pas en arrière, et cette courte distance entre elles fut un déchirement pour Ari.

– Comme tu voudras, *achot*.

Ari tressaillit en entendant le mot kinien pour « sœur », manié telle une arme, mais ne faiblit pas. Rivkah récupéra son sac et repartit vers la porte, tendue à l'extrême. Elle marqua une pause au sommet des marches, et fixa Damien de ses yeux plissés.

– Prends bien soin d'elle, lui enjoignit-elle, comme si elle ne s'adressait pas au chef d'une maison noble majeure.

Damien se contenta de hocher la tête.

Puis elle regarda Ari et lui dit en kinien :

– Je t'aime.

Ari se figea. Elle aurait voulu hurler qu'elle ne méritait pas l'amour. Que Rivkah n'aurait pas dû faire tout ce chemin, car un monstre était tapi dans son enveloppe charnelle, un *dybbuk* au visage trompeur. Mais elle allait trouver un moyen d'y remédier. D'être digne de son amour et de son pardon. De s'emparer de sa magie et de l'arracher des mains de l'Hérétique.

Qu'était-il advenu de la puissance qu'elle s'était découverte dans le manoir de Damien ? Elle lui appartenait, et elle ne laisserait pas davantage l'Hérétique la lui voler que les brigands qui s'étaient introduits chez elle.

– Je t'aime aussi, chuchota-t-elle, mais pas avant que la porte des appartements se soit refermée.

Le silence qui l'engloutit la fit suffoquer. Elle s'efforça de s'assoir afin de ne pas s'effondrer, le corps entier froid comme la glace.

Tu as fait le bon choix, la réconforta la voix. *Ça ne pourrait que mal se terminer pour elle.*

Ari frémit, puis regarda le grimoire de son grand-père, posé sur le bureau de Damien. Relié en cuir foncé et cerclé de bandes en os opalin, le Racari était serti en son centre d'une gemme vert olive irisée de rouge – le jaspe sanguin qui le liait à elle un siècle après avoir été celui de l'Hérétique. Damien s'était lancé pour elle dans la traduction du texte écrit en vieux kinien, mais n'y avait pas touché depuis le bal de clôture, tant ses responsabilités à la tête de la maison Adair l'accaparaient.

Il avait dû percevoir quelles pensées occupaient son esprit, car il s'installa dans la causeuse à côté d'elle et prit ses mains dans les siennes.

– Nous allons trouver une solution, dit-il. Je te le promets.

– À ce propos, intervint Reid, Bidule blotti dans les bras. J'ai une idée.

3
DAMIEN

Tout se produisait toujours à l'identique, dans un vestibule où flottait une forte odeur de sang.

Damien savait ce qu'il allait y trouver, pourtant il priait chaque fois pour faire erreur. Il marchandait avec tous les dieux auxquels il n'avait jamais cru tandis que son corps le poussait en avant malgré lui.

Il voyait d'abord les pieds chaussés de pantoufles, les jambes tordues l'une sur l'autre telles celles d'une poupée jetée négligemment. Puis l'ourlet brodé de la chemise de nuit, d'une soie à la blancheur trompeuse. La vérité ne lui apparaissait pas avant qu'il se soit avancé tout à fait dans le clair de lune qui se déversait par les hautes fenêtres.

Un couteau était planté dans la poitrine de sa mère, son vêtement maculé de rouge jusqu'à la taille. Ses cheveux bruns formaient une auréole désordonnée autour de sa tête, ses yeux autrefois perçants étaient figés dans le vague.

Elle était morte, et il était responsable.

Une main blême surgissait de la pénombre et saisissait de ses longs doigts le manche du poignard. Celui-ci ressortait avec un bruit de déchirement de chair, et l'assassin enjambait le cadavre de sa mère d'un pas nonchalant.

Le clair de lune se reflétait dans les cheveux roux de Rezek, sur la lame avec laquelle il avait tué la mère de Damien. Il l'essuyait sur sa veste ornée de diamants, lesquels crissaient sur le métal.

– Tu devrais la rejoindre, je crois, déclarait son ancien ami, avant de s'élancer vers lui.

Soudain, Damien était de nouveau enfant, ses pas étaient trop courts pour semer Rezek. Même s'il avait pu s'enfuir, il s'y refusait. Rezek avait raison – il méritait de la rejoindre. Pour n'avoir pas pu la sauver, pour n'avoir pas su la défendre, pour payer toutes ses erreurs.

Le couteau de Rezek se transformait en revolver, dont il appuyait le canon glacial contre le front de Damien.

Il prononçait un seul mot :

– Bang.

Damien se redressa brusquement avec un halètement d'effroi, sa poitrine serrée comme dans un étau. L'espace d'un instant de panique, il porta les mains à sa tête, où il chercha la blessure infligée par la balle. Il ne la trouva pas, bien sûr ; ce n'était qu'un cauchemar.

Ceux-ci l'avaient assailli durant des mois après la mort de sa mère, avaient déformé ses souvenirs pour les modeler en scènes toujours plus horribles. Rezek qui tuait sa mère, qui tuait Loïc et Shira, chaque rêve plus réaliste que le précédent. Peu importait que Damien n'ait jamais vu Rezek assassiner sa mère. Ce souvenir funeste était celui de Loïc ; Damien, lui, l'avait seulement découverte en train de se vider de son sang, la vie abandonnant ses yeux autrefois éclatants.

À présent, son père était mort lui aussi.

Un regain de chagrin poussa presque Damien à se rallonger, mais la lumière matinale filtrait à travers les rideaux, et il savait qu'il ne retrouverait pas le sommeil. Par chance, il n'avait pas réveillé Arielle, étendue à côté de lui en chien de fusil, ses lèvres charnues s'écartant à chacune de ses respirations légères. Il admira quelques instants ce spectacle, la vie et la chaleur qui émanaient d'elle.

Sans elle, il aurait déjà craqué.

Le plus silencieusement possible, il sortit du lit et alla se préparer. Son épaule blessée par la balle de Hyle était presque guérie, mais des élancements douloureux persistaient à chacun de ses mouvements. Arielle dormait encore lorsqu'il quitta la chambre.

Reid était à son bureau, pourvu d'une tasse de thé de taille démesurée, concentré sur son carnet de croquis. Sur ses épaules, Bidule ronflait doucement tandis que le crayon de Reid dansait sur la feuille, où il ombrait la courbure des lèvres d'un portrait.

– Tu n'as pas l'air plongé dans tes recherches, commenta Damien en guise de bonjour, avant de déposer sa veste sur le dossier de son fauteuil.

Reid fit un grand bond et renversa du thé sur son carnet. Projeté en l'air, Bidule retomba sur ses épaules avec une dextérité supérieure à celle de son espèce, puis s'empressa de descendre et de se mettre en quête d'un lit qui resterait immobile.

– Qu'est-ce que tu fais déjà debout ? demanda Reid, en regroupant ses esquisses.

Sa précipitation n'échappa guère à Damien, pour qui l'identité du sujet dessiné ne faisait aucun doute.

– Il fallait que je me prépare, répondit-il. J'ai ma première assemblée du Conseil, tout à l'heure.

Il n'avait jamais parlé de ses cauchemars à Reid, ni à la mort de sa mère ni plus tard. D'autres l'accablaient. Dans certains, ils vivaient dans la rue, après que son père avait perdu son travail dans les champs de vérillion des Kelbra. Dans d'autres, sa mère tombait malade et son père suppliait Eradas Kelbra de la sauver. Il n'était même pas né quand la querelle entre son père et les Kelbra avait éclaté, pourtant son esprit lui infligeait ces histoires cruelles.

Ce ne sont que des rappels, songeait-il. *Des rappels de ce qu'il me faut changer.*

Presque toutes les tragédies qui avaient frappé sa famille avaient pour cause le système corrompu qui régissait Veradell, et désormais il siégeait à sa tête, au Conseil des Lords.

À compter de ce jour, il allait s'atteler à démanteler l'appareil du pouvoir.

– Ah, c'est vrai, fit Reid avant de sortir de la pièce.

Damien alla au bureau et sortit un croquis de la chemise. Il se trouva face au visage de Mikira, ses nattes lâches déviées par un vent invisible. Une exclamation affolée lui parvint de la porte de la chambre de Reid, où celui-ci tenait un essuie-main. Les joues empourprées, il revint à pas vifs, rangea l'esquisse dans le carton et épongea le thé.

Il ne dit rien, et Damien ne posa pas de questions. La trahison de Mikira était une blessure encore trop à vif. Il lui avait fait confiance, autant qu'il faisait confiance à Reid, et elle avait fourni à l'Anthir des preuves contre lui. C'était à cause d'elle que Talyana l'avait arrêté, et qu'il n'avait pas été présent quand les hommes de Rezek avaient enlevé Arielle.

Il se rappelait chaque instant passé à faire les cent pas dans sa cellule, incapable de la secourir. Jamais il n'avait été si désemparé depuis la mort de sa mère. C'était là une paralysie qu'il s'était efforcé chaque jour de ne jamais revivre, et Reid et Arielle auraient voulu qu'il pardonne à Mikira ?

Même lui ne maitrisait pas autant ses émotions.

– Je n'avais pas entamé mes recherches parce que mon sujet dort encore, rétorqua-t-il, sans nul doute dans l'espoir de détourner son attention.

Toutefois, Damien ne pouvait se détacher tout à fait du croquis, de la question qu'il soulevait : Reid pouvait-il le trahir lui aussi ?

– Si tu veux que je cherche une solution, il va me falloir un peu de sang d'Ari.

Damien ajusta une manche, puis l'autre, concentré sur les gestes méticuleux qui l'équilibraient. Aider Arielle devait être au centre de ses préoccupations.

L'idée que Reid leur avait exposée la veille était brillante : si les trous de mémoire et pertes de contrôle d'Ari étaient liés à sa magie, ils devaient commencer par en trouver la source. Quelque chose différenciait les enchanteurs du commun des mortels, leur donnait la capacité de consommer le vérillion sans pourrir de l'intérieur, et selon la théorie de Reid, il s'agissait de cellules particulières.

– Les cellules produisent des enzymes, avait-il expliqué. Ces enzymes décomposent les éléments. Il existe peut-être une cellule chez les enchanteurs qui décompose la magie, qui leur permet de l'assimiler, ou qui les en protège.

Il ne lui restait plus qu'à la découvrir.

Damien finit son thé, dont la brulure chassa les dernières traces de son rêve. Lorsqu'il releva la tête après avoir récupéré sa veste, Reid le fixait du regard.

– Qu'y a-t-il ?

Reid grinça des dents.

– Tu as changé d'avis concernant ta mission suicide ?

Damien soupira.

– Ce n'est pas une mission suicide, Reid. C'est un coup d'ouverture.

– Suicidaire.

– Les autres membres du Conseil doivent savoir que j'ai le pouvoir de défendre mes intérêts. Revenir sur la taxe de conscription et les frais d'exemption, c'est une victoire facile.

Il posa sa tasse sur le bureau et enfila sa veste.

– Ça ne sert à rien d'être timoré. Ils connaissent ma position. Ce n'est pas en m'inclinant devant eux que j'obtiendrai leur soutien. Ils m'en veulent déjà assez d'avoir pris la place de Rezek.

Reid se renversa dans son siège.

– Sois prudent, c'est tout.

Damien émit un léger grognement narquois.

– Comme toujours.

Damien remontait le couloir du château, sans cesser d'ouvrir et fermer la montre de gousset de sa mère. Ses pas résonnaient dans l'immense galerie, dont la moindre parcelle était décorée de portraits et de paysages aux cadres richement ornementés. Un certain nombre avaient été réalisés par des peintres kiniens, volés lors de l'invasion du Kinahara par l'Enderlain. Les vieux textes historiques enderliens en donnaient une tout autre version.

Une version qu'il voulait changer.

Érudite, historienne, sa mère lui avait transmis le gout de ces connaissances, même si pour elle elles avaient toujours été indissociables de ses croyances kiniennes. Elle voyait dans l'histoire un moyen d'apprendre des erreurs du passé, de progresser grâce à elles.

« *De réparer le monde* », lui répétait-elle, étendue sur un tapis d'herbe haute près du ruisseau qui passait par leur domaine. « *C'est une des tâches les plus importantes qu'Aslir nous ait confiées.* »

Damien ne croyait pas aux Messagers, mais il avait en revanche la conviction profonde qu'on pouvait changer les choses par sa seule détermination. Réparer ce qui avait été cassé, comme il s'était promis de le faire le jour où il avait trouvé sa mère poignardée. Mais cela exigeait de posséder les bons outils et la volonté d'agir. Les premiers, il les avait toujours eus, mais c'était la seconde qu'il recherchait en cet instant.

Deux gardes étaient postés de part et d'autre de la porte ornée de rubis de la chambre du Conseil, chacun muni d'un chien enchanté pour détecter le danger. L'un d'eux jeta un coup d'œil à la poitrine de Damien, d'où dépassait la crosse noir et argent d'un de ses revolvers. Encore quelques jours plus tôt, ils les lui auraient pris, mais ils se contentèrent d'incliner la tête et de lui ouvrir les doubles battants.

Tel était le respect que l'on témoignait à un Haut Lord.

Était-ce là le quotidien que Rezek connaissait depuis toujours ? Où qu'il aille, on lui ouvrait les portes, on le saluait avec déférence. Était-ce pour cela qu'il avait tué la mère de Damien, au prix de leur amitié, afin d'assurer sa place d'héritier de la maison Kelbra ? Cette trahison faisait partie intégrante de Damien, telle de la pourriture dans les racines d'un arbre. Une grande partie de lui avait puisé dans cette source viciée, et quels qu'aient été ses efforts pour s'en débarrasser, la contamination n'avait fait que s'ancrer toujours plus profondément.

Avec l'Ascension de sa famille, son père lui avait offert l'occasion de retourner contre son ancien ami le monstre qu'il avait fait de lui, d'obtenir la vengeance qu'il désirait depuis des années, et Damien ne l'avait pas manquée. Il avait pris la tête de la maison Adair, fait de sa famille une plus grande lignée, et à présent, il allait utiliser ce pouvoir pour changer la donne en Enderlain.

Un changement qui devait commencer avec cette assemblée.

Damien entra dans la chambre du Conseil. Très peu meublée, seulement pourvue d'une imposante table ronde en chêne et d'une desserte à boissons bien garnie, cette salle était une des plus modestes du palais. On ne pouvait pas en dire autant de la femme assise face à lui. Sa chevelure ondulée tombait en cascade sur ses épaules, ses yeux d'un vert éclatant étaient braqués sur lui.

– Princesse Eshlin, la salua-t-il en s'inclinant légèrement.

Elle esquissa un sourire en coin.

– Haut Lord Adair.

À part elle, il n'y avait qu'une femme à la peau mate et aux cheveux noirs coupés au carré, qui, l'air circonspect, s'apprêtait à prendre des notes dans une encoignure – Niora, l'huissière de la couronne. Elle assistait à toutes les assemblées du Conseil et consignait les décisions à porter au registre de la Chancellerie.

C'était là un des nombreux enseignements qu'il tenait de son père : lors de négociations, toujours connaitre toutes les parties présentes. Un visage inconnu est synonyme d'intentions inconnues, et moins on en savait, moins on contrôlait la situation.

– Les autres sont en retard, apparemment, commenta-t-il.

Eshlin haussa les épaules.

– À moins que nous soyons en avance.

Damien rangea sa montre de gousset dans sa poche de gilet, sourcils froncés. Il avait horreur d'être en retard. La ponctualité pouvait faire la différence entre un succès et un échec cuisant, mais il ne fut pas surpris que ces gens se comportent comme si le monde tournait autour d'eux. D'une certaine manière, c'était le cas.

– Félicitations pour votre Ascension, déclara la princesse alors qu'il s'asseyait en face d'elle. La vôtre, et celle de votre maison.

– Merci.

Il se prêta à l'échange de politesses auquel il s'attendait. Il connaissait beaucoup mieux son frère Darius, mais au gré de leurs quelques rencontres, il s'était découvert des points communs avec la princesse. Chaque mot qu'elle prononçait avait un objectif, et il s'en méfiait autant que d'une lame aiguisée.

– Quelles sont vos premières impressions, depuis que vous en avez pris la tête ? poursuivit-elle.

– C'est très prenant.

Il avait eu peu de temps pour lui, récemment, tant il était accaparé par un tourbillon de paperasse et de réunions, et les retombées de l'arrestation de Loïc. Puis son père était mort, et il avait dû consacrer toute son énergie aux funérailles.

Eshlin croisa les mains sur la table.

– J'ai été désolée d'apprendre le décès de votre père, et si tôt après les déboires de votre frère.

Damien garda les mains sur les cuisses afin qu'elle ne le voie pas serrer les poings. Il exécrait l'aisance avec laquelle les uns et les autres évoquaient le crime de Loïc. Mais l'évènement avait fait la une des journaux pendant des jours.

Un Adair aux arrêts
Un Adair assassine un Kelbra

Les gros titres étaient gravés dans sa mémoire, ainsi que l'image de son frère tenant la tête tranchée d'Eradas Kelbra. Loïc l'avait tué dans le but de remporter l'Ascension, tandis que Damien avait présenté le titre de propriété de l'Illinir, soustrait à la maison Kelbra. Si Reid n'était pas arrivé avec l'Anthir peu après, Damien ignorait lequel son père aurait choisi. Mais Damien était devenu l'héritier, et l'on avait conduit Loïc en prison, où il attendait son procès.

Damien jeta un coup d'œil rapide autour de la table.

– À ce propos, le vôtre ne devrait-il pas être là ?

– Mon père est trop souffrant pour être présent.

Damien détecta un mouvement autour de ses épaules. Portait-elle une robe enchantée ?

– Darius et moi devions venir à sa place, mais comme vous pouvez le constater, je suis la seule à savoir lire l'heure.

Damien ne fut pas dupe de cette remarque en apparence désinvolte : on lui rappelait de qui il devait se méfier. Darius n'était pas versé dans la politique, la plupart de ses soutiens provenant de la noblesse, qui appuyait sa famille pour son gain personnel. Il n'avait jamais témoigné le moindre intérêt pour les affaires du royaume, préférant attendre que son père enclenche le rite de l'Ascension, lequel désignerait son successeur. Mais comme Damien, Eshlin voyait là une occasion de consolider son pouvoir.

Le Conseil des Lords constituait le cœur du royaume : on y élaborait toutes les lois. Les chefs des quatre maisons majeures, associées au souverain, pouvaient influer sur tous les aspects ou presque de la vie en Enderlain, et désormais Damien en faisait partie.

– Tiens donc, vous avez trouvé le chemin, commenta quelqu'un d'un ton narquois derrière lui. Je suis surpris que les chiens ne vous aient pas attaqué, eux qui sont dressés pour détecter les menaces.

Un homme de grande taille à la peau claire, vêtu d'un gilet incrusté de rubis, entra d'un pas énergique, un verre de whisky à la main. Dans la trentaine, sa bouche fine entourée d'une épaisse barbe brune, le Haut Lord Vanadahl avait le maintien d'un mulot, si les doigts et les oreilles d'un mulot étaient chargés de rubis gros comme ses yeux.

Note chaque détail, lui avait conseillé son père. *Tu ne sais jamais lequel te servira plus tard.*

– J'ignorais que vous me trouviez menaçant, Haut Lord Vanadahl, répondit Damien d'un ton malicieux.

L'homme fit une moue hautaine.

– Pas vous, mon grand. Ce sont vos idéaux saugrenus qui me déplaisent.

– Vous pourriez réserver un accueil convenable à notre nouveau collègue, Royce.

Niékla Dramara entra d'un pas énergique, vêtue d'une robe d'un bleu saphir intense, au corsage cerclé d'un serpent en argent se mordant la queue. Peau blanche, cheveux châtains tirés en chignon serré, yeux si foncés qu'on n'en distinguait pas les pupilles, c'était la femme à l'allure la plus sévère que Damien ait jamais vue.

– Cette situation n'a rien de convenable, Niékla, rétorqua Royce avec un grognement désabusé, tandis que tous deux s'asseyaient. Chasser Rezek à la demande d'un gamin ?

– À la demande d'un roi, intervint doucement Eshlin.

Royce rougit.

– Bien sûr, Votre Altesse.

Il ignora le regard satisfait de Niékla, préférant se pencher en arrière pour s'assurer que Niora n'avait pas versé cette remarque aux minutes de l'assemblée. Le roi ne pouvait destituer une maison majeure pour en désigner une nouvelle que tous les cinq ans, mais mieux valait ne pas s'attirer sa colère. Pas quand toute loi que Royce pourrait proposer nécessitait une majorité de voix, dont une était celle du souverain.

Ou plutôt, celle d'Eshlin.

La porte s'était presque refermée lorsque quelqu'un la bloqua. Un homme de forte carrure, à la peau hâlée et au maintien tranquille, entra et pencha la tête.

– Je vous prie d'excuser mon retard, Votre Altesse, déclara Cassian Ruthar.

– Pas d'inquiétude, Cassian, répondit Eshlin en se renversant dans son siège. Nous faisions juste connaissance.

Damien observa le noble. C'était le seul dans cette pièce qui partageât à peu près ses convictions. Royce avait toujours mangé dans la main de Rezek, trop heureux que son affaire d'extraction minière soit florissante grâce à la demande constante provoquée par la Guerre éternelle, et Niékla avait la réputation d'être extravagante. La maison Ruthar, elle, votait souvent en faveur des mesures visant à mettre fin à la guerre, et s'assurer son appui comptait parmi les objectifs principaux de Damien.

Tel était le jeu auquel il devait jouer à présent. L'art délicat de réfréner son tempérament profond avec l'image qu'il devait présenter en ce lieu allait mettre à l'épreuve tous les talents que son père lui avait enseignés. Il allait être confronté à ceux qui avaient empoisonné l'Enderlain, soutenu le système de violence et de peur qui avait permis aux Kelbra d'écraser les siens.

Damien allait leur prendre leur pouvoir et le faire sien. Il allait les déposséder de tout ce qu'ils s'étaient octroyé, s'attaquer aux fondations de l'oppression, élaborer une nouvelle trajectoire pour son avenir, et faire en sorte qu'aucune autre famille ne connaisse la souffrance de la sienne.

Il allait tout changer.

4
MIKIRA

Si les chevaux pouvaient parler, Atara serait en train de lui crier dessus.

Ayant reconnu le chemin bordé de rosiers qu'elles empruntaient, la jument ne cessait de broncher et de se plaindre depuis cinq minutes, malgré les tentatives de Mikira pour la rassurer en lui répétant qu'elles ne se précipitaient pas vers une mort certaine. Cependant, Atara avait été envoutée pour déceler le danger, aussi n'avait-elle peut-être pas tort.

– Moi non plus, je ne veux pas aller chez Rezek, confia-t-elle à sa monture. Mais je refuse de laisser mon père entre ses mains une minute de plus.

Depuis la fin de l'Illinir, plus d'une semaine auparavant, Mikira avait tenté chaque jour de contacter Rezek afin qu'il libère son père. Mais après la mort du sien et la disgrâce de sa maison, il vivait reclus et n'acceptait aucune visite. Quant à Damien, il s'en lavait les mains, la contraignant à régler elle-même ce problème.

Un vent chaud passa dans les roses et porta jusqu'à elle leur parfum sucré. Celui-ci lui rappela sa dernière venue au manoir Kelbra, le soir où Rezek avait convaincu le prince Darius d'autoriser son jockey à monter Iri, le cheval préféré de son frère, à l'Illinir, et qu'elle avait découvert la véritable identité de son ancienne meilleure amie Talyana, devenue sergente de l'Anthir.

Ce soir-là, tout avait commencé à se déliter. Pour le reste, Mikira ne pouvait s'en prendre qu'à elle-même.

Elles franchirent les grilles de la propriété, ouvertes en grand telles deux immenses ailes blanches, et accédèrent à une allée circulaire. Les gardes qui l'avaient renvoyée lors de ses visites précédentes étaient absents ; elle mit pied à terre avec un malaise grandissant.

Les lieux paraissaient trop calmes.

Elle frappa du poing contre la porte d'entrée, mais n'obtint que le silence. Elle cogna de nouveau, puis une troisième fois. Alors qu'elle s'apprêtait à ordonner à Atara de l'enfoncer, on ouvrit.

– Miss Rusel.

Un frisson la parcourut lorsque lui parvint la voix rauque de Rezek. Il s'était appuyé contre le chambranle, dans une posture indolente qui ne lui ressemblait pas. Sa présence lui avait toujours évoqué une lame tranchante.

Mikira rassembla toutes ses forces, décidée à ne plus être la fillette terrifiée qu'elle avait été systématiquement devant lui. Elle était la plus jeune gagnante de l'Illinir de l'histoire, fille de l'illustre Keirian Rusel, et directrice du haras de chevaux enchantés le plus prestigieux de l'Enderlain – Rezek ne pouvait plus l'atteindre.

– Je viens chercher mon père, annonça-t-elle.

Rezek balaya les environs du regard de ses yeux d'un bleu froid.

– Seule ? Tiens donc, des nuages à l'horizon ?

Elle serra les poings, réaction qui suffit à faire sourire le noble. Il s'écarta du passage et fit un geste de sa main chargée de bagues.

– Ça ne me surprend même pas. Damien n'a jamais aimé partager la lumière des projecteurs.

Ce n'était pas la raison pour laquelle il l'avait rejetée. Elle avait révélé la disparition de son anneau sigillaire, et il y avait vu une trahison, même si elle ignorait alors que Talyana était un sergent de l'Anthir. Elle ne lui avait pas parlé depuis des jours, ni à Ari, ni à Reid. Ce silence lui brisait le cœur, mais qu'y pouvait-elle ? Dire qu'elle regrettait ? Était-ce vrai ? Après tout ce que Damien avait fait, elle n'était pas sure de vouloir se réconcilier. Avec lui, du moins. Mais avec Ari et Reid…

Elle se garda d'approfondir cette réflexion.

– Où est mon père ?

Rezek la contempla d'un regard froid, avant d'adresser un signe à quelqu'un plus loin dans la maison. Un homme vint rapidement, ses cheveux châtains parsemés de gris, sa peau blanche d'un jaune maladif. Mais ses yeux, aussi verts que l'avaient été ceux du frère de Mikira, étincelaient de vivacité.

– Papa !

Il la serra contre lui lorsqu'elle se précipita dans ses bras ; elle aurait souhaité que ce moment dure toujours.

– Kira, comme je suis soulagé que tu ailles bien, chuchota-t-il.

Elle retint ses larmes.

– Et toi, tu vas bien ? s'enquit-elle, tout en sachant que ça ne pourrait jamais être le cas.

Il hocha quand même la tête et continua à l'étreindre jusqu'à ce que Rezek les interrompe d'une toux impatientée.

– Notre accord a été respecté, annonça-t-il. Tes dettes envers ma famille sont effacées, et ton père est libre.

Il jeta un coup d'œil vers Atara, qui, d'une immobilité absolue, se tenait prête à intervenir à la moindre menace de la part de Rezek. Il semblait accablé par un poids incommensurable qui adoucissait son attitude d'ordinaire intimidante.

– Emmène cet animal et partez de chez moi, ordonna-t-il, avant de claquer la porte.

Mikira aida son père à descendre le perron, par trop consciente des dégâts que ces mois passés au service des Kelbra avaient provoqués. Il se mouvait tel un poulain apeuré sur un terrain où le danger pouvait surgir à tout instant.

Mais il était bien là. En vie.

– Elle est magnifique, commenta-t-il en flattant l'encolure de la jument.

Celle-ci remua la tête, toujours de bonne disposition envers qui la complimentait. Mikira aida son père à se mettre en selle, puis prit place devant lui. Il lui entoura la taille des bras, et elle sentit combien ceux-ci étaient frêles ; son épuisement était palpable.

– Tu es blessée ? demanda-t-il doucement lorsqu'il remarqua son bandage à l'épaule.

On devait lui retirer ses points de suture dans quelques jours, et la douleur avait presque disparu, mais elle gardait encore une raideur et des tiraillements diffus. C'était une des nombreuses blessures qu'elle avait subies lors de l'Illinir ; les autres formaient des croutes ou de simples hématomes en train de s'estomper.

– Ce n'est rien, lui certifia-t-elle, malgré son envie impérieuse de tout lui raconter.

Pour une fois, elle aurait voulu pouvoir se décharger de son fardeau sans craindre que son père craque.

Au bout de l'allée, ils s'engagèrent sur la route des Voyageurs. Le trajet jusqu'au haras Rusel n'était pas long, mais assez pour que chaque instant du silence qui s'installa pèse à Mikira. Les derniers temps, leurs relations avaient été tendues, les disparitions successives de sa mère et de son frère ayant porté à leur famille des coups à la limite du surmontable, et désormais, mille non-dits se dressaient entre eux.

Elle avait remporté l'Illinir, la course enchantée la plus prestigieuse de l'Enderlain, mais elle avait perdu Iri, le cheval qui constituait son dernier lien avec son frère. Elle avait touché la récompense versée au vainqueur, mais le contrôle de la somme appartenait à Damien, qui la lui dispensait en règlements partiels afin de s'assurer qu'elle ne révèle pas ses secrets. Son père sain et sauf rentrait enfin chez eux, mais une part de lui risquait de ne jamais revenir, comme une part d'elle ne serait plus jamais la même.

Les oreilles d'Atara se relevèrent soudain, puis Mikira perçut à son tour ce qui avait attiré son attention : des cris de détresse.

Ceux-ci provenaient de la ferme située un peu plus loin sur la route, et un seul détail tempéra l'instinct qui l'incitait à s'y précipiter : c'était la maison de Noah Harlan, qui avait été son ami d'enfance jusqu'à ce qu'elle repousse ses avances.

Elle n'avait parlé de cet épisode qu'à Reid, lui avait confié combien elle s'était sentie mal.

– Kira ? demanda son père lorsqu'elle fit ralentir Atara.

– Accroche-toi, lui enjoignit-elle, avant de lancer sa monture au galop.

Ils contournèrent un fiacre de l'Anthir et s'engouffrèrent dans la large allée.

Noah était à genoux au bas du perron. Un agent lui passait des fers aux poignets, tandis qu'un autre retenait sa mère.

Le visage blême de celle-ci était trempé de larmes, mais le regard que Noah leva vers Mikira était dur. Il semblait si petit, agenouillé là, qu'elle s'étonna qu'il ait pu lui paraitre si imposant.

– Mrs Harlan, appela Mikira en descendant de cheval. Qu'est-ce qui se passe ?

L'agent qui arrêtait Noah leva la main pour lui intimer l'ordre de reculer.

– Il est mobilisé ! gémit Mrs Harlan, en tordant ses mains dans ses jupons.

Mikira distinguait les formes menues des frères et sœurs de Noah agglutinés dans son dos, et l'espace d'un instant, elle imagina que c'était Nelda et Ailene blotties derrière elle.

– Il a tenté d'éviter la conscription, plutôt, railla le premier agent. On devrait le jeter au cachot avec les autres criminels de son espèce, tiens.

Noah lui cracha dessus. L'autre agent le gifla du revers de la main, assez fort pour lui laisser une marque, avant de le relever de force. Le jeune homme vacilla, étourdi par le choc.

– Kira, la mit en garde son père.

Elle l'ignora – elle n'avait pas vu Noah depuis l'enfance, mais bien qu'elle lui en voulût de s'être mal comporté, elle savait aussi que sa famille comptait sur lui pour vivre depuis la mort de leur père.

Mikira bloqua le passage au policier.

– Je vais payer les frais d'exemption.

L'étonnement de l'agent ne fut rien comparé à celui de Noah. Celui-ci la fixa d'un air abasourdi, et elle ne put s'empêcher d'en éprouver une certaine satisfaction. Elle la ravala toutefois et sortit une bourse de sa poche, une partie du premier versement de ses gains.

– Ça devrait suffire, déclara-t-elle.

L'agent jeta un coup d'œil à son équipier, qui plissa les yeux.

– C'est trop tard. Le crime a été commis, et je...

– Prenez mon argent, insista Mikira. Sinon, je peux porter cette affaire à l'attention du Haut Lord Adair.

Cette remarque réduisit le premier agent au silence, et l'autre la regarda avec une attention renouvelée, puis eut un mouvement de surprise.

– Miss Rusel, dit-il alors. Nous ne vous avions pas reconnue. Vous pouvez payer les frais maintenant, bien sûr.

Il se dépêcha de détacher Noah, et Mikira s'efforça de ne pas grimacer d'avoir recouru au nom de Damien. Certes, cela l'avait aidée à obtenir gain de cause, mais dans l'esprit de tous, il était encore son sponsor, son ami, et cela la mettait mal à l'aise.

Noah se précipita vers sa mère, qui le serra dans ses bras. Mikira fourra la bourse contre la poitrine du policier, puis remonta sur Atara avec son père, dont elle ne parvint pas à déchiffrer l'expression. Sans un autre regard pour Noah, elle fit partir sa monture au trot, les claquements des sabots retentissant en cadence avec les pulsations de l'adrénaline qui s'amenuisaient peu à peu dans ses veines.

Ses sœurs les attendaient sur les marches du perron lorsqu'ils avancèrent dans l'allée de graviers, vêtues des robes neuves que Mikira leur avait offertes avec sa récompense. Nelda fabriquait une couronne de brins d'herbe tressés, et Ailene dessinait Wolf, son chien golem, sur le plâtre de sa jambe. L'animal au pelage blanc ébouriffé était blotti à côté d'elle, la tête sur ses genoux. Chaque fois que Mikira le voyait, elle pensait à Arielle et ressentait un vif pincement au cœur.

Lorsqu'elle vit son père, Nera se précipita vers eux en poussant un cri, suivie par Ailene, plus lente à cause de sa béquille. Wolf aboya en sautillant autour des sabots d'Atara tandis que Mikira descendait, puis aidait son père, qui fut presque englouti par les embrassades frénétiques de ses cadettes. Atara se rapprocha pour lui fournir un appui cependant qu'il les serrait toutes les deux contre lui en riant.

Pendant quelques instants, Mikira se contenta de respirer, heureuse de laisser ce moment se prolonger. Ce qui restait de sa famille était enfin ressoudé, autant que possible après ce qu'ils avaient enduré.

– J'ai préparé le déjeuner ! s'exclama Nelda, en tirant son père par le bras.

– J'arrive dans cinq minutes, répondit-il. Allez donc mettre le couvert, toutes les deux. Il faut que je parle à votre sœur.

Nelda prit Ailene par la main pour l'aider à marcher, puis elles regagnèrent la maison, accompagnées par Wolf qui trottinait à côté d'elles. Mikira les regarda s'éloigner, devinant que son échange avec son père n'allait pas lui plaire.

Elle mena Atara à son enclos, ou elle laissa la jument golem brouter tandis qu'elle lui retirait son harnachement et la pansait avec l'ancienne brosse d'Iri. Des souvenirs de l'étalon surgissaient encore dans tout ce qu'elle faisait, et parfois, en observant Atara, elle aurait voulu que ce soit un autre cheval, un étalon au front marqué d'une étoile blanche, qu'elle connaissait par cœur.

Mais Iri n'était plus là.

Atara l'avait tué pour la protéger, et comme pour tant de choses dans sa vie, Mikira ne distinguait plus le bon du mauvais. Elle ne pouvait que tout accepter en bloc, ou tout rejeter. Ce qui ne l'aidait en rien à dissiper les cauchemars qui envahissaient son sommeil, le cri déchirant d'un cheval mourant et un sang si épais qu'il poissait ses mains telle de la boue. Elle ne concourrait pas dans une course avant très longtemps.

Peut-être plus jamais.

Son père contempla le haras et les améliorations que Mikira avait déjà réalisées : les clôtures réparées et repeintes, les abreuvoirs dépourvus de rouille, et enfin, la porte d'écurie neuve, décorée de l'inscription HARAS RUSEL en lettres dorées.

Leur nom de famille comptait de nouveau, et le voir ainsi fièrement affiché mettait du baume au cœur.

– Nous allons recevoir de nouveaux chevaux en provenance de Fenden, annonça-t-elle, sans s'interrompre.

Ils ne compenseraient pas les enchantés qu'ils avaient perdus, mais constitueraient un bon point de départ pour rebâtir leurs lignées légendaires.

– Bientôt, ajouta-t-elle, le haras sera redevenu comme il était avant que…

Elle n'acheva pas sa phrase. Avant que sa mère s'empoisonne à petit feu avec le vérillion. Avant que Lochlyn soit envoyé au front par sa faute. Avant que la mainmise de Rezek sur le haras les pousse presque à la ruine, qu'elle ait dû risquer sa vie dans une course meurtrière et qu'Iri… elle chassa cette pensée de toutes ses forces.

L'Illinir la hantait déjà dans son sommeil ; elle refusait de lui céder la journée.

– C'est magnifique, Kira, la complimenta son père. Je suis très fier de ce que tu as accompli. Pas seulement à l'Illinir, mais aussi ici, à la maison. Tes sœurs ont de la chance de t'avoir.

Mikira s'interrompit, les doigts enfouis dans le pelage humide de sueur d'Atara, une étrille dans la main. Elle avait toujours voulu entendre son père prononcer ces mots, lui exprimer la reconnaissance dont elle avait eu besoin lorsqu'il se plongeait dans ses recherches sur le vérillion une nuit après l'autre, en quête d'une découverte qui redorerait le blason des Rusel.

Malgré elle, cela lui parut trop peu, et trop tard.

Des claquements de sabots retentirent sur le chemin de gravier. Une jeune femme à la peau foncée et à la longue natte brune qui battait dans son dos approchait sur un cheval clair, un grand sourire éclairant déjà son joli visage. Elle arrêta sa monture tout près d'eux.

– Mr Rusel, le salua Talyana en lui adressant un signe de tête. Ça faisait longtemps.

Le père de Mikira l'examina d'un air curieux ; il ne l'avait pas vue depuis qu'elle était enfant. Ses parents l'avaient envoyée étudier dans une école militaire après que Rezek l'avait blessée, et Mikira ne l'avait revue que récemment.

– Talyana Haraver, lui rappela Mikira.

– Mais oui, bien sûr, dit-il avec un sourire chaleureux. Je suis content de te voir.

– Moi aussi. Si ça ne vous dérange pas, je vous emprunte votre fille.

Son père hésita, songeant sans doute à ce qu'il voulait lui dire, mais il semblait tenir à le faire en privé.

Il croisa ses bras maigres et répondit :

– Qu'elle rentre avant la nuit, surtout.

Le large sourire que lui adressa Talyana fut d'une franche espièglerie, et Mikira se sentit rougir d'agacement. L'appréhension de son père, qu'elle fût authentique ou pas, paraissait forcée, comme une grande partie de leurs échanges au cours de la dernière heure, et elle dut ravaler l'envie de lui rétorquer que si elle était capable de remporter l'Illinir, elle se tirerait sans encombre d'une rencontre avec une poignée de rebelles.

Mais il ignorait que c'était là leur projet.

Ses sœurs aussi, qui ne feraient que s'inquiéter. Mais elle le faisait pour elles, afin de leur assurer un avenir meilleur. Pas question qu'elle mette sa famille en danger en les informant de ses activités.

Tandis que son père repartait vers la maison, Mikira ouvrit le portail de l'enclos, dans l'intention de laisser Atara se reposer après son aller-retour en ville.

– Amène-la, déclara Talyana. Ce sera bien qu'on vous voie ensemble.

– C'est-à-dire ?

Talyana les désigna d'un geste.

– Tu le sais bien. Après votre exploit, vous êtes déjà presque un symbole de résistance, toutes les deux. Ensemble, vous êtes une légende.

Une légende.

Ce mot l'emplit d'une satisfaction insoupçonnée, et Atara remua la tête vigoureusement en signe d'assentiment. La jument avait toujours été friande de compliments, et depuis quelque temps, Mikira aussi.

Talyana fit faire demi-tour à son cheval.

– Allez viens. On nous attend.

5
DAMIEN

Damien restait en retrait tandis que se succédaient les sujets à l'ordre du jour, et se contentait d'observer les uns et les autres. Les échanges portaient en majorité sur des propositions de lois ou des lois déjà mises en place dont on dressait un premier bilan, mais il s'intéressait surtout aux intervenants.

Cassian était le plus transparent, car de manière générale ses votes favorisaient les initiatives en faveur du peuple. Royce venait juste après : il cherchait à augmenter ses profits par tous les moyens. Niékla lui donnait plus de fil à retordre, parce qu'elle allait parfois jusqu'à refuser de se prononcer. Prudente, elle abordait tout débat avec la pugnacité d'une femme d'affaires.

Ce fut toutefois Eshlin qui le surprit le plus.

Il savait la princesse partisane de la Guerre éternelle, dans laquelle elle avait elle-même combattu, mais elle se montrait implacable, n'acceptant rien qui ne soit pas à l'avantage de la couronne. Il l'avait toujours crue plus accessible que son frère, mais elle assénait les décisions avec l'autorité d'un général.

– Je pense que nous avons fait le tour, annonça-t-elle alors qu'ils approchaient de l'heure passée.

– Si vous permettez, intervint Damien avant que les autres aient pu réagir, j'ai une motion à vous soumettre.

Royce le dévisagea, la mine incrédule. Sans doute avait-il cru qu'il s'effacerait et laisserait aux adultes le soin de débattre, mais après avoir fourni tant d'efforts pour gagner sa place à la table des négociations, Damien n'avait aucune intention de ne pas utiliser son pouvoir nouvellement acquis.

– Oui ? fit Eshlin d'un ton méfiant.

Damien soutint son regard.

– Je propose que nous supprimions l'impôt sur la conscription, ainsi que les frais d'exemption.

– Quoi ? s'étrangla Royce, dont l'exclamation se mêla au hoquet de surprise de Niékla.

Cassian le fixa d'un air intrigué. La seule réaction d'Eshlin fut un sourire narquois.

L'impôt sur la conscription était payé par ceux dont le nom figurait sur les listes de mobilisation pour la Guerre éternelle, mais qui n'étaient pas tirés au sort. Quant aux droits d'exemption, ceux qui en avaient les moyens pouvaient s'en acquitter pour échapper au tirage au sort. Ces taxes constituaient les deux piliers qui supportaient l'effort de guerre, et Damien avait la ferme intention de les abattre.

Royce éclata d'un rire moqueur.

– Pourquoi voterions-nous une proposition pareille ?

C'était une question légitime. Tout l'argent récolté servait au fonds pour la guerre, dont la gestion incombait autrefois à la maison Kelbra. En échange, les Kelbra y puisaient pour s'allouer une dotation, ainsi qu'aux autres maisons, employant de fait ces capitaux comme une réserve de ressources à leur disposition. À présent, la responsabilité de ce fonds revenait à Damien, qui avait des projets différents pour lui.

– J'ai examiné les livres de comptes de la maison Kelbra, expliqua-t-il. Les montants qui vous ont été versés l'ont été en qualité de prêts, dont je suis désormais le créancier. Vous pouvez valider cette motion et ne me rembourser que les deux tiers des montants, ou la rejeter, auquel cas j'exigerai la totalité des sommes avec intérêts.

L'expression d'Eshlin changea. Avait-elle tout d'abord voulu qu'il échoue ? Cela paraissait logique, étant donné ses positions en faveur de la guerre, mais d'après ce qu'il avait pu observer, elle semblait éviter au maximum d'être sur la même ligne que Royce, qu'on aurait cru prêt à étrangler Damien.

– Comment osez-vous saper les intérêts du royaume ? gronda Royce avec un rictus hargneux. Remarquez, on aurait dû s'y attendre.

Damien inclina la tête.

– C'est-à-dire ?

Le noble émit un bruit moqueur.

– À cause de vos parents, bien sûr. L'un kinien, l'autre célairain. Vous n'avez pas une goutte de sang enderlien en vous.

Un silence suivit cette attaque. Damien vivait en Enderlain depuis toujours, pourtant, à chaque échelon que sa famille gravissait, ces mêmes calomnies les pourchassaient. Le pourchassaient encore, lui. Il ne cachait pas son identité comme le faisait Loïc, mais il était beaucoup moins typé que Shira. Il avait donc essuyé sa part d'accusations voilées et d'insinuations venimeuses, mais jamais si directes. Même les autres semblèrent surpris par tant de rudesse.

– Je suis l'étranger qui vient voler ce qui vous appartient, c'est ça ?

Royce haussa les épaules comme pour indiquer qu'on ne pouvait lui reprocher d'énoncer la vérité, et Damien ravala la bile qui bouillonnait en lui.

– Et qu'en est-il de ce que vous volez, vous ? rétorqua-t-il. Quand vous spoliez vos compatriotes, qu'est-ce que ça fait de vous ?

Royce s'empourpra, mais Damien ne se calma pas.

– Ce qui vous dérange, ce n'est pas que je sois kinien ou célairain, mais c'est que je menace votre pouvoir, enchaina-t-il. Je récupérerai ce qui m'est dû d'une façon ou d'une autre. Mettons cette résolution aux voix.

Royce frappa du poing sur la table.

– Vous ne connaissez pas les règles du jeu, mon garçon.

– Je crois qu'il les connait mieux que vous, intervint Cassian.

Sa voix s'imposa sans mal dans la tension grandissante, et, avec une approbation notable dans ses yeux foncés, il ajouta :

– Je vote pour.

– Moi aussi, cela va de soi, dit Damien, sans cesser de soutenir le regard de Royce.

Eshlin croisa les bras.

– Contre, déclara-t-elle. La situation sur le front est fragile. Nous ne devrions pas risquer de provoquer des remous.

Si raisonnable que sa décision puisse paraitre, Damien ne put s'ôter de l'idée qu'elle cachait autre chose. Il ne restait que Niékla, dont le vote allait être déterminant. Celle-ci pianota sur le bord de la table, les paillettes de pierres précieuses qui ornaient ses ongles parfaitement manucurés reflétant la lumière du soleil.

La proposition de Damien visait plusieurs objectifs, en premier lieu l'abolition d'une pratique prédatrice dirigée contre les pauvres et les opposants à la mobilisation, mais elle lui permettait aussi d'en apprendre davantage sur les membres du Conseil. Cassian n'avait offert aucune résistance, bien qu'il ait accepté les dotations, signe qu'il se sentait coupable. Royce avait refusé par orgueil et dogmatisme, quitte à devoir rembourser davantage.

Quant à Niékla – elle prit le temps de la réflexion, comme elle le ferait selon lui lors d'une partie d'échecs.

Les moindres détails, père, songea-t-il.

– Je vote en faveur de la proposition, déclara la noble au bout d'un moment, ignorant les vives protestations d'un Royce rouge de rage.

Eshlin fit une grimace des plus discrètes et annonça :

– Motion adoptée.

Deux de moins, pensa Damien avec satisfaction. Peu à peu, il les priverait des leviers qu'ils utilisaient pour consolider leur pouvoir et s'attaquer aux moins puissants qu'eux. *Je changerai tout ce qui ne va pas, maman.*

On toqua à la porte, puis une domestique entra et s'inclina.

– Je vous prie de bien vouloir m'excuser, mais le roi Théo exige la présence de tous dans la salle du trône, dit-elle. Immédiatement.

Damien et les autres membres du Conseil patientaient devant la salle royale, où Eshlin s'entretenait à huis clos avec son père et son frère. Royce et Niékla échangeaient des murmures inaudibles, tandis que Cassian était plongé dans ses réflexions, les bras croisés.

Quelle que soit la raison de cette convocation, ils ne s'y attendaient pas non plus.

Plusieurs minutes s'écoulèrent avant qu'on leur ouvre les portes. Sur l'estrade, le prince Darius, la princesse Eshlin et le roi Théo conversaient à mi-voix avec deux personnes munies de serviettes en cuir. L'une était Niora, mais l'autre portait la robe blanche des huissiers de la Chancellerie. Cet homme avait une épingle en diamant piquée à la poitrine, insigne indiquant qu'il assurait la liaison entre cette institution et la famille royale.

Le prince braqua sur Damien ses yeux d'un bleu cristallin. Vraisemblablement, on ne lui avait pas pardonné d'avoir délogé le cousin favori de Darius de sa position de pouvoir. C'était bien la peine d'avoir fourni tant d'efforts pour s'attirer ses bonnes grâces au cours de l'Illinir.

Les portes se refermèrent, et les neuf membres de cette assemblée se retrouvèrent seuls, sans même un garde ou une servante. Débordant de curiosité, Damien jeta un coup d'œil à Eshlin, dont la décontraction habituelle avait cédé la place à une tension visible.

Ça y est, le moment est venu, songea-t-il avec gravité.

Le roi Théo s'assit sur son trône serti de joyaux, véritable horreur qui engloutissait presque son corps amaigri. Le reste de la salle était aussi exubérant, pourvu de hauts plafonds illuminés par des vitres enchantées, et aux murs encombrés de tableaux dorés et de figurines en pierres précieuses. Damien se demanda dans quelle mesure ce faste avait été payé par l'argent du peuple.

– Merci d'être là, déclara le roi d'une voix rauque.

Eshlin et Darius se postèrent de part et d'autre de lui, et les deux huissiers descendirent pour se joindre aux chefs du Conseil. À en juger par les regards qu'échangeaient Royce et Niékla, eux aussi avaient compris ce qui se passait.

– Mon état de santé s'est fortement dégradé, et je ne peux plus repousser l'inévitable, poursuivit le souverain. Je déclenche donc le rite d'Ascension royal.

Eshlin serra plus fort ses mains jointes. Darius eut un sourire en coin, lequel ressemblait tant à celui de Rezek que Damien aurait voulu le lui effacer. Il n'avait pas revu son ancien ami depuis l'ultime épreuve de l'Illinir, et il n'avait pas eu de nouvelles de lui, mais c'était exactement le genre d'évènement qui risquait de le faire revenir dans la bataille.

– Cependant, reprit le roi d'une voix soudain plus dure, je modifie les règles habituelles qui limitent l'Ascension à mes seuls enfants, et l'ouvre à tous les prétendants de sang royal.

Darius tourna brusquement la tête vers son père.

– Tu ne peux pas faire ça.

– Bien sûr que si, répondit Eshlin plus calmement, d'une voix toutefois crispée.

Malgré la tradition qui restreignait aux descendants directs les candidats à l'Ascension, les règles dépendaient du parent qui l'enclenchait.

Sans prêter attention à l'indignation de Darius, Théo poursuivit :

– Voici la tâche que je vous confie : celui qui retrouvera et ramènera le prince illégitime héritera du trône.

C'était donc vrai. Le dernier roi de la dynastie Ranier avait un héritier caché, un enfant dont le roi Théo avait nié l'existence pendant tout son règne. Si ce fils avait été reconnu, il aurait accédé à la couronne à la suite de son père, le roi Rykard, sans frère ou sœur pour la lui disputer. Mais on avait attribué l'Ascension à Léona, la sœur de Rykard, qui avait alors épousé Théo.

Ce qui faisait du prince Ranier la seule menace contre le pouvoir des Zuerlin.

Damien dirigea vivement le regard vers Darius. Il y avait peut-être un moyen de récolter les fruits de ses efforts avec le prince, tout compte fait.

Théo agita la main.

– Vous pouvez vous retirer.

Eshlin resta en retrait, s'adressant à mi-voix à son père d'un ton furieux, tandis que les autres membres du Conseil sortaient. La tête penchée l'un vers l'autre, Royce et Niékla conspiraient sans doute pour tourner la situation à leur avantage. Les Zuerlin avaient de nombreux cousins éloignés qu'ils pourraient placer sur le trône et utiliser comme pantins, mais la course véritable allait se jouer entre Eshlin et Darius.

Damien attendit que ce dernier se sépare du groupe, puis le suivit, à pas délibérément lourds pour être entendu. Darius ralentit et lança un regard agacé en arrière.

– Adair, dit-il d'un ton las. Que me vaut ce déplaisir ?

Damien inclina la tête plus que le prince ne le méritait, mais s'il voulait mener son projet à bien, Darius devait le croire soumis.

– Votre Altesse. J'aimerais vous proposer mon aide pour l'Ascension.

Une surprise fugace se lut sur les traits de Darius, mais laissa rapidement la place à la curiosité.

– Rezek m'a parlé de ton réseau très fourni, ainsi que de ton talent pour déterrer des secrets, et vu qu'il ne répond pas à mes messages…

Il plissa les yeux.

– Pourquoi m'aiderais-tu ?

– Après ce qui s'est passé, c'est la moindre des choses.

– Par pure générosité, bien sûr, railla le prince. Sois franc.

Damien fit mine d'hésiter, puis quand Darius reprit son chemin, il déclara vite :

– C'est une occasion à saisir.

Le prince s'interrompit de nouveau et se retourna. Damien poursuivit :

– Les avantages d'avoir l'oreille d'un roi sont sans fin.

La satisfaction se peignit sur le visage de Darius. Ce fut comme réciter les répliques d'un dialogue : faire croire au prince qu'il lui cachait ses intentions, puis lui révéler la vérité à contrecœur. Darius ne creuserait jamais davantage, car Damien venait de confirmer ce qu'il voyait en lui : encore un ambitieux en quête de pouvoir.

– Très bien, accepta le prince. À partir de maintenant, tu travailles pour moi.

6
MIKIRA

Mikira avait l'impression de voir Veradell avec un regard neuf.

Depuis si longtemps, la cité avait été pour elle un endroit hostile, presque étouffant avec ses bâtiments tassés les uns contre les autres et ses rues encombrées. Mais alors qu'Iri, à cause de son charme de détection du danger, était toujours à cran, Atara foulait les pavés avec une grande assurance, et l'on s'écartait même sur son passage.

Dès que Talyana et elle s'engagèrent dans Ashfield Street, Mikira comprit qu'elle ne circulerait plus jamais incognito dans la ville.

Elle eut l'impression que tout le monde connaissait son nom.

Les hommes levaient leur casquette en la voyant, et les enfants couraient à côté d'Atara, en poussant des rires ravis lorsqu'elle battait sa queue vers eux. D'autres l'interpelaient, la saluaient comme s'ils étaient amis, ou encore l'invitaient à entrer dans leur boutique. Bien que l'idée d'être redevable envers Damien lui fît horreur, elle ne pouvait nier que, grâce à lui, elle était beaucoup plus à l'aise avec ces attentions.

Mais derrière les témoignages de sympathie et la curiosité, le vrai visage de Veradell n'avait pas disparu.

Il y avait une file d'attente à l'angle du bureau de recrutement, constituée d'hommes aux traits tirés qui tordaient leur chapeau et de femmes qui empoignaient leurs jupons. Comme Noah, leur nom avait été récemment tiré au sort, et leur vie confisquée au profit de la Guerre éternelle contre le Célair.

Malgré elle, elle imagina son frère dans une queue semblable après que les hommes de Rezek l'avaient emmené de force. Elle voyait Lochlyn en chacun d'eux. Combien allaient revenir ? Combien de leurs proches recevraient la visite de soldats aux airs de circonstance venus leur présenter des condoléances creuses ?

C'était pour ces conscrits que les rebelles se battaient, et pourtant Mikira ne pouvait s'empêcher de se demander ce qu'ils souhaitaient vraiment. Les conscrits soutiendraient-ils la lutte de la rébellion pour renverser la monarchie, ou leur reprocheraient-ils de jeter de l'huile sur le feu ? Elle connaissait la tentation de se recroqueviller autour de ce qui nous était cher et de s'y raccrocher de toutes ses forces, de laisser pleuvoir les coups, si douloureux soient-ils, parce qu'au moins ils constituaient une certitude. Mais s'ils ne combattaient pas, rien ne changerait jamais.

Et Mikira voulait que tout change.

Talyana leur fit emprunter un dédale de petites rues jusqu'à une ruelle barrée, devant laquelle une pancarte avertissait d'une fuite de produits chimiques. Un homme qui fumait une cigarette assis sur une caisse en bois leur adressa un signe de tête. Mikira distingua le reflet d'un revolver sous sa veste.

La ruelle s'étrécit, puis s'acheva sur un mur de brique.

– Tal ? fit Mikira d'un ton hésitant, alors que son amie ne ralentissait pas.

Talyana lui fit un sourire espiègle – et passa droit au travers du mur. Mikira le contempla d'un air hébété, puis elle comprit : il s'agissait d'un enchantement d'illusion. Comme si elle percevait le sort, Atara s'élança. Mikira ne put s'empêcher de se crisper, mais elles ne rencontrèrent que du vide.

– Ce sont les tunnels souterrains ? commenta Mikira en examinant le passage de pierre.

Celui-ci en était un parmi les nombreux que comptait la ville, vestiges de l'industrie autrefois florissante des mines de gemmes, quand les galeries servaient à faire circuler mineurs et joyaux sous la ville sans encombrer les rues.

– Nous les appelons juste les tunnels, répondit Talyana d'où elle l'attendait un peu plus loin. Ils sont isolés, à l'abandon, et faciles à défendre. C'est l'endroit idéal pour une cachette de rebelles, non ?

Mikira laissa Atara marcher en retrait.

– Un endroit avec des fenêtres, ça serait pas mal.

Elle connaissait bien ces galeries, où elle avait participé à d'innombrables courses illégales de son amie Jenest lorsqu'elle avait eu besoin d'argent, mais l'obscurité terrifiante qu'elle avait dû y affronter lors de la dernière épreuve de l'Illinir restait un souvenir trop angoissant.

Elle caressa le manche d'un de ses poignards pour se rassurer, et la vibration de la lame dans sa gaine la réconforta. Elle ne s'était toujours pas habituée à l'enchantement qui leur permettait d'accomplir sa volonté, mais par chance, leur magie ne s'animait que lorsqu'elle les touchait, sinon ils bondiraient pour l'aider à tout moment de la journée.

À la faible lueur que projetaient sur la terre humide de très anciennes lumières enchantées, elles s'enfoncèrent davantage dans les souterrains sinueux. Des affiches de recrutement se décollaient des parois, le visage d'Aslir exigeant la loyauté et l'engagement des Enderliens au service de leur patrie. Mikira les arracha toutes, révélant les messages que des réfugiés fraichement arrivés et des conscrits en fuite avaient griffonnés dessous.

Parfois, elle imaginait qu'il y avait quelque part un message de Lochlyn. Que les soldats qui s'étaient présentés à leur porte s'étaient trompés, et qu'au lieu d'être mort au combat, son frère s'était enfui par les tunnels à la faveur de la nuit. Certains jours, elle se contentait de trainer au lit le matin et tentait de se remémorer les détails de son visage, qui s'effaçaient.

Un bruit résonna un peu plus loin, et Mikira dégaina un poignard avant même d'en voir la cause – une souris qui traversa le passage à toute vitesse.

– Elle avait l'air vraiment féroce, se moqua Talyana.

Mikira ne rit pas.

– Ce n'est pas un jeu, Tal. Si on me voit...

Elle n'alla pas au bout de sa pensée. Sans la protection de Damien, elle risquait beaucoup plus que la prison. Tous ses efforts pour redorer le nom des Rusel seraient réduits à néant, et sa famille ferait face à un danger plus grand que jamais.

Talyana soupira.

– Je sais, Kira. Excuse-moi. Mais je te garantis que ces tunnels sont surs. Nous y patrouillons régulièrement, et si par hasard quelqu'un s'en approche trop, il y a des panneaux d'avertissement partout qui signalent des déversements de produits chimiques. Nous avons aussi des gardes, et pour ne rien laisser au hasard, plusieurs enchantements défensifs.

Un sifflement discret retentit, auquel Talyana répondit par une note en deux temps. Quelqu'un apparut à l'angle, armé d'un fusil Sherakin. À cause des fortes restrictions sur les importations et des taxes élevées, il était difficile de se procurer des armes à feu en Enderlain, aussi les rebelles en possédaient-ils sans doute très peu.

Mikira cligna des yeux, surprise de reconnaitre des traits familiers. La personne était de petite taille et brune de peau, et, malgré un physique sec et nerveux, elle en imposait.

– Jenest ! s'exclama-t-elle.

Vêtue d'un treillis blanc cassé, ses cheveux foncés attachés en natte dans son dos, Jenest n'avait rien de l'excentrique organisatrice de courses de ses souvenirs. L'air soupçonneux, elle observait Mikira, qui finit par se rendre compte qu'à chacune des compétitions elle avait porté un masque. L'expression de Jenest se détendit, et un grand sourire lui éclaira le visage.

– Je reconnais cette voix, dit-elle. Tu es revenue empocher tout mon argent, Éclair de nuit ?

Mikira tentait encore d'assimiler le fait que la reine des courses illégales à Veradell était en fait une rebelle.

– Mais… les courses, bredouilla-t-elle. Pourquoi prendre tant de risques ?

– Pour le financement, répondit Jenest en frottant son pouce contre deux doigts. Une opération de cette taille coute très cher. Sans oublier que ces compétitions clandestines constituent un vivier abondant pour le recrutement.

Elle lui adressa un sourire entendu, avant de pointer le menton.

– Venez. La princesse attend.

Elle posa la main sur la paroi, et une lumière dorée s'étendit d'un bout à l'autre de la galerie telle une cloison, avant de se dissiper.

– C'est une association de sortilège d'énergie pour les mouvements et de charme céleste pour les illusions, expliqua Talyana en voyant l'air hébété de Mikira. Si quelqu'un qui n'est pas reconnu s'introduit, ça nous prévient et piège l'intrus dans une hallucination jusqu'à ce que nous arrivions.

Dès qu'elles furent entrées, Jenest réactiva les sorts, puis les emmena plus loin dans les tunnels. Elles passèrent devant deux postes de garde avant que le passage s'achève sur une grosse porte blindée à double battant métallique.

– C'est l'ancien siège de la compagnie minière, reprit-elle en touchant le verrou, qui s'ouvrit. La serrure est ensorcelée pour n'autoriser l'accès qu'à certaines personnes. Il faudra que notre enchanteresse t'ajoute à la liste.

– Il y en a combien dans la rébellion ? s'enquit Mikira.

Talyana se rembrunit.

– Une seule.

– Leurs rapports ne sont pas très chaleureux, précisa Jenest.

Cette remarque lui valut un regard agacé, qui ne provoqua chez elle qu'un sourire amusé.

– Je pourrais les réchauffer, rétorqua Talyana. Il suffirait qu'on me donne une torche ou une marmite d'eau bouillante. Tout ce qui brule, ça me conviendrait.

– Comment s'appelle…

Mikira fut coupée par le grincement de la porte, qui s'ouvrit sur une immense caverne. Des gens en treillis blanc cassé s'affairaient, organisaient et déplaçaient des caisses de matériel, ou couraient sur un terrain d'entrainement séparé par des barrières. Une file d'attente s'était formée devant une table où l'on distribuait oreillers et couvertures, et des enfants jouaient à chat dans l'agitation.

Talyana avait expliqué à Mikira que le mouvement recueillait des malheureux jetés à la rue et les familles des rebelles démasqués par les autorités, pourtant l'ampleur de l'opération la stupéfia. Cela provoqua en elle une prise de conscience brutale de ce qu'elle faisait là, et déclencha le vieux réflexe qui la poussait à fuir. Depuis des années, elle s'efforçait de se dépêtrer des machinations de Veradell, et voilà qu'elle s'y précipitait de nouveau tête baissée.

Une main chaude se referma sur ses doigts. Talyana la fixait d'un regard calme.

– Tu vas y arriver, dit celle-ci en serrant doucement. Je suis là, ne t'inquiète pas.

Mikira ne sut pas quoi répondre. Toutes les deux n'avaient pas passé beaucoup de temps ensemble depuis le bal de clôture, et elle ignorait si la méfiance et le ressentiment étaient de mise. Talyana lui avait menti et l'avait manipulée, mais elle l'avait aussi aidée à remporter l'Illinir. Sans elle, Mikira n'aurait pas survécu, pas plus qu'elle n'aurait pu garder le secret sur Atara.

Autre élément déroutant, la façon dont la peau de Mikira s'embrasait quand Talyana la touchait. Cela l'exaltait et la perturbait à la fois, affolait son cœur et lui nouait la gorge. Le contact physique n'avait jamais eu d'attrait pour elle, mais plus elle fréquentait Talyana, plus elle prenait gout à l'intimité de gestes simples tels que celui-ci.

Je n'y arriverai pas seule, songea-t-elle. Il lui fallait au moins une alliée, et qui plus est, elle *désirait* que tout aille bien entre elles. Après ce qu'elle avait traversé, elle ne voulait pas en plus perdre Talyana.

Dans la cavité, on commençait à les remarquer – des murmures s'élevaient çà et là. Talyana se mit en retrait afin de laisser la place à Mikira et Atara. Autrefois, elle se serait ratatinée sous tant d'attention. À présent, elle l'accueillit la tête haute.

De ça, elle était capable.

– C'est Mikira Rusel, dit quelqu'un.

– Atara est encore plus magnifique de près.

– C'est vrai ! Il n'y a même pas de paillettes dorées dans ses yeux.

Le bruit se répandait qu'elle avait gagné l'Illinir sur une monture non enchantée, exploit qui ajoutait à sa réputation. Ce mensonge la gênait, mais la vérité mettrait Ari en danger, et elle devait reconnaitre que la façon dont on les admirait, tels deux Messagers de retour parmi les mortels, ne lui déplaisait pas.

– Eh bien, quelle célébrité ! commenta une femme.

Mikira fit volteface et se trouva face à face avec Shira Adair. Celle-ci portait son habituelle tenue foncée, un assortiment de couteaux sanglés à son corps félin. D'une certaine manière, Mikira ne fut absolument pas surprise de sa présence. Elle en savait peu sur la sœur de Damien, mais connaissait en revanche sa tendance à surgir là où on l'attendait le moins.

– Talyana, dit Mikira d'un ton froid. Qu'est-ce qu'elle fait ici ?

– Je me rebelle, bien sûr, répondit aussitôt Shira.

Atara s'approcha, et Shira lui prit le museau dans ses mains.

– Moi aussi, je suis contente de te voir, lui murmura-t-elle.

– Je ne comprends pas ce que vous faites là, insista Mikira, s'efforçant de ne pas se sentir trahie par la gentillesse que la jument témoignait à cette femme. Vous êtes une noble, et même d'une maison majeure, maintenant. Pourquoi voudriez-vous changer les choses ?

Shira fixa Atara dans les yeux.

– À chacun ses raisons.

– Certains les expriment de façon plus obscure que d'autres, commenta Talyana en croisant les bras.

Shira l'ignora, et Mikira devina qu'elle devait être l'enchanteresse qu'avait évoquée Jenest. De toute évidence, Mikira n'était pas la seule que sa présence mettait mal à l'aise.

Jenest donna des tapes réconfortantes sur l'épaule de Talyana.

– Torches et marmites, ma chère, torches et marmites.

Mikira eut l'impression que Shira saisissait exactement la référence, même si elle n'y réagit pas et se contenta de tourner les talons.

– Venez, le discours d'Eshlin va commencer, annonça-t-elle.

Mikira échangea un regard avec Jenest, qui haussa les épaules.

– Il va falloir t'y habituer. C'est la lieutenante d'Eshlin.

Concilier sa vie d'Adair avec celle d'une rebelle ne pouvait être une mince affaire, surtout avec un frère tel que Damien, qui s'enorgueillissait d'avoir toujours une longueur d'avance. Ses actes étaient scrutés, et se faire démasquer était pour elle synonyme de mort.

Comme pour Mikira.

Mais si les rebelles parvenaient à leurs fins, s'ils renversaient le système des maisons nobles et instauraient le changement, peut-être sa famille pourrait-elle vivre en paix, et nul n'aurait plus à souffrir sous l'autorité de tyrans tels que Rezek.

Sous les regards des uns et des autres, Atara et elle rejoignirent une assemblée de plus en plus nombreuse, et Mikira fit un clin d'œil à une fillette qui levait vers elles des yeux ébahis. Tandis que le bourdonnement des conversations s'intensifiait, Talyana remua nerveusement.

– Elle est en retard, maugréa-t-elle. Ça n'arrive jamais.

– Je suis sure que ce n'est rien, la rasséréna Mikira, mais Talyana tritura le bout de sa natte comme si elle pouvait y trouver des réponses.

Alors que l'agitation de Talyana atteignait un pic de fébrilité, des acclamations s'élevèrent dans la foule. Une femme de grande taille sortit d'un bureau voisin, et son expression tourmentée se détendit aussitôt.

Même en uniforme, la princesse Eshlin dégageait une élégance que Mikira lui enviait. Elle serrait au passage les mains des partisans, allait vers eux pour leur adresser quelques mots avant de passer au suivant. La princesse qu'elle connaissait était intelligente et sure d'elle, mais ici, la chaleur et l'empathie qui émanaient d'elle exerçaient sur chacun un magnétisme palpable.

– Quelque chose cloche, marmonna Talyana.

Par réflexe, Mikira se rapprocha d'elle.

Jenest remit à Eshlin un hautparleur enchanté lorsqu'elle prit place sur le devant de la scène, où Mikira distingua la silhouette du serpent golem camouflé qu'elle portait sur ses épaules.

– Bienvenue, chers amis ! lança Eshlin d'une voix chaude.

Des vivats s'élevèrent, et la princesse attendit qu'ils retombent avant de poursuivre :

– Nous sommes plus près du but que jamais, et la moindre de nos avancées est le fruit de notre travail collectif. Sans chacun d'entre vous, cette organisation ne serait pas ce qu'elle est aujourd'hui.

Mikira observa l'assemblée de rebelles. Les déclarations d'Eshlin les touchaient ; plusieurs se donnèrent un coup d'épaule complice ou échangèrent de petits sourires. Ils buvaient ses paroles, mais Mikira demeurait circonspecte. Dans un coin de sa tête, elle ne pouvait réprimer le sentiment qu'il s'agissait d'une tâche impossible, d'une entreprise qui les conduirait à la mort. Cette part d'elle voulait enfourcher Atara et fuir sans jamais se retourner.

Mais une autre partie d'elle, la Mikira humiliée mille fois, contrainte à se battre pour sa vie et celle de ses proches, exigeait qu'elle reste.

Comme si elle percevait ses pensées, Atara lui donna une petite poussée avec le museau. Mikira posa la main sur son encolure, le maintien fier.

– Les dirigeants de ce royaume ont manqué à leur devoir, reprit Eshlin. Trop souvent, ils ont fait passer leur intérêt avant celui du peuple. Ils vous utilisent comme chair à canon dans une guerre dont vous ne voulez pas, évaluent vos vies en termes de bénéfices dont vous ne verrez jamais une miette.

Une tension imprégnait sa voix, la même qui se répandait dans la foule sous forme de murmures d'approbation.

– J'étais là quand ils ont marchandé vos moyens de subsistance, poursuivit Eshlin, avant de hausser la voix. J'ai vu avec quelle facilité ils écartent vos vies de leurs considérations. Ma famille est aussi coupable que les maisons nobles, aussi indigne de diriger le royaume, et c'est pourquoi je me suis donné pour mission d'ouvrir la voie au transfert du pouvoir vers le peuple. Vers vous.

Talyana prit de nouveau la main de Mikira. Cette fois, elle ne sentit que sa détermination et sa force.

La princesse leva la tête pour contempler la foule, avant de prononcer sa déclaration finale :

– Le moment est venu pour vous de reprendre le pouvoir.

L'assemblée se dispersa, animée d'une énergie renouvelée. Même Mikira s'étonna de l'impact que les mots de la princesse eurent sur elle. Eshlin était de sang royal, mais elle avait exposé ses intentions sans ambages : elle allait les aider à démanteler le système des maisons nobles et la monarchie, afin d'offrir au peuple les clés de son destin.

Ensemble, ils allaient forger un nouvel Enderlain.

Mikira voulait y croire plus que tout, mais ses nombreuses années passées à subir le joug des nobles l'incitaient à la plus grande méfiance.

– On a l'impression que tu as mordu dans un citron, lui fit remarquer Talyana.

– Non, c'est que… eh bien, as-tu vraiment confiance en Eshlin ? Elle a combattu au front, quand même. C'est toujours l'une d'entre eux.

Talyana lui décocha un regard entendu.

– Elle s'est engagée contre l'avis de son père. Elle lui a dit que si les habitants d'Enderlain devaient se battre, elle aussi.

– Oh.

Mikira l'ignorait, mais cela n'effaça pas ses doutes.

– Ne me crois pas sur parole, dit Talyana en lui donnant un coup de hanche. Tu vas pouvoir te faire ta propre opinion.

Elles rejoignirent Shira, qui les attendait devant la salle d'où Eshlin était sortie plus tôt. À côté d'elle se tenait une femme munie d'un seau de pommes vertes, vers lequel Atara se précipita, tandis que Mikira et Talyana suivaient Shira à l'intérieur.

Eshlin était assise à un bureau ordinaire, sur lequel était étendue une carte de Veradell. La gravité d'avant son discours fermait de nouveau ses traits, et elle tapota sur le bois d'un air impatient, jusqu'à ce que Shira s'appuie contre le rebord de fenêtre derrière elle, les bras croisés.

– Fermez la porte, s'il vous plait, exigea-t-elle alors.

Talyana obéit. Mikira remua, de plus en plus mal à l'aise.

Eshlin croisa les mains sur ses cuisses.

– Mon père a déclenché l'Ascension royale.

Mikira et Talyana échangèrent des regards surpris. Malgré la santé déclinante du souverain, personne ne s'attendait à ce que l'Ascension ait lieu si tôt.

– Qu'est-ce que ça signifie ? s'enquit Mikira.

– Que nous parviendrons peut-être à nos fins sans violence.

La princesse alla se servir du thé à une desserte, puis poursuivit ses explications :

– Jusqu'à présent, l'objectif de la rébellion était très simple : démanteler le système héréditaire des maisons nobles et le remplacer par des comités élus dans chaque quartier. Pour cela, nous devons destituer les chefs de chaque famille de gré ou de force, puis nous emparer du trône, ce qui nécessite des fonds et des armes que nous n'avons pas encore.

– Mais si vous remportez l'Ascension, le trône sera déjà à vous, conclut Mikira.

Il leur faudrait ensuite régler la question des nobles, mais en tant que souveraine, Eshlin disposerait d'une armée. Elle parviendrait peut-être à rallier à elle le Conseil des Lords sans effusion de sang, ce qui, reconnut Mikira à contrecœur, serait envisageable maintenant que Damien avait remplacé Rezek.

Mais Eshlin en aurait-elle toujours la volonté une fois reine ? Chasser son père et renoncer elle-même à la couronne étaient deux choses très différentes.

– Je comprends votre hésitation.

Mikira s'arracha à ses pensées et constata que la princesse l'observait de près, mais elle refusa de se laisser intimider par son regard.

Eshlin reprit :

– À votre place, moi aussi je me méfierais de mes intentions. Mais je vous assure, je n'ai aucune envie d'accéder au trône.

– Pourquoi ?

Mikira avait conscience du caractère abrupt de sa question, comme le lui confirma le regard stupéfait de Talyana. Mais Eshlin lui avait demandé d'être le visage de leur rébellion, de mettre en péril une sécurité pour laquelle elle avait tant lutté, et elle tenait à savoir pourquoi.

Shira fit une moue narquoise, mais la princesse, elle, resta impassible.

– C'est une question légitime. Ma réponse n'a rien d'extraordinaire, pourtant : je suis égoïste.

Mikira la regarda en clignant des paupières, et accepta machinalement la tasse de thé qu'elle lui présenta.

– Mon oncle a été assassiné, ma mère est morte le cœur brisé, et je suis à peu près sure que quelqu'un, peut-être même mon frère, empoisonne mon père.

Eshlin tendit ensuite une tasse à Talyana, qui la refusa en faisant la grimace.

La princesse la garda et reprit place sur son siège.

– J'ai combattu dans une guerre qui me faisait horreur, je me suis prêtée à tous les jeux politiques imaginables, et j'ai passé ma vie à me méfier de tout le monde – un sentiment qui doit vous être familier, j'en suis sure.

L'accablement de la princesse s'accrut lorsqu'elle ajouta :

– Je suis fatiguée, Mikira. Je suis lasse de voir ma famille se déchirer, lasse de ce jeu de massacre sans fin. Je veux que ça se termine.

Il y avait un abime dans le regard de la princesse qui touchait Mikira, un épuisement si profond qu'on ne pourrait jamais l'en soulager tout à fait. Eshlin devait avoir au plus vingt-cinq ans, et pourtant, en cet instant, on aurait dit une vieille femme.

Dans ce regard, Mikira découvrit qu'elle la croyait.

– Quelles sont vos instructions ? demanda-t-elle.

7

MIKIRA

Mikira n'avait jamais remarqué que la Chancellerie était si imposante.

Bâtiment circulaire surmonté d'une coupole, construite en pierre claire sévère et pourvue de rangées de fenêtres à chaque étage, on la voyait de presque partout dans le quartier de Wrenith. L'édifice lui rappela les églises sendiennes disséminées çà et là dans la ville. Les huissiers en robe blanche qui allaient et venaient avaient les mains implorantes de Sendia brodées sur leurs poches de poitrine, hommage à la puissance religieuse qui dominait autrefois l'Enderlain.

Talyana et Mikira avaient laissé leurs chevaux dans un relai à quelques rues de là pour éviter qu'on les remarque, et Mikira cachait sous une capuche ses cheveux roux trop reconnaissables. Toutes les deux se faufilèrent sans encombre dans la bâtisse. À l'intérieur, celle-ci paraissait encore plus vaste. Le plafond semblait aussi haut que le ciel, et les galeries ouvertes qui cerclaient la structure évoquaient la cage thoracique d'un animal formidable. Des ascenseurs enchantés reliaient les étages, et au centre, assis à une table circulaire, des huissiers novices orientaient les visiteurs.

Quelque part dans cette fourmilière, elles espéraient trouver des renseignements sur le prince de la dynastie Ranier.

– Mikira ? l'appela quelqu'un.

Elle se tourna par réflexe vers cette voix stupéfaite, mais familière, avant même de l'avoir identifiée.

Reid la fixait d'un air hébété, une liasse de plans détaillés de microscope serrés contre sa poitrine. Il avait toujours ce même aspect orageux, avec ses vêtements foncés presque aussi désordonnés que ses cheveux noir corbeau, ses manches relevées laissant paraitre ses tatouages. Ses yeux cristallins s'écarquillèrent d'inquiétude, comme si cette rencontre impromptue risquait de leur couter très cher.

Talyana s'interposa sans grande discrétion.

– J'espère que tu ne nous as pas suivies, Haldane.

En un éclair, la surprise de Reid se mua en moue renfrognée si typique de lui que Mikira en eut un pincement au cœur.

– C'est vrai que je n'ai rien de mieux à faire, rétorqua-t-il. Je parie que traquer les gens, c'est ta spécialité, *sergente*.

– Et la tienne, ce serait quoi ? Regarder les gens d'un air mauvais jusqu'à ce qu'ils te cassent la figure ? enchaina Talyana en s'approchant davantage. En ce qui me concerne, ce serait avec plaisir.

– Ça suffit, intervint Mikira, qui s'était enfin ressaisie.

Bien qu'Ari se soit parfois glissée dans ses pensées ces derniers jours, elle en avait tenu Reid à l'écart. Malgré la distance qui la séparait d'Ari, celle-ci ne lui semblait pas inatteignable. Reid, lui, était si fidèle à Damien qu'un océan se trouvait entre eux.

– Si vous avez fini de vous chamailler, reprit-elle, je veux parler à un huissier de la bague sigillaire de ma famille.

Ce prétexte lui vint facilement, tout en la déroutant. Jouer ainsi la comédie devant Reid la mettait mal à l'aise.

Ce sentiment empira quand il plissa les yeux d'un air curieux.

– Tu viens en commander une nouvelle ? Je pourrais te dessiner…

– Non ! le coupa Talyana en prenant Mikira par le bras. Je pense que tu en as assez fait comme ça.

Avant que Mikira ait pu protester, son amie l'entraina plus loin dans l'immense salle. Elle sentait sur elle le regard intense de Reid, et elle dut fournir un grand effort pour ne pas lancer un coup d'œil en arrière.

Jusqu'alors, elle ne s'était pas rendu compte qu'il lui manquait tant.

Talyana ne la lâcha pas avant qu'elles aient atteint l'index, à l'autre bout du rez-de-chaussée. Des rangées de casiers agencés par ordre alphabétique occupaient un mur entier, chacun contenant une liste d'emplacements où étaient classés des documents de toutes sortes.

Talyana eut la bonté de ne pas revenir sur leur rencontre inopinée avec Reid, mais Mikira percevait tout de même le poids de son silence tandis qu'elles notaient les sections indiquées sous les catégories Ranier, famille royale et actes de naissance. Lorsqu'elles montèrent dans un ascenseur enchanté avec deux huissiers, elle bouillait.

– Vas-y, crache le morceau, exigea-t-elle alors qu'elles sortaient au troisième étage.

Talyana continua son chemin jusqu'à la première rangée d'étagères.

– Je n'ai rien à dire. Tu sais ce que je pense de lui.

C'était exact : elle avait le même avis sur lui que sur toute personne liée à Damien, mais en pire, car elle reprochait à Reid de lui avoir révélé que Mikira détenait sa bague sigillaire.

Elles épluchèrent en silence registres et dossiers, vieux contrats et copies de lettres. Mikira ignorait que la Chancellerie conservait tant de choses. Mi-archives, mi-musée, ce lieu préservait des documents sans importance. Talyana trouvait cela fascinant, mais depuis toujours, elle éprouvait une grande curiosité pour la vie des autres. Quand elles étaient enfants, elle se laissait emporter par les histoires que le père de Mikira leur racontait, et jurait qu'un jour elles se rendraient dans les contrées lointaines où elles se déroulaient.

Mikira avait toujours aimé cette facette d'elle, sa capacité à avoir de grands rêves, alors que, pour sa part, elle n'avait jamais pu se projeter plus loin que le lendemain.

Pour accéder au dernier emplacement qu'elles avaient noté, elles durent passer par un couloir étroit et entrer dans une petite pièce dont les lampes enchantées peinèrent à s'allumer. Mikira eut l'impression d'apercevoir quelqu'un, mais lorsque la lumière se stabilisa, il n'y avait personne.

Elles se partagèrent les documents qu'elles trouvèrent et allèrent les lire à une table près de la fenêtre. Peu après, Mikira avait mal aux yeux à force de les plisser, et les grondements de son estomac nuisaient à sa concentration. Pour ne rien arranger, sa rencontre avec Reid la travaillait toujours, et Talyana ne cessait d'emmêler ses pieds dans les siens sous le bureau.

Mikira laissa tomber sa tête dans les mains en grognant.

– Il n'y a rien, là-dedans. C'est logique. Un acte de naissance au nom du prince serait comme une flèche géante dirigée vers lui. Jamais on n'aurait pu garder le secret sur son existence si des informations pareilles étaient entreposées ici.

Talyana se renversa dans sa chaise et se frotta les paupières.

– Tu as raison, mais nous devons chercher encore. Le roi a forcément déclaré quelque chose, à moins que les rumeurs ne proviennent que des personnes qui ont assisté à l'accouchement.

Mikira releva brusquement la tête, frappée par une idée soudaine.

– C'est possible, oui.

Elle se leva d'un bond, et, Talyana sur les talons, fit le chemin inverse jusqu'à la salle des naissances. Mais au lieu de s'y arrêter, elle continua dans la pièce adjacente, salle spacieuse pourvue d'une longue table centrale, de meubles de classement qui atteignaient le plafond, et d'une échelle dans un coin.

– Les actes de décès ? s'étonna Talyana. Il n'est pas mort, justement.

Mikira tira l'échelle vers le milieu.

– Le roi Rykard voulait faire croire qu'il n'avait jamais existé, mais les gens parlent. Les rumeurs ne sont pas sorties de nulle part, donc quelqu'un était forcément au courant de la liaison, et sans doute aussi de la grossesse, même si ce n'était que les médecins ou les serviteurs qui ont assisté à l'accouchement. Alors qu'est-ce qui est presque aussi efficace que de n'avoir jamais existé ?

Le visage de Talyana se fendit d'un grand sourire malicieux.

– Être mort.

Dans les meubles classés par année, les actes étaient rangés par mois. Mikira chercha l'époque de la naissance du prince, y saisit les fichiers par poignées et les remit à Talyana jusqu'à ce qu'elles les aient tous. Elles les disposèrent sur la table et les parcoururent en vitesse puis, au bout d'un moment…

– Je l'ai, annonça Mikira en faisant glisser une feuille vers Talyana. Torren Ranier, né et décédé le même jour.

Talyana prit le document.

– Il a dû ne pas établir l'acte de naissance pour qu'on ne puisse pas confirmer facilement l'existence du prince. Mais si quelqu'un qui était au courant fouillait davantage, l'acte de décès devait servir de leurre.

– On n'y joint pas une copie de l'acte de naissance, d'habitude ? s'enquit Mikira.

Talyana retourna la feuille et montra un endroit où elle semblait avoir été collée.

– Quelque chose a été arraché, là. L'acte a pu être volé, tu crois ?

– Fais voir.

Mikira saisit l'acte et tenta d'identifier les blasons au bas de la page.

– En plus du symbole royal, il y a deux autres sceaux. Si c'est un faux et que le prince Torren est vivant, ces personnes savent peut-être ce qui s'est passé.

– Consultons les archives des sceaux pour savoir à qui ils appartiennent.

Talyana garda l'acte de décès, et elles descendirent au premier étage.

Lorsqu'elles émergèrent de l'ascenseur, une huissière aux yeux fatigués se mit en travers de leur chemin.

– Désolée, mais je dois vous demander de vous diriger vers la sortie. La Chancellerie ferme plus tôt, aujourd'hui.

– Nous n'avons plus qu'une recherche à faire, répondit Talyana. Ça ne sera pas long.

Mais l'huissière écarta les bras en grand pour leur barrer le passage.

– Revenez demain à l'ouverture. Préférez-vous que j'appelle la sécurité ?

– Ce ne sera pas la peine, intervint Mikira avant que Talyana ait pu insister.

Elle hésita… elles ne voulaient pas qu'on soit au courant de leur présence, mais il leur fallait ces informations au plus vite. Tant que l'huissière ignorait la raison de leur visite, elle ne risquait sans doute pas grand-chose.

Elle baissa sa capuche et vit la jeune femme ouvrir de grands yeux.

– Miss Rusel, dit celle-ci d'un ton qu'à présent Mikira connaissait bien.

Elle l'avait espéré.

– Enchantée, lança-t-elle en lui tendant la main, forte des nombreuses heures passées dans les bals de l'Illinir.

Mais alors qu'en ces occasions ses interlocuteurs escomptaient sa considération, l'huissière parut stupéfaite de la recevoir et lui serra la main d'un air émerveillé.

Sous le regard intrigué de Talyana, Mikira lui adressa son plus beau sourire.

– Nous sommes désolées de nous imposer, mais nous n'en avons que pour très peu de temps. Ce serait vraiment adorable de votre part.

L'huissière hésita, puis céda.

– Bon, d'accord. Cinq minutes. Mais faites vite, s'il vous plait. Et aussi, Miss Rusel ?

Mikira s'arrêta quelques pas plus loin et se retourna. Les joues empourprées, la femme lui présentait un bout de papier et un stylo.

– Si ça ne vous dérange pas ?

– Avec plaisir.

Mikira lui signa un autographe et lui rendit ses affaires.

– C'est moi ou tu commences à y prendre gout ? railla Talyana lorsqu'elle la rejoignit.

– Pourquoi, tu es jalouse ? rétorqua-t-elle.

Talyana braqua vivement le regard vers elle, avec un emportement qui ébranla Mikira.

– Oh, quand je serai jalouse, tu le sauras vite.

S'efforçant de ne pas rougir, Mikira la suivit dans la salle de documentation. On avait laissé une lampe à pétrole sur la table, et Mikira examina l'acte de décès sous ce meilleur éclairage. Un des sceaux était trop effacé pour qu'elle puisse distinguer davantage que la pointe d'une étoile, mais l'élément principal de l'autre était une lettre, un grand D majuscule entouré de lignes irrégulières semblables à des vagues.

Elle glissa l'acte dans sa poche et parcourut les D. Chaque sceau était reproduit en gros, et accompagné d'un dessin de la bague. Très vite, Mikira atteignit la fin du tiroir de classement et soupira.

– Il n'y est pas.

– Kira.

La tension qu'elle perçut dans le ton de Talyana lui fit dégainer un couteau avant même de s'être relevée.

– À votre place, j'éviterais, dit quelqu'un à mi-voix.

Mikira se figea. Un inconnu portant un masque de Skylis tenait un couteau contre la gorge de Talyana. Mikira repensa à la salle précédente, où elle était certaine d'avoir vu quelqu'un, et s'en voulut de ne pas avoir fait confiance à ses yeux.

De sa main libre, l'homme lui fit signe d'approcher.

– L'acte de décès.

– Ne lui donne…

Talyana s'interrompit lorsque le couteau lui entailla la peau et qu'une goutte de sang coula sur sa gorge.

– Si vous lui faites du mal, je vous tue, gronda Mikira.

L'homme se contenta de répéter son geste.

Mikira sortit lentement le document de sa poche. Mais au lieu de le lui remettre, elle le jeta sur la table. S'il le voulait tant que ça, il serait obligé de relâcher Talyana.

Il poussa Talyana vers elle et se précipita vers la table. Mikira rattrapa Talyana d'un bras et, de l'autre, ordonna à son couteau de fuser vers l'assaillant. L'arme fila dans les airs et frappa sa cible – côté manche.

Mikira jura tandis que l'inconnu s'emparait d'une chaise et la jetait vers elles, les forçant à s'accroupir. Lorsqu'elles se redressèrent, il avait disparu. Mikira se lança à sa poursuite. Il ne pourrait pas quitter le bâtiment avec le document, car les sortilèges antivols de la Chancellerie l'en empêcheraient. Il allait donc devoir demeurer dans l'édifice le temps de pouvoir recopier les renseignements…

Elle s'arrêta net.

Au milieu du couloir se trouvait un petit tas de cendres fumantes – tout ce qui restait de l'acte de décès.

8
ARIELLE

Ari remua dans son siège, incapable de trouver une position confortable. Le regard désespéré que lui avait lancé Rivkah en partant l'avait poursuivie dans la nuit, et elle s'était réveillée plus épuisée qu'au coucher, phénomène de plus en plus fréquent. Elle avait d'abord cru qu'elle devait sa fatigue à Damien, avec qui elle veillait dans le lit quand ses cauchemars la tiraient du sommeil, mais il ne l'avait pas dérangée de la nuit, et elle s'était sentie dans le brouillard tout l'après-midi.

L'esprit embourbé, elle tentait de se concentrer sur le livre ouvert sur ses cuisses. Damien s'était rendu à son premier Conseil, et Reid passait son temps penché sur un microscope afin d'examiner son sang, aussi avait-elle décidé d'en apprendre davantage sur l'Hérétique qui la possédait. Hélas, il restait très peu d'écrits sur le sujet depuis l'Autodafé, quand l'Église sendienne avait brulé presque toutes les archives de l'Enderlain concernant la magie, un siècle plus tôt. Même l'ouvrage qu'elle détenait n'était qu'un récit de seconde main, et dans son état d'épuisement, elle venait de relire la même page deux fois.

L'habituel bourdonnement de magie précéda la voix étonnamment douce de l'Hérétique : *Peut-être devrais-tu te reposer.*

Elle s'attendait au silence qui s'ensuivit, mais en fut quand même agacée. Malgré ses efforts pour la contrôler, la peur formait une boule toujours plus grosse dans sa poitrine. Son corps ne lui appartenait plus, ses pouvoirs étaient plus encombrants que jamais, et elle ne pouvait se départir de l'impression que, quelles que soient les intentions de l'Hérétique, ça ne pouvait pas bien se terminer.

Que tentiez-vous d'accomplir, vos amis et vous ? la questionna-t-elle. Elle savait seulement qu'ils avaient repoussé les limites de la magie lorsqu'ils avaient provoqué le Cataclysme, catastrophe qui avait détruit la plus grande partie du Kinahara et rendu le reste inhabitable, mais quel avait été leur but ?

Un silence s'écoula avant que l'Hérétique réponde : *Ce ne sont pas mes amis.*

– Aïe, Bidule !

Un bruit de griffes dans du tissu suivit l'exclamation de douleur de Reid, et le tout petit chat apparut peu après sur son épaule, où il s'empressa de se blottir.

Ari soupira et referma son livre, puis alla se servir une tasse de camomille et la posa sur le bureau à côté de celle que Reid avait déjà bue.

– Ça avance ? lui demanda-t-elle.

Reid tint Bidule d'une main tout en se penchant pour regarder dans son instrument d'optique.

– Oui, j'ai découvert une cellule jusqu'alors inconnue au bout de seulement quelques heures, et au lieu de te prévenir, j'ai préféré rester collé à mon microscope.

– Ce n'est pas drôle, Reid.

Elle n'avait pas voulu laisser transparaitre son angoisse, mais celle-ci était si forte qu'elle avait peur de craquer.

Il leva la tête un bref instant, assez longtemps pour qu'elle perçoive la gravité dans ses yeux.

– Je trouverai, Ari. Je te le promets.

Elle acquiesça et soupira. Il lui fallait y croire, se convaincre que Rezek n'était pas son seul espoir de revoir sa sœur un jour, de se sentir enfin en sécurité. C'était une des raisons pour lesquelles elle n'avait pas non plus essayé de contacter Mikira. Celle-ci en avait assez bavé ; Ari ne voulait pas la mettre davantage en danger.

La porte des appartements s'ouvrit. Damien entra et passa la main dans ses cheveux pour en chasser la pluie, les joues colorées par la chaleur du fiacre. D'un regard, il décela le désarroi évident d'Ari, et alla aussitôt vers elle. Elle s'avança machinalement, pressée de retrouver le réconfort de ses bras.

Il l'enveloppa, et sa chaleur fit fondre la glace de ses pensées. Sa simple présence l'apaisa.

– Tu as besoin de quelque chose ? s'enquit-il d'une voix douce.

– Être contre toi, ça me suffit, répondit-elle, s'accordant encore quelques instants pour respirer avant de s'écarter. Tout va bien.

Damien maintint son entière attention sur elle, son inquiétude palpable. Tenant à lui montrer qu'elle était sincère, Arielle alla chercher une tasse de thé et se mit à son aise dans la causeuse. Enfin convaincu, il contempla les documents qui formaient une pile nette sur le bureau.

Il s'en empara et fronça les sourcils.

– Tu as fouillé là-dedans ? questionna-t-il Reid.

Celui-ci ne décolla pas les yeux de son microscope.

– Je les ai mis en ordre.

Damien jeta les papiers sur la table de travail avec une véhémence inattendue, avant d'aller près de la cheminée. Reid et Ari échangèrent un regard interrogateur. Damien les avait-il laissés là exprès pour voir si on les déplaçait ?

Depuis deux semaines, il se montrait plus prudent que d'ordinaire, avait renforcé la sécurité autour du manoir et renouvelé les enchantements défensifs sur les fiacres de la famille. La décision de Hyle de travailler au service de Loïc l'avait ébranlé autant que la situation avec Mikira, mais Arielle finissait par se demander si elle n'en avait pas sous-estimé l'impact.

– Comment s'est passée l'assemblée du Conseil ? s'enquit Reid.

– La taxe de conscription et les droits d'exemption ont été abrogés, répondit Damien d'un ton détaché, alors qu'il s'agissait d'un des plus grands changements que l'Enderlain ait connu depuis une décennie. La nouvelle devrait être annoncée dans l'heure.

Un éclat dans son regard poussa Ari à se pencher vers lui.

– Et ?

Il eut un petit sourire en coin.

– Le roi a déclenché l'Ascension. Quiconque est de sang royal et retrouve le prince Ranier accèdera au trône. J'ai offert mon aide à Darius.

Il n'eut pas besoin d'entrer dans les détails pour qu'elle comprenne ses motivations : s'il permettait à Darius d'être couronné, le prince lui serait redevable, et il bénéficierait d'un accès direct à un roi influençable. Reid parut toutefois dans l'expectative, comme s'il s'attendait à ce que Damien poursuive, et Ari constata qu'elle aussi. Non pas parce que son plan semblait insuffisant, mais à cause de la lueur dans ses yeux. Elle n'était pas certaine qu'il en ait conscience, sinon il l'aurait effacée.

Damien la connaissait comme personne, la comprenait à la perfection, mais la réciproque était vraie, aussi savait-elle qu'il ne leur avait pas tout dit.

Ari replia son journal, car les secousses du fiacre enchanté lui donnaient la nausée. La décision du Conseil avait paru très vite dans toute la presse, chaque article attribuant à la maison Adair ces changements considérables de fiscalité, et elle se demanda combien d'autres Damien envisageait s'il parvenait à ses fins.

Il avait la tête posée sur son poing, le coude appuyé contre le bord de la vitre. Cette attitude frisait tant l'irrévérence que la seule explication, selon elle, était qu'il était plongé dans ses pensées, mais elle aimait la façon dont cela adoucissait son expression.

La ville défilait au-dehors, longues rangées de bâtiments de brique entrecoupées par de brèves apparitions du fleuve

Greystel. Ils franchirent le pont Roughshaw pour entrer dans ce qui était autrefois une circonscription des Kelbra. Ce quartier dépendait d'une des deux maisons mineures à présent sous la juridiction de la maison Adair.

Les maisons Zalaire et Thielan s'occupaient de l'administration générale de leurs quartiers, mais se contentaient du minimum et y réinvestissaient le moins possible. Damien avait la ferme intention de réparer ces manquements, en redirigeant les recettes de la taxe de conscription et des droits d'exemption vers la communauté, mais là n'était pas la raison de cette visite.

Ils étaient en chasse.

C'était d'ordinaire Reid qui se chargeait de ces missions avec Damien, mais le jeune homme était trop accaparé par sa quête de la cellule d'enchanteur. Ari s'était donc portée volontaire. Depuis quelques jours, Damien travaillait de moins en moins avec ses employés, pourtant nombreux.

Le fiacre enchanté s'arrêta sur la place Canburrow, et lorsqu'ils en descendirent, ils furent accueillis par l'odeur sucrée du caramel. Une confiserie avait ouvert sa porte, devant laquelle s'étendait une file d'enfants surexcités et d'amoureux bras dessus bras dessous. Des badauds admiraient de grandes vitrines, et un violoniste accordait son instrument près de la fontaine centrale.

Damien lui tendit un bout de papier plié.

– C'est elle que nous recherchons.

Elle le déplia et découvrit la photo d'une jeune femme aux cheveux noirs coupés court et au visage anguleux, avec autour du cou un pendentif en croc d'Aslir et une amulette en croissant de lune ornée d'un symbole de force kenzenian qu'Ari reconnut. Au dos, on avait dessiné des armoiries : le même croc sur un fond circulaire, et le nom Arkizien inscrit dessous.

– Peu avant l'Illinir, un de mes espions a entendu une rumeur selon laquelle le roi faisait rechercher le prince Ranier, en toute discrétion, expliqua-t-il lorsqu'elle lui rendit le papier. À la Chancellerie, Hyle a mis la main sur un acte de naissance qu'il pensait être celui du prince, signé par deux familles : les Arkizien et les Dalart. À l'époque de cette naissance, un certain Elidon Dalart servait comme garde royal, mais Hyle n'a trouvé aucune trace de lui.

– Donc toi, tu veux trouver une Arkizien à la place.

– La *seule* Arkizien. Tous ses proches sont morts. Mes informateurs m'ont appris qu'elle était médecin militaire à la retraite et qu'elle a un cabinet par ici.

Ari glissa son bras dans le sien et le serra contre elle.

– Tu vois ? le taquina-t-elle, amusée qu'il lui livre autant de renseignements. Ce n'était pas si difficile, hein ?

Damien fixa sur elle un regard d'une intensité inattendue. Elle se figea, comme s'il s'apprêtait à lui confier quelque chose de très important – puis il se radoucit et lui caressa le visage comme pour se remémorer qu'elle était vraiment là.

– Tout est facile, avec toi, dit-il.

Ari lui donna un baiser sur la joue.

– Commençons par l'autre côté.

Ils traversèrent la place jonchée de décorations de l'Illinir. Des guirlandes d'écailles bleu vif imitant le corps de serpent de Lyzairin pendaient encore au-dessus des portes, et sur les pavés, des plumes rouge foncé de Skylis craquaient sous leurs pas. On avait abandonné un masque de Rach sur le bord de la fontaine, des rubans vert émeraude pris dans ses cornes recourbées, et plus haut sur le monument se dressait Aslir, le blanc autrefois immaculé de son corps léonin maculé de la suie des usines.

Il déplaisait à Ari qu'on accorde si peu d'égard aux Messagers, qu'on les laisse s'abimer sous la pluie automnale. Le kinaïsme interdisait que l'on fabrique de telles idoles, mais les Enderliens les traitaient comme des babioles, destinées à être mâchées et recrachées par l'avidité de la ville.

Ils trouvèrent le cabinet niché dans un recoin. Une file de silhouettes grises s'étirait devant la porte, infirmes amputés et grands brulés. Beaucoup portaient un uniforme usé jusqu'à la trame, vétérans dont on s'était débarrassé une fois devenus inutiles. D'autres avaient à peine l'âge de Rivkah, parfois beaucoup moins, enfants serrés les uns contre les autres, sans parents pour s'occuper d'eux.

La gloutonnerie de ce royaume est sans limites, grommela l'Hérétique. *Il finira par se dévorer lui-même.*

Le ton inhabituel de l'esprit troubla Ari, qui perçut chez lui une trace de colère, provoquée non pas par un sentiment d'injustice, mais par le dégout.

Ils n'y sont pour rien, eux, rétorqua Ari, mais l'Hérétique se contenta d'émettre un bourdonnement.

Le cabinet était décati. Même si les lieux étaient propres, les enchantements des lampes avaient grand besoin d'être renouvelés, et la moitié des fenêtres étaient condamnées. On s'écarta devant Damien lorsqu'il s'approcha de la réceptionniste à l'air harassé.

– Je cherche Zivaya Arkizien.

– Avez-vous rend…

La femme leva la tête et s'interrompit.

– Toutes mes excuses, Haut Lord Adair. Je vais la chercher.

Elle disparut dans le fond, puis revint avec une femme à la peau cuivrée et aux yeux foncés, vêtue d'une blouse blanche. Malgré un léger boitillement, elle avait un maintien militaire. Après les avoir examinés d'un rapide regard, elle leur fit signe de la suivre et sortit par la porte de service.

– La paix soit sur vous, salua Ari en kinien.

La posture de Zivaya se relâcha.

– Et sur vous, répondit-elle.

– Navré de vous déranger dans votre travail, Dr Arkizien, poursuivit Damien, en kinien lui aussi. Je souhaite juste vous poser quelques questions, et nous vous laisserons tranquille.

La médecin inclina la tête.

– D'accord.

– Quelqu'un dans votre famille a assisté à une naissance, expliqua Damien.

Le changement d'expression de la femme fut révélateur. Sa méfiance revint aussitôt, et par réflexe, Ari brula du vérillion afin d'invoquer un sort de force.

– Vous faites erreur, rétorqua Zivaya en se rapprochant du battant. Si vous voulez bien m'excuser…

– Je n'attends pas de vous des renseignements sans contrepartie, ajouta Damien. Ce que vous faites ici est vital pour les habitants du quartier, mais, de toute évidence, vous manquez de personnel, et à la première inspection sanitaire, on vous fera fermer.

Zivaya serra les poings.

– Est-ce une menace ?

– Une simple constatation, intervint Ari. Et nous aimerions y remédier, en échange de réponses.

Damien n'avait pas besoin d'elle pour négocier, mais il avait une fâcheuse tendance à faire passer ses propositions pour de l'intimidation.

L'hésitation de la médecin ne fit que croitre, puis sa résistance s'évapora.

– Vous recherchez le prince Ranier, déclara-t-elle, comme si elle évoquait une malédiction. C'est ma mère que vous cherchez, mais vous ne la trouverez pas. Elle a eu tellement peur qu'on s'en prenne à elle après la naissance du prince qu'elle est devenue paranoïaque, et l'angoisse l'a rongée. Elle a mis fin à ses jours.

Damien pencha la tête.

– Que son souvenir soit loué.

Zivaya ferma les yeux et poussa un léger soupir.

– Je connais quelqu'un qui pourra vous aider. En échange, je vous demande de remettre mon cabinet à neuf.

– Marché conclu, dit Damien.

– Il s'appelle Elidon Dalart, mais à présent, il répond au nom d'Elidon Shaw.

Ari coupa le son de leurs voix, son attention happée par un phénomène qu'elle ne s'expliquait pas. Une sensation qui ruisselait dans son dos et s'accumulait dans ses entrailles. Un bourdonnement familier monta dans le fond de sa tête et lui fit d'abord penser qu'elle sentait seulement l'Hérétique en train de s'éveiller, mais…

Là, un crissement de chaussures sur la pierre.

Elle fit flamber son vérillion tandis que la voix lui criait : *Là-haut !*

Elle dévia un couteau lancé vers eux. La lame lui entailla la paume, mais la magie la fit cicatriser presque instantanément. Puis des cordes tombèrent le long des murs, et deux individus descendirent dans la ruelle, le visage caché sous des masques de Lyzairin.

– Des assassins, pesta-t-elle cependant que Damien dégainait un révolver.

– Pas un geste, ordonna quelqu'un derrière eux.

Ils firent volteface et découvrirent qu'un troisième assaillant pointait un pistolet vers la tête de Zivaya.

– Nous voulons juste le petit lord. Il n'y a pas de raison que vous mouriez aussi toutes les deux.

– C'est Royce qui vous envoie ? demanda Damien, qui tenait son revolver près de sa jambe, l'index sur la détente.

L'homme au pistolet haussa les épaules.

– Ça n'a pas d'importance.

Un mouvement discret attira l'attention d'Ari. Zivaya tapotait du doigt contre sa cuisse à un rythme régulier. Ari avait entendu parler d'un code grâce auquel les soldats communiquaient, et elle serait incapable de le déchiffrer, mais le message qu'elle lut dans son regard était clair : *Soyez prête.*

Ari leva les mains en l'air et injecta un tremblement dans sa voix.

– Nous vous le laissons. Pitié, ne nous faites rien.

– Sage décision.

Dès que l'homme braqua son pistolet vers Damien, Zivaya passa à l'action. Elle s'accroupit et lança sa jambe dans les chevilles de l'assassin. Celui-ci tira, mais Ari s'était postée devant Damien, et la balle l'atteignit au flanc. Damien allongea le bras à côté d'elle, fit feu, et l'homme s'effondra.

La balle retomba bruyamment par terre, rejetée de la chair d'Ari qui se refermait tandis qu'un vrombissement l'envahissait. Elle se mit ensuite en mouvement, mais pas de son propre gré. Comme lors du bal de clôture, elle disposait de son esprit, pourtant son corps ne lui appartenait plus.

Elle fondit sur les deux autres assaillants, brisa les côtes du premier d'un coup de poing, et fendit le crâne de l'autre avec le coude. Sa magie rugit plus furieusement, et elle perçut le rire lointain de l'Hérétique, aussi concret que la soif de violence qui bouillait en elle.

Arrête ! hurla-t-elle, mais ce fut comme crier sous l'eau.

Malgré ses efforts, personne ne l'entendrait. Puis un voile noir obscurcit sa vue.

Lorsqu'elle revint à elle, elle avait l'avant-bras pressé contre la gorge fragile de Damien.

Il tentait de dégager son cou, mais l'enchantement d'Ari était trop fort. Trop puissant pour lui, pour cette ville, pour ce royaume qui lui avait tant volé.

Dans un coin de sa conscience, elle comprit qu'elle était en train de le tuer, et que si quelqu'un méritait de subir les foudres de sa colère infinie, ce n'était pas lui. Elle l'aimait, elle…

Ari prit une vive inspiration et regagna brusquement le contrôle d'elle-même. Damien aspira une goulée d'air étranglée, tenant à peine debout, les pupilles si dilatées qu'elles couvraient presque ses iris.

– Tes yeux ont encore changé, dit-il d'une voix rauque. Je n'ai pas réussi à te ramener.

– Je suis désolée, murmura-t-elle, avant de répéter, d'un ton accablé : Je suis vraiment désolée.

Autour d'elle, les assassins étaient morts, leurs corps brisés évoquant des coups d'une violence dont elle ne se souvenait pas. Elle contempla le sang sur ses mains, spectacle qui ne la déroutait plus, et se rappela une autre soirée, une autre mort.

Les cris de douleur de son Saba, les hurlements affolés de sa sœur. Des os qui cassent. Du sang, chaud, poisseux et suffocant.

Pourquoi m'infliges-tu ça ? demanda-t-elle.

Qui peut dire ce qui est moi, et ce qui est toi ? répondit l'Hérétique.

Ari secoua la tête et recula contre le mur comme si elle pouvait échapper à la voix.

Vous voulez châtier les Enderliens. Et vous vous servez de moi pour le faire.

Elle perçut la satisfaction de l'Hérétique, pareille à un bourdonnement sourd dans son ventre. *Je t'aide à le faire. Ne le vois-tu pas, petite lionne ? Tu voulais la confiance – je te donne la force. Tel est le véritable pouvoir.*

Un frisson parcourut Ari, et Damien l'entoura de son bras. Elle s'accrocha à lui, au fait qu'elle aurait pu le tuer, et s'efforça de respirer normalement.

– Je vous remercie d'être intervenue, dit Damien à la médecin. Je ferai en sorte de respecter ma part du marché.

Puis il conduisit Ari à leur fiacre, qui les emmena sans tarder.

Ari serra les bras autour d'elle, dans le silence où s'accumulaient des questions que nul ne formulait. Damien ouvrait et fermait la montre de sa mère avec plus de ferveur que jamais. Le clapet claqua une dernière fois, puis il serra l'instrument dans sa main.

– Pourquoi tu ne m'as pas dit que tu avais encore des absences ?

– Je croyais que j'avais la situation en main.

Au moins assez pour attendre que Reid découvre la cellule d'enchanteur. Depuis quelque temps, elle ne souffrait plus d'amnésies, ne se réveillait plus dans des lieux incongrus.

Damien se pencha vers elle, mouvement qui la ramena brusquement au présent.

– Arielle. Tu perds le contrôle.

– C'est vrai que pour toi, il n'y a rien de pire, maugréa-t-elle, pourtant consciente qu'il avait raison.

La sensation de sa gorge pressée sous son bras, gravée dans sa mémoire, lui donnait la nausée.

Il s'écarta lentement, son expression indiquant qu'il venait de comprendre quelque chose.

– Tu es en colère contre moi ?

Elle ne sut pas comment expliquer les émotions qui formèrent une boule écrasante dans sa poitrine. La douleur, la culpabilité… la peur. Il lui fallait de l'air.

– J'ai besoin de marcher un peu, dit-elle.

Elle ouvrit la portière à la volée et descendit précipitamment dans la rue pavée. Damien la regarda depuis sa banquette, les jointures blanchies tant il serrait sa montre de gousset.

– C'est dangereux pour toi d'être seule, après ce qui vient de se passer.

– C'est à toi qu'en voulaient les assassins, pas à moi, rétorqua-t-elle en levant sa main chargée de bagues. Et je n'ai besoin de personne pour me défendre. On se retrouve au manoir.

Elle savait qu'elle se montrait injuste, qu'il s'inquiétait seulement pour elle, mais cette conversation s'approchait trop de la vérité. Pour le moment, il lui fallait de l'espace pour réfléchir, pour déterminer sa prochaine action, aussi partit-elle vers le nord dans Tea Street, en direction d'Ettinger Street.

En vérité, elle n'avait pas voulu confier à Damien que ses absences se produisaient toujours, sinon elle aurait dû lui parler aussi de Rezek. Lui expliquer qu'elle avait perdu le contrôle de son corps au bénéfice de l'Hérétique en plein bal de clôture et s'était trouvée face à face avec la seule personne vraiment capable de l'aider.

Une personne que Damien ne tolèrerait jamais.

Tant d'amis très proches l'avaient trahi. Rezek, Mikira, Hyle, Reid – elle refusait d'être un nouveau nom sur cette liste. Il ne s'en remettrait pas. *Elle et lui* ne s'en remettraient pas, et elle ne voulait pas le perdre.

Mais elle ne pouvait pas continuer à le mettre en danger.

Et si la prochaine fois elle ne se ressaisissait pas à temps ? Et si c'était la gorge de Rivkah ou de Mikira sous son bras ? Après tous ses efforts pour apprendre à utiliser son pouvoir, elle n'allait pas le laisser de nouveau lui prendre quelqu'un qu'elle aimait.

Si pour cela elle devait accepter l'aide de Rezek, elle s'y plierait.

9
DAMIEN

Damien demeura tout à fait immobile.

S'il bougeait, il craignait de ne plus jamais s'arrêter. De foncer au-dehors et de percuter quiconque se trouverait de l'autre côté, dans le seul but d'être *actif*. Au lieu de rester là alors qu'Arielle s'éloignait, terrifiée et furieuse, lui-même transpercé par ces émotions.

Il était passé à côté d'un détail primordial : elle était en colère contre lui comme jamais auparavant, et selon lui, ce n'était pas juste à cause des propos qu'il avait tenus. Il regrettait néanmoins de ne pas s'être exprimé différemment. Il aurait dû se contenter de lui dire qu'il s'inquiétait pour elle. Il connaissait l'importance qu'elle accordait à ses pouvoirs, mais savait aussi que ceux-ci ne pouvaient être dissociés de l'Hérétique.

Chaque fois qu'elle y recourait, son lien avec cet être surnaturel se renforçait. Lui qui était censé *l'aider* à affronter cette possession, il l'avait repoussée. Mais elle lui avait menti, lui avait caché des choses pour lui faire croire qu'elle allait bien, alors qu'en vérité – en vérité, il ignorait ce qui arrivait à Arielle. Il s'était plongé dans chaque livre, chaque chronique dont il disposait, et dans aucun n'étaient évoquées les absences dont elle souffrait. Si ce savoir avait existé un jour, il avait été réduit en cendres lors de l'Autodafé.

Il donna un coup de poing dans la portière.

Cette explosion de colère contre son cuisant sentiment d'inefficacité fut tout ce qu'il s'autorisa. Puis il le remit sous cloche. Se laisser aller à l'émotion n'arrangerait rien, et il devait partir du principe que les recherches de Reid porteraient leurs fruits.

Dans l'intervalle, il avait un prince à retrouver.

Les horaires de visite du matin étaient passés depuis longtemps lorsque Damien se présenta au siège de l'Anthir, mais on lui accorda quand même l'entrée. Il suivit une policière au bout des cellules, où elle ouvrit une autre porte, par laquelle il put accéder à une salle privée pourvue d'une seule cellule. Il attendit qu'elle soit repartie avant de s'approcher du détenu recroquevillé dans l'encoignure.

Loïc ne le salua pas, lui témoigna aussi peu d'intérêt qu'aux petits agréments que Damien lui avait fait livrer. Sa couverture était roulée en boule à l'autre bout. Il avait réduit ses livres en tas de feuilles éparses. Il refusait même de se laver ; sa barbe devenait fournie et ses cheveux lui effleuraient les yeux.

Ce spectacle procura une certaine satisfaction à Damien. Lorsqu'ils étaient enfants, tout le monde aimait Loïc. Celui-ci était beau, charmant et expansif, alors que Damien avait un tempérament silencieux et contemplatif. Il avait travaillé d'arrachepied pour gagner le respect de son entourage, bâti avec ses relations des rapports plus profonds que la camaraderie superficielle de son frère, mais cela n'avait pas empêché les uns et les autres d'être aimantés par Loïc telle de la limaille de fer.

Une part de lui en avait toujours été jalouse, celle-là même qui, en voyant son frère derrière les barreaux, pensait qu'il n'avait que ce qu'il méritait. Il s'accorda quelques instants pour savourer ce plaisir égoïste, puis le cloisonna. Quels que soient leurs différends, Loïc restait quand même son frère, et un Adair.

– Je croyais t'avoir dit de ne plus me rendre visite, déclara Loïc en tapotant du doigt sur la pierre grise du sol. C'est vrai que tu ne m'as jamais écouté, remarque.

Il l'avait fait, si. Une fois. Quand obtenir l'estime de Loïc comptait encore à ses yeux. Puis son frère avait laissé Rezek assassiner leur mère, et toute admiration pour lui était morte en même temps qu'elle.

– Ça n'a jamais été judicieux de suivre tes conseils, rétorqua Damien avec un calme empreint d'amertume. Ils n'ont jamais servi que toi.

Ce n'était pas tout à fait vrai, mais l'affirmer lui procura une certaine satisfaction. À une époque, Loïc avait veillé sur ses frère et sœur. Quand il jugeait Damien et Shira dignes de son égard. Mais à chaque jour qui passait, il ressemblait un peu plus aux élites enderliennes qu'il méprisait autrefois, et à présent, Damien le reconnaissait à peine.

La tête inclinée contre le mur, Loïc émit un rire sinistre.

– Qu'est-ce que tu fais là, Dara ?

Le nom kinien de Damien était comme une arme entre les mains de son aîné, qui en l'employant lui rappelait que lui ne se faisait jamais désigner par le sien.

– Je t'ai apporté quelque chose.

Damien sortit de sa poche la bague sigillaire de son père et la lança entre deux barreaux. Loïc la rattrapa et l'examina, la mine renfrognée. Damien s'attendait presque à ce qu'il la lui renvoie – c'était lui que leur père avait choisi, après tout, et Loïc n'avait même pas sollicité une permission pour assister à l'enterrement –, mais son aîné se contenta de la contempler.

Damien lui accorda un moment avant de demander :

– Connais-tu un certain Elidon Shaw ?

Lui qui avait toujours désapprouvé les fréquentations de Loïc, il ne pouvait nier qu'il avait ses entrées parmi les nobles et leurs sbires.

Loïc émit un grognement sarcastique et empocha la chevalière.

– Ah, voilà. Enfin, la vraie raison de ta visite.

– Si tu ne le connais pas…

– Elidon Shaw est un reclus qui organise des fêtes auxquelles il ne participe jamais, enchaina sèchement Loïc, prompt à mordre à l'hameçon. Si je ne m'abuse, c'est très bientôt l'Éridice.

– Dans trois jours, confirma Damien.

Jour férié célébrant la clémence de la déesse Sendia, l'Éridice servait bien souvent de prétexte pour des fêtes fastueuses. Si Shaw était déjà réputé pour ses réceptions, il était fort probable qu'il en donne une à cette occasion.

Restait à Damien à s'arranger pour obtenir une invitation.

Il s'éloigna, mais la voix de son frère retentit.

– Tu vas y aller toi-même, maintenant que Hyle n'est plus là ?

Damien s'arrêta malgré lui et se retourna. Il percevait presque la jubilation de son aîné.

– À ce qu'il parait, ce n'est pas le seul à t'avoir laissé tomber, reprit celui-ci d'un ton badin, comme si la trahison du meilleur espion de Damien n'avait pas été son œuvre. Il y a la petite Rusel, aussi. Il va falloir combien de temps avant que ton enchanteresse chérie te plaque à son tour ?

Cette question lui fit un coup au cœur ; il repensa au bras d'Arielle contre sa gorge, aux secrets qu'elle avait gardés pour elle. Que lui cachait-elle d'autre ?

Loïc émit un bruit désapprobateur.

– C'est déjà le cas, peut-être ? Quelle tristesse ! Tu as vraiment du mal à retenir les gens, hein ?

Il voyait clair dans le jeu de Loïc, qui tentait de regagner quelque bribe de contrôle, pourtant Damien fut incapable d'ignorer ses attaques. La liste des trahisons semblait en effet ne jamais cesser de s'allonger, comme si les noms de tout le monde finiraient inévitablement par y figurer. Même Reid lui avait menti, en choisissant de ne pas lui révéler que Mikira détenait sa bague.

Trop aguerri pour tomber dans le piège, il chercha de quoi le contrarier autant.

– J'ai eu ma première assemblée du Conseil, aujourd'hui.

Le visage de Loïc se crispa de jalousie. Contrairement à ses cadets, il n'avait jamais su maitriser ses émotions, et Damien avait anticipé que sa réussite l'excèderait.

– L'influence que j'ai sur eux est encore fragile, mais je m'emploie à la consolider.

Loïc poussa un ricanement moqueur.

– En ce cas, tu as obtenu ce que tu veux par-dessus tout : avoir plus de pouvoir que quiconque autour de toi. Ça fait quoi d'être un dieu, petit frère ?

Damien grinça des dents.

– Ça n'a aucun rapport avec le pouvoir. Il est question de changer les choses. De *réparer* ce qui ne va pas.

– C'est ce que tu te racontes, et que tu répètes à tout le monde. Tu as toujours été un excellent menteur.

– Ce n'est pas un mensonge.

Il était sincère, son frère le savait, tout comme il savait quels propos tenir pour le mettre hors de lui.

Loïc s'appuya sur le mur derrière lui pour se lever. Il parut peu stable sur ses jambes, et Damien se demanda s'il avait mangé les rations supplémentaires pour lesquelles il payait. Sachant le sort qu'il réservait à tout ce qu'il avait tenté de lui procurer, c'était peu probable.

– Tu crois vraiment que tu as atteint ton but ? reprit Loïc en s'avançant vers lui. Que ces imbéciles aux vestes à breloques et aux manoirs pleins de dorures accordent la moindre importance à ton opinion ? Cassian est le seul qui soit respectable.

– Je connais ceux à qui j'ai affaire.

Il savait ce que Royce et Niékla pensaient de lui, qu'ils l'accusaient de convoiter le pouvoir, comme si eux-mêmes ne s'employaient pas au même objectif. Lui, au moins, le désirait pour changer les choses, tandis qu'eux ne cherchaient qu'à l'accumuler.

Loïc s'arrêta tout près des barreaux et les agrippa.

– Pour eux, tu n'es qu'une menace, Dara. Ils voient déjà d'un mauvais œil que tu veuilles bousculer leurs habitudes, alors de quoi ça aurait l'air si celui qui bouleversait l'Enderlain n'était pas l'un d'entre eux, mais le fils de deux immigrés ? Originaire d'un pays que l'Enderlain aurait dû écraser, en plus de ça. Au mieux, c'est l'humiliation, au pire, tu représentes tout ce qu'ils redoutent et qui en plus vient se venger.

Il ne lui apprenait rien, pourtant Damien en fut tout de même ébranlé. Quand Shira s'était plongée dans leurs racines kiniennes et que Loïc, à l'inverse, les avait rejetées, lui-même n'avait touché son identité que du bout des doigts pendant des années, incapable de l'assumer pleinement par crainte de ce qui en découlerait, tout en y étant attaché.

Il suffirait d'un mot en kinien, de son autre prénom prononcé à mi-voix, pour que les personnes avec qui il avait passé des années à établir des relations le considèrent soudain comme un élément étranger et inconnu.

Un danger.

Être célairain ne valait pas beaucoup mieux. Veradell regorgeait de réfugiés fuyant la Guerre éternelle et en qui les Enderliens voyaient des voleurs d'emplois ou une charge pour les ressources du royaume, jamais une conséquence des choix de leur gouvernement. Murmurait-on les mêmes accusations à son sujet depuis que son Ascension lui avait ouvert les portes du Conseil ? N'était-il qu'un voleur, à leurs yeux ?

Loïc appuya le visage contre les barreaux.

– Si tu continues sur cette voie, ils t'écraseront.

Quiconque ne connaissait pas Loïc aurait pu le croire attentionné. Soucieux de protéger son frère cadet d'un sort terrible. Mais Loïc ne le voyait plus comme son frère depuis très longtemps. Pas depuis la mort de leur mère, dont il l'avait toujours tenu pour responsable.

Non, il n'était pas attentionné. Il souhaitait juste qu'il ait peur.

– Je me débrouillerai très bien avec eux, répondit-il, même si le souvenir de la tentative d'assassinat à laquelle il venait de réchapper prenait encore beaucoup de place dans son esprit.

Il était certain que le commanditaire était Royce ou Niékla, à cause de sa proposition de réforme fiscale, mais ce n'était pas là ce qui l'inquiétait. Il voulait découvrir comment les assassins l'avaient trouvé.

S'il y avait un espion dans son entourage.

Loïc eut un petit sourire moqueur.

– Je fréquente ces gens depuis des années. Pour eux, tu resteras à jamais le gamin qui les a volés.

Damien s'approcha et chuchota :

– Je préfère ça plutôt qu'être leur caniche.

Loïc lui saisit le poignet. Il tenta de se dégager, mais son frère, qui avait toujours eu plus de force que lui, l'attira vers les barreaux.

– Si tu crois que je vais permettre que la décision de Père tienne, tu te mets le doigt dans l'œil, frérot. Je vais sortir d'ici, et là, je te prendrai tout.

Damien fouilla son regard, y chercha un élément familier, mais n'y trouva qu'un néant avide de tout dévorer. Il avait eu l'intention de le faire libérer, de repartir de zéro au nom de la famille, mais le frère d'autrefois avait disparu depuis longtemps. Il avait simplement refusé de le voir.

– Non, répondit doucement Damien. Tu vas moisir ici jusqu'à ta mort.

Il libéra son bras d'un coup sec.

– Adieu, Loïc.

Il quitta la pièce d'un pas rapide, ignorant les insultes que lui jetait son frère, et claqua la porte. Après la tension de leur conversation, le silence qui suivit lui sembla palpable. Son esprit s'emballant tel un rouage qui tournait à vide, il serra la montre de gousset de sa mère, et résista à l'envie impérieuse d'ouvrir et refermer son clapet.

Il allait donner tort à Loïc. Coute que coute.

Il allait sauver l'Enderlain de lui-même, même si pour cela il devait d'abord démanteler le royaume jusqu'à ses fondations.

10
MIKIRA

La fatigue s'abattit sur Mikira lorsqu'elle termina de panser Atara et se dirigea d'un pas lourd vers la maison. Après leur échec à retrouver leur assaillant, elle s'était séparée de Talyana, qui était retournée au quartier général des rebelles rendre compte de leur mission. Elle soupçonnait l'inconnu masqué d'être à la solde de quelqu'un qui recherchait aussi le prince, sans doute Darius ou quelque membre du Conseil, mais elles n'avaient pas d'informations plus concrètes.

– Kira ! l'appela Nelda depuis la porte du cabinet de travail dès qu'elle entra. Tu arrives juste à temps pour le diner.

– Je n'ai pas faim, répondit Mikira d'un ton las, avant de se diriger vers l'escalier.

Équipée d'un tablier maculé de farine, Nelda fit la moue de petite maman dont elle avait le secret et coupa la retraite de son ainée.

– Ça fait trois jours que tu ne manges rien le soir, lui rappela-t-elle en agitant vers elle sa cuillère en bois.

Mikira se pencha en arrière pour l'éviter.

– Je suis épuisée, Nelda.

Sa cadette croisa les bras.

– Et tu n'as plus de temps pour nous. C'est bon, j'ai compris.

– C'est faux. Je…

Elle porta la main à son front et souffla.

Tout ce qu'elle faisait – relancer le haras, collaborer avec les rebelles –, c'était pour elles. Mais Nelda ignorait tout de la pression qu'elle endurait. De son point de vue, Mikira les négligeait.

– D'accord, céda-t-elle. Allons diner.

Après un petit cri ravi, Nelda la traina presque jusqu'à la cuisine. Ailene et leur père étaient déjà à table, sur laquelle était disposé un poulet rôti accompagné de carottes et de pommes de terre, ainsi qu'une miche de pain frais.

C'était là l'autre raison qui poussait Mikira à éviter les repas en famille – son père.

Il parut surpris de la voir, mais demeura silencieux cependant qu'Ailene continuait à débiter une série de faits historiques sur l'industrie de l'extraction de pierres précieuses qu'elle avait appris en cours, et que Nelda s'inquiétait que les légumes soient trop salés. Mikira mangea les siens en silence et tenta de se concentrer sur ses sœurs plutôt que sur la litanie de problèmes qui encombraient ses pensées.

Puis les plats furent vides, Nelda et Ailene firent la vaisselle, et il n'y eut plus à table que son père et elle.

– Kira, dit-il à mi-voix. Il faut toujours qu'on parle, tous les deux.

Une liste de prétextes tout trouvés pour échapper à la conversation afflua aussitôt, mais la gravité qu'elle perçut chez lui l'arrêta. C'était la même que le jour où il était monté dans le fiacre de Rezek, le dos droit et le regard déterminé. Elle hocha la tête et le suivit dans son cabinet, puis ferma la porte tandis qu'il sortait un petit carnet noir du bureau. C'était le journal qu'il lui avait laissé à lire, où figuraient ses notes sur les jaspes sanguins et les poignards.

– Tu l'as lu ? lui demanda-t-il.

Elle croisa les bras.

– Oui.

– Alors, tu es au courant pour les couteaux ?

– Aussi, oui.

Elle jeta un coup d'œil aux armes à ses hanches, leurs manches sertis de jaspes sanguins étincelants. Sa connaissance des enchantements se limitait à ce qu'Ari lui avait enseigné et au jeu complexe des transmissions héréditaires à l'œuvre dans l'élevage d'enchantés, mais même elle savait que seules quatre pierres pouvaient lier les sortilèges.

Pourtant, une cinquième rendait ses couteaux magiques.

Depuis l'Illinir, elle avait passé un peu de temps à les expérimenter, à leur donner divers ordres : *vole droit devant, plante-toi dans cet arbre, coupe cette pomme en deux*. Au début, les armes avaient réagi mollement, et elle avait découvert que le sort fonctionnait mieux lorsqu'elle se concentrait sur son intention. Déterminer un objectif sans grande conviction se soldait par un résultat médiocre. Elle peinait malgré tout à les contrôler, et après son échec à la Chancellerie, elle était résolue à s'entrainer davantage.

– Rezek est au courant pour les jaspes sanguins, lui aussi, l'informa son père d'un ton grave. Il se livre à des expériences dans les cachots souterrains de son manoir. Je ne connais pas les détails, mais c'est pour ça qu'il cherchait des enchanteurs non déclarés comme moi, afin de les faire travailler pour lui en secret.

Mikira ne voulait plus jamais avoir affaire à Rezek. Elle aurait préféré répondre que ça ne la concernait pas, que ce n'était pas à elle de mettre un terme aux abjections de Rezek. Toutefois, elle savait désormais que si elle n'agissait pas, rien ne changerait.

Elle leva la tête vers son père, qui lui tendit une fiole d'un liquide transparent.

– J'ai volé un flacon de la substance sur laquelle il travaille, mais en toute franchise, je ne sais pas à qui la confier pour l'analyser.

Mikira glissa la fiole dans sa poche.

– Je connais quelqu'un qui pourra nous aider.

Shira saurait peut-être par où commencer, mais en vérité, c'est à Reid qu'elle avait songé. Le cœur serré par l'impossibilité de s'adresser à lui, elle repensa au regard qu'il lui avait lancé, comme si la voir lui était douloureux.

– Quelqu'un de la rébellion ? s'enquit son père à mi-voix.

Elle se figea. L'envie soudaine de tout lui raconter faillit l'emporter ; elle aurait voulu l'implorer de prendre cette responsabilité à son compte, de tout arranger comme c'était son rôle. Mais elle avait appris très jeune à ne pas compter sur les autres pour la tirer d'affaire. Si elle souhaitait que quelque chose soit fait, elle devait s'en charger elle-même.

– Tu n'es pas la seule à avoir des relations, reprit-il en s'approchant d'elle. Il parait que le Haut Lord Adair et toi n'êtes plus en bons termes, alors si ce n'est pas vers lui que tu veux te tourner…

– Ça n'a pas d'importance, le coupa-t-elle. Je vais me débrouiller.

Son père s'immobilisa, les mains serrées l'une sur l'autre contre son ventre.

– Pour moi ça en a, Kira. Je m'inquiète pour toi. La rébellion est dangereuse. Tu dois…

– Non, l'interrompit encore Mikira, avec une véhémence à peine contrôlée. Arrête ça tout de suite. C'est trop tard pour te faire du souci pour moi.

Il eut un mouvement de recul.

– Je me suis toujours fait du souci pour toi, voyons.

Elle éclata d'un rire amer.

– Alors où étais-tu quand je participais à des courses clandestines pour qu'il y ait à manger sur la table ? Où étais-tu quand j'ai frappé à toutes les portes pour chercher quelqu'un qui voudrait bien nous acheter un cheval ? Où étais-tu…

Sa voix descendit de plusieurs tons.

– Où étais-tu quand ils ont pris Lochlyn ?

Une intense douleur tordit les traits de son père. Elle savait que c'était injuste, qu'il n'aurait pas pu empêcher les gardes de l'emmener, mais il n'avait même pas levé le petit doigt.

– Je n'ai pas forcément été là pour te protéger comme j'aurais dû, reconnut-il avec un air de dépit. Mais je suis là, maintenant, et ce que tu es en train de faire, Kira... ça va tous nous mettre en danger. Tu ne crois pas que nous en avons assez bavé ? Ce combat ne te concerne pas. Rentre à la maison et laisse ça à ceux qui ont les ressources nécessaires. Je t'en conjure.

Mikira secouait déjà la tête.

– Tu ne comprends pas que c'est de cette façon qu'ils gagnent ? Quand les gens comme nous préfèrent rester en retrait et laisser les autres s'en occuper. Mais toi, c'est ce que tu as toujours fait, pas vrai ?

Son père tressaillit.

– Je ne veux pas qu'il t'arrive du mal, c'est tout. Ni que tes sœurs perdent encore quelqu'un.

– C'est pour elles que je le fais. Pour toi, et pour tous ceux en Enderlain qui se contentent de courber l'échine et de trimer juste pour survivre ! s'emporta Mikira, la voix tremblante. Tu as eu l'occasion de te faire du souci. N'essaie pas de devenir mon père maintenant.

Ces paroles furent un coup pour lui, qui vouta les épaules. Des sentiments contraires s'affrontaient en elle : elle aurait voulu pouvoir les retirer, tout en étant contente d'avoir exprimé le tourbillon qui se déchainait en elle. Elle l'aimait, et savait qu'il n'était pas son ennemi, mais, malgré elle, elle aurait souhaité qu'il soit plus fort... afin qu'elle n'ait pas à l'être à sa place.

Il appuya les paumes contre ses yeux, poussa un profond soupir, et, d'une voix plus déterminée que jamais, annonça :

– J'emmène les filles loin de Veradell. Nous ne sommes pas en sécurité, ici.

Il plongea le regard dans le sien, et, anticipant ce qui allait suivre, Mikira se cuirassa.

– Viens avec nous, Kira. Il n'est pas trop tard pour faire un autre choix.

Elle pensait que sa demande aurait attisé sa colère, qu'elle aurait voulu la refuser sans hésitation, mais elle rêvait d'accepter. De laisser l'Enderlain aux rebelles, à Damien, de l'abandonner aux loups qui n'en laisseraient que des miettes. Elle avait envie de vastes champs, de la caresse du vent dans ses cheveux. Elle désirait entendre les bruits des chevaux se mêler aux rires de ses sœurs.

Elle désirait la paix et la sécurité, qu'elle n'avait jamais connues.

Mais tant que l'Enderlain resterait le même, tant que des malheureux tels que Lochlyn mourraient sur le front de la Guerre éternelle, elle ne pourrait pas les obtenir. Elle pouvait changer les choses, et elle refusait de tourner le dos à son devoir.

– Je ne peux pas.

Elle fut incapable d'expliquer ses raisons.

La déception qu'elle lut dans le regard de son père fut déchirante. Puis il la serra dans ses bras, et elle colla la tête contre sa poitrine, contre son pull en laine imprégné de l'odeur familière des vieux livres et du foin frais, et se mordit la langue presque jusqu'au sang, car elle ne voulait pas, ne *pouvait pas* craquer.

– Je vais tout arranger, assura-t-elle. Je te le promets.

– Je t'aime, lui dit-il avant de lui donner un baiser sur la tête. Je vais prévenir les filles.

Il partit, mais Mikira resta immobile. Elle s'accrocha à la sensation de ses bras autour d'elle, à la conviction qu'elle agissait pour eux, pour tous les gens comme eux.

Elle s'y accrocha et pria pour que ce soit suffisant.

11
ARIELLE

Ari marcha jusqu'à ce que le feu qui brulait dans ses veines se calme, et ses pas lui firent emprunter les trottoirs familiers d'Ettinger Street. Le long de la rue pavée, parmi les boutiques de vêtements de luxe et les antiquaires, on trouvait des confiseurs dont les sucreries coutaient une journée de salaire et des pubs dont les hautes vitrines permettaient d'apercevoir comptoirs en chêne poli et banquettes en cuir moelleuses.

Bien qu'elle fût assez bien habillée pour se fondre parmi les flâneurs, elle attirait les regards. Par réflexe, elle rangea le collier de son Saba sous son col et accéléra le pas.

Alors que les commerces se raréfiaient et que la terre battue remplaçait la pierre, l'odeur des roses emplit l'air nocturne. Le manoir Kelbra se dressait à la lisière de la ville, entouré par des hectares de vérillion. Les plantes à longue tige se balançaient dans la brise du soir, leur lueur dorée aussi douce que celle d'une bougie. Les grilles étaient ouvertes, l'allée centrale était déserte.

Lorsqu'elle s'arrêta devant l'entrée, Ari eut l'impression qu'un orage se préparait. Elle avait tant réfléchi à sa décision que ses arguments semblaient avoir pris une vie propre.

Rezek était le seul capable de l'aider.

Damien ne le lui pardonnerait jamais.

Mais elle aurait pu le tuer.

C'était là ce qui l'avait enfin poussée à venir ici – la sensation de la gorge de Damien sous son bras. Après tout ce qu'elle avait traversé, tout ce qu'elle avait appris pour dominer sa magie, elle n'allait pas repartir de zéro, être de nouveau terrifiée par son pouvoir.

Elle s'engagea dans l'allée, les sens étouffés par le parfum mielleux des roses.

La présence de l'Hérétique surgit dans un bourdonnement. *Tu ne devrais pas être là*, la mit-elle en garde. *Va-t'en avant qu'il soit trop tard.*

Vous ne me contrôlez pas, rétorqua Ari, qui ignora le tiraillement de peur dans sa poitrine qui indiquait le contraire. C'était bien pour cela qu'elle était là ; elle perdait le contrôle, et elle ne pouvait attendre que Reid règle le problème. Si Rezek détenait des réponses, elle devait au moins le questionner.

Une idée lui vint soudain, et elle ralentit au bas du perron. *Si vous ne voulez pas que je sois là, alors empêchez-m'en*, la défia-t-elle. L'Hérétique tardant à se manifester, elle insista : *Vous ne pouvez pas, hein ? Vous avez épuisé vos forces tout à l'heure. Même vous, vous avez vos limites.*

Ari sentit la présence de l'Hérétique reculer. Elle gravit les marches et frappa avant que le doute ait pu l'en dissuader. Quelques instants après, la porte s'entrouvrit.

Rezek Kelbra la fixa du regard, et elle lui rendit la pareille.

Elle s'était presque attendue à ce que lui aussi soit parti traquer le prince Ranier. Depuis la chute de sa maison, il semblait avoir perdu toute envie de sauver les apparences. Disparus son gilet et sa veste ornés de diamants, remplacés par une chemise aux derniers boutons ouverts. Disparu le chignon soigné, ses cheveux cuivrés à présent lâchés sur ses épaules. Le prédateur vif et félin de ses souvenirs avait laissé place à un jeune homme aux traits émaciés, d'une pâleur maladive.

On percevait chez lui une indéniable tristesse, une fatigue cuisante accumulée depuis des années.

– Vous me laissez entrer ou pas ? demanda-t-elle entre ses dents, au prix d'un grand effort.

Il s'écarta, et elle se faufila par l'entrebâillement, en tentant de ne pas avoir l'impression de se jeter dans la gueule du loup. Elle se tenait face à un homme qu'elle méprisait, et réfléchissait à toutes les façons dont elle pourrait le tailler en pièces s'il s'agissait d'un piège. De son côté, Rezek l'observait avec le regard acéré d'un loup prêt à bondir. Contrairement à Damien, les blessures qu'il gardait de la dernière course avaient guéri grâce au vérillion ; les entailles que lui avait infligées le faucon golem d'Arielle avaient disparu.

Elle contempla les lieux. De toute évidence, on négligeait le vestibule aux couleurs chatoyantes et au mobilier somptueux. On n'avait pas ciré le sol depuis le bal, et des toiles d'araignée s'accumulaient sous le haut plafond. Plusieurs lampes enchantées s'étaient éteintes et laissaient des trous d'obscurité pareils à des yeux scrutateurs. On aurait dit qu'il s'en était pris aux meubles à coups de matraque.

– C'est bon, tu en as assez vu ? s'enquit-il avec une légèreté forcée.

Mais sa façon de s'exprimer donnait l'impression que ses propos dissimulaient toujours une menace. En réaction, Ari brula du vérillion, qui l'emplit aussitôt d'une chaleur bourdonnante, rappel qu'en cas de besoin elle pouvait recourir à un sortilège de force pour se défendre.

– Qu'est-ce qui s'est passé, ici ? demanda-t-elle, même si elle pensait le deviner.

À peine quelques jours plus tôt, Rezek avait tout perdu au profit de la maison Adair. Le droit de sa famille à organiser l'Illinir tous les dix ans. La place des Kelbra parmi les quatre maisons majeures. Son père, assassiné par le frère de Damien. Nul ne pouvait encaisser autant de revers sans être submergé par une colère destructrice.

Rezek la scruta avec insistance, et elle réprima un frisson.

– Tu sais ce que c'est de perdre le contrôle, je crois, rétorqua-t-il sèchement, en jetant un coup d'œil à la tache de sang qui maculait son flanc. On dirait que quelqu'un s'est servi de toi comme cible.

– Ce n'est pas le premier.

C'était à lui que revenait cet honneur.

Le Rezek d'autrefois lui aurait adressé un sourire caustique et une réplique des plus acerbes, mais en cet instant il semblait en avoir à peine l'énergie.

– Si nous nous amusons à comparer nos blessures, dit-il d'un ton las, je me rappelle très clairement que ton faucon golem a essayé de me défigurer.

– Vous aviez essayé de tuer mon amoureux.

À ces mots, Rezek fut secoué d'un soubresaut. Elle l'observa sans cacher son étonnement, puis il passa devant elle et déclara :

– Bien, maintenant que nous avons établi nos tentatives respectives de nous entretuer, explique-moi pourquoi tu es là.

Elle le suivit.

– Vous m'avez promis des réponses.

– C'est possible, oui.

Il la guida dans des couloirs où elle s'attendait à croiser de nombreux domestiques, mais qui étaient vides et abandonnés au désordre. Ils franchirent une porte à double battant, pourvue de panneaux de verre enchantés sur lesquels on voyait tomber des plumes blanches éparses, symbole du blason d'Aslir perdu par les Kelbra.

Un vaste salon s'étendait devant elle, aux murs entièrement couverts d'étagères de livres. Dans un angle, un escalier en spirale menait à une galerie où étaient entreposés d'autres ouvrages, puis à un deuxième niveau. Elle n'avait jamais vu une bibliothèque si fournie, même chez Damien, et elle avait hâte d'en explorer les rayons.

Rezek alla droit à une desserte à alcools, attitude si semblable à celle de Damien qu'elle en fut troublée. Mais alors que Damien faisait preuve de retenue et de maitrise de soi pour chacun de ses actes, Rezek se servit et but comme s'il se délectait du feu que son verre embrasait en lui.

Ari s'attarda dans l'encadrement, car elle rechignait encore à se couper d'un moyen de s'enfuir.

– Vos yeux – ils étaient blancs, comme les miens quand l'Hérétique prend le contrôle, et ce livre... était-ce...

– Un Racari, confirma Rezek avant de se resservir. Identique à celui que tu détiens, et au mien.

Il dirigea le regard vers un grand bureau en chêne disposé près du fond. Dessus se trouvait un ouvrage en cuir foncé, similaire au grimoire qu'elle avait pris dans l'atelier de son Saba. Un fil invisible tira sur sa poitrine pour l'attirer vers le volume, mais elle résista.

– Alors, vous aussi vous êtes possédé par un Hérétique.

Ces mots lui procurèrent un étrange réconfort.

Un de vos amis ? questionna-t-elle la voix, sans obtenir de réponse. Elle aurait cru que l'Hérétique sauterait sur l'occasion d'échanger avec un de ses anciens comparses, qu'elle n'avait sans doute pas croisés depuis un siècle, mais elle resta silencieuse. Était-elle seulement affaiblie par le combat, ou se passait-il autre chose ?

Un sourire désabusé se dessina sur les lèvres de Rezek.

– Tu appelles ça une possession, toi ? Intéressant. Ça fait longtemps que je ne me considère plus distinct de Selvin.

– Vous connaissez le nom de cet esprit ? s'étonna-t-elle.

– Je connais plus que le nom de cet *homme*, rétorqua Rezek d'un ton qui lui fit se demander si c'était là un bien ou un mal. Et toi, que sais-tu des Racari ?

Pas autant qu'elle l'aurait voulu, loin de là, mais en le reconnaissant, elle craignait de lui conférer un pouvoir sur elle. Il prit son silence comme un signal et poursuivit :

– Les Racari sont tous différents. Ils recèlent les sortilèges, l'histoire et la philosophie associés à chaque Messager. Celui du château appartenait autrefois à Lyzairin, le mien à Rach, et, sans doute, le tien à Aslir.

L'esprit d'Ari n'était pas armé pour digérer l'idée que son grimoire ait un jour été la propriété de l'Étoile éclatante, la divinité la plus importante de la religion kinienne et l'être le plus puissant qui ait jamais foulé la terre.

Ils existent, Ari, résonna la voix de Rivkah.

Elle saisit cette occasion de passer à un sujet plus facile.

– Qu'est-ce qui vous fait penser ça ?

– La jument, répondit-il entre ses dents, laissant paraitre l'être impitoyable qui sommeillait toujours en lui. Atara. C'est un golem, n'est-ce pas ?

Ari demeura impassible. C'était là le grand secret qu'ils s'étaient évertués à cacher à Rezek pendant des mois. En échange de la création d'Atara, Damien avait tenu sa promesse envers elle de lui accorder un permis d'enchanteresse dès que la maison Adair serait devenue une maison majeure. Du jour au lendemain, elle avait obtenu sa licence – pourtant, même lui ne pouvait légaliser la pratique de la magie kinienne.

– Ne me force pas à répéter ma question, l'avertit Rezek.

Elle distingua dans sa voix l'homme qui terrorisait la famille de Mikira depuis des années. L'épuisement qui l'imprégnait et le délabrement du manoir avaient provoqué en Arielle un sentiment de sécurité trompeur, mais il restait Rezek Kelbra, cousin de la famille royale et ancien haut lord.

– Je ne peux pas le prouver, et je ne peux pas annuler mon marché avec Damien, poursuivit-il. Ça ne sert plus à rien de me mentir.

– Comment l'avez-vous su ?

Elle canalisait déjà le vérillion vers sa bague d'émeraude, prête à déclencher un sortilège de force.

– Au début, je l'ignorais, répondit-il, avant de poser son verre. Je ne l'ai compris qu'à la dernière course, quand Loïc a essayé de me tuer et que tes yeux sont devenus blancs. La magie kinienne a quasiment disparu, l'art de la création des golems s'est perdu depuis longtemps, mais je savais que sa source originelle existait toujours : le Racari d'Aslir. Si tu possédais un Racari, il était logique que ce soit celui-là, et que grâce à lui tu aies appris à façonner des golems.

Si la magie kinienne avait presque disparu, c'était parce que l'Enderlain avait tout fait pour l'éradiquer. D'abord après l'invasion du Kinahara, juste avant le Cataclysme, puis chaque jour depuis celui-ci, le peuple d'Ari ayant été contraint pour survivre de se réfugier sur les terres de ses conquérants. Leur magie était illégale, mais les différences majeures avec celle de l'Enderlain résidaient surtout dans son application : Ari fabriquait des golems d'argile, alors que les Enderliens enchantaient objets et animaux.

Ari resta concentrée sur son sort d'association.

– Et comment comptez-vous mettre à profit cette information ?

Il pouvait livrer Arielle à l'Anthir, la faire arrêter, ou s'en servir de moyen de pression sur elle.

Rezek émit un petit bruit réprobateur.

– Tu passes trop de temps avec Damien. Je ne veux pas la mettre à profit. Ce que je veux, moi, c'est ton aide.

Elle en fut si surprise qu'elle eut un mouvement de recul.

– Comment ça, mon aide ?

Rezek alla vers l'escalier en spirale. Ari quitta l'encadrement de la porte à contrecœur et le suivit.

– Tu en sais plus sur les Hérétiques que sur les Racari, je suppose, déclara-t-il.

– J'ai les mêmes connaissances que tout le monde, répondit-elle. Ils ont essayé d'accroitre leurs capacités, et dans leur quête de pouvoir, ils ont perdu le contrôle de leur magie. L'éruption a failli détruire le Kinahara.

Rezek marqua une pause sur le palier du premier étage.

– Tu as lu un livre d'histoire, bravo.

Il ignora son regard noir.

– Ce qui n'est pas relaté dans les livres, reprit-il, c'est qu'au moment de leur mort, leurs esprits ont été capturés dans les Racari auxquels ils étaient associés. Quand nous nous sommes unis à ces Racari par notre sang, le lien établi avec notre magie leur a permis de s'introduire dans notre corps. Depuis, ton Hérétique se nourrit de tes aptitudes et devient plus puissant chaque fois qu'elle les utilise.

Damien avait déjà émis cette théorie, mais ce fut différent d'avoir confirmation que la force sur laquelle elle comptait se retournait contre elle. Elle eut envie de gratter ses veines et sa chair jusqu'à l'os pour déloger la créature.

Rezek reprit l'ascension des marches.

– C'est à peu près tout ce que nous savons sur le lien. C'est une des nombreuses choses sur la magie que nous nous efforçons de mieux comprendre.

– Nous, répéta-t-elle doucement.

Elle n'avait jamais songé à la voix et à elle en ces termes. Depuis combien de temps Rezek était-il possédé ?

Arrivé au deuxième, Ari s'immobilisa.

– Ça ne m'explique toujours pas ce que vous retirez de tout ça. Qu'est-ce que vous attendez de moi, au juste ?

Rezek lui jeta un coup d'œil.

– C'est très simple. Nous voulons accéder à ton Racari.

Elle eut l'impression qu'il venait de lui demander de révéler son secret le plus intime. Elle s'étonna d'être soudain si protectrice avec son livre, elle qui avait un jour tenté de le noyer, et qui le tenait encore en partie pour responsable de ce qu'elle avait infligé à son Saba. Pourtant, la perspective de le donner à Rezek lui déplaisait.

– En échange, ajouta Rezek, je t'aide avec ton petit problème de *possession*.

Il se remit en mouvement, et Ari le suivit avec réticence. Elle devinait que sa requête allait au-delà, mais Rezek constituait sa meilleure chance d'apprendre à contrôler l'Hérétique avant de commettre un acte irréparable.

Rezek ouvrit une porte arrondie située entre deux étagères, et ils entrèrent dans une salle circulaire mi-atelier, mi-bibliothèque. Là aussi, les murs étaient couverts de livres, et sur plusieurs longues tables on avait disposé du matériel dont elle ignorait la fonction, mais qui mettrait Reid dans tous ses états.

Des bols emplis des quatre gemmes étaient alignés sur l'une d'elles, mais il y avait aussi des jaspes sanguins, la cinquième pierre d'enchantement que Damien et elle avaient découverte à peine quelques semaines plus tôt, capable de créer des liens tels que celui qui l'unissait au Racari. À côté se trouvait une pierre brillante et foncée qu'elle n'identifia pas, et encore une autre, irisée, qui selon elle pouvait être de l'opale.

– Il y a d'autres gemmes, dit-elle dans un souffle.

– Quatre, confirma Rezek. On les appelle les pierres divines, et elles composent une partie du pouvoir que les Hérétiques convoitaient avant le Cataclysme. Les connaissances à leur sujet ont été détruites lors de l'Autodafé.

Depuis, il ne restait que les quatre pierres essentielles : l'émeraude pour les enchantements physiques, le rubis pour les émotions, le saphir pour l'énergie, et le diamant pour les sorts célestes. La perte d'un savoir accumulé pendant des décennies avait ramené la science de la magie à un état rudimentaire, plongé dans un oubli presque absolu les Hérétiques et les Racari en leur possession.

Tout ça à cause de ces pierres.

Tout ça à cause de vous, songea Ari à l'intention de la voix, qui s'entêtait à demeurer silencieuse. Il lui sembla étrange que l'esprit ne tente pas d'établir le contact avec celui de Rezek, ou réciproquement. Peut-être que l'Hérétique n'avait pas menti en affirmant qu'ils n'étaient pas amis, mais elle s'attendait au moins à ce qu'elle proteste de nouveau contre sa décision de se rendre au manoir Kelbra.

Rezek déambula dans la salle.

– Cette bibliothèque renferme tous les textes d'enchantements que j'ai récupérés d'avant l'Autodafé et ceux qui ont été rédigés depuis.

Il tendit la main, dans laquelle se trouvait une graine.

– Je pourrais te montrer des merveilles de magie que tu n'imagines même pas.

La graine se fendit et se changea en élégante rose rouge. Il la lui offrit, et elle la prit, seulement pour confirmer que la fleur était réelle, pas une illusion. Sa tige ferme était bien concrète, son parfum très caractéristique. Elle sentit dans sa poitrine le tiraillement d'une émotion familière.

– Vous voulez accéder à mon Racari, dit-elle d'un ton dubitatif. Qu'est-ce que vous comptez en faire ?

Il secoua la tête.

– Je te le répète, tu côtoies trop Damien. Selvin et moi souhaitons juste comprendre l'étendue de notre magie et ce qui a conduit au Cataclysme. Assumer pleinement notre pouvoir au lieu de le cacher. Il m'a semblé que ça pourrait t'intéresser, toi aussi.

C'était le cas, plus qu'elle ne voulait bien l'admettre, car même si elle croyait Rezek, elle était certaine qu'il ne lui disait pas tout. Mais elle ignorait combien de temps il faudrait à Reid pour atteindre son objectif, si jamais cela se produisait. Elle savait juste que son pouvoir avait provoqué la mort de son Saba. Qu'il l'avait arrachée à sa famille, à Rivkah, dont la terreur cette nuit-là hantait encore Ari. Il l'avait poussée à commettre des actes dont elle ne se serait jamais crue capable, et qui avaient failli couter la vie à Damien.

Rezek était le seul qui pourrait peut-être lui permettre de reprendre le contrôle.

Elle n'avait pas le choix.

– D'accord, accepta-t-elle au bout d'un moment, en priant pour ne pas faire une erreur. Mais vous n'accèderez à mon Racari qu'après m'avoir aidée.

Alors que Rezek penchait la tête de côté, une porte s'ouvrit dans la bibliothèque en contrebas, et quelqu'un appela :

– Lord Kelbra ? C'est presque l'heure.

Les domestiques ne sont pas tous partis, donc, songea-t-elle tandis que Rezek la précédait vers l'escalier. Avant qu'il ferme l'atelier à clé, elle laissa trainer son regard sur les pierres divines.

– Retrouve-moi demain après-midi, déclara-t-il. Nous discuterons des différentes possibilités.

En sortant du domaine, Ari fit tourner la rose entre ses doigts, l'esprit assailli de mille pensées. Si on lui avait dit quelques jours plus tôt qu'elle envisagerait de se rendre chez Rezek Kelbra de son plein gré, elle aurait vérifié si la personne avait de la fièvre. Elle n'était pas idiote – il ne voulait pas son Racari que pour des raisons intellectuelles, et la perspective d'en apprendre davantage sur les pierres divines n'était qu'un appât supplémentaire pour l'attirer.

Entre cet argument et la connaissance qu'il lui faisait miroiter au sujet de l'Hérétique, il avait bien joué ses cartes. En lui livrant ces éléments, il lui offrait du pouvoir, lui promettait des réponses à des questions qu'elle n'avait pas eu conscience de se poser, et elle n'était pas certaine de pouvoir résister.

Depuis toujours, sa curiosité la poussait vers le danger.

✦ DEUXIÈME PARTIE ✦

D'aucuns affirment que les Messagers vivent toujours sur terre,
d'autres qu'ils ont regagné le monde céleste.
Certains croient qu'ils ont simplement disparu,
qu'ils sont retournés à la magie qui les avait enfantés.

12
ARIELLE

Ari rêva d'un vaste château aux plafonds en ogive monumentaux et aux immenses murs arqués. D'un temple dont elle connaissait les moindres recoins, et d'une responsabilité qui la dépassait. Sa sœur était là. Elle ne ressemblait pas à Rivkah, pourtant son cœur débordait pour elle d'un amour plus puissant que le soleil.

Elle rêva d'un monde dont elle se languissait et qu'elle ne verrait jamais.

Ari se réveilla avec une lourde sensation de manque dans la poitrine, et découvrit que le côté du lit de Damien était vide. Elle se retourna dans les draps froids et ferma les yeux, puis s'imprégna tant de l'odeur de poudre et de fumée qu'elle parvint presque à se convaincre qu'il était là. Une infime part d'elle se réjouissait secrètement de ne pas devoir le regarder en face après sa rencontre avec Rezek, qui l'avait troublée de bien des façons, mais une part plus grande voulait s'excuser de s'être emportée contre lui la veille.

Tu ne lui dois pas d'excuses. L'Hérétique fulminait. *C'est lui qui devrait implorer ton pardon.*

Peut-être qu'il le ferait si vous arrêtiez de m'inciter à le blesser. Ari repoussa les draps et alla ouvrir les épais rideaux en velours. Un ciel gris annonçait de la pluie et reflétait l'accablement qui s'abattit sur elle. Elle se sentait mal reposée, comme si elle avait passé la nuit à courir sur place.

À moins que vous cherchiez à le repousser pour qu'il ne m'aide pas, ajouta-t-elle. *De la même façon que vous tentez de m'éloigner de Rezek.*

Ce garçon est dangereux, siffla la voix.

Il est aussi ma seule source de vérité, rétorqua Ari d'un ton amer. *Sauf si vous vouliez contribuer.*

Après un instant de silence, l'Hérétique prononça le mot *Nava*.

Pardon ?

Je contribue. Je m'appelle Nava.

Ce n'était pas l'information qu'elle désirait, mais c'était un début. Jusqu'à présent, la présence de l'Hérétique n'avait été qu'une ombre confuse dans son esprit. Un nom faisait d'elle quelque chose d'autre, *quelqu'un* d'autre.

Une Kinienne.

Ari ne s'était encore jamais interrogée sur l'identité des Hérétiques, mais avec l'éradication systématique de la magie kinienne après l'invasion, il lui avait semblé probable que les possesseurs des Racari soient enderliens.

Preuve supplémentaire du peu qu'elle savait. Elle ignorait les véritables capacités des Racari, leur provenance, et la façon dont le sien était parvenu à sa famille – et tout ce qui concernait Nava ou les autres Hérétiques. Si Selvin et Nava les possédaient, Rezek et elle, qu'en était-il des deux autres ? Chez Rezek, elle n'avait pas vu le troisième Racari. L'avait-il laissé au château quand elle s'était enfuie, ou était-il déjà associé à quelqu'un d'autre ?

Quoi d'autre ? la relança Ari, avide d'en apprendre davantage tout en jugeant suspecte la volonté soudaine de l'Hérétique de répondre à des questions. S'agissait-il d'une nouvelle tentative pour l'empêcher de solliciter l'aide de Rezek ?

Que souhaites-tu savoir ? s'enquit Nava d'un ton sec. *Ma couleur préférée, et si je mange mes latkes avec de la crème ou de la sauce ?*

L'estomac d'Ari gronda à l'évocation des latkes. On ne trouvait pas beaucoup de nourriture kinienne à Veradell, et même si les chefs de Damien lui préparaient tout ce qu'elle demandait, leurs plats étaient loin de valoir ceux de sa mère. Elle était nostalgique des moments passés à la cuisine avec Rivkah, à éplucher des pommes de terre au son des chantonnements de leur mère, même si sa sœur s'arrangeait toujours pour se dérober et lui laisser tout le travail.

Vous vous exprimez d'une façon bien familière pour quelqu'un qui est enfermé dans un grimoire depuis plus d'un siècle, commenta-t-elle, gagnée par la curiosité. Mais peut-être existait-il un autre moyen d'affronter cette situation qui n'inclue pas Rezek. Si elle en apprenait davantage sur Nava, la comprenait, peut-être pourrait-elle la convaincre de lui confier ce qu'elle recherchait, et elles parviendraient à une trêve.

D'où j'étais, je continuais à percevoir le monde qui m'entourait, répondit doucement Nava.

Depuis le jour où mon… Ari n'alla pas au bout de sa phrase, les doigts crispés dans sa jupe au souvenir du corps sans vie de son Saba.

Du sang par terre. Du sang sur ses mains.

Nava eut la bonté de finir sa pensée pour elle. *Non, nous sommes liées depuis bien plus longtemps que ça.*

Rivkah lui avait dit que leurs parents savaient depuis toujours. C'était à cause d'elle qu'ils s'étaient isolés du village, qu'ils avaient coupé Rivkah et elle de leurs semblables. Elles n'étaient jamais allées au temple, n'avaient jamais étudié l'Arkala, ni appris grand-chose de leur histoire et de leur culture.

Avaient-ils redouté ce qu'elle deviendrait avec un tel pouvoir à sa disposition ? Avaient-ils eu *peur* d'elle ?

Avez-vous déjà pris contrôle de moi par le passé ? demanda Ari.

Une fois, à mon réveil. Par la suite, je n'avais aucune raison de le faire, jusqu'à ce que tu arrives à Veradell. Je ne pouvais accepter la façon dont ces gens te méprisaient.

Cela expliquait pourquoi la voix ne s'était manifestée que récemment, lorsqu'elle avait commencé à vendre des golems à des clients qui la traitaient comme un chien. Nava avait veillé sur elle pendant tout ce temps, nouvelle qu'Ari ne savait pas comment prendre.

Je suis… désolée pour ce dont on t'a privée, dit Nava. *Moi-même, je connais cette douleur.*

Vous ? Ari avait du mal à imaginer qu'une des plus puissantes enchanteresses de son temps, une femme qui avait vécu au Kinahara, ait pu être coupée des siens.

Un sentiment proche du deuil émana de l'Hérétique. *Tu oublies que j'ai vécu sous l'occupation enderlienne. Ma magie était illégale dans mon propre pays. Moi qui étais une Kesema, soudain, je n'étais plus rien.*

Une Kesema ? Qu'est-ce que c'est ?

Une praticienne de la magie kinienne.

Ari fit rouler dans sa bouche ce mot de vieux kinien. Elle n'avait jamais pu mettre un nom sur ce qu'elle était, ce qui l'attristait et l'exaspérait à la fois. Comme une grande partie de la culture de son peuple, ce terme avait été perdu dans le Cataclysme.

Perdu à cause de Nava.

Vous vous êtes donc alliée aux enchanteurs enderliens, songea Ari avec amertume. *Et vous avez détruit notre monde.*

J'essayais de le protéger ! Une profonde colère imprégna sa voix, émotion qu'Ari sentit résonner en elle. *Les autres – ils voulaient obtenir un pouvoir qu'ils ne comprenaient pas. Qui ne leur appartenait pas.*

Est-ce pour cela que vous n'avez pas cherché à entrer en contact avec Selvin, hier ? poursuivit Ari. *Parce que vous n'approuviez pas ce qu'il faisait ?*

Nava émit un bruit moqueur. *Selvin n'a que faire de moi, seul l'intéresse ce qu'il gagnerait en t'aidant à me soumettre.*

Mon Racari. Ari se détourna de la fenêtre et contempla le grimoire posé sur sa table de chevet. Elle s'était endormie en décortiquant les passages traduits par Damien, comme si chaque phrase pouvait receler des réponses.

Ne le lui donne pas, petite lionne, lui intima Nava. *Il n'en sortira rien de bon.*

Pour moi, ou pour vous ?

Le silence de l'Hérétique s'exprima cette fois dans tout son corps, et vint à bout de sa patience. Elle alla se laver et s'habiller, hantée par ses propres mots. Sa magie était sa force. Tel de l'acier fondu, elle avait comblé les fissures dans son armure, était devenue une partie d'elle, et à présent, ce qui l'avait sauvée menaçait de démolir tout ce qu'elle avait bâti.

Elle ne le permettrait pas.

Lorsqu'elle sortit de la chambre, elle alla droit à la desserte se servir une tasse de thé corsé, puis rejoignit Reid, déjà penché sur un microscope.

– Non, je ne sais pas où il est, déclara-t-il sans même lever la tête.

Ari ravala sa question, qui se logea dans son ventre comme une pierre. Damien n'avait même pas prévenu Reid d'où il allait ? D'ordinaire, il leur disait au moins s'il s'absentait pour ses affaires, sans forcément entrer dans les détails, mais ce n'était pas que sa réticence à les informer qui préoccupa Ari. C'était le soupçon dans ses yeux, les pièces de monnaie qu'il laissait à l'intention des domestiques pour voir qui fouinait.

C'était la rancœur qu'il gardait envers Mikira pour son erreur.

Si elle lui parlait de Rezek tout de suite, il déraperait. Il irait sans doute abattre son ancien ami, et quant à elle, il ne lui pardonnerait jamais. Elle ne lui vaudrait que davantage de tourments.

– Tu ne t'inquiètes pas pour lui ? s'enquit-elle.

Reid s'écarta de l'instrument en lui lançant un regard qui semblait l'implorer de ne pas lui demander des conseils de couple. Mais dessous, elle décela une lueur de gêne.

– Il va bien, déclara-t-il sans conviction.

Elle eut un grognement moqueur.

– C'est faux.

Reid ne la contredit pas, et s'avachit dans son siège en grommelant. Quelque chose remua derrière lui. Peu après émergea un Bidule offensé d'avoir failli être écrasé, avant de s'installer sur ses cuisses d'un air renfrogné.

– Ça faisait longtemps que je ne l'avais pas vu dans un état pareil, reconnut Reid en se frottant le visage.

Ari pressa son thé chaud contre son ventre.

– Depuis sa confrontation avec Rezek, commenta-t-elle.

La mine inquiète de Reid fut parlante, et elle poursuivit :

– Comment étaient-ils, tous les deux, avant que…

– Avant que Rezek assassine sa mère et que la vengeance devienne sa seule raison d'être ?

Le ton ironique de Reid ne suffit pas à saper le poids de ses mots.

– Je ne les connaissais pas. Damien et moi ne nous sommes rencontrés que plus tard. D'après ce que j'ai cru comprendre, Rezek n'a jamais été qu'un imbécile riche et prétentieux, mais inoffensif. Damien, lui…

Il haussa une épaule et gratta son chat derrière l'oreille.

– D'après Shira, il a toujours été trop intelligent pour son entourage, et cela l'a isolé. Rezek était le seul qui semblait l'apprécier.

Cela avait-il été une ruse, un stratagème pour atteindre la mère de Damien ? Ou l'amitié de Rezek avait-elle été sincère, autrefois ?

La porte des appartements s'ouvrit, et la voix de Damien retentit.

– Ma décision est irrévocable. Je vous donne une heure pour quitter le domaine.

Reid grogna doucement.

– C'est la deuxième personne qu'il renvoie cette semaine, maugréa-t-il.

– Formidable, souffla-t-elle tandis que Damien se joignait à eux.

Il jeta un coup d'œil au microscope.

– Des avancées ?

– Un peu, mais pas de quoi en *parler*, répondit Reid d'un ton tranchant.

Damien poussa un léger soupir, ce qui chez lui équivalait presque à lever les yeux au ciel.

– Reid, s'il te plait.

Le jeune homme résista quelques instants avant que ses épaules s'affaissent, et il désigna le microscope d'un geste.

– Selon ma théorie, comme le vérillion qui ne peut fleurir que dans un sol riche en magie, ces cellules ne sont peut-être visibles qu'en présence de magie. Mais je crois qu'il me faut un meilleur microscope. Il existe un nouveau modèle en provenance du Vyna. Par contre, il coute…

– Achète-le, le coupa Damien. Nous ne devons reculer devant rien.

Reid s'extirpa de la chaise avec une réticence évidente et se retira dans sa chambre. Pour la première fois, Ari ne savait pas vraiment comment l'aborder. Jamais ils ne s'étaient querellés comme la veille, et même si elle tenait à s'excuser, elle voulait qu'il fasse de même. Et bien qu'il garde un air impassible, elle avait l'impression que c'était son cas à lui aussi.

Au bout d'un moment, il sortit une enveloppe dorée de sa poche de veste.

– J'ai une piste pour Elidon Shaw. Il va organiser une fête pour l'Éridice dans trois jours.

Sa franchise dissipa en partie la tension d'Ari.

– C'est une bonne nouvelle, ça.

Damien déposa négligemment l'invitation sur le bureau et vint jusqu'à elle. Penché au-dessus d'elle telle une aile protectrice, il lui caressa la joue.

– Tu m'accompagneras ?

Ari appuya le visage contre sa main. Quels que soient les doutes qui encombraient son esprit, son corps, lui, chercha du réconfort dans ce geste familier.

– Bien sûr, répondit-elle.

Il posa les lèvres sur les siennes.

Lorsqu'elle était avec lui, il lui consacrait toute son attention, et elle se délectait de la façon dont il la contemplait. Il la serra par la taille, et elle se blottit contre cette force, mettant dans son baiser l'intensité des excuses qu'elle ne pouvait lui faire.

La vérité lui brulait la gorge, mais elle la ravala.

– Dans ce cas, je dois aller commander une nouvelle robe, déclara-t-elle alors, avec une expression qu'elle souhaita aussi assurée que sa voix.

Ce n'était pas tout à fait un mensonge, mais ce n'était pas la raison principale pour laquelle il lui fallait partir. Elle avait rendez-vous avec Rezek. Le simple fait de penser à lui en présence de Damien lui donnait l'impression de le trahir, et elle aurait juré qu'il voyait clair dans son jeu, mais Damien se contenta de sourire et la libéra à contrecœur.

Elle espérait qu'il comprendrait, au bout du compte, que tous ses actes, ses mensonges, ses secrets, n'avaient qu'un but : protéger ceux qu'elle aimait.

Rezek vint lui ouvrir, l'air deux fois plus débraillé que la veille. Il empestait l'alcool.

– Vous êtes soul ? lui demanda-t-elle.

Il s'appuya pesamment contre l'encadrement.

– Ce n'est pas faute d'avoir essayé. Selvin ne peut pas s'empêcher d'éliminer l'ivresse.

Il s'interrompit comme s'il écoutait quelqu'un, leva les yeux au ciel, puis émit un grognement moqueur en réponse au commentaire de l'Hérétique.

Il s'écarta et, d'un grand geste théâtral, lui fit signe d'entrer. Ari l'observa cependant qu'il la conduisait à son cabinet de travail, où il alla directement à la desserte. Il offrit un verre de whisky à Ari, qui le refusa.

– Je préfèrerais du thé.

Il lui servit alors une tasse d'une théière enchantée. Elle examina ses yeux, mais n'y trouva nulle trace du blanc qui envahissait leurs iris quand les Hérétiques prenaient le contrôle.

– Vous avez l'air de bien vous entendre avec Selvin, commenta-t-elle.

– C'est le résultat de nombreuses années passées ensemble.

Après un discret haussement d'épaules, Rezek s'appuya de nouveau contre son bureau.

– Comme toi tu as dû apprendre à maitriser ta magie en tant qu'enchanteresse, les Hérétiques ont dû apprendre à nous posséder, expliqua-t-il. Les absences se produisent s'ils inondent notre corps de magie pour nous diriger, et c'est là que nos yeux deviennent blancs. Cela peut traduire un manque d'expérience, ou alors c'est volontaire, car ils sont capables de prendre le contrôle sans provoquer ces signes.

Ari ignorait ce qui l'inquiétait le plus : la possibilité que Nava effectue des tours d'essai avec son corps comme avec une calèche neuve, ou si elle la submergeait pour lui cacher ses intentions. En chemin, Nava avait de nouveau tenté de la convaincre de ne pas venir, mais elle s'était mise en retrait dès qu'Ari était entrée dans le manoir.

– Ça fait longtemps que vous êtes...

Ari n'acheva pas sa phrase, échaudée par la réaction précédente de Rezek au mot « possédé ».

Il eut un petit sourire narquois.

– Depuis que j'ai douze ans.

Ari en eut le souffle coupé. Rezek n'avait pas loin de vingt-cinq ans ; il cohabitait donc avec Selvin depuis plus de dix ans. Pas étonnant qu'il semble si à l'aise avec l'Hérétique.

Une autre révélation la frappa. Elle n'avait jamais entendu dire qu'il était un enchanteur. Ce qui signifiait...

– Vous n'êtes pas assermenté.

– Il t'en a fallu du temps, commenta-t-il en faisant tourner son whisky dans son verre. Mon père a gardé le secret sur mes pouvoirs dès qu'ils se sont manifestés. L'idée qu'un Kelbra devienne un enchanteur de bas étage dans l'armée royale lui répugnait. C'était avant qu'il mette la main sur le Racari.

Elle jeta un coup d'œil vers le bureau, mais le grimoire n'y était plus. Si Rezek tenait à accéder à celui d'Ari en échange de son aide, il était probable qu'il détienne le Racari du château. Possédait-il aussi le quatrième ?

– Comment l'a-t-il découvert, au juste ? s'enquit-elle. Les Racari ont été associés aux Hérétiques au moment du Cataclysme. N'auraient-ils pas dû être détruits ?

Cette question fit réagir Nava, dont la présence vacilla. Désirait-elle obtenir la réponse elle aussi, ou s'animait-elle parce qu'elle la connaissait déjà ?

Rezek posa son verre sur la table de travail.

– Les Racari sont bien plus que des livres de sortilèges. Ce sont des objets de magie divine. La magie des Messagers. Cela leur confère des capacités inouïes, dont celle de survivre au Cataclysme. Mais selon la théorie de Selvin, une fois unis à un enchanteur, les Racari demeurent liés à la même lignée.

Nous sommes parents ? demanda Ari, qui sentit alors Nava s'agiter. Était-ce pour cela que l'Hérétique s'était manifestée quelques instants plus tôt ? Ne voulait-elle pas qu'Ari le sache ?

Elle déglutit, luttant pour que cette révélation ne la désarçonne pas. Ça ne changeait rien. Nava se servait quand même d'elle, et elle n'était pas la seule. Selvin avait surement ses propres motivations, et les deux autres Hérétiques étaient imprévisibles. Il restait si peu de leur histoire après l'Autodafé qu'elle ne savait presque rien sur eux.

– Mais votre Racari, reprit Ari. Il s'est présenté à quelqu'un d'autre dans votre famille ?

– À un parent éloigné, répondit Rezek, avec dans les yeux une lueur familière qu'elle n'identifiait pas. Mon père l'a pris quand il a découvert ce que c'était, et il a appris le secret des jaspes sanguins dans ses pages. C'est lui qui m'a lié au Racari. Il suffit d'une goutte de sang.

Ari eut un mouvement de recul.

– C'est votre père qui vous a infligé ça ?

Rezek vida son verre d'un trait.

– Il pensait me rendre plus fort. Il ignorait tout de l'âme de l'Hérétique qui restait unie au livre. Quand j'ai changé de comportement et que je suis devenu plus violent, il a eu peur de moi, et Eradas Kelbra ne détestait rien autant que ce qui l'effrayait.

Des paroles de Damien revinrent à Ari : « *Le fait qu'il ne soit pas le fils dont rêvait Eradas Kelbra est un secret de polichinelle. C'était son frère l'enfant chéri, et Rezek posait problème.* »

Problème que son père avait fabriqué, et dont il s'était défaussé. Cette fois, elle identifia l'expression qu'elle lisait dans le regard de Rezek, la distance qu'il avait créée en lui pour séparer deux parties de son être. Pour repousser la peur, afin qu'elle ne le dévore pas.

Son Hérétique avait-il d'abord tenté de le maitriser comme Nava le faisait avec elle ? Leurs yeux ne devenaient blancs que lorsque les Hérétiques prenaient le contrôle total, mais à de nombreuses occasions, Nava était restée sur le fil, ses pensées, actions et sentiments se mêlant sans accroc à ceux d'Ari, si bien que celle-ci n'avait pas pu les distinguer.

Quelle partie du Rezek qu'elle connaissait était véritablement lui, et quelle partie la créature tapie sous sa peau ? Cette pensée fit remonter un autre souvenir. Elle tourna de nouveau le regard vers lui et constata qu'il l'observait, dans l'expectative, comme s'il l'implorait de comprendre.

– Je n'ai pas toujours été maitre de moi.

Sa voix s'érailla sur la fin de sa phrase, et Ari eut un déclic.

– La mère de Damien, dit-elle dans un souffle. C'est vous qui…

– Je ne sais pas, répondit Rezek, qui serra son verre plus fort. Je me rappelle… des bribes. Que j'avais voulu faire la fierté de mon père. Il y avait du sang. Beaucoup de sang. Puis je me suis enfui.

Il appuya la main contre son visage et s'empoigna les cheveux.

– C'est tout, conclut-il.

La frontière entre Selvin et lui était devenue si poreuse qu'il ne distinguait plus les actes de l'Hérétique des siens. Il ignorait s'il avait du sang sur les mains. Elle-même connaissait la terreur que cela provoquait ; elle la ressentait chaque fois qu'elle revenait à elle après une absence.

On avait l'impression de tomber en morceaux.

Cent questions lui vinrent, et la première lui échappa d'un ton presque accusateur :

– Mais pourquoi Selvin aurait voulu tuer la mère de Damien ?

– Pour que je prenne la tête de la maison Kelbra. Coute que coute, répondit-il avec un sourire désabusé. La tâche de notre Ascension consistait à porter le coup le plus destructeur à une maison rivale, mais quand j'en ai informé mon père, il a quand même choisi mon frère.

– Parce qu'il avait peur de vous.

Puis son frère avait disparu, et Rezek était devenu chef de la maison Kelbra, où il s'était petit à petit fait un nom en tant qu'héritier. Mais là encore, s'agissait-il vraiment de lui ?

La même question se posait pour elle.

Elle comprit alors pourquoi elle avait été si furieuse contre Damien après l'attaque. Ce n'était pas dû qu'au reste d'adrénaline et à l'agacement naissant provoqué par ses cachoteries ; c'était dû à la façon dont il l'avait regardée, comme s'il ne la reconnaissait plus.

Comme s'il la craignait.

Rezek poussa son verre.

– J'ignore comment te débarrasser de ton Hérétique, car je n'ai jamais essayé de chasser le mien, mais j'ai une idée. Viens avec moi.

Ari le suivit à l'étage supérieur, dans l'atelier, où elle s'approcha de la table aux pierres enchantées. Rezek lui avait parlé de quatre pierres divines, mais elle ne compta que trois nouvelles corbeilles.

– Souhaites-tu apprendre à les utiliser ? lui demanda-t-il, avant de les désigner une par une. Tu connais déjà la particularité des jaspes sanguins. Celles qui sont noires et lisses sont des onyx, qui créent des sortilèges de métamorphose comme la rose que je t'ai donnée. Les plus colorées sont des opales, et servent aux enchantements de mort.

Elle eut un mouvement de recul.

– Ça existe ?

– Ce n'est pas aussi funeste que leur nom pourrait le faire croire.

Il prit une opale et la tourna dans sa main.

– La mort est un coup d'arrêt. Ces enchantements sont similaires : ils provoquent une interruption. Ça peut être un sort qui nous permet de bloquer la pousse de mauvaises herbes, ou d'empêcher une rivière de couler dans un sens qui ne nous convient pas.

À l'entendre, c'était inoffensif.

– Est-ce qu'on peut les utiliser… pour tuer ?

– Seulement si on associe la pierre à un être vivant, comme pour enchanter un animal, expliqua-t-il en remettant la pierre dans la corbeille. Ce serait un gâchis de magie, alors qu'un couteau ferait parfaitement l'affaire.

Elle aurait aimé le questionner sur la quatrième pierre, mais elle eut l'intuition que c'était justement le motif de sa présence. Parce que son Racari mentionnait lui aussi une autre pierre, dont elle n'avait jamais compris les pouvoirs. Des pierres de vérité, les appelait-on – celles qui donnaient vie aux golems.

Et pour une raison encore indéterminée, Rezek les voulait.

Il retourna à son bureau et sortit d'un tiroir un fin bracelet d'opales très serrées les unes contre les autres, dont les reflets irisés chatoyaient à la clarté du jour qui filtrait derrière lui.

– Je crois qu'un enchantement de mort, c'est exactement ce qu'il nous faut.

– Nous n'avions pas dépassé le stade où nous essayions de nous entretuer ?

– Ce serait tentant, mais j'en ai assez de subir la vengeance de Damien.

Elle fut surprise par la manière dont il prononça le prénom de celui-ci. Pas avec douceur, mais sans l'agressivité qui caractérisait d'ordinaire sa façon de parler.

Il la rejoignit à l'établi, et encore une fois, elle brula du vérillion par réflexe, prête à se défendre si nécessaire. Depuis quelque temps, elle portait une bague en diamant pour disposer aussi des sortilèges célestes.

– Les enchantements de mort peuvent arrêter un mouvement, expliqua de nouveau Rezek. Le secret, c'est de s'assurer qu'il ne vise que ce qu'on veut, et pas ton cœur, par exemple.

– Ça ne devrait être qu'une question d'intention, dit Ari, gagnée par la curiosité.

Rezek posa le bracelet devant elle.

– Nous devrions approfondir nos recherches avant de tenter quoi que ce soit, mais en effet, je pense que nous pourrions ensorceler ce bracelet pour empêcher ton Hérétique de faire surface. Mais ça aura un prix.

D'une certaine manière, Ari avait anticipé qu'on en arriverait là. Sa connaissance de la magie avait beau être incomplète, elle en savait assez pour deviner ce qu'on allait lui demander, et à en juger par l'agitation de Nava, elle aussi.

– Ma magie, dit-elle.

Il le lui confirma d'un signe de tête.

– Moi-même, je ne comprends pas le lien qui unit l'Hérétique et son hôte, reconnut-il en s'appuyant contre la table, les bras croisés. Un Racari peut sans doute se lier à n'importe qui, enchanteur ou pas, comme n'importe quel sortilège d'association. Mais à mon avis, seul un enchanteur ou une enchanteresse peut accueillir l'âme d'un Hérétique dans son corps.

– Vous n'êtes pas sûr que ma magie soit la mienne, c'est ça ?

Rezek se savait enchanteur bien avant d'avoir été lié à un Racari, mais Ari avait trouvé le sien lorsqu'elle était enfant. Elle ignorait si ses pouvoirs étaient les siens, ou s'ils lui venaient de Nava.

Rezek haussa les épaules et s'écarta de la table.

– De toute façon, la magie est une passerelle. Si nous l'inhibons, je suppose que nous neutraliserons l'Hérétique.

Ne fais pas ça, petite lionne, s'éleva la voix rugissante de Nava. *Il t'affaiblira. Veux-tu vraiment te couper de ton pouvoir ?*

Ari tressaillit. Bien sûr qu'elle ne le voulait pas. Pourtant, elle ignorait à quel point ce pouvoir était indissociable de l'Hérétique, et savait juste qu'utiliser l'un rendait l'autre plus fort. Mais tant qu'elle n'aurait pas trouvé d'autre solution pour maitriser Nava, sa magie risquait d'être le prix à payer.

C'était toutefois un déchirement de l'envisager. Sa magie lui avait donné de la force, et sauvé la vie. Sans elle, elle serait vulnérable à plus d'un titre. La seule perspective de s'en séparer la révoltait tant qu'elle avait envie de renoncer, et tant pis pour les dangers. Mais elle se rappela qu'elle avait failli tuer Damien, songea aux horreurs que Rezek avait commises sous l'impulsion d'un autre esprit, et elle ravala sa colère.

Ce n'est pas lui qui veut se débarrasser de vous, rétorqua Ari en serrant le bracelet dans sa main. *C'est votre dernière chance de m'avouer la vérité. Qu'est-ce que vous attendez de moi ?*

N'obtenant que le silence, elle leva le bracelet et demanda :

– Par quoi on commence ?

13
MIKIRA

La cible qui se dressait face à Mikira n'était guère qu'un bout de bois marqué de repères, pourtant, il était deux fois plus satisfaisant de l'atteindre que les meules de foin sur lesquelles Lochlyn et elle s'étaient exercés dans leur enfance.

Ce qu'elle vivait là était incomparable.

Alors que leurs matinées d'autrefois étaient paisibles, l'atmosphère qui l'entourait à présent était chargée d'une énergie si électrique qu'elle en sentait les vibrations. À sa gauche, un archer décochait des flèches dans un mannequin en chiffon. À sa droite, des rebelles s'entrainaient au corps à corps ; les bruits sourds des corps se percutant étaient devenus familiers. Tout le monde autour d'elle se préparait à la guerre.

Après le silence du haras, le vacarme de la caverne lui était presque insoutenable. Son père et ses sœurs étaient partis le matin même avec l'aide des rebelles, et la maison avait semblé vide et glaciale. Elle ne parvenait pas à chasser de sa tête les reproches d'Ailene et de Nelda.

« Tu veux qu'on fasse *quoi* ? » s'était élevée la voix stridente de la première dans la cuisine, quand Mikira leur avait annoncé la nouvelle.

« Nous ne sommes plus en sécurité, ici », avait expliqué son père.

« Et c'est la faute de qui, hein ? » La mine trahie d'Ailene avait porté un coup au cœur à Mikira.

« C'était ça, ton idée ? avait demandé Nelda d'une voix si calme qu'elle ne l'avait presque pas entendue. Tout devait être terminé après l'Illinir. Nous étions censés redevenir une famille, et maintenant on doit fuir ? »

Mikira avait grimacé.

« Je suis désolée, ma grenouille. »

« Ne m'appelle pas comme ça ! » s'était insurgée la benjamine.

Ailene l'avait attirée contre elle, et, formant un front uni, elles l'avaient fixée d'un air de défi.

Cela lui avait brisé le cœur.

Mikira s'efforça de prendre une profonde respiration et soupesa le couteau dans sa main. Lochlyn lui avait appris à en faire une extension de son bras, mais sa magie fraichement acquise conférait un nouveau sens à sa pratique. Il lui suffisait de canaliser son intention dans le poignard et de le laisser partir.

Atteins la cible, lui ordonna-t-elle, avant de le lâcher.

L'arme fusa tout droit, puis heurta le bord de la pièce de bois, manche d'abord.

Un sifflement grave retentit derrière elle. Talyana s'approcha alors en applaudissant lentement et déclara :

– Je suis estomaquée.

Mikira leva les yeux au ciel et aller récupérer le poignard.

– Je m'entraine.

– Ce n'est pas du luxe.

À côté d'elles, Atara broncha et trépigna.

– Tu vois, même le cheval est d'accord, railla Talyana avec un sourire amusé.

Mikira se coupa des moqueries de son amie et reprit position. Elle devait être plus précise, faire preuve d'une intention plus profonde, jusqu'à ce que la magie lui devienne instinctive. C'était du moins ainsi qu'Ari avait décrit sa pratique des enchantements. Elle aurait aimé que l'enchanteresse soit là pour lui transmettre son savoir-faire, parce qu'avec elle, Mikira s'était toujours sentie moins seule.

Concentre-toi, s'enjoignit-elle, en serrant le manche plus fort. *Atteins le centre de la cible avec la pointe*. Elle se représenta la trajectoire du poignard et le lâcha.

La lame se planta fermement.

Le sifflement de Talyana retentit de nouveau, suivi cette fois par plusieurs autres et quelques applaudissements. Certains l'avaient observée par intermittence, plus ou moins discrètement. Elle ne leur en voulait pas. Avec Atara qui se tenait à côté d'elle tel un garde du corps et des couteaux magiques qui jaillissaient de ses mains avec une volonté propre, elle aussi aurait été curieuse.

De plus, l'attention qu'on lui portait ne lui déplaisait pas. Cela lui rappelait ce pour quoi elle se donnait tout ce mal. Ce n'était pas seulement pour sa famille, mais pour toutes les familles qui, comme la sienne, souffraient d'impôts injustes et d'une guerre qu'on leur imposait. Pour une vie où elle serait réveillée par la vive animation du haras et se coucherait le soir en sachant ses proches en sécurité.

Après les avoir regardés faire leurs bagages et partir, cette existence lui semblait inaccessible. Mais ce n'était là qu'une raison supplémentaire de se battre.

Elle devait leur permettre de rentrer à la maison.

Mikira alla récupérer son poignard, le rangea dans son étui, et rejoignit Talyana.

– Tu m'apportes des nouvelles ou tu n'es là que pour me titiller ?

– Je suis toujours là pour te titiller, rétorqua Talyana avec un sourire espiègle.

Cette réponse ressembla à une promesse. Le rouge aux joues, Mikira saisit vite Talyana par le bras pour l'éloigner de l'assemblée qui s'attroupait rapidement autour d'elles. Atara les suivit et donna une bourrade à Talyana dans l'épaule, comme pour la réprimander.

Talyana prit le museau de la jument dans sa main.

– Arrière, monstre. Je jure de ne pas froisser sa délicate sensibilité.

– Elle est enchantée pour détecter le danger, maugréa Mikira. Tu ne l'embobineras pas.

– Il me suffira de la distraire avec ça, alors.

Talyana sortit une pomme verte dont Atara s'empara avec la dextérité d'un chat. Talyana fut manifestement ébranlée que ses doigts aient bien failli compléter cette friandise. Mikira rit et flatta le cou de la jument, qui mâchait avec délice.

Talyana rayonnait, le regard illuminé par la joie. Elle avait un don particulier pour lui arracher des sourires, qui la ravissaient telles des récompenses acquises de haute lutte.

Talyana se racla la gorge.

– Bon, ce n'est pas tout ça, mais nous sommes convoquées dans le bureau d'Eshlin.

Elle tira de sa poche un journal roulé.

– Tiens, ça devrait t'intéresser.

Mikira le déroula pour faire paraitre le gros titre. « Adair sur le sentier de la guerre ».

Le chapeau indiquait : « Le Conseil des Lords sabre les taxes ! Quels changements pour vous ? » Dessous figurait une photo de Damien qui posait devant une nouvelle fontaine d'Aslir au manoir Adair, et un article relatant l'annonce récente par le Conseil des Lords de la suppression de la taxe de conscription et des frais d'exemption.

– « Selon des sources proches du Haut Lord Adair, les fonds seront bientôt réattribués afin de profiter au plus grand nombre », lut-elle à mi-voix.

Talyana émit un grognement moqueur. D'une main, cet homme confisquait une somme appartenant à Mikira, et de l'autre il promettait de redistribuer au peuple qui le méritait de l'argent qu'on lui avait ni plus ni moins *volé*.

– En tout cas, soupira Mikira, avant de lui rendre le journal, je l'ai toujours cru quand il affirmait qu'il voulait améliorer les choses.

– Tant que c'est lui qui est au pouvoir, oui.

Talyana replia le quotidien et le glissa dans sa poche, puis frappa à la porte d'Eshlin. La princesse leur fit signe d'entrer. Sur son bureau se trouvait le même journal illustré de la photo de Damien. Elle semblait mécontente elle aussi, et Mikira se demanda quelles conséquences les actions du jeune Haut Lord allaient avoir sur l'élan de la rébellion.

Eshlin croisa les mains sous son menton tandis qu'elles se postaient devant elle.

– Nos espions m'ont remis leur rapport, et selon eux, votre agresseur travaillait pour Niékla Dramara. Je me doutais que Royce et elle tenteraient de retrouver le prince eux-mêmes, mais leur implication n'est pour nous qu'une raison supplémentaire d'agir vite. Avons-nous de nouvelles pistes ?

– Le deuxième sceau en partie effacé que nous n'avons pas réussi à déchiffrer, déclara Talyana. Les actes de décès doivent être signés par un entrepreneur de pompes funèbres, alors c'est sans doute de ça qu'il est question. Si nous examinons les archives des entreprises individuelles, nous verrons s'il y figure un certain Torren Ranier.

Mikira secoua la tête.

– Il faudrait que tu recoures à ton autorité de sergente de l'Anthir, et ça orienterait les autres vers ce que nous cherchons.

Pour l'heure, l'implication de Talyana dans la rébellion était un secret, et elles avaient besoin des relations que lui valait son grade.

Mikira soupira et ajouta :

– J'ai une autre idée.

– Et s'il ne sort jamais, qu'est-ce qu'on fait ? demanda Talyana depuis leur poste d'observation derrière une rangée d'arbres à proximité du manoir Adair.

Atara et le cheval de Talyana étaient attachés plus loin dans les bois, à l'abri des regards, et Mikira prenait garde à rester cachée derrière de hauts buissons, d'où elle surveillait les grilles depuis leur arrivée, cent heures plus tôt lui semblait-il.

Seulement deux s'étaient écoulées, mais le temps était froid, et la pluie menaçait. Si Reid ne se montrait pas bientôt, elles risquaient de devoir changer leur plan. Le deuxième sceau sur l'acte de décès du prince avait été presque illisible, et le document lui-même détruit, mais pour quelqu'un qui savait quoi chercher et avait l'œil exercé, le dessin qu'elle avait reproduit suffirait peut-être.

– Il finira par sortir, affirma Mikira avec une assurance forcée.

Reid s'occupait en général lui-même de ses commissions, et accompagnait souvent Damien pour l'assister dans ses fonctions. Mais il pouvait aussi rester cloitré de longs moments dans son atelier et envoyer sur les roses quiconque entrait.

– Tu es sure que ce n'est pas qu'un prétexte pour le revoir ?

La voix de Talyana avait un peu déraillé sur la fin, et Mikira lui décocha un regard incrédule. Son amie avait les mains dans les poches et remuait la terre mouillée du bout du pied.

– *Là*, tu es jalouse !

Talyana plissa vivement les paupières.

– Pas du tout. Je veux juste m'assurer que tu n'as pas oublié qu'il t'a poignardée dans le dos.

Le sourire de Mikira s'estompa. Elle n'avait pas oublié, mais ça ne changeait rien au fait que, lorsqu'elle l'avait vu la veille à la Chancellerie, sa colère et sa douleur avaient paru dérisoires. Il lui manquait trop. Lui, ses piques, son caractère bourru, son incapacité à s'assoir correctement dans un fauteuil. Elle ne devait pas s'accrocher à lui, pourtant c'était comme s'amputer d'une partie d'elle-même.

Quoi qu'il ait existé entre eux… ça avait eu un sens pour elle.

– Mikira.

Cette fois, une intensité nouvelle imprégnait la voix de Talyana. Mikira tourna vivement la tête vers le manoir, où une silhouette vêtue de noir descendait le perron vers un fiacre enchanté.

– Viens, dit-elle.

Elle repartit vers la forêt, Talyana sur les talons. Atara les salua d'un ébrouement, et Mikira lui tapota le flanc avant de s'adresser au corbeau perché sur une branche basse.

– Suis la voiture, lui ordonna-t-elle.

Le golem inclina la tête, la fixa de ses yeux aussi acérés que ceux de sa créatrice, puis s'envola.

– Encore une partie du plan qui me déplait, maugréa Talyana en enfourchant sa monture. Eshlin fait confiance à Shira, mais pas moi.

Elle talonna son cheval afin qu'il s'élance au trot. Atara lui emboita le pas, et elles suivirent le corbeau en restant à couvert des arbres qui bordaient la route des Voyageurs.

Lorsque le fiacre quitta la route et entra dans la ville, elles ralentirent pour laisser la circulation s'accumuler entre elles et leur cible. Mikira gardait son capuchon relevé afin de ne pas attirer l'attention. Au bout d'un moment, le corbeau se mit à décrire des cercles, avant de se poser sur le rebord d'un bâtiment dans Ettinger Street. Elles demeurèrent en retrait tandis que Reid pénétrait dans la boutique.

– On dirait du matériel de laboratoire, commenta Talyana alors qu'elles mettaient pied à terre et attachaient leurs montures.

– Comme c'est étonnant.

Mikira espérait que Reid serait d'humeur à coopérer – autant espérer qu'un nuage très noir ne déverse pas de pluie.

– Allons-y, dit-elle.

Une clochette en laiton tinta lorsqu'elles entrèrent, et au comptoir, un Yaroyien d'un certain âge les salua d'un signe de tête. Le magasin était un labyrinthe d'étagères désordonnées, pleines à craquer de curiosités et d'instruments dont Mikira ne connaissait pas la moitié des noms. Elle reconnut des tubes à essai et des plaquettes de verre, vases à bec et bruleurs, mais il y avait aussi des objets en métal ronds pourvus de cadrans en verre semblables à des horloges, des pinces aux formes étranges, et de longs tubes de verre équipés de mollettes.

Son père aurait adoré ce lieu, considération qui lui serra le cœur.

Talyana étira le cou pour chercher Reid.

– Où est-il passé ?

Mikira repensa aux plans qu'il tenait dans les mains à la Chancellerie et pointa du doigt une allée où s'alignaient des microscopes et qui continuait jusqu'au bout de l'étroite boutique, avant de former un coude vers la droite.

Lorsqu'elles arrivèrent, Reid venait de prendre un microscope sur l'étagère du haut. Il sursauta en les voyant, puis se ressaisit vite et demanda :

– Qui suit qui, maintenant ?

– Je ne sais pas de quoi tu parles, rétorqua Talyana d'un air détaché. Nous nous rendons souvent dans de vieilles boutiques d'antiquaire poussiéreuses.

– Ce n'est pas un antiquaire, c'est un…

– Franchement, c'est pareil.

Talyana fit un pas en avant et Reid recula, mais l'allée s'achevait en impasse sur une autre étagère de microscopes.

– Tal, l'admonesta doucement Mikira.

Talyana n'appréciait peut-être pas Reid, mais ce n'était pas une raison pour le martyriser.

Son amie soupira, et Mikira se glissa devant elle, surprise d'être si nerveuse. Sa rencontre avec Reid à la Chancellerie avait été si brève qu'elle avait eu à peine le temps de l'observer. D'une certaine manière, elle s'était attendue à ce qu'il ait l'air différent, mais ses cheveux étaient toujours en bataille, et il la fixait de ses yeux trop brillants, pleins d'une appréhension mâtinée d'excuses.

Elle s'en voulait de tenir autant à l'entendre lui en présenter. Lui dire qu'il regrettait, qu'il était désolé. Elle n'avait pas envie d'être en colère contre lui.

Mais elles n'étaient pas là pour ça.

– J'ai besoin de ton aide, annonça-t-elle, avant de sortir le dessin.

L'expression de Reid s'adoucit une fraction de seconde, puis il secoua la tête.

– Je ne devrais même pas te parler.

Il tenta de se faufiler entre elles, mais Talyana fut plus rapide. Elle lui bloqua le passage et s'empara de son microscope.

– Je te conseille de bien réfléchir, déclara-t-elle.

Reid se rembrunit.

– Sinon quoi, tu vas retenir mon microscope en otage ?

Talyana souleva l'instrument au maximum au-dessus de sa tête, avec l'intention évidente de le briser, et Reid s'élança en avant. Elle eut un sourire carnassier et commenta :

– Tu vois que tu y tiens, finalement.

– C'est le seul modèle dans cette boutique. Si tu le casses…

Reid s'interrompit. Pour qu'il ne dise pas quelque chose, il fallait vraiment qu'il ne puisse pas le révéler. Ce microscope était donc important, très probablement pour Damien. Le casser ne vaudrait à Reid que davantage d'ennuis avec lui, perspective dont elle se serait attendue à tirer satisfaction.

Mais ce ne fut pas le cas.

Elle avait de la peine pour lui, tant elle le savait empêtré dans les machinations de Damien. Et elle souhaitait l'en libérer autant qu'elle souhaitait le repousser quelque part où il ne pourrait plus lui faire de mal.

Mikira soupira et reprit le microscope à Talyana.

– Nous ne le retenons pas en otage.

Elle lança un regard appuyé à son amie et désigna la porte d'un signe de tête. Talyana ne bougea pas. Mikira la fixa jusqu'à ce qu'elle fasse un pas en arrière, puis s'éloigne à contrecœur au bout de l'allée, sans toutefois les quitter des yeux.

Mikira rendit l'appareil à Reid, qui le serra contre sa poitrine. Elle déplia son dessin.

– Je veux juste savoir si tu reconnais ce sceau.

Reid chassa la stupéfaction qui se peignit sur son visage, mais trop tard. Était-ce le blason qui l'avait tant surpris ? Il jeta un coup d'œil à Talyana comme pour évaluer ses chances de s'enfuir, puis étreignit davantage le microscope.

– C'est le cachet de la famille Ambry, déclara-t-il succinctement. Tu peux museler ton chien, maintenant ?

Mikira adressa un signe de tête à Talyana, qui recula jusqu'à l'entrée de la boutique afin de laisser le passage à Reid. Mais celui-ci ne bougea pas. Il semblait s'armer de courage pour lui dire quelque chose, chacune de ses tentatives interrompues par un froncement de sourcils de plus en plus profond.

– Comment va Ari ? lâcha soudain Mikira.

Reid ravala ce qu'il s'apprêtait à lui confier.

– Tu lui manques.

– Elle sait où me trouver.

L'amertume dans sa voix lui déplut ; si infime fût-elle, elle s'en voulut de l'éprouver.

Reid lui décocha un regard peiné.

– Ce n'est pas si simple.

– Rien ne l'est jamais.

Elle replia son dessin et le fourra dans sa poche, d'où elle sortit la fiole en provenance du manoir Kelbra.

– Une dernière chose. Mon père a pris ceci dans le laboratoire de Rezek. D'après lui, c'est lié à ce qu'il attendait de lui quand il l'a retenu par la contrainte, mais il n'a pas découvert ce que c'est. J'ai pensé que toi tu pourrais peut-être.

Reid prit le flacon.

– Je vais essayer.

Elle eut un hochement de tête raide.

– Merci pour ton aide.

– Mikira.

Alors qu'elle s'éloignait, il lui saisit le poignet. Elle contempla le tatouage de corbeau qui cernait son avant-bras. Il serrait si peu qu'elle aurait pu se dégager sans mal, pourtant elle ne put s'y résoudre. Elle aurait voulu le regarder droit dans les yeux, décortiquer les émotions qui affleuraient dans leurs profondeurs bleues. Elle sentait qu'il l'observait, dans l'expectative, comme s'il craignait qu'un seul mot de sa part la fasse fuir.

Elle l'entendit déglutir.

– Je...

Elle leva la main devant elle et partit à reculons. Elles avaient obtenu ce qu'elles étaient venues chercher.

Le reste lui était inaccessible.

– Surtout... sois prudent, d'accord ? dit-elle, avant de s'en aller en hâte.

14
DAMIEN

À son retour, Arielle sentait les roses.

C'était absurde d'être perturbé par une odeur, mais dans l'esprit de Damien, celle-ci n'était liée qu'à un seul endroit : le domaine des Kelbra, où elles abondaient. Autrefois, les deux garçons avaient passé des heures dans les jardins, à éviter le père de Rezek.

À cause des épines, Damien rentrait toujours chez lui taché de sang.

Ce souvenir imprégna ses pensées au point qu'il ne retrouva pas le sommeil. Il contempla donc la silhouette d'Arielle au clair de lune, la courbe de ses lèvres. Le souffle de l'enchanteresse était aussi léger que le battement d'une aile d'oiseau contre son épaule, sa beauté plus enivrante qu'un alcool. Il mourait d'envie de combler les quelques centimètres qui les séparaient, de se serrer contre elle pour effacer la tension qui existait entre eux.

Puis il se rappela la pression de son bras contre sa gorge. L'éclat blanc de ses yeux. Mais le pire était de savoir qu'elle ne lui en avait rien dit.

Si elle pouvait garder un tel secret, que lui cachait-elle d'autre ?

Il ne s'expliquait pas pourquoi cette question lui était si douloureuse. Ce silence était pire qu'une trahison, car il ne pouvait le rayer d'un trait de plume ni le remiser dans une boite. Il n'y avait là rien d'ordonné, seule une émotion indisciplinée qui le tiraillait. Il fit donc ce qu'il faisait toujours quand il tentait de dompter la tempête qui sévissait en lui – il chercha un exutoire.

Installé dans son fauteuil près de la cheminée, il lut des ouvrages d'histoire kinienne toute la nuit. L'étude était une des rares activités capables de l'apaiser, habitude acquise auprès de sa mère, qui disparaissait des heures durant dans des siècles lointains. Les faits et les chronologies imposaient de l'ordre au chaos, même si, comme chacun le savait, un récit historique n'était pas forcément synonyme de vérité.

Lorsque le soleil parut à l'horizon, il ne se sentait pas beaucoup mieux. Sa tête était semblable à une pièce où s'entassait trop de monde et où chacun parlait d'un sujet différent. La prochaine fête de l'Éridice, où il allait chercher Elidon Shaw et le prince Ranier. Les recherches de Reid sur les cellules d'enchanteur. Son siège au Conseil et les dangers qu'il faisait peser sur lui.

Il ne doutait pas un instant que les assassins avaient été envoyés par Niékla ou Royce. Ce qui le contrariait, c'était d'ignorer si Arielle et lui avaient été suivis, ou s'il comptait un traitre dans son entourage. Il avait renvoyé son valet par précaution, ainsi que la domestique qui avait nettoyé les appartements un peu plus tôt.

Il lui fallait redoubler de prudence.

– Tu comptes lire ce livre, ou le tuer ?

La voix de Reid l'arracha à ses réflexions dans un sursaut. Son ami se tenait devant lui, enveloppé dans une couverture, Bidule dans les bras. Le jour s'était à peine levé, mais même Damien ne savait pas s'il arrivait parfois à Reid de dormir, ni quand.

Il ferma vivement l'ouvrage.

– J'hésite encore.

Reid s'installa lourdement dans la causeuse.

– Méfie-toi, tu as presque plaisanté, railla-t-il.

Damien observa le chat, qui grimpa sur la tête de son maitre.

– Tu as raison, je ne voudrais pas avoir l'air ridicule.

L'air renfrogné, Reid fit descendre le félin.

– C'est ton chat, je te rappelle.

– Ce n'est pas moi qui le nourris tous les jours et le laisse coucher sur mon lit.

– Shira l'a créé pour toi.

– Et elle te l'a donné, rétorqua Damien avec un haussement d'épaules.

Il n'avait pas voulu garder le golem, mais Reid se remettait alors d'une confrontation avec Loïc qui lui avait laissé de nombreuses cicatrices, et la compagnie du petit félin avait semblé l'aider. Il lui avait donc confié la responsabilité de l'animal, et depuis, tous les deux étaient inséparables. Il ne savait pas si Reid lui en tenait rigueur ou lui en était reconnaissant.

Reid se tourna en marmonnant pour se servir une tasse de thé tandis que Damien allait prendre une pile de courrier sur le bureau. Les deux premiers plis étaient des comptes rendus provenant des maisons mineures vassales des Adair, chargées de l'administration quotidienne de leurs quartiers, mais le troisième n'était pas signé, et rédigé dans un langage chiffré connu de Damien seul.

Un message de son espion à la Chancellerie.

Il l'ouvrit, le parcourut en vitesse, puis froissa le papier dans sa main.

– Mikira était à la Chancellerie, hier, dit-il, avant de regarder Reid droit dans les yeux. Tu n'y étais pas, toi aussi ?

Reid s'avachit davantage dans la causeuse, le rouge aux joues.

– Je l'ai croisée.

– Et tu n'as pas pensé à m'en parler ?

– Ça ne m'a pas semblé important…

– Tout est important, en ce moment.

C'était pourquoi il se livrait si peu. Ce que d'aucuns considéraient comme des informations inoffensives, lui y voyait des armes potentielles. Plus il en saurait, mieux il serait préparé, et même si la visite de Mikira à la Chancellerie pouvait avoir cent raisons sans aucun rapport avec lui, ce n'était pas la présence de la cavalière qui le contrariait.

C'est le fait que Reid la lui ait cachée.

Lequel se renfrogna de plus belle.

– Elle venait commander une nouvelle bague sigillaire… tu es content ? Est-ce que je dois te détailler ce que j'ai mangé hier soir, aussi ? Sinon, tu veux peut-être m'expliquer ce que tu fabriques dans mon salon tous les matins ?

– C'est *ton* salon, maintenant ?

– Avant le lever du soleil, oui, rétorqua Reid, en pointant l'index vers le ciel qui s'illuminait peu à peu. Tu ne dors pas, tu n'avales rien, tu accuses tout le monde d'être ton ennemi. Quand vas-tu reconnaitre que tes différends avec Hyle et Mikira t'ont rendu paranoïaque ?

Alors qu'il s'apprêtait à répondre, Damien se sentit transpercé par une tension pareille à une barre métallique. Il s'était laissé dominer par la colère. Il déplia doucement les doigts et lissa le message.

– J'ai la situation bien en main.

Après l'avoir fixé encore quelques secondes avec des yeux écarquillés, Reid quitta son divan en maugréant et alla au bureau à grands pas courroucés, s'y assit lourdement et tira le microscope vers lui avec assez de force pour rayer le bois. Il remit Bidule sur sa tête, s'approcha de la lunette et régla des molettes. Damien s'en accommoda et alla jeter le message au feu.

On frappa à la porte, et sur son injonction, une domestique entra.

– Votre Seigneurie, le prince Darius est là.

– Il ne manquait plus que ça, bougonna Reid sans lever les yeux. Des visites clandestines d'un prince. C'est vrai que ça se passe toujours bien, ça.

La servante s'inclina, disparut dans le vestibule, et revint quelques instants plus tard avec un homme dont la ressemblance avec Rezek hérissa Damien. Les traits anguleux, la peau pâle et les yeux d'un bleu perçant, il ne lui manquait que l'intelligence de son cousin. Rezek avait été un adversaire coriace, affronter Darius était un jeu d'enfant.

Damien désigna la causeuse.

– Votre Altesse. Que me vaut ce plaisir ?

Darius ne s'assit pas.

– Je tiens à vous parler seul à seul, répondit-il en dirigeant le regard vers Reid.

Celui-ci fit descendre Bidule sur son épaule et se retira dans son atelier. Damien attendit qu'il en ait refermé la porte pour déclarer :

– Je croyais que nous avions convenu de ne pas nous parler directement.

– J'ai accepté votre suggestion sur le moment, mais si je veux vous voir en personne, je vous vois en personne.

Darius posa les mains sur le dossier du divan.

– Vos soupçons étaient corrects. Royce est un imbécile trop confiant, et il s'est presque vanté d'avoir commandité l'attaque contre vous qui s'est déroulée hier. Niékla et lui seront à la Combe aux nymphéas à midi.

Damien éprouva une vive satisfaction. Darius aimait à se penser supérieur à Royce, mais on le manipulait tout aussi facilement. Il avait suffi de suggérer que la tentative d'assassinat était liée au prince Ranier pour qu'il fasse jouer toutes ses relations afin d'en découvrir les responsables.

– S'ils sont prêts à aller jusque-là, nous devons agir vite.

Darius fit alors les cent pas, les mains dans le dos.

– Nous devons aussi garder ma sœur à l'œil. Elle est déjà dangereuse seule, mais j'ai des raisons de soupçonner qu'elle a des liens avec les rebelles.

Ce fut une surprise pour Damien.

– Quelles raisons ?

Darius s'immobilisa.

– J'ai des éléments suggérant qu'elle les soutient. Écritures de comptes, rencontres clandestines avec des personnes liées à des rebelles notoires. Rien qui me permette de la confondre, mais assez pour savoir que si vous ne m'aidez pas à accéder au trône, elle gâchera tout.

Depuis quelque temps, Damien tentait de déchiffrer les intentions d'Eshlin, mais il avait toujours eu l'impression qu'il lui manquait la pièce centrale. C'était pour cela que les rebelles n'avaient attaqué Darius que pendant l'Illinir. Mais alors, qu'est-ce qui motivait ses votes au Conseil ? Elle avait le pouvoir de changer les choses de l'intérieur, et pourtant elle s'opposait fermement à toute avancée. Était-ce pour écarter les soupçons ?

– Je vois que vous me comprenez, déclara Darius, avant de faire le tour de la causeuse.

Il daigna enfin s'assoir et déboutonna sa veste ornée de diamants. Le gilet qu'il portait dessous, pourvu d'éclats de gemmes sertis le long des coutures, constituait un étalage de richesse tout aussi tape-à-l'œil.

– La rébellion représente une menace sérieuse, convint Damien. Avons-nous pris des mesures pour la contrer ?

Darius écarta la question d'un revers de la main.

– Je serai roi à la fin du mois. Alors je l'écraserai.

La certitude dans sa voix retint l'attention de Damien.

– Votre père va si mal que ça ?

Darius hésita un instant.

– Il est peu probable qu'il tienne jusque-là, oui, répondit-il avec précaution.

– Nous sommes donc surs que le trône sera vacant à cette date ? insista Damien, mettant presque Darius au défi de l'énoncer clairement.

Le prince était assez idiot pour se vanter de ses projets par simple égo, mais s'il insinuait ce que Damien subodorait, ce n'était pas un mince aveu.

– J'en suis certain.

Darius releva le menton, et les soupçons de Damien se confirmèrent. On n'avait jamais annoncé officiellement la maladie du roi, et aucun diagnostic ne faisait consensus parmi la noblesse. Quel que soit le mal dont il souffrait, Damien fut convaincu que son fils en était la cause.

Darius se leva d'un bond.

– Trouvez-moi le prince Ranier, Adair, et vite.

Il tourna les talons.

Dès que la porte se fut refermée, Reid sortit la tête de l'atelier.

– Je te préviens, j'ai quand même tout entendu. Il va poser problème ?

– Ce n'est pas une menace.

Darius se plaisait à croire qu'il était dangereux, mais alors que Rezek mordait, lui n'avait jamais fait qu'aboyer. Sans son cousin à ses côtés, il était pleutre.

Reid ricana.

– Avec toi, même un lion qui se jetterait sur toi ne serait « pas une menace ».

– Si j'avais un pistolet, il ne le serait pas.

Damien alla vers la porte avant que Reid ait pu insister.

– Je reviens cet après-midi. J'ai une affaire urgente.

– Où tu vas ?

Sans s'arrêter, Damien répondit :

– À la chasse.

La Combe aux nymphéas était un salon de thé haut de gamme situé au bout d'Ettinger Street. Dans ce dôme de verre et d'acier, le moindre son résonnait. La voix de chacun étant inaudible pour les tables voisines, cela en faisait le lieu public idéal pour les conversations privées.

Damien passa sans un mot devant l'hôtesse d'accueil et entra dans une vaste salle circulaire occupée par un bassin peu profond. Des tables étaient fixées sur les nombreux nénufars très larges qui en parsemaient la surface, et qu'un sortilège faisait cheminer lentement.

Il repéra Royce et Niékla attablés tout près, alors que leur plateforme approchait, où un serveur les attendait.

Damien tendit la main vers la théière de ce dernier.

– Je vous emprunte ça.

Bouche bée, l'homme la lui remit et s'inclina vite avant de se retirer. Damien attendit alors que le nymphéa de Royce et Niékla marque une pause contre le bord. Ils ne levèrent même pas la tête lorsqu'il monta dessus, persuadés qu'il n'était qu'un employé. Il tira une chaise en laissant racler les pieds, puis s'assit.

– Mais qu'est-ce qui vous prend, espèce de… oh. C'est vous.

Royce parut rester de marbre, mais derrière son impassibilité de façade, Damien perçut une vive tension. Ce fut pour lui une surprise. Niékla dissimula bien mieux sa réaction, et le jaugea d'un regard acéré tandis qu'il retourna une tasse supplémentaire et la remplit.

– Il m'a semblé que nous devions discuter, tous les trois, déclara-t-il.

Royce agita la main d'un geste nonchalant.

– Oh, ne montez pas sur vos grands chevaux. Vous connaissez les règles du jeu, mon garçon.

Damien resservit Niékla, en cachant combien l'agaçait ce terme destiné à le rabaisser.

– Exact, et c'est pourquoi j'ai passé la matinée à préparer mon coup.

Il fit mine de ne pas voir le regard qu'ils échangèrent, et se tourna pour servir Royce.

– Je suis à peu près sûr de savoir qui a ordonné cette attaque, car seul l'un d'entre vous est assez imprudent pour une chose pareille, mais il m'a paru important de vous faire comprendre que vous n'êtes pas le seul capable de coups de cet acabit.

Damien leva les yeux vers Royce et savoura sa nervosité grandissante. Royce se donnait tant de mal pour suivre et anticiper ce qui allait venir, qu'il ne remarqua pas le thé bouillant qui débordait de sa tasse.

Il poussa un feulement rageur et bondit lorsque le liquide brulant coula sur ses cuisses. Sa chaise bascula dans l'eau, avec un bruit d'éclaboussure qui attira l'attention des autres clients.

Il serra sa main rougie contre sa poitrine.

– Tu me le paieras, gronda-t-il.

Damien reposa la théière.

– Vous êtes trop concentré sur ce qui se passe sous vos yeux, Royce. On lit en vous comme dans un livre.

Un murmure se répandait dans la salle, amplifié par le dôme, mais ce n'était plus Royce qui aimantait les regards. Le noble leva la tête vers la verrière pour voir ce qui attisait la curiosité de l'assemblée – au loin s'élevait un panache de fumée.

Damien mit un sucre dans sa tasse.

– J'ai été désolé d'apprendre que votre fille était dans le coma.

Bien qu'il ne fût pas directement responsable du sort de Lady Vanadahl, dont l'état résultait d'une confrontation avec le propriétaire du tripot à qui elle devait de l'argent, c'était lui qui avait révélé au malfaiteur où la trouver après qu'elle avait tenté d'utiliser le nom d'Arielle comme monnaie d'échange.

Il touilla son thé et en but une gorgée.

– J'espère que cet incendie n'est pas trop près de chez vous.

Enfin, Royce comprit.

– Salopard.

Il saisit Damien par les pans de sa chemise et manqua renverser son thé, mais s'immobilisa, dérouté par la froideur de son regard.

– La fumée grossit vite, Royce. Vous devriez vous dépêcher.

L'homme hésita, partagé entre son refus de céder à Damien et l'envie de s'assurer que son manoir ne soit pas réduit en cendres. Au bout du compte, il le relâcha avec un juron, sauta dans le bassin et pataugea jusqu'au rebord. Deux gardes le rejoignirent, et tous les trois allèrent en hâte vers la sortie.

Damien se tourna vers Niékla, qui avait observé la scène sans intervenir. Elle tapota le bord de sa tasse avec un ongle manucuré.

– Je comprends, maintenant, déclara-t-elle finalement. Rezek a toujours dit que vous étiez rusé, mais il n'a pas assez mis l'accent sur votre détermination.

Damien s'efforça de rester impassible à l'évocation de Rezek. Il ne pouvait qu'imaginer ce que ces gens et lui se racontaient, à l'abri de leurs palais dorés.

– L'idée venait de Royce, mais les assassins étaient les miens, poursuivit Niékla. En revanche, je vous garantis que mes motivations étaient d'ordre purement instructif. Je voulais savoir comment vous réagiriez, et j'ai eu ma réponse.

Elle ouvrit un sac à main en cuir blanc suspendu à sa chaise, et lui présenta une enveloppe.

– Considérez ceci comme un gage de paix.

Il saisit le pli et en sortit le croquis d'un acte de décès au nom de Torren Ranier.

Niékla repoussa sa chaise et passa le sac à son épaule tandis que le nymphéa s'arrêtait au bord.

– Mon employé a volé l'original à quelqu'un qui enquête sur le prince, expliqua-t-elle, en descendant sur le sol ferme. Il m'a dit qu'il s'agissait de Mikira Rusel.

15
ARIELLE

Les jours suivants, Ari organisa ses visites chez Rezek en fonction des moments où Damien sortait. Rezek procédait à des expériences avec des sortilèges de mort, les dirigeant sur des objets déjà ensorcelés pour voir s'il parvenait à inhiber leur magie. Tout d'abord, ils avaient été un peu trop efficaces. Une horloge enchantée s'était bloquée. La glacière avait décongelé. Ari était presque certaine que s'il essayait le charme sur elle en l'état, une fonction vitale s'arrêterait en elle et ne redémarrerait jamais.

Pendant qu'il travaillait, il la laissait utiliser son atelier, où elle menait des expériences avec les pierres divines. Elle transformait des bouts de métal en pièces de monnaie et des graines en fleurs grâce aux sorts de métamorphose permis par les onyx. Les choses ne pouvaient devenir qu'une autre version d'elles-mêmes, ce qui l'empêchait de changer des livres en oiseaux ou des cheveux en or, mais lui ouvrait un univers de possibles qui l'exaltait.

Cela lui rappelait le spectacle de magie d'une troupe qui se produisait souvent sur l'eida de son bourg, un des nombreux évènements pour lesquels Rivkah quittait la maison en secret, ne donnant à Ari d'autre choix que de la suivre. Ari avait toujours trouvé cette représentation idiote, mais elle avait quand même adoré y assister, pour la simple raison qu'elle était avec sa sœur.

Elle espérait juste que Rivkah était loin d'elle, à présent.

Le voyage en diligence jusqu'à Aversheen durait presque quatre jours ; elle était donc sans doute arrivée. Qu'avait-elle raconté à leurs parents pour expliquer son absence ? Seraient-ils fiers d'elle, ou, comme Ari, seulement heureux qu'elle soit saine et sauve ?

Ces considérations lui pesaient, aussi se plongea-t-elle davantage dans ses travaux, la poitrine néanmoins serrée par la culpabilité. Elle s'en voulait d'étudier ainsi la magie sans Damien. C'était grâce à lui qu'elle avait découvert son potentiel. Le fait qu'elle soit là, qui plus est avec Rezek, ne faisait qu'accentuer ce sentiment.

Ari tritura une des fleurs qu'elle avait ensorcelées dans l'après-midi, et, les sourcils froncés, contempla d'un air renfrogné la terre fichée sous ses ongles. Elle y était habituée à force de façonner des golems, même si la dernière fois remontait à longtemps. Était-ce pour cela que Rezek convoitait la quatrième

pierre divine ? Afin de créer des golems lui-même ?

Cela signifierait que le grimoire de Rezek n'en parlait pas, ni le Racari du château, en supposant qu'il l'avait emporté.

Sans y paraitre, comme si elle flânait, elle arpenta l'atelier, parcourant du regard les rangées de livres à la recherche d'un dos en cuir nervuré. À peine eut-elle accompli un quart du chemin que la voix de Rezek lui parvint.

– Il n'est pas là, dit-il en levant la tête. Le troisième Racari.

– Je n'essaie pas de…

– Bien sûr que si, la coupa-t-il en s'affalant dans son siège. Ce qui m'étonne surtout, c'est que tu ne l'aies pas cherché plus tôt. Mais comme je te le disais, il n'est pas là. Je suis parti pour te rattraper, le soir du bal de clôture, et à mon retour, il n'était plus là.

Ari examina son visage, mais ne put déterminer s'il mentait.

– Alors vous croyez qu'il est entre les mains de quelqu'un au château ? Et que cette personne est possédée elle aussi ?

À ces mots, Nava s'agita, et Ari se cuirassa comme chaque fois que sa présence se manifestait. Elle craignait sans cesse que

Nava intervienne, sabote leurs expériences, mais l'Hérétique semblait se contenter de ne pas attirer l'attention de Rezek. Ou plutôt, de Selvin. Nava ne parvenait pourtant pas à étouffer ses émotions plus fortes, et quand Ari abordait le sujet de l'autre Racari, elle paraissait incapable de demeurer impassible.

Rezek haussa les épaules.

– Selvin et moi nous moquons des autres.

Nava avait affirmé la même chose, et bien que rien dans l'expression de Rezek ne le trahît, Ari le soupçonnait de mentir. Il l'avait fait venir chez lui dans le but d'accéder au Racari, aussi était-il peu probable qu'il témoigne si peu d'intérêt aux deux autres, lui qui par ailleurs prétendait se plonger dans l'étude de la magie. Mais Ari lui laissa le bénéfice de son mensonge. Tant qu'elle n'aurait pas obtenu ce qu'elle voulait de lui, elle préférait ne pas risquer de bouleverser l'équilibre fragile qui s'était établi entre eux.

Rezek leva le bracelet d'opale.

– En tout cas, c'est prêt, annonça-t-il.

Un doute soudain s'immisça en elle. Elle craignait qu'il ait mal élaboré le sort, mais également qu'elle ait négligé un danger. Que leurs discussions sur la magie et ses soupçons sur les véritables intentions de Rezek ne soient qu'une diversion, et elle se disait qu'elle ne devrait surtout pas lui permettre de lui passer un bracelet enchanté au poignet.

Fie-toi à ton instinct, petite lionne. La présence de Nava s'exprima en elle par un vrombissement sourd, une dernière supplication. *Ne fais pas ça.*

Mon instinct me dit que vous êtes dangereuse, répliqua Ari. *Que vous me cachez des choses pour votre propre avantage.*

Je te protège, au contraire. Nava semblait presque l'implorer de comprendre. *Comme je te protège depuis le début. Alors que les autres sont inconstants et craintifs, j'ai toujours été là pour toi, Arielle.*

Le recours à son prénom complet la fit frissonner. Elle eut l'impression d'y déceler une intimité… familiale. Savoir qu'elles avaient un lien de parenté, si lointain fût-il, la perturbait.

Cela lui donnait envie de croire Nava, ne serait-ce que pour reconstituer une partie de sa famille.

Ari serra le poing. *Je m'y fierais peut-être si je pensais un instant que vous agissez dans mon intérêt.*

C'est l'intérêt de tous les Kiniens qui me tient à cœur.

Qu'est-ce que ça signifie, au juste ?

Un sentiment proche du regret se propagea par leur lien et emplit Ari d'une étrange tristesse. Elle la repoussa, refusant de se laisser influencer par les émotions de l'Hérétique. Ça ne pouvait plus durer. Pas seulement à cause des risques qu'elle représentait pour son entourage, mais aussi parce qu'elle était lasse des mensonges, des cachoteries. Elle voulait mettre un terme à ses visites chez Rezek, et recouvrer sa maitrise d'elle-même. Elle voulait revoir Mikira, serrer Rivkah dans ses bras et ne plus jamais la lâcher.

Ari présenta sa main à Rezek.

Arielle, je t'en prie…

Le silence se fit en elle tandis que le bracelet glissait à son poignet, tout bruit s'éteignit telle une flamme soufflée par un courant d'air. Pendant un bref instant, elle fut certaine que Rezek s'était joué d'elle. Puis elle prit ses marques dans ce corps qui lui paraissait soudain étranger, et ne perçut qu'un léger changement dans ses limites physiques.

Nava ? appela-t-elle.

L'Hérétique resta muette. Ari ne décela même pas l'ombre de sa présence.

– Ça a marché, dit-elle dans un halètement.

En rentrant ce soir-là, Ari se sentait comme vide.

Elle ne s'était pas rendu compte de la force que lui procurait sa magie, même sans qu'elle y recoure. Ou peut-être cette force avait-elle été due à Nava, dont l'absence provoquait à présent cette sensation. Elle avait de nouveau tenté d'entrer en contact avec l'Hérétique aussitôt après avoir quitté le domaine Kelbra, sans obtenir de réponse.

L'apaisement dû à leur réussite avait été bref, vite remplacé par une succession d'émotions qu'elle peinait à déchiffrer, la plus forte étant un chagrin cinglant. Elle avait perdu accès à ce qui lui apportait sa puissance, sa sécurité, et elle tritura le bracelet durant tout le trajet du retour, en résistant à l'envie impérieuse de l'arracher.

Elle n'était pas sure de pouvoir tenir.

Alors que le fiacre s'arrêtait devant le manoir, elle dut reconnaitre que ce n'était pas seulement la perte de sa magie qui l'effrayait – c'était le fait que tous ses prétextes, toutes ses justifications, aient disparu. Soit elle disait la vérité à Damien, soit la liste de ses mensonges envers lui s'allongeait.

Elle sortit dans l'air nocturne au parfum de lavande, et dut fournir un effort pour se rendre dans leurs appartements, saisie d'une vive appréhension. Elle avait répété cent fois ce qu'elle comptait dire, essayé de trouver les bons mots pour expliquer son empressement à agir, sa décision, mais aucun ne semblait suffisant.

Dans la suite silencieuse, un reste de feu rougeoyait dans le foyer. Une lumière brillait dans la chambre de Reid, comme toujours en soirée, mais à sa grande surprise, celle qu'elle partageait avec Damien était éteinte. Elle entrouvrit la porte. Damien était allongé sur les draps, toujours en veste et cravate, un pied chaussé par terre, et l'autre en partie enfoui sous une couverture.

Il dormait.

Un soulagement qu'elle ne méritait pas la gagna. Damien ne se couchait jamais si tôt, et à voir ses vêtements, ça n'avait pas été son intention. Il allait se morigéner le lendemain matin, ne serait-ce que pour avoir laissé son corps agir sans son assentiment, mais pour l'heure, il était plus apaisé.

Des mèches de cheveux tombaient sur son front, et l'on ne décelait nulle trace de la tension qui crispait si souvent ses mâchoires. Il avait les lèvres légèrement entrouvertes, le clair de lune baignait sa peau mate – elle résista à un vif désir de la caresser.

Son Racari était posé sur la table de chevet à côté de lui. Elle avait promis à Rezek de le lui apporter lorsqu'elle serait sure que le bracelet fonctionnait, mais maintenant qu'elle était libérée de lui, pouvait-elle éviter de respecter sa part du marché ? Elle n'éprouvait aucun scrupule à trahir Rezek Kelbra, pourtant, si elle voyait juste et qu'il voulait son grimoire dans un but plus large, elle jugeait peu probable qu'il abandonne si facilement.

Et sans sa magie, elle était vulnérable.

C'était là une autre raison de dire la vérité à Damien. Il savait mieux que quiconque comment prendre Rezek, cependant elle ne pouvait se résoudre à le réveiller. Elle monta son autre jambe sur le lit avec précaution et l'installa plus confortablement. Elle déboutonna alors sa veste avec agilité, puis l'en débarrassa, en retenant presque son souffle.

Une main s'abattit sur son poignet, au-dessus du bracelet de pierres froides, et elle se figea.

Damien n'était qu'à demi éveillé, ses yeux brillants encore lourds de sommeil, pourtant elle se sentit clouée sur place par son regard. Il desserra les doigts et lui caressa le bras, d'un mouvement qui la fit frissonner.

– Arielle, murmura-t-il. Quelle heure est-il ?

– Rendors-toi, répondit-elle, en se couchant à côté de lui.

Il l'entoura de ses bras, forts, chauds et familiers, et elle se blottit dans cette stabilité qu'elle ne trouvait plus en elle-même. Tous les mots qu'elle ne pouvait prononcer s'accumulèrent dans sa gorge, et, serrée contre lui, elle laissa son corps exprimer ce que ses lèvres ne pouvaient formuler, et pria pour que, le matin venu, elle sache quoi faire.

16
MIKIRA

Après l'Illinir, Mikira avait espéré ne plus jamais participer à un bal guindé. Et pourtant, voilà qu'elle se présentait à un autre, vêtue d'une robe d'un profond vert forêt évoquant Rach, le taureau en armure, à l'occasion de l'Éridice. Lors de ce jour férié qui célébrait la bonté de la déesse Sendia, chacun faisait le point sur l'année passée et œuvrait à purifier son âme afin de rejoindre la déesse après la mort.

Chez les croyants fervents, en tout cas.

Pour les autres, c'était un prétexte pour organiser des fêtes extravagantes, telles que celle à laquelle Talyana et elle venaient d'arriver, donnée par Elidon Shaw. Le sceau de sa famille était le second qui figurait sur l'acte de décès, selon Shira, qui avait rendu visite à Alek Ambry après que Reid avait identifié le blason de sa famille. Mais Ambry avait seulement fabriqué le faux certificat ; c'était Shaw qui avait assisté à la naissance du prince.

Talyana et elle gravirent le perron de l'hôtel particulier en compagnie d'invités vêtus eux aussi de couleurs qui rappelaient les quatre Messagers. Certains portaient de longues capes de plumes nacrées, d'autres tenaient sous le bras de vieux livres, symboles du dévouement d'Aslir à l'étude. D'autres encore arboraient un masque de Skylis et des pèlerines de voyage, clins d'œil à l'habitude qu'avaient les Messagers de se déguiser pour se mêler au peuple sans être reconnus.

Alors qu'elles pénétraient dans un grand vestibule, deux domestiques en costume noir et blanc contrôlèrent leurs invitations. C'était la célébrité de Mikira qui leur avait permis de les obtenir, et qui leur servait de prétexte pour être là. Si elle s'absentait pour rechercher Elidon Shaw, on penserait seulement qu'elle souhaitait remercier leur hôte.

Les domestiques leur accordèrent l'accès, et la poitrine de Mikira se serra d'appréhension. Soudain, elle aurait aimé que Reid soit là. Grâce à sa présence, elle avait réussi à supporter les bals de l'Illinir, et il avait le don de l'emplir d'une immense confiance.

– Les danses ont déjà commencé, j'ai l'impression, commenta Talyana.

Dans le vaste salon principal aux plafonds hauts et voutés, on avait dégagé un espace pour l'orchestre et la piste. D'innombrables invités y conversaient, prenaient petits fours et boissons sur les plateaux des serviteurs qui circulaient dans l'assemblée.

– Tu veux bien faire ton entrée avec moi ?

Talyana lui tendit une longue main effilée. Elle était resplendissante, vêtue d'un costume de Skylis pourpre agrémenté d'un gilet noir charbon, sans veste. Elle avait les cheveux détachés sur les épaules, et la fraicheur du soir lui colorait les joues, vif éclat qui donnait envie à Mikira de poser la paume sur sa peau.

Avec un sourire radieux, elle lui saisit la main, et elles s'avancèrent sur la piste au morceau suivant. Elles virevoltèrent en cadence avec la musique. Talyana conduisait à pas assurés sa cavalière plus hésitante, qu'elle serrait de ses bras forts. De si près, poitrine contre poitrine et hanche contre hanche, Mikira sentait son parfum floral entêtant.

– C'est beaucoup plus amusant quand je vois ton visage, plaisanta Mikira, en référence à leur dernière danse au bal des Vanadahl.

Un sourire taquin se dessina sur les lèvres de Talyana.

– Pourquoi, il te plait, mon visage ?

Mikira s'empourpra et s'efforça de rester impassible. Comme d'habitude, elle ne sut pas quoi répondre, et elle finissait à entrevoir une raison à cela. Ces sourires et cette façon de flirter portaient en eux des attentes qu'elle ignorait comment satisfaire, ce que de toute façon elle ne souhaitait pas. Elle aimait leurs échanges de facéties, la familiarité et la proximité qui en découlaient, mais ça n'allait pas plus loin.

Elle avait évité d'examiner cet aspect d'elle-même, par peur de ce qu'il signifiait. Ses sentiments n'étaient pas ceux que Lochlyn lui avait décrits, ne ressemblaient pas à l'exaltation amoureuse d'Ailene. À cause de cela, elle se sentait... pareil à un objet cassé. Elle avait l'impression qu'il lui manquait une pièce fondamentale, et que quiconque le saurait la rejetterait, comme tant d'autres auparavant.

En cet instant même, il lui semblait que tous ceux qui la regardaient voyaient clair en elle, décelaient la vérité cachée sous les apparences, mais elle voulait que Talyana comprenne.

Comme si elle percevait sa réticence, celle-ci perdit son sourire.

– Kira, je... Je te dois des excuses. Je n'aurais jamais dû t'impliquer dans mes affaires avec Damien. Je tenais tant à t'éloigner de lui que j'ai fini par vous mettre en danger, ta famille et toi.

Mikira se rendit soudain compte à quel point elle avait désiré ces excuses. Talyana et elle avaient été si proches, autrefois ; elles assistaient à toutes les courses et montaient à cheval dans les prés du haras dès que l'occasion se présentait. Cette intimité et cette amitié lui manquaient, mais ce qui s'était passé avec la chevalière de Damien lui avait laissé un fond de ressentiment.

– Je ne pardonnerai à personne qui te fera du mal, moi comprise, poursuivit Talyana, en l'entrainant dans une nouvelle virevolte. Si ça signifie qu'il ne peut rien y avoir entre nous, je le comprends, mais je veux que tu saches combien je tiens à toi. Quoi que tu attendes de moi, la réponse est oui.

– Précisément ça, déclara Mikira, qui cherchait à tout prix à juguler les émotions qui l'envahissaient. C'est exactement ça que je veux, sans rien changer.

Elle serra plus fort la main de Talyana, afin d'exprimer l'intensité de ses sentiments. De montrer que ceux-ci, bien qu'ils n'aient rien d'une attirance amoureuse, ni même physique, n'en étaient pas moins puissants et profonds.

Elle perçut dans le regard de Talyana qu'elle comprenait, mais avant que son amie ait pu lui répondre, le morceau s'acheva. Un petit attroupement se forma aussitôt autour de Mikira, et Talyana se mit en retrait. Mikira rangea en lieu sûr sa tendresse pour Talyana et se plongea dans son rôle. Elle accueillit les attentions de ses admirateurs, les régala d'anecdotes déjà relatées mille fois. Les mêmes questions revenaient toujours : « Comment avez-vous gagné la course ? » « Où avez-vous acheté Atara ? » « Pouvez-vous me signer un autographe ? »

Mais on se livrait aussi à elle, on la traitait en confidente. « Je n'aurais jamais cru que quelqu'un de ma condition pourrait remporter l'Illinir », déclara un homme vêtu d'un costume de seconde main. Il n'était pas le seul à porter une tenue moins opulente parmi les vestes à gemmes et les gilets de soie. Lors de l'Éridice chacun mettait ses plus beaux habits, mais pour beaucoup, cette tradition ne faisait que rappeler cruellement ce qu'ils ne possédaient pas.

– Il parait que votre frère est mort à la guerre, dit une jeune Enderlienne, en lui adressant un sourire compatissant. Moi, j'ai perdu ma sœur.

C'était là le genre de détails qu'elle guettait. Les signes qu'une personne puisse vouloir le changement aussi ardemment qu'elle. Elle mémorisait leur nom pour les désigner comme recrues potentielles, les invitait à visiter le haras ou à rencontrer Atara, avec l'impression de flotter au-dessus de l'assemblée, comme portée par le brouhaha des voix autour d'elle.

– Mikira ? Mikira !

On lui saisit le poignet, et Talyana l'écarta de son cercle d'admirateurs. Elle cligna des paupières, se rendit compte que la salle était presque deux fois plus remplie qu'à leur arrivée, et que les rayons de soleil qui pénétraient à l'oblique par les hautes fenêtres faiblissaient.

– Il commence à y avoir trop de monde, déclara Talyana, avant de la lâcher pour observer l'assistance. Nous devrions trouver Shaw et partir.

Mikira hocha la tête et balaya elle aussi les lieux du regard. Elles ne connaissaient de cet homme que son nom, et personne ici n'avait encore parlé de lui. Elle fixa son attention au fond de la pièce sur la personne chargée du bar, en grande discussion avec une femme qui attendait son verre. Cette personne connaissait sans doute Shaw s'il l'avait engagée, mais même s'il ne s'en était pas occupé lui-même, les barmaids ou barmans étaient toujours au cœur de la fête.

Les bras tannés découverts par un haut ample et sans manches, les cheveux d'un noir brillant rasés sur les côtés et plus longs sur le dessus, iel aurait semblé plus à sa place dans un orchestre de cuivres, en train de galvaniser le public. Un tatouage d'oiseau noir en patchwork dépassait de son col et s'enroulait autour de son cou, et iel avait plusieurs larges anneaux d'argent aux oreilles. Iel maniait le shaker tel une arme et servait les cocktails avec une aisance de spécialiste.

Quand Talyana et elles atteignirent le comptoir, iel les examinait déjà pour déterminer ce qui pourrait leur plaire.

– Whisky, sec, dit-iel à Talyana avec un accent trainant du Kenzeni, avant que ses yeux foncés se portent sur Mikira. Et pour vous, quelque chose d'un peu plus épicé. Un Orange Orage, peut-être ?

Iel s'activait déjà à préparer les consommations avant qu'elles se soient assises.

– C'est du Adair ? s'enquit Talyana en contemplant le spiritueux ambré qu'on posa devant elle.

– La crème de la crème.

Talyana repoussa discrètement le verre tandis qu'iel passait au cocktail de Mikira. Sur une base de whisky, iel ajouta un trait de liquide foncé qu'aucune d'elles ne reconnut, puis agrémenta le tout d'un twist d'orange et d'une pincée de cannelle.

– Alors ? demanda-t-iel avec un grand sourire quand Mikira gouta.

– C'est délicieux, dit Mikira d'un air appréciateur.

– On mérite le meilleur quand on est la meilleure, commenta-t-iel, avant d'enchainer aussitôt sur une boisson. Qu'est-ce que ça fait d'être célèbre ?

– C'est comme quand on travaille derrière un bar, je pense. Tout le monde a l'impression de vous connaitre et s'attend à ce que vous les connaissiez aussi.

Elle mentirait en prétendant que cette attention lui déplaisait, mais plus elle s'y exposait, plus elle se rendait compte que ces gens escomptaient vraiment qu'elle réponde à leurs invitations ou se rappelle le prénom de la mère de leur belle-sœur.

Talyana lui décocha un regard interrogateur, mais Mikira secoua la tête et se concentra sur la raison de leur venue.

– Nous espérions que vous pourriez nous renseigner : où pouvons-nous trouver l'hôte de la soirée, Elidon Shaw ?

Iel versa une boisson pétillante dans un grand verre à pied.

– Mr Shaw descendra bientôt. En attendant, profitez donc de la fête.

À contrecœur, Mikira prit son verre tandis qu'iel se détournait.

– Nous pouvons faire un tour de la salle, pour voir si quelqu'un le connait, suggéra-t-elle à Talyana.

Celle-ci hocha la tête, puis elles se séparèrent et passèrent de conversation en conversation, mais personne n'avait encore vu le maitre de maison. En fait, presque tous ceux à qui Mikira s'adressa affirmèrent ne l'avoir jamais rencontré. Lorsqu'elle rejoignit Talyana à l'autre bout de la salle et que son amie lui fit le même retour, elle finit par se demander si quelque chose ne leur échappait pas.

Dans l'intervalle, la personne du bar avait quitté le comptoir et s'était fait remplacer. Sur le dossier d'une chaise, iel prit une large ceinture en tissu brodée de plumes tombantes, s'en entoura la taille et laissa l'extrémité pendre par-dessus son pantalon de coton ample, avant de disparaitre dans l'escalier d'à côté.

Mikira reporta le regard sur la domestique qui avait pris sa place, vêtue d'une tenue noir et blanc comme celle de l'entrée, et grommela.

– Qu'est-ce qu'il y a ? s'enquit Talyana.

– Notre camarade du bar n'est pas là pour préparer les cocktails, en fait. Tu peux me couvrir ?

Talyana hocha la tête, puis Mikira se fraya un chemin parmi les convives. On l'interpela, on tenta de la mêler à des discussions, mais au bout du compte, elle émergea à l'autre bout et monta à l'étage en faisant mine de chercher les toilettes. Les marches grinçaient sous ses pas, leur bois fin tapissé d'une couche de poussière qui détonnait avec le mobilier luxueux du rez-de-chaussée.

Après avoir débouché sur un bref palier qui tournait à gauche, elle s'approcha de l'angle avec prudence. Des voix retentissaient un peu plus loin ; d'un coup d'œil, elle constata qu'une porte était entrebâillée au bout d'un long corridor. Elle se glissa dans la pièce voisine pour écouter.

– … cargaisons arriveront au Célair la semaine prochaine.

C'était la personne du bar.

– Il nous en faut plus, Rahzen, répondit une femme. Beaucoup plus.

– Vous vouliez des armes kenzeni, et ça a un cout, rétorqua Rahzen d'un ton nonchalant. C'est le mieux que je puisse faire sans davantage de fonds.

Un soupir calme précéda le raclement d'une chaise.

– J'en parlerai aux autres.

Mikira se renfonça dans sa cachette lorsqu'on ouvrit la porte complètement et que des bruits de pas passèrent devant elle dans le couloir. Elle remarqua combien cet espace était vide, meublé uniquement d'un vieux bureau poussiéreux sous la fenêtre. L'hôtel particulier était immense, aussi n'imaginait-elle pas qu'Elidon en utilise toutes les pièces, mais on avait l'impression que personne n'avait mis les pieds dans celle-ci depuis une éternité.

Une main sur un poignard, Mikira s'engagea dans le couloir. Une seule personne était partie ; celle du bar était donc encore là. Elle poussa doucement le battant.

Rahzen occupait une chaise métallique que le soleil couchant éclairait par-derrière. Iel lui adressa un sourire blasé, sans montrer la moindre surprise de la voir.

– Miss Rusel. Vous désirez un autre verre ?

– En fait, je cherche Elidon.

Mikira parcourut les lieux du regard ; ceux-ci aussi étaient presque vides, et de toute évidence négligés.

Rahzen lui fit un sourire entendu.

– Et que peut bien lui vouloir la rébellion ?

Mikira serra plus fort le manche de son couteau.

– Je ne sais pas ce que vous…

– Avant que vous vous embêtiez à mentir, sachez que j'ai d'assez bonnes relations avec Shira Adair.

Rahzen leva son verre.

– Ça m'aurait étonné.

Mikira relâcha son souffle, mais pas son poignard. Aussi courtoise que puisse être Rahzen, l'instinct de Mikira lui hurlait de ne pas baisser sa garde.

– Vous allez me laisser parler à Elidon, alors ?

Rahzen but une grande gorgée de whisky et fixa Mikira de ses yeux noirs.

– Il n'est pas là, et je ne pourrai pas vous aider à le trouver, malheureusement.

À voir l'état de la demeure, elle avait fini par s'en douter – elles n'avaient de nouveau plus de piste. Il devait bien exister un moyen de mettre la main sur le prince. Sans lui, Eshlin ne pouvait accéder au trône, et la rébellion devrait se rabattre sur son plan de départ consistant à s'en emparer par la force.

Vous vouliez des armes kenzeni, et ça a un cout. Elle se remémora les propos de Rahzen. Si iel avait vraiment Shira pour amie, peut-être pouvait-iel faire *autre chose* pour venir en aide à la rébellion.

– J'ai entendu votre conversation avec la femme qui vient de s'en aller, tenta Mikira d'un ton hésitant. J'ai l'impression que vous fournissez d'autres services que vos talents derrière un bar.

Une lueur brilla dans le regard de Rahzen.

– Ah, nous y voilà.

– Vous nous aiderez ?

Rahzen but une nouvelle gorgée, mouvement qui fit bouger un torque doré à son cou, serti d'un jaspe sanguin sphérique.

– Vous choisissez mal votre moment. La Guerre éternelle s'embrase de nouveau, et comme vous l'avez constaté à l'instant, l'Izir fait parvenir des armes à l'armée de Célair. Ça pourrait très vite devenir un conflit entre trois royaumes, et je ne voudrais surtout pas avoir les mains liées si ça se produit.

Mikira ravala une réponse cinglante. S'énerver et implorer ne la mènerait à rien. Elle ne connaissait que trop cette dynamique, celle où les puissants transformaient en jeu une conversation qui pouvait changer des vies. Cette fois, elle choisit de jouer aussi.

À l'évidence, Rahzen aimait l'attention, et sa profession était rémunératrice, pourtant iel continuait à prendre de grands risques en vendant des armes. Était-ce seulement pour le frisson, ou pour une raison plus profonde ?

– Ce n'est qu'une question d'argent, pour vous ? la défia-t-elle.

– J'en ai gagné beaucoup pour peu d'efforts.

Rahzen lui adressa un sourire presque prédateur, et Mikira ressentit le même malaise qu'un peu plus tôt. Elle ne vit pas d'armes en évidence sur ellui, mais elle donna quand même l'ordre à son poignard de la protéger en cas d'attaque. L'arme bourdonna dans son fourreau, prête à fuser.

Rahzen contempla le couteau comme si iel savait exactement ce qu'elle venait de faire.

– Je choisis très prudemment les personnes que j'aide, Miss Rusel. Même parmi mes amis.

Iel croisa les jambes, en manipulant son torque d'un air absent.

– Je ne cherche pas à semer le chaos par plaisir.

À ces mots, Mikira se détendit un peu. Iel n'était donc pas quelque opportuniste sans foi ni loi. C'était un bon début. Elle songea aux convives à qui elle avait parlé dans la salle de bal. L'homme qui n'avait vu que des portes closes dans son avenir, la jeune fille dont la sœur avait payé de sa vie la quête acharnée de pouvoir de l'Enderlain. Elle pensa au silence de son père, et à sa propre rage ardente.

– Moi non plus, ce n'est pas ce que je veux, déclara-t-elle, sincère.

Le chaos d'une bataille déclencherait la peur dans la population. Des vies seraient perdues, d'autres bouleversées.

– Mais je ne peux pas non plus tolérer que l'injustice perdure parce que l'alternative est difficile. J'ai vu des gens comme moi broyés par centaines, et ce système absurde maintenu au nom de la paix. La seule paix qu'on défend, c'est la leur. Leurs vies, leurs fortunes, leur sécurité. Jamais les nôtres.

Elle soutint le regard grave de Rahzen.

– Le chaos a déjà été semé. Il est grand temps que les puissants en subissent les conséquences.

Elle perçut la réflexion scrupuleuse de Rahzen, qui inclina son verre en signe de salut.

– Très bien. Je vais organiser quelque chose avec Shira.

Mikira hocha la tête, sortit lentement à reculons et ferma la porte. Marché conclu ou pas, elle ne voulait pas tourner le dos à Rahzen sans une paroi entre elleux. Son appréhension ne la quitta pas tandis qu'elle remontait le couloir en vitesse.

Elle franchit l'angle – et s'arrêta net lorsqu'elle tomba nez à nez avec Damien Adair.

17
DAMIEN

Damien ne croyait pas aux coïncidences.

S'il ne remettait pas en question le fait que l'homme de main de Niékla Dramara avait intercepté Mikira Rusel à la Chancellerie, il tenait quand même à vérifier cette information. Puis la présence de la jeune femme avait été sur toutes les lèvres dès son arrivée à l'hôtel particulier d'Elidon Shaw, et maintenant elle était là, en train de rôder comme lui dans les couloirs.

Alors qu'il la fixait d'un regard dur, une émotion jusqu'alors contenue se déversa lentement en lui. Il avait fait confiance à Mikira, en qui il avait vu une équipière, l'un et l'autre éprouvant un attachement paradoxal pour Veradell. Le sentiment d'impuissance qui l'avait paralysé quand il avait dû assister à l'enlèvement d'Ari ressurgit.

Il s'était juré de ne plus jamais être si désemparé, pourtant, cela s'était reproduit, de la même manière que le jour où il avait vu sa mère se vider de son sang. Il s'était senti incapable. Il se refusait à laisser la moindre prise à une telle faiblesse, qu'il étouffa pour laisser place à sa colère. Mais alors qu'il gardait un visage impassible, la consternation envahit celui de Mikira.

– Qu'est-ce que tu fabriques ici ? demanda-t-elle, toujours aussi directe.

Il avait admiré ce trait de caractère, autrefois, bien que son franc-parler n'ait pas facilité leurs machinations subtiles. Ceux qui disaient vraiment ce qu'ils pensaient étaient si rares – et lui-même ne comptait pas parmi eux – que l'honnêteté de Mikira avait été rafraichissante.

Jusqu'à ce qu'elle la retourne contre lui.

L'air consterné de Mikira face à son silence s'effaça soudain ; elle venait de comprendre. Elle porta aussitôt la main aux couteaux à sa hanche. Nul doute qu'elle était parvenue à la même conclusion que lui : leur présence ici signifiait qu'ils avaient le même objectif, ce que ni l'un ni l'autre n'allait reconnaitre. Détenait-elle déjà les renseignements qu'il cherchait ? C'était là toute la question.

Ce fut pourtant une autre qui surgit malgré lui :

– As-tu menti à Reid, ou est-ce lui qui m'a menti ?

Mikira parut aussi désarçonnée que lui par cette interrogation, mais celle-ci le tiraillait depuis sa rencontre avec Niékla. Reid avait croisé Mikira à la Chancellerie le jour où elle s'y était rendue en quête d'informations sur le prince. Et si Reid avait su pourquoi elle s'y trouvait, mais ne le lui avait pas dit ? Et si…

Le grognement désabusé de Mikira interrompit la spirale de ses réflexions.

– Je n'en reviens pas que tu doives me demander ça. Après tout ce qu'il a fait pour toi, tu n'as toujours pas confiance en lui ?

L'irritation de Damien s'enflamma et déborda dans sa voix.

– Après tout ce que j'ai fait pour toi, tu m'as quand même trahi.

Et si quelqu'un d'aussi droit et honnête qu'elle pouvait se retourner contre lui, que devait-on penser des autres ?

Mikira serra les poings. Allait-elle le frapper ? Ce ne serait pas la première fois qu'elle se laissait emporter par sa colère. Mais à sa grande surprise, elle souffla par le nez et émit un rire grave chargé de mépris.

– As-tu déjà envisagé la possibilité que les autres ne te trahissent pas ? s'enquit-elle. C'est peut-être toi qui les pousses à te tourner le dos.

Après quoi, elle le bouscula pour passer et descendit l'escalier sans un coup d'œil en arrière. Ses paroles s'attardèrent, flottèrent tels des grains de poussière dans la pénombre. Ce qu'elle avait fait, Hyle, Rezek… Était-ce vraiment sa faute ? Loïc lui avait toujours reproché la mort de leur mère, et pendant des années, il avait porté en lui la culpabilité de ne pas avoir anticipé l'attaque de Rezek.

S'il avait été plus malin, plus vif ou davantage maitre de lui-même, il aurait pu tout éviter. Chaque trahison, chaque blessure – rien ne se serait produit. Mais Veradell suscitait la rivalité, rendait les puissants sans cesse plus cupides, engendrait la violence, l'avidité et la corruption, et contraignait chacun à faire des choix.

Il pensa à Arielle, qu'il voyait à peine depuis deux jours. Lorsqu'ils étaient arrivés ensemble à la fête, elle était resplendissante, vêtue de la robe émeraude qu'elle avait commandée à Sinclair, et pourtant, il avait été obnubilé par le bracelet d'opale à son poignet. Elle prétendait l'avoir acheté pour accompagner sa toilette, mais quand il lui avait demandé dans quelle boutique, afin de lui trouver un collier assorti, elle ne s'était pas rappelé le nom.

Chez n'importe qui d'autre, ça aurait sans doute été anodin. Un simple oubli. Mais Arielle, elle, n'oubliait rien. Son esprit affuté et sa perspicacité étaient deux des qualités qu'il adorait chez elle. Elle fendait tous les murs qu'il érigeait et accédait droit à la vérité tapie au fond de lui. Elle lisait en lui comme personne, pas même Reid, et ce sentiment d'être connu par elle était… grisant.

C'était pour cela qu'il ne la croyait pas capable d'oublier un nom, mais il ne voyait pas non plus de raison à ce qu'elle veuille le lui cacher. À moins qu'elle ne souhaite pas lui révéler où elle l'avait vraiment obtenu. Il repensa au parfum de roses, et il rit presque de l'absurdité de ce lien. L'idée qu'Ari ait pu rendre visite à Rezek était ridicule, et celle qu'il lui ait offert ce bracelet encore davantage.

Mikira avait peut-être raison. L'éloignait-il de lui, d'abord en lui parlant du prince, mais aussi par son comportement après leur dispute devant le cabinet médical de Zivaya ? Ces derniers temps, elle était très absente, dehors quand il rentrait, ou toujours sur le départ pour un rendez-vous. Il aurait voulu qu'elle lui confie ses pensées, lui demander si la créature du Racari la tourmentait.

N'était-ce qu'une question de temps avant qu'elle se retourne à son tour contre lui ?

– J'ai un succès fou, aujourd'hui, dit une voix trainante, qui le fit sursauter.

Une personne à la silhouette élancée appuyait une épaule contre le mur du couloir et l'observait de ses yeux foncés rieurs. Iel portait la tenue kenzeni traditionnelle, la couleur de sa grande ceinture évoquant le plumage de Skylis, et tenait un verre de whisky entamé dans une main.

– Rahzen, dit-il en guise de salut, surpris. Shira est là aussi ?

Rahzen s'écarta du mur et, d'un geste indolent, mit sa main libre dans une poche.

– C'est vraiment la question que tu es venu me poser ?

Il n'était pas là pour lui demander quoi que ce soit ; il était à la recherche d'Elidon Shaw. Mais après avoir interrogé les uns et les autres à la soirée, il avait vite conclu que personne n'avait vu leur mystérieux hôte. Damien avait donc préféré chercher par lui-même, et à présent, il tombait sur Rahzen.

Le peu qu'il en savait sur ellui provenait de ses interactions avec Shira, Rahzen lui ayant procuré ses revolvers Lonlarra, mais il avait connaissance de son habitude de s'établir dans des bâtisses à l'abandon. C'était apparemment une façade à laquelle iel recourait depuis quelque temps, en se servant des soirées d'Elidon Shaw comme couverture.

Damien dégaina un revolver et le pointa vers ellui.

– Très bien. Où est Elidon Shaw ?

Rahzen afficha un grand sourire, sans montrer la moindre inquiétude pour l'arme.

– Je comprends pourquoi Shira se fait du souci pour toi.

Damien serra plus fort la crosse.

– Je ne suis pas d'humeur. Dis-moi où il est, ou je tire.

Rahzen soupira.

– Je préfèrerais vraiment que tu évites. C'est toujours très salissant.

– Rahzen.

– Et si je te répondais que je l'ignore ? dit-iel.

Son sourire était devenu félin.

– Je ne te croirais pas, rétorqua Damien en armant le chien. Tu n'utiliserais pas une demeure sans tout savoir de son propriétaire. Et si on en croit mon frère, tu recours à cet hôtel particulier depuis quelque temps. Tu as donc la certitude qu'Elidon, où qu'il soit, ne viendra pas ce soir.

Il espérait seulement qu'Elidon ne soit pas mort. Il n'aurait alors plus de piste, et plus aucune chance de trouver le prince. Plus grave, si Rahzen avait déjà révélé à Mikira où était Elidon, elle s'y rendait peut-être en ce moment même. Et si elle trouvait le prince la première, le plan soigneusement élaboré de Damien s'écroulerait.

– On ne peut rien te cacher, déclara Rahzen, avant de finir son whisky. Elidon habite le quartier Pendron, Thistledown Street. La troisième maison sur la gauche. La porte est parée de la marque de la Déesse.

Damien baissa son arme.

– C'est ce que tu as dit à Mikira ?

– Oh, Miss Rusel et moi avons eu une conversation très différente, répondit Rahzen, qui leva son verre et fit tinter le glaçon. Si tu veux bien m'excuser, il semblerait que je sois encore sobre, malheureusement.

Iel tourna les talons et disparut au bout du couloir.

Tout en remettant son revolver dans son étui, Damien réfléchit à ses paroles et tenta de lire entre les lignes. Si Mikira était venue poser des questions sur le prince Ranier, pourquoi Rahzen l'aurait renseigné lui et pas elle ? Il ne voyait qu'une raison pour laquelle Mikira aurait pu traiter avec ellui, mais il ne s'expliquait pas quel besoin elle pourrait avoir de recourir à ses services, à moins que…

– À moins qu'elle travaille pour Eshlin, maugréa-t-il, en songeant aux soupçons de Darius concernant sa sœur, à la rencontre clandestine de Mikira avec la princesse lors du dernier bal de l'Illinir.

Selon toute vraisemblance, Mikira Rusel avait rejoint la rébellion.

18
ARIELLE

Ari tritura le bracelet d'opale.

Damien l'avait remarqué ce matin-là, au petit déjeuner, car il remarquait tout. Malgré l'excuse médiocre qu'elle avait fournie, il n'avait pas insisté, et plus tôt dans la soirée, ils étaient montés à bord du fiacre en silence. Tant que le bracelet fonctionnait, mentir en vaudrait la peine. Ses absences seraient maitrisées, comme le voulait Damien.

Comme moi *je le veux*, se répéta-t-elle, sans être tout à fait convaincue. Elle se demandait toujours si sa force ne provenait pas entièrement d'elle, mais aussi de l'Hérétique, et si elle ne souffrirait pas de solitude sans cette présence qui, malgré leurs nombreuses disputes, avait été là dans les moments les plus sombres.

À leur arrivée à la fête, Reid, Damien et elle avaient été au centre de toutes les attentions. Depuis qu'on avait appris la responsabilité de Damien dans la suppression des taxes, les journaux ne cessaient d'écrire sur lui et conjecturaient sur les prochains changements qu'il engagerait. Tout le monde désirait lui parler, mais il n'était resté que le temps nécessaire pour qu'on puisse attester de sa présence, avant de partir en quête d'Elidon tandis qu'Ari et Reid couvraient ses arrières.

Ce qui n'aurait pas dérangé Ari, s'ils n'avaient pas vu Atara à l'entrée. Encore en cet instant, le lien magique qui l'unissait au golem vibrait – signe que Mikira n'était pas loin.

Ari avait réfléchi à diverses possibilités pour l'aborder, cherché les bons mots, mais une migraine naissante avait brouillé ses pensées. Elle aurait pu essayer de l'éviter, pourtant la perspective de s'en aller sans la voir alors qu'elles étaient au même endroit lui semblait impossible. Elle ne voulait plus fuir ce moment.

Mais après tout ce qui s'était passé, Mikira avait-elle envie de lui parler ?

Ari manipula de nouveau son bracelet, puis chercha par réflexe la chaleur apaisante de son vérillion, et sursauta presque en ne trouvant que du vide. Le malaise au creux de son ventre s'accentua, et elle s'efforça de respirer à fond. À en juger par l'air malheureux de Reid, il n'en menait pas large non plus. Il ne cessait de balayer l'assemblée du regard et de tripoter un bouton de sa veste.

Ari lui toucha le poignet pour le calmer.

– Elle ne veut sans doute pas nous adresser la parole.

– Elle n'est peut-être pas si furieuse que tu le penses, rétorqua-t-il.

– On parle bien de la même ?

Reid fut à deux doigts de sourire, puis une voix retentit.

– La voilà !

La foule s'écarta alors et révéla deux jeunes femmes – l'une de grande taille, aux longs cheveux bruns ondulés, l'autre à la peau pâle et qui, les poings serrés, semblait sortir d'une bagarre. Talyana les vit la première, et son attention se verrouilla sur Reid comme sur une cible. Mikira suivit son regard et blêmit. Reid émit un bruit étranglé, mais c'était trop tard. La première filait déjà droit vers eux, flanquée de Mikira qui pestait.

– Ça devient ridicule, Haldane, déclara Talyana d'un ton acide.

Reid leva les mains devant lui.

– Moi aussi, je préférerais être ailleurs.

– Alors qu'est-ce que tu fais là ? intervint Mikira, qui jeta un coup d'œil à Ari avant de secouer la tête. Laisse tomber, ça m'est égal. Allons-y, Tal.

Elle entraina Talyana par la main. Ari et Reid leur emboitèrent le pas et se frayèrent un passage parmi les invités jusqu'au vestibule.

– Mikira ! l'appela Reid.

Elle se retourna, mais Talyana se posta entre eux.

– Qu'est-ce que tu veux ?

– Nous voulons dire un mot à notre amie, répondit Ari, en adressant un regard implorant à Mikira. Laisse-nous le temps d'arranger les choses, s'il te plait. Damien est soumis à une grosse pression, en ce moment.

Mikira émit un rire sarcastique.

– C'est lui qui a tiré ce trait, Ari, pas moi, rétorqua-t-elle, avant de se tourner vers Reid. Et toi aussi.

– Je ne voulais pas...

Reid s'interrompit et grinça des dents. Il sembla puiser au plus profond de lui-même les mots qui suivirent :

– Ce n'était pas mon intention de lui parler de la bague.

Ébranlée dans sa colère, Mikira lança un coup d'œil interrogateur à Ari, qui hocha la tête et expliqua :

– C'est Bidule qui l'a trouvée et s'en est servi comme jouet. Reid a été idiot de ne pas la mettre mieux en sécurité, mais il ne t'a pas dénoncée volontairement.

– Tu crois que c'est ça qui la contrarie ? s'enquit Talyana d'un ton incrédule. C'est loin d'être tout.

– Tal, fit Mikira en la poussant doucement vers la porte. Laisse-nous un moment.

Talyana sortit avec réticence. Dans le silence qui suivit, Mikira se ressaisit.

– Tu as dit que j'étais ton amie, Ari. Alors tu étais passée où ?

Ari aurait rêvé de lui répondre, mais Reid rapporterait tout à Damien aussitôt. Mikira n'était même pas au courant de ses moments d'absence, de l'Hérétique, de la magie incontrôlable qui l'avait incitée à garder ses distances. Surtout, elle n'imaginait pas lui expliquer que celui dont elle avait sollicité l'aide n'était autre que Rezek.

Le regard de Mikira s'adoucit.

– Quelle que soit la raison, Ari, je peux t'aider. Je t'aiderai toujours.

Ari crispa la mâchoire. Elle ne se faisait pas assez confiance pour parler, et son silence ne fit qu'accroitre la déception de Mikira. Après un hochement de tête, celle-ci partit, et la porte de l'hôtel claqua derrière elle.

Ari appuya sa main sur sa tempe, parcourue d'élancements sans cesse plus vigoureux, et contempla le bracelet qui brillait à son poignet. Elle finirait par dire la vérité à Mikira. On avait inhibé son pouvoir, mais tant qu'elle n'en aurait pas la certitude absolue, elle ne voulait parler de Rezek, ni de rien d'autre, à personne.

– Ari ? lui demanda Reid d'un air hésitant. Tout va bien ?

– Ça va aller, bredouilla-t-elle, d'un ton plus agacé qu'elle n'en avait eu l'intention.

Une brusque inspiration les poussa à se retourner tous les deux. Une femme mince comme un fil et lourdement maquillée venait d'entrer dans le vestibule, vêtue d'une robe crème presque aussi claire que sa peau.

Ari la reconnut et sursauta.

– Lady Belda.

– Mince alors, tu as bien changé.

Son ancienne cliente contempla sa robe émeraude, l'air plus méprisant à chaque seconde qui passait.

– Je t'ai vue avec le Haut Lord Adair, tout à l'heure. Sait-il quel genre de fille tu es vraiment ?

– Attention à ce que vous allez dire, l'avertit Reid.

Quelque chose bougea alors derrière Lady Belda, et le gros chien noir golem qu'Ari lui avait façonné des mois plus tôt grogna doucement.

Les lèvres fines de la noble se retroussèrent.

– Je me demande ce que les alliés du Haut Lord Adair penseraient si on les informait de tes… activités.

Ari serra les poings dans son dos.

– Qu'est-ce que vous voulez ?

– Un autre animal, répondit Lady Belda d'un ton détaché. Je suis passée à ta boutique, c'était fermé.

– Je ne prends plus de commandes. Bonne soirée, madame.

Elle repartit vers l'intérieur, mais la noble lui saisit le poignet.

– Ai-je dit que nous en avions terminé, petite trainée ? Ce n'est pas parce que tu te fais trousser par…

Le reste se déroula trop vite pour qu'Ari puisse suivre. Le chien s'élança et referma les mâchoires sur la cuisse de Lady Belda. Celle-ci hurla, et Reid éloigna Ari tandis que le golem plaquait la femme au sol. Les sens d'Ari devinrent confus, son esprit fut grisé par l'odeur entêtante du sang et la sensation de la chair se déchirant entre ses dents. Une liaison s'était ouverte entre le chien et elle, pareille à celle qu'elle partageait avec ses golems, mais celle-ci était plus forte, plus agitée, et elle eut vaguement conscience que le bourdonnement qui s'élevait en elle était de mauvais augure.

Avec une fascination détachée, elle regarda les crocs du chien se planter dans l'épaule de Lady Belda. À part Atara et un chat de boutique d'enchantés, elle n'avait jamais revu ses créatures après les avoir confiées à leurs propriétaires. Elle ignorait jusqu'à présent que les golems lui restaient fidèles.

– Ari, s'affola Reid. Rappelle-le !

Il avait dû comprendre ce qui se passait, et Damien n'avait vraiment pas besoin que la presse lui demande pourquoi son meilleur ami et sa compagne avaient été les seuls témoins d'une attaque sanglante. Mais Ari n'avait pas envie d'arrêter. Elle voulait ne faire qu'un avec la colère du golem, sa violence, et les laisser l'emporter. Car la rage de l'animal était la sienne, ses crocs des administrateurs de justice. Une justice pour un royaume qu'on avait ravagé, un peuple dispersé et toute une culture anéantie.

Lady Belda méritait son sort. *Comme tout l'Enderlain*, et elle ferait en sorte qu'il le subisse. Elle allait faire en sorte que – non ! Elle s'empara du bracelet, mais sut avant même de le toucher qu'il ne fonctionnait pas. Elle percevait la présence de l'Hérétique qui s'accumulait en elle, tout près de prendre le contrôle.

Laissez-moi, à la fin ! hurla-t-elle, et la fureur de Nava l'ébranla tel un coup de tonnerre.

Elle n'a que ce qu'elle mérite, petite lionne.

Dans son brouillard d'émotion, de puissance et de soif de sang, Ari convint qu'elle partageait en partie ce point de vue, mais elle refusait d'être un pion dans la quête de vengeance de Nava. Elle ne lui cèderait pas sa vie.

– Arrête ! ordonna Ari en kinien, à l'instant où les battants du vestibule s'ouvraient à la volée et que des convives s'attroupaient à l'entrée. Le golem recula, les mâchoires rouges de sang. Lady Belda gisait immobile, sa robe couverte de taches. Un souffle faible lui soulevait la poitrine.

– Son chien est devenu enragé, expliqua Reid aux curieux abasourdis.

Damien se détacha de la foule.

– Faites venir un fiacre enchanté, dit-il à la personne la plus proche.

Reid s'était penché sur la noble et déchirait des bouts de sa robe pour s'en servir de compresses.

Ari resta pétrifiée quelques instants, à regarder le sang s'accumuler sur le sol de marbre, puis s'enfuit dans la nuit tombante. Elle entendit Damien l'appeler, mais ne s'arrêta pas avant d'avoir atteint les grilles, où elle prit une grande bouffée de l'air froid automnal. La rue grouillait de fêtards, qui ne prêtèrent aucune attention à une jeune Kinienne en proie à la panique.

Elle ravala un cri lorsque Damien la rejoignit ; déjà, il retirait son manteau pour lui couvrir les épaules.

– Qu'est-ce qui s'est passé ? demanda-t-il.

– C'est une ancienne cliente, répondit Ari, le souffle court. Le golem m'a protégée.

Une lueur de soulagement traversa les traits de Damien. Croyait-il qu'elle avait déclenché cette attaque ? Du moins, sous l'influence de l'Hérétique ?

À cette pensée, une éruption de colère jaillit en elle.

– Je maitrise ma magie, affirma-t-elle, consciente qu'elle tordait la vérité.

Néanmoins, elle n'avait eu aucun moment d'absence totale depuis plusieurs jours, et avec les opales, Rezek et elle tenaient une piste prometteuse, même si leur premier essai avait échoué.

– Ce n'est pas la peine de t'inquiéter pour moi.

– Autant me demander de ne pas respirer.

Damien lui replaça une mèche. Elle lui prit alors la main pour la plaquer sur sa joue.

– Je pourrais te dire la même chose, répondit-elle doucement, tentée d'en rester là.

Elle voulait que tout soit apaisé entre eux. Elle voulait l'intimité qui se créait lorsqu'on connaissait quelqu'un mieux que soi-même. Mais elle ne pouvait plus nier que ce sentiment lui échappait.

Elle lui serra la main plus fort.

– Je dois savoir ce que tu me caches.

Attendre de lui qu'il lui révèle ses secrets alors qu'elle-même s'y refusait était injuste et égoïste. Mais depuis le début, avec lui, elle avait l'impression qu'ils étaient seuls contre le reste du monde, et l'idée qu'un mur puisse se dresser entre eux rendait insurmontable la perspective de lui parler de Rezek.

Elle redoutait sa réaction.

Il lui caressa la joue.

– J'essaie de retrouver le prince. Tu le sais déjà.

Elle eut un mouvement de recul et lui lâcha la main.

– C'est tout ?

– Oui.

– Je ne te crois pas, murmura-t-elle. Qu'est-ce que tu prépares, Dara ?

Il tira sur ses manchettes, comme si la maitrise d'un détail si anodin pouvait lui permettre de reprendre aussi le contrôle de la conversation. C'était là une façon de gagner du temps pour trouver les bons mots, de ceux qui confinent au mensonge.

Elle se décomposa, et il constata que son refus de se livrer avait été une gifle pour elle.

– Arielle… bredouilla-t-il, dépité.

– Non, laisse tomber, rétorqua-t-elle, avant de s'éclipser dans la foule.

Elle plongea dans la multitude et tenta de s'abandonner à l'anonymat qu'elle y trouva, même si sa tête débordait de mille réflexions.

Le bracelet avait échoué ; il lui fallait une autre solution, et alors elle dévoilerait la vérité à Damien.

Un tressaillement dans les profondeurs de son esprit interrompit le fil de ses pensées, et elle pressa fort les ongles contre ses paumes. *Vous le saviez, pas vrai ?* demanda-t-elle à Nava. *Que ça ne marcherait pas. C'est pour ça que vous n'avez pas cherché à m'en empêcher.*

Je le soupçonnais, répondit l'Hérétique. *Mais ça m'a pris du temps de rassembler assez de force pour surmonter ton enchantement. Tu ne peux pas mettre sous cloche un pouvoir tel que le nôtre, petite lionne. Tu ne devrais même pas essayer.*

– Ce n'est pas lui que je voulais mettre sous cloche ! fulmina Ari à haute voix. C'est *vous* !

On lui lança des regards, les visages se crispèrent en expressions sombres qu'elle ne connaissait que trop bien. Elle serra plus fermement le manteau de Damien autour de ses épaules et pressa le pas.

Autant tenter de t'emprisonner, rétorqua Nava avec véhémence. *Nous sommes pareilles, toutes les deux.*

Nous n'avons rien en commun.

Le rire de Nava résonna dans sa tête.

Ils ont essayé de me contrôler, moi aussi. De m'utiliser pour servir leur propre intérêt, malgré le mépris que je leur inspirais.

L'écho que les paroles de Nava trouvaient en elle lui déplaisait. Elle ne voulait éprouver aucune affinité avec cette créature, ni la comprendre. Pas quand sa présence l'entrainait lentement vers la folie, la frontière entre elles devenant chaque jour plus floue. Elle comptait bien l'expulser avant qu'il soit trop tard.

Dites-moi ce que vous attendez de moi, ordonna-t-elle.

Nava répondit alors d'une voix douce.

Bientôt.

19
DAMIEN

C'était la deuxième fois qu'Arielle s'en allait sous le coup de la colère.

Dans le fiacre qui les emmenait à vive allure, Reid et lui, il ne pouvait s'ôter de la tête le regard qu'elle lui avait lancé. La façon dont elle s'était jetée dans la foule des passants comme pour le fuir. Il y avait tant d'éléments qu'il ne lui avait pas révélés : l'implication de Mikira dans la rébellion, la véritable raison de sa quête pour retrouver l'héritier disparu, le déchirement qu'il éprouvait chaque fois qu'elle le quittait ainsi, en sachant qu'il était fautif.

As-tu déjà envisagé la possibilité que les autres ne te trahissent pas ? C'est peut-être toi qui les pousses à te tourner le dos.

Les paroles de Mikira le blessaient, mais tant qu'il ne serait pas sûr que tout était en place, qu'il ne pouvait pas échouer, il se refusait à dévoiler la vérité. Une part de lui, si mesquine fût-elle, voulait qu'elle cède la première. Car il n'était pas le seul à cacher des secrets, à sortir à des heures indues et à rentrer épuisé.

À un moment donné, Arielle avait cessé de lui parler. Elle s'était renfermée, et la peur qui l'habitait quand ils s'étaient rencontrés avait refait surface. Sa réapparition lors de l'attaque des assassins l'avait ébranlé plus qu'il ne daignait l'admettre. Il aurait voulu étrangler quiconque infligeait cette détresse à Ari, et le fait de ne pas pouvoir le faire, de savoir que ce qui la tourmentait était précisément ce à quoi elle tenait plus que tout, lui donnait l'impression d'être un incapable.

C'était en partie sa force, son pouvoir, qui l'attiraient chez elle. Il semblait impossible qu'on puisse lui faire du mal. Il allait devoir l'informer de ses projets, conscient qu'elle ne lui pardonnerait pas de nouvelles dissimulations, mais dès que les mots lui venaient aux lèvres, son sentiment de vulnérabilité ressurgissait, lui rappelait ce que lui avait couté d'avoir accordé sa confiance.

La tête tournée vers la ville enténébrée qui défilait dehors, Reid remuait nerveusement sur sa banquette et lui jetait sans cesse des coups d'œil. Tous les deux portaient une longue cape noire à capuche attachée aux épaules. Reid en triturait le fermoir depuis le début du trajet qui devait les conduire à Elidon Shaw.

– Tu es sûr de toi ? demanda-t-il au bout d'un moment. Ce n'est pas trop tard pour envoyer Darius balader.

– Oui, affirma Damien.

Reid tripota sa cape de plus belle, avec une expression indiquant qu'il n'avait pas dit tout ce qu'il avait sur le cœur. Mais Damien comprit à sa mâchoire serrée qu'il avait renoncé à insister, quoiqu'à contrecœur. Il comptait sur Reid pour le tempérer, mais il savait aussi qu'il s'inquiétait très facilement.

Damien arrêta le fiacre plusieurs rues avant leur destination, et ils en descendirent avec leur capuchon relevé. Des lampadaires enchantés fendaient la brume de la fin de soirée et éclairaient leur chemin parmi des rangées de demeures en direction de Thistledown Street. Celle-ci était bordée de maisons plus petites à un seul étage. Ils gagnèrent la troisième. La maison disposait d'une seule lampe, qui illuminait les mains implorantes de la Déesse sculptée au-dessus de la porte.

– Allons-y.

Damien enfila un masque noir simple, imité par Reid, et il frappa.

Un homme de grande taille aux cheveux gris leur ouvrit, en tenue du soir. Shaw eut à peine le temps de voir ces deux inconnus masqués avant qu'ils entrent de force, le revolver de Damien pointé vers sa poitrine. Il leva les mains en l'air et leur lança des regards nerveux.

Reid claqua le ventail avec le pied, et Damien attendit qu'il ait fermé les rideaux avant de montrer le canapé avec le bout de son arme. Elidon obéit ; il recula à petits pas prudents jusqu'au bord et s'assit.

– Qui êtes-vous ? demanda-t-il.

– Je cherche le prince Ranier.

Shaw n'eut qu'un pincement de lèvres quasi imperceptible. Il était doué, comme Damien l'avait anticipé. Pour réussir à faire quitter le château à l'enfant, à le placer en sécurité et le cacher depuis tant d'années, il fallait de l'expérience et de l'intelligence. Damien espérait que cette intelligence le pousserait à comprendre que ses choix étaient limités : la vérité ou une balle.

L'expression de son visage précéda sa décision.

– Je ne peux rien pour vous, répondit Elidon, résigné.

– Je m'attendais à ce que vous me disiez ça. Alors j'ai apporté de quoi vous motiver.

Damien sortit une photo de sa poche. Elidon écarquilla les yeux en reconnaissant son fils.

– Vous pensiez sans doute que tout le monde l'avait oublié, depuis le temps que vous êtes brouillés, reprit Damien en jetant le cliché sur les cuisses du vieil homme. Mais je ne laisse jamais rien au hasard.

Il avait trouvé le fils avant de trouver Elidon, et même pensé qu'il tenait là une piste prometteuse. Mais après une simple conversation, il avait fallu se rendre à l'évidence : il ne savait rien au sujet de son père, qu'il croyait mort.

Elidon serra des poings tremblants. Ce devait être difficile pour un homme qui avait passé sa vie à protéger les autres de se retrouver dans cette situation. À vrai dire, cela déplaisait à Damien de l'y placer, et à voir l'agitation de Reid, cela lui plaisait encore moins. Il allait devoir dédommager Elidon.

Peut-être intercéder en la faveur de son fils à la banque où il travaillait.

– Si je vous le dis, vous laisserez mon fils tranquille ? s'enquit Shaw d'une voix faible.

– Oui.

Le vieux garde royal déglutit.

– Je n'ai qu'une adresse, déclara-t-il en désignant un coffret en bois simple posé sur la table d'appoint. Elle est là-dedans.

Reid alla chercher le coffret pour Elidon, qui prit une clé à une chaine cachée sous sa chemise et l'inséra. Damien entendit le cliquetis de la serrure alors même que le vieil homme lui jetait le coffret au visage.

Damien repoussa le projectile d'un revers du bras, mais le garde se précipitait déjà sur lui. Ils s'effondrèrent sur une table basse et la brisèrent. Son revolver dérapa sur le sol, et le poing d'Elidon l'atteignit à la mâchoire avant qu'il ait pu relever sa garde. Le coup le sonna, mais il expédia son coude dans la tempe de son adversaire. Elidon encaissa, puis Reid intervint et lui asséna un coup de pied à la poitrine.

Shaw percuta le canapé. Il glissa la main sous un coussin, et Damien s'empara de son second revolver, qui se prit dans la lanière, laissant le temps à Elidon de sortir le sien, caché entre le dossier et l'assise. Damien força, et le revolver se libéra. Il se jeta à terre un instant avant que Shaw tire et que la balle se fiche dans le mur.

Damien visa et fit feu.

Elidon fut touché en plein cœur. Le sang se répandit vite autour de la blessure et imbiba sa chemise en quelques secondes.

Damien se redressa, son arme toujours braquée vers Shaw, l'adrénaline coulant à flots dans ses veines.

Reid lui donna une poussée du bout du pied, et Damien ne vit plus que son doigt sur la détente, l'immobilité d'Elidon. Celui-ci ne respirait plus. Petit à petit, Damien se ressaisit, cessa d'obéir à son instinct pour agir de façon rationnelle.

Il rengaina son revolver et alla récupérer le second. Il rajusta ses manchettes, releva sa capuche, et prit le temps de souffler.

Reid l'observa d'un air accablé. Celui-ci supportait si mal la violence que, pour Damien, c'était une énigme qu'ils soient restés amis. D'une certaine manière, Reid était le frère que Loïc n'avait jamais été, et c'était dans des moments tels que celui-ci, quand Reid l'éloignait du précipice, quand il lui rappelait qu'il était encore humain, que Damien en éprouvait la plus forte reconnaissance.

Mais en regardant la forme immobile d'Elidon Dalart, le doute s'immisça en lui.

Alors que sa décharge d'énergie retombait, un nouveau sentiment surgit. Une envie impérieuse de défaire ce qui avait été fait, de revenir en arrière, désir qui parasitait souvent ses décisions, instillait en lui l'incertitude. Il refusa de lui accorder la moindre prise. De telles pensées ne pouvaient que l'engluer, l'entrainer dans un flottement qu'il ne pouvait s'autoriser.

Il lui fallait aller de l'avant.

Tandis que Reid contemplait le cadavre d'Elidon d'un air mélancolique, il saisit le coffret, et se dirigea vers la porte.

– Partons.

Quand ils sortirent, de la lumière brillait dans les maisons voisines, dont les occupants avaient été réveillés par les coups de feu. Reid et Damien se faufilèrent par les ruelles pour regagner leur fiacre, et quittèrent les lieux avant qu'un attroupement se forme.

L'adrénaline de Damien ne s'estompa tout à fait que lorsqu'ils furent seuls. Une décharge de douleur irradia alors de sa blessure à l'épaule, encore en voie de guérison. Il posa la main dessus en grimaçant, sous le regard réprobateur de Reid.

Damien baissa la main.

– Nous allons attendre que les choses se soient tassées avant de prévenir l'Anthir.

– C'est tout ? s'enquit Reid.

– Qu'est-ce que tu veux de plus ?

– Tu m'avais dit qu'on ne recourrait pas à la violence.

– Non, j'ai dit que je n'en avais pas l'*intention*.

Et il avait été sincère. Ils auraient pu obtenir leurs renseignements et repartir sans encombre si Elidon n'avait pas essayé de jouer les héros. Il aurait dû s'y attendre – les états de service de Shaw regorgeaient d'actes de bravoure –, mais il allait faire en sorte qu'il ne soit pas mort en vain.

Il ouvrit la boite, qui ne contenait qu'une lettre pliée.

Je ne vous écris que pour vous informer de notre nouveau lieu de résidence. Après ce qui s'est passé, nous ne pouvions pas rester. Trop d'yeux indiscrets.

En cas de besoin, vous nous trouverez là, sous un nouveau nom.

Damien lut rapidement l'adresse – et rit.

20
MIKIRA

Le lendemain de la fête de l'Éridice Mikira se plongea dans son travail au haras, encore ébranlée par sa rencontre avec Ari et les autres. Elle s'était attendue à ce que Damien se montre froid, mais lui faire face avait été plus douloureux que prévu. Il ne lui avait jamais donné la chance de s'expliquer, l'avait rejetée pour un crime qu'elle n'avait même pas commis.

Pas délibérément, en tout cas.

Elle ignorait alors que Talyana était une sergente de l'Anthir, et regrettait de lui avoir parlé de l'anneau, mais au bout du compte, elle ne le lui avait pas remis. C'était toutefois à cause d'elle que Damien n'avait pas été là pour protéger Ari de Rezek, et si tous les deux s'accordaient sur une chose, c'était sa volonté de garantir sa sécurité.

Même si Ari refusait de lui dire la vérité. Que lui arrivait-il, et pourquoi rejetait-elle son aide ? Quant à Reid, il prétendait qu'il ne l'avait pas dénoncée à Damien. Elle ne savait pas si elle devait le croire, mais elle en avait envie. Chaque fois qu'elle tentait de se concentrer sur une tâche, elle repensait à sa façon de la regarder, comme s'il était en train de se noyer.

– Miss Rusel ?

C'était un des nouveaux lads, qui devenait rouge écarlate chaque fois qu'il s'adressait à elle.

– J'ai fini les stalles. Voulez-vous que je prépare le fourrage pour les chevaux qu'on reçoit demain ?

– Oui, s'il te plait.

À peine se fut-il éloigné en vitesse qu'un autre vint à son tour demander des instructions. Le ranch bourdonnait d'activité ; partout, des ouvriers érigeaient des clôtures et repeignaient les anciennes, d'autres pansaient les chevaux dans toute l'écurie. On lui avait même installé une rangée de cibles derrière les bâtiments, où elle s'était entrainée au maniement de ses poignards toute la matinée.

Nelda avait un jour suggéré qu'elles engagent un maitre d'écurie pour s'occuper de tout, mais Mikira n'était pas prête à passer la main. Voir le haras reprendre vie était pour elle un rêve éveillé. Après avoir tant lutté pour la survie de l'élevage, elle voulait se délecter de ce plaisir aussi longtemps que possible.

Elle regrettait seulement que ses proches ne soient pas là pour le voir.

Depuis leur départ, elle s'était efforcée de ne pas trop penser à eux, avait ravalé l'envie impérieuse de demander à Jenest où les rebelles les avaient envoyés. Moins elle en savait, mieux c'était, mais il lui pesait de ne pas pouvoir partager avec eux la renaissance du haras.

Bientôt, se dit-elle. Quand la rébellion l'aurait remporté, quand la situation serait sure, son père et ses sœurs reviendraient.

Ils formeraient de nouveau une famille.

L'après-midi venu, elle était en nage et exténuée, mais il lui fallait tout de même se rendre au quartier général. La veille au soir, Talyana avait fourni un rapport préliminaire sur Rahzen et Damien, et promis de la retrouver dans la matinée, pourtant le soleil était déjà haut dans le ciel. Elle en avait sans doute été empêchée par une mission, ou était restée trop tard chez ses parents après la fête.

Une fois sa douche prise, Mikira sella Atara et se mit en route pour la ville. Elle laissa la jument se diriger seule dans les rues animées, et remarqua à peine les chuchotements qu'on échangeait dans leur sillage. Elle s'y était tant habituée qu'ils lui semblaient aussi naturels que les murmures du vent.

Des bourrasques faisaient voleter autour de son visage des mèches de sa natte. Dans l'air lourd qui annonçait la pluie, les passants se hâtaient, pour atteindre leur destination avant que l'orage éclate.

Dans sa précipitation, un homme qui tenait un journal au-dessus de sa tête faillit se cogner contre Atara, et lorsqu'il leva les yeux vers Mikira, elle crut y déceler une grande peur. Il balbutia des excuses avant de traverser la rue à toute vitesse.

Une voix à proximité attira son attention.

– Puisque je te dis que c'est elle. T'as pas vu le cheval ?

Deux hommes la scrutaient depuis le trottoir, en la comparant à une photo publiée dans leur journal. Saisie d'une soudaine appréhension, Mikira talonna Atara. Les oreilles de la jument se plaquèrent en arrière, signe que l'instinct de Mikira concernant ces hommes était le bon.

Au coin de rue suivant, elles manquèrent percuter la file d'attente d'un bureau de recrutement, et se trouvèrent face à une rangée de visages défaits. Mikira bredouilla des excuses à son tour et fit repartir Atara, sous les innombrables regards.

– Mikira ? l'appela quelqu'un. Mikira Rusel ?

Les conscrits s'animèrent, et plusieurs échangèrent des remarques à voix basse. Une étincelle illumina leurs yeux tandis qu'ils la reconnaissaient, mais là où autrefois elle avait lu exaltation et respect, elle ne vit plus qu'une convoitise glaciale d'affamés.

Une femme de la file lui saisit le bras.

– Il peut me sortir de là, déclara-t-elle comme si elle psalmodiait une prière. Il peut me sauver.

Mikira ne parvint pas à se dégager.

– Je suis désolée, je ne sais pas ce que…

– Elle est à moi ! cria un jeune garçon, qui bouscula la femme et lui fit lâcher prise.

Mikira tenta de s'éloigner, mais des mains essayaient de l'agripper de partout.

Atara se cabra, et son hennissement puissant fit reculer la foule. Dès que ses sabots revinrent au sol, Mikira la fit partir au petit galop. Elles distancèrent vite la multitude et foncèrent sur King's Road jusqu'à Tea Street.

La pluie avait fini par tomber. Après avoir relevé le capuchon de sa cape, Mikira s'engagea dans une ruelle qui menait à l'entrée enchantée des tunnels. Que lui avaient voulu ces gens ? On les aurait crus possédés.

Ce fut alors qu'elle vit l'affiche.

Dans la partie supérieure, une photo en noir et blanc la montrait à côté d'Atara, et dessous, en grandes lettres noires, était imprimé :

AVIS DE RECHERCHE
MIKIRA RUSEL
SOUPÇONNÉE DE LIENS AVEC LES REBELLES
SUR ORDRE DU HAUT LORD ADAIR

Elle se glaça.

Damien avait retourné contre elle la renommée qu'elle avait gagnée avec son sang et sa sueur, en affichant ses liens avec la rébellion. Et ces pauvres gens désespérés devant le bureau de recrutement avaient pensé qu'ils pourraient la marchander pour sauver leur peau. Elle en frissonna.

En cet instant, elle regretta les jours d'avant l'Illinir, quand elle pouvait se fondre dans les rues de la ville en toute tranquillité. Personne ne se souciait de son nom, et sa tâche accomplie, elle regagnait la chaleur de sa maison, où elle écoutait Ailene se plaindre des garçons et Nelda qui s'activait à la cuisine tandis que leur père était plongé dans quelque vieux livre.

Cette époque lui manquait atrocement.

Désormais, elle ne pourrait plus jamais rentrer au haras. C'était le premier endroit où on la chercherait. En un coup, Damien lui avait pris ce qui restait du foyer qu'elle avait patiemment reconstruit et privé la rébellion d'une de ses meilleures armes.

À présent, elle ne servait plus à rien.

Lorsqu'elle atteignit le quartier général, Eshlin était déjà au courant.

Le visage de Mikira faisait face à la princesse depuis l'avis de recherche posé sur son bureau. Shira se tenait sur le rebord de la fenêtre, silencieuse.

Eshlin se renversa dans son siège et la fixa d'un air grave.

– Tu as fait ça délibérément ?

– Quoi ? Pas du tout, s'offusqua Mikira, avant de regarder Shira, dont l'expression demeurait impénétrable. Vous croyez que je suis un agent double ?

– Tu étais proche de Damien Adair, rétorqua Eshlin en joignant les doigts devant elle. Il t'a peut-être demandé de nous espionner, puis de saboter l'atout que tu étais pour nous après avoir obtenu ce qu'il voulait. À moins qu'il t'y ait contrainte ? Ça ne serait pas la première fois que tu te retrouverais en mauvaise posture avec un noble.

Mikira se crispa.

– Une mauvaise posture dont j'ai tout fait pour me sortir, en me battant chaque jour de ces dernières années. Jamais je ne mettrais en danger ce que j'ai accompli !

Quelque chose bougea sur les épaules de la princesse, et le serpent golem devint visible. Il sortit sa langue frétillante comme pour jauger ses paroles, et enfin, la princesse hocha la tête.

Il est envouté pour détecter les mensonges, comprit Mikira.

– Il fallait que je pose la question, déclara Eshlin, d'une voix plus douce. Je suis désolée. Je sais combien nous aider comptait pour toi.

– Je peux toujours le faire, s'empressa de préciser Mikira, qui devinait la suite. Je ne pourrai peut-être pas être le visage de l'organisation, mais je peux encore combattre.

– Tu es trop reconnaissable, rétorqua Shira sans animosité, en descendant du bord de fenêtre où elle était assise. Il suffit que la mauvaise personne te repère pour que tu te fasses arrêter.

– Et Rahzen ? protesta Mikira. Iel…

– J'ai rendez-vous avec ellui plus tard cet après-midi, la coupa Shira. Je ne sais pas ce que tu lui as dit pour lea convaincre… Iel m'a même envoyé balader quand j'ai posé la question. C'est un excellent travail, Mikira, mais je prends le relai.

Mikira chercha les arguments pour les persuader, sans succès. Tout lui échappait. Sa renommée, sa famille, l'opportunité de tout changer. Mais il existait forcément un moyen de tout arranger. Une façon de prouver qu'elle pouvait être utile.

La porte du bureau s'ouvrit brusquement, et Jenest se précipita à l'intérieur, le souffle court.

– C'est Talyana. Elle a été attaquée.

21
ARIELLE

Ari partit avant que Damien ne se réveille.

Il n'était rentré qu'aux premières heures du jour, aussi ne remarqua-t-il pas qu'elle sortait de la chambre à pas de velours. Le manteau de Damien était encore au pied du lit, où elle l'avait laissé. Elle l'enfila en voyant la pluie, et, une fois dans la rue, héla un fiacre pour se rendre chez Rezek.

Tu commets une erreur, la mit en garde Nava lorsqu'elle émergea dans le parfum des roses, quoique sans grande conviction. L'Hérétique savait qu'Ari ne l'écouterait pas. Pas si la réussite de leurs recherches lui permettait d'étouffer l'esprit tout à fait. Si malgré ses efforts elle échouait, si elle devait confier à Damien ce qu'elle avait fait sans que ça ait débouché sur rien… elle ferma les yeux un instant pour chasser cette pensée.

On n'en arriverait pas là.

Ari monta les marches et ne prit pas la peine de frapper. Après tant d'heures passées seule avec lui, le vernis menaçant de Rezek Kelbra s'était craquelé, et elle avait constaté que le jeune homme caché dessous n'était qu'un amalgame de morceaux cassés.

Elle entra vivement dans la bibliothèque.

– Rezek ?

Il apparut à la balustrade au-dessus d'elle, la mine renfrognée.

– C'est dangereux de faire irruption sans s'annoncer. J'ai fait exécuter des gens pour moins que ça.

Ari l'ignora et le rejoignit. Elle lui plaqua le bracelet contre la poitrine.

– Ça n'a pas fonctionné.

Il le serra fermement dans sa main.

– J'avais prévenu que ça pouvait échouer.

– Vous avez d'autres idées ?

Son regard brillant glissa sur elle d'une façon qu'elle n'identifia pas.

– Tu portes son manteau.

Ari eut soudain une conscience exacerbée de l'odeur de Damien, si incongrue dans cet environnement. Pour la première fois, elle s'imagina vraiment lui avouer à quoi elle avait consacré son temps, et avec qui. Dans cette scène, elle lui expliquait ses raisons, il se murait derrière une dureté implacable, et la rejetait définitivement.

Damien risquait de ne jamais lui pardonner.

Rezek s'approcha d'elle.

– Il n'est pas au courant, n'est-ce pas ?

– Que j'ai demandé de l'aide à un homme qu'il déteste plus que tout ? pouffa Ari. Vous plaisantez ?

Elle perçut alors chez Rezek une réaction étrange, une sorte de réajustement, comme s'il avait cru depuis le début que Damien savait qu'il l'aidait. En quoi cela le concernait-il ? S'était-il délecté à l'idée que Damien vive mal le fait que celle qu'il aimait n'ait personne d'autre que lui vers qui se tourner ?

Le visage soudain figé par un masque de froideur, Rezek pivota pour aller à son atelier.

– Il nous reste une chose à essayer. Ton Racari, tu l'as apporté ?

Un frisson la parcourut. Rezek n'avait jamais caché que son véritable objectif était d'accéder au livre, mais elle ne parvenait pas à se détacher de l'impression qu'il l'avait manipulée pour en arriver là. Qu'il avait attendu qu'elle soit aux abois, qu'elle n'ait plus d'autre choix. Savait-il depuis le début que le bracelet serait inefficace ?

– Non, je ne l'ai pas, répondit-elle, méfiante.

– Appelle-le, lui enjoignit-il, avant de s'assoir à son bureau. Il contient peut-être des informations sur les enchantements que nous ignorons. C'est la seule idée qui me reste.

– Je ne comprends pas.

– Fais-le apparaitre en utilisant ton lien avec lui.

Rezek pointa l'index vers le grimoire posé dans le coin de la pièce. L'ouvrage se volatilisa, puis reparut dans sa main.

Elle se rappela ses tentatives pour se débarrasser du Racari, et tout s'éclaira.

– Je croyais que c'était un sortilège pour qu'il ne se perde jamais, mais j'ai dû accéder au lien sans m'en rendre compte.

Rezek hocha la tête.

– Concentre-toi dessus. Tire-le vers toi, et il viendra.

Ari hésita. L'intérêt que Rezek portait au livre allait au-delà de la simple curiosité intellectuelle, elle en était convaincue, mais elle ne pouvait ignorer la possibilité que le Racari contienne les réponses à ses questions. Si elle se trompait, si elle livrait à Rezek exactement ce qu'il souhaitait… ce que Rezek voulait ne se terminait jamais bien pour elle ni pour ceux à qui elle tenait.

Le grimoire était lié à elle, cela dit, et s'il le lui prenait par la force et qu'elle fuyait, il lui suffirait de le rappeler à elle.

Après une rapide inspiration, elle se figura le Racari où elle l'avait laissé : sur sa table de nuit. Le bourdonnement familier de la magie se manifesta, légère tension qui naissait dans les profondeurs de sa poitrine. Elle s'en empara, tira, et le grimoire se matérialisa dans ses mains.

Elle le serra contre elle.

– Pourquoi vous le voulez, au juste ? Vous ne me ferez pas croire que c'est pour m'aider. Comme vous l'avez dit, j'ai passé beaucoup de temps avec Damien, et sa méfiance a déteint sur moi.

Il eut un sourire triste. Puis son regard se déporta vers le côté, signe qu'il écoutait Selvin. Entre deux clignements de paupières, ses yeux s'illuminèrent d'un éclat blanc surnaturel – Ari en eut la chair de poule. Était-ce à cela qu'elle ressemblait quand Nava prenait le contrôle ? À un dieu réincarné ?

– Selvin, dit-elle à mi-voix.

L'Hérétique inclina la tête.

– Suis-moi, et je répondrai à tes questions.

Il s'engagea dans l'escalier et la guida dans le manoir désert, parmi les longs corridors où résonnaient les bruits de leurs pas. Certaines fenêtres avaient été laissées en cours de nettoyage, plateaux de nourriture et théières s'entassaient dans la cuisine qu'elle aperçut brièvement, des toiles d'araignées s'accumulaient dans tous les coins. La demeure entière respirait l'abandon, jusqu'à ce qu'ils atteignent le bout d'un couloir.

La présence qui en émanait donna envie à Ari de faire demi-tour.

– Mon intérêt pour les sortilèges n'a jamais été qu'expérimental, expliqua Selvin avant d'ouvrir la porte, derrière laquelle descendaient des marches. Je voulais repousser les limites du possible. Connaitre la force de la magie, l'étendue de sa puissance. Ça ne t'est pas étranger, je suppose.

Un air froid serpenta sur sa peau tandis qu'elle le suivait jusqu'à une première pièce aux murs de pierre. Son corps la reconnut avant son esprit, et elle brula du vérillion par réflexe, cherchant sa chaleur rassurante pour affronter la pénombre des cachots.

Le fer acéré de ses entraves qui lui mordait les poignets, la pression du couteau de Kyvin contre sa peau – ces souvenirs déferlèrent en elle et la paralysèrent. Il flottait là la même odeur fétide, et dans cette puanteur, un raclement de griffes lointain et de faibles gémissements se frayèrent un passage dans sa confusion.

Selvin marqua une pause pour l'observer.

– C'est vrai, j'oubliais. Ce n'est pas la première fois que tu viens ici. Ça va être problématique ?

Cette question la ramena à l'instant présent dans un sursaut. Non pas à cause de sa cruauté, mais du détachement absolu avec lequel il l'avait posée, comme s'il n'avait aucune considération pour des choses aussi triviales que la peur et la douleur. Pour la première fois, Ari eut la sensation déroutante de parler à un être que jamais elle ne pourrait comprendre.

Sous le regard interrogateur de l'Hérétique, elle prit une profonde inspiration et se concentra sur la combustion de son vérillion.

– Ça va aller.

Elle s'engagea derrière lui, mais il resta immobile – il semblait attendre autre chose.

– Ça ne t'est pas étranger, n'est-ce pas ? s'enquit-il.

Elle se rappela ce qu'il venait d'expliquer concernant sa quête incessante de magie. De puissance.

Elle revit le sang sur ses mains. Le sang sur les murs.

Sa curiosité l'avait déjà menée sur des chemins ténébreux. Même en cet instant, elle la poussait vers l'avant. S'il ne lui avait pas promis son aide, serait-elle encore là, dans ces mêmes ténèbres, à poser des questions ?

– C'est vrai, reconnut-elle, en se demandant ce qui l'y avait incitée.

Apparemment satisfait, il reprit son chemin.

– Je t'ai observée, ces derniers jours, Arielle. J'ai vu l'importance que la magie revêt pour toi. Tu es une des nôtres, une véritable enchanteresse, mais tu devrais être au sommet de ton pouvoir, pas en train de le découvrir. C'est un blasphème, ce que ces gens nous ont infligé.

– Comment ça, un blasphème ? s'enquit-elle, dans l'allée bordée de nombreuses cellules vides.

La lèvre de Selvin se retroussa.

– Depuis combien de temps es-tu muselée ? Enchainée ? Tu es plus puissante que la plupart sur ce continent, et pourtant c'est toi qui es contrainte de te cacher ? D'avoir peur ?

Reste silencieuse. Sois prudente. Ne te dévoile pas à eux.

Ari frémit. Cela faisait longtemps que la voix de sa mère ne s'était pas immiscée dans ses pensées. Depuis qu'elle avait chassé la peur qui autrefois bouillonnait sans cesse dans son ventre, remplacée par la vive chaleur de la magie.

Les bruits devinrent plus forts. Grondements étranglés, grincements de mâchoires. Un raclement de métal contre la pierre. Ari se tint prête à prononcer un sortilège de protection.

– Les enchanteurs relèvent du divin, reprit Selvin, d'une voix plus animée. Nous ne devrions pas être soumis par ce monde. Nous devrions en être les maitres. Mais pour régner, il me faut une armée.

Ils s'arrêtèrent devant une robuste porte en fer pourvue en son centre d'une petite plaque pivotante. Selvin l'ouvrit, révélant une obscurité plus épaisse. Mais les yeux d'Ari s'habituèrent à l'obscurité. Une forme se dessina dans les ténèbres, humaine, mais pas tout à fait. Elle avait de longs crocs incurvés et un dos vouté hérissé de pointes. Des doigts griffus et des poils semblables à un pelage. Apparut soudain un œil d'un vert perçant, à la pupille fendue comme celle d'un chat.

Puis un grondement tel qu'Ari n'en avait jamais entendu jaillit de la gorge de la créature, qui se jeta contre le métal avec une férocité inouïe. Ari recula vivement contre le mur opposé, mais un autre rugissement déchira l'air, et elle s'écarta juste à temps pour éviter le coup de serres aiguisées d'un autre monstre.

Peu à peu, des créatures s'animèrent derrière chaque porte en fer, réveillées par le hurlement de la première. Griffes acérées et pattes plumées surgissaient entre les barreaux des guichets, au son de cris mi-humains, mi-bestiaux, chargés de colère et de détresse. Combien y en avait-il, au juste ?

Selvin tourna le dos aux monstres, impassible face à la panique d'Ari.

– J'utiliserai mon armée pour imposer à nouveau la domination des enchanteurs. Nous serons libres de pratiquer notre magie comme nous l'entendons, de repousser les limites de notre pouvoir. Mais mes chimères sont inachevées.

Il baissa les yeux sur les mains d'Ari.

– Il me faut la quatrième pierre divine.

Parce que les créatures de Selvin n'étaient guère plus que des animaux sauvages, très loin de posséder l'intelligence de ses golems. Pas sans la pierre ultime. Les pierres de vérité, telles que les appelait son Saba, mais ce n'était pas la vérité qu'elles dispensaient.

Elles insufflaient la vie.

Elles accordaient une *âme*.

La voix de Nava se manifesta alors, à peine un murmure : *Fuis*.

Ari déclencha un sortilège de vitesse et se précipita vers la sortie des cachots. Puis Rezek lui barra le passage, mais le jeune homme qu'elle connaissait avait disparu, submergé par la créature ancestrale qui habitait sa chair, et l'Hérétique la fixa d'un regard débordant d'une colère glaciale.

– Je pensais que tu comprendrais, fulmina-t-il. J'ai été naïf de l'attendre d'une enfant. Tu es trop jeune. Mais j'escomptais mieux de ta part, Nava.

Ari sentit l'esprit s'animer en elle et sa propre conscience reculer, et elle s'accrocha de toutes ses forces tandis que Nava s'exprimait à travers elle :

– Tu n'as jamais su voir au-delà de ton égo, Selvin.

Il réagit par un rictus hargneux.

– Je t'ai laissée te cacher dans le corps de cette petite. J'ai cru que peut-être tu avais peur après ce qui nous était arrivé, et je n'avais pas besoin de toi. Mais je ne tolèrerai pas que tu te mettes en travers de mon chemin.

Nava partit d'un rire proche de celui d'Ari, dont seule sa cruauté l'en distinguait.

– Imbécile. Je t'ai arrêté une fois, je pourrai le refaire.

À ces mots, la colère qui embrasait les traits de Selvin se fit aussi glaciale que terrifiante.

– Alors c'était toi, dit-il dans un souffle. C'est par ta faute que mon expérience a échoué.

– Elle était déjà condamnée, cracha Nava. C'était beaucoup trop de magie. Elle te submergeait – j'ai uniquement porté le coup de grâce.

Une main percuta violemment le visage d'Ari, et la douleur l'arracha à sa confusion. Dans un cri, elle reprit la maitrise de son corps, brula du vérillion pour accroitre sa vitesse, et s'élança. Selvin la saisit par le bras et la projeta contre le mur avec une force surhumaine. Ari en eut le souffle coupé, puis l'Hérétique lui pressa l'avant-bras contre la gorge, ses yeux d'un blanc presque éblouissant.

– Tu es trop jeune d'un siècle pour te mesurer à moi, gronda-t-il. Tu aurais dû laisser Nava agir.

Elle le repoussa de toutes ses forces, mais cela ne suffit pas. Ses poumons commençaient à lui bruler. Un souvenir inonda son esprit – deux hommes qui enfonçaient la porte de son atelier et lui volaient tout, et elle, impuissante, paralysée par la peur.

Il lui arracha le Racari des mains.

Rends-moi le contrôle, l'implora Nava, affolée. *Arielle, libère-moi !*

Ari savait qu'elle aurait dû l'écouter, que les aptitudes de Nava dépassaient largement les siennes, mais une autre part d'elle en était certaine : si elle cédait à Nava maintenant, elle serait perdue à jamais.

Les yeux de Selvin vacillèrent soudain. Le bleu reprit le dessus sur le blanc, puis ce fut Rezek qu'elle regardait, Rezek qui la tuait lentement.

Dans un sursaut, il retira son bras. Ari gonfla ses poumons et porta les mains à sa gorge.

– Sauve-toi, lui enjoignit Rezek d'une voix rauque. Je ne pourrai pas le retenir longtemps.

La lueur blanche revenait déjà. Pourtant, elle ne bougea pas. Une partie d'elle ne voulait pas l'abandonner ainsi, à la merci de l'esprit d'un autre.

Mais elle ne faisait pas le poids face à Selvin, et n'eut d'autre choix que de s'enfuir.

22
ARIELLE

Ari enjoignit mentalement à son fiacre d'accélérer, après avoir essayé sans succès de maintenir ses émotions à distance. Elle ne parvenait pas à s'ôter de la tête le spectacle terrifiant des chimères, ni la force phénoménale avec laquelle Selvin lui avait arraché le Racari des mains. Elle avait tenté de le ramener à elle, mais le lien restait inaudible. Il avait dû l'inhiber avec un enchantement de mort.

Je t'avais prévenue que tu commettais une erreur.

Elle décela dans la voix de Nava une tension proche de l'inquiétude.

Vous ne m'avez rien dit, rétorqua Ari, affectée par une sensation de vide.

Après cet échange, elle avait supposé que l'Hérétique s'effacerait, elle qui était toujours prompte à se retirer dès qu'Ari lui tenait tête, mais la présence demeura.

Bon, très bien, dit Nava. *J'avais espéré pouvoir attendre encore, mais si tu t'évertues à essayer de te faire tuer, tu ne me laisses pas le choix.*

Ari se redressa dans la banquette.

De quoi s'agit-il ?

Tu sais déjà que je suis kinienne, mais ce que tu ignores, c'est qu'en réalité, je n'ai jamais fait partie du groupe de Selvin. Pas vraiment.

« Ce ne sont pas mes amis », lui avait dit l'Hérétique. Ari avait cru que leur alliance avait pris fin après le Cataclysme, mais Nava était en fait à part depuis le début.

Avant que l'Enderlain nous envahisse, j'étais une des quatre Kesema du Haut Sage, au temple royal. Nous avions la responsabilité de protéger les Racari, que nous conservions dans le temple. Le jour où les Enderliens ont déferlé sur la capitale, le Sage nous a ordonné de fuir et d'emporter les Racari. Je suis la seule à avoir survécu.

Ari se représentait sans mal le déroulement des évènements : Nava s'échappant avec le livre serré contre sa poitrine, au cœur du chaos que l'invasion provoquait partout. Elle avait dû penser que c'était la fin du monde. Pour elle et les siens, de bien des manières, ça l'avait été.

Les autres Racari ont été offerts à nos trois conquérants, qui se sont ensuite distingués par leur quête d'une magie digne des dieux. Les survivants parmi les anciens du temple commençaient alors à se liguer, avec à leur tête le Haut Sage, qui m'a enjoint de me lier au dernier Racari et d'infiltrer le groupe de Selvin.

La voix de Nava se tendit.

L'idéologie de Selvin était dangereuse. À ses yeux, les enchanteurs étaient des êtres supérieurs, et il avait l'intention d'imposer ces croyances à tous. Il a annoncé qu'il ferait une démonstration publique du pouvoir qu'il prétendait avoir découvert. Même moi j'ignorais la nature de ses projets, sinon je l'aurais empêché d'agir bien avant.

Un certain malaise gagna Ari lorsque Nava ajouta :

Il a essayé d'absorber la magie de son Racari.

– Quoi ? s'étonna Ari. C'est possible, ça ?

En tout cas, il n'était pas assez puissant pour y parvenir. Nos corps conduisent et amplifient la magie, mais lui, il a cherché à s'approprier une part de divin. Un pouvoir de dieu. Il devenait incontrôlable, et quand je l'ai attaqué, quand j'ai voulu le maitriser… les digues ont lâché. Sa magie est entrée en éruption. Jusqu'à présent, Selvin ne savait pas que je l'avais trahi.

C'était là la vérité du Cataclysme, enfin mise à nu. C'était là ce qui avait détruit le foyer de son peuple, ce qui avait mené à sa possession un siècle plus tard.

À présent, Selvin tente d'accomplir ce qu'il n'a pas réussi à faire. La voix de Nava se durcit. *Il veut devenir un dieu.*

Ari se renfonça dans la banquette, accablée par le poids de cette révélation. Elle remarqua à peine que le fiacre s'arrêtait devant le manoir Adair, ne sentait encore que le souffle de la chimère sur sa peau.

Elle devait tout révéler à Damien. C'était là une situation qu'elle ne pouvait affronter seule.

Plus tu impliqueras de monde, plus ce sera difficile, l'avertit Nava. *Je peux très bien y parvenir par moi-même.*

En vous servant de moi ? rétorqua sèchement Ari. *Vous avez déjà échoué, par le passé. Qu'est-ce qui vous fait croire que vous réussirez, cette fois ?*

Elle se heurta au silence de l'Hérétique et poussa un grondement d'agacement. Puis elle se courba, s'élança sous la pluie battante, et ouvrit la porte des appartements, où Reid était installé au bureau, tandis que Damien lisait dans son fauteuil près du feu. Il leva droit vers elle ses yeux gris, avec une intensité dont autrefois elle se délectait, mais qui à présent lui semblait insoutenable.

– Arielle.

Il se précipita pour la rejoindre alors qu'elle descendait les marches. Elle décela un poids nouveau sur les traits de son visage, un remords qu'elle n'y avait jamais vu jusqu'à présent.

– Je t'ai attendue toute la matinée. Je…

– Écoute-moi, s'il te plait, le coupa-t-elle, l'estomac noué.

Il avait la voix douce, pesante, chargée de regrets qu'elle ne méritait pas – en tout cas pas avant qu'il ait appris la vérité.

– J'ai quelque chose à te dire.

Il la fixa du regard, et Ari éprouva une vive nausée. Elle avait l'impression de devoir mettre sa main au feu, mais si elle n'avouait pas, si elle repoussait encore l'échéance, son secret deviendrait trop lourd pour ses épaules.

– L'Hérétique ne possède pas le Racari, déclara-t-elle. C'est moi qu'elle possède.

Damien comprit.

– Quand t'en es-tu rendu compte ?

– Au bal de clôture.

– Et tu ne m'as pas…

Il s'interrompit et fournit un effort pour se ressaisir.

– Non, je comprends pourquoi tu ne m'as rien dit. J'avais… l'esprit ailleurs.

En effet. Il avait été irascible, et méfiant, au point que, si elle n'avait pas demandé de l'aide à Rezek, elle ignorait si elle aurait fini par se livrer. Pas avant cet instant, maintenant qu'il la regardait tel le Damien d'avant.

Maintenant qu'il était trop tard.

– L'Hérétique a pris le contrôle, cette nuit-là, poursuivit-elle d'une voix crispée. Quand je suis revenue à moi, je me trouvais dans une partie du château que je ne connaissais pas… et Rezek était là aussi.

Les yeux de Damien s'embrasèrent aussitôt.

– Rezek ? fit-il, avec une fureur à peine contenue.

Elle aurait voulu en rester là, prétendre que c'était tout, mais quelqu'un devait savoir ce qu'elle avait vu dans les cachots. Quelqu'un devait l'aider à se dresser contre Selvin, et, que cette conversation se passe bien ou mal, elle était sure de pouvoir compter sur lui.

– Il est comme moi, expliqua-t-elle. Il est lié à un Racari.

Damien eut un mouvement de recul, et Reid secoua la tête avant de déclarer :

– Rezek n'est pas un enchanteur.

– Si. Son père a caché ses pouvoirs. Mais ce n'est pas ce qui me pousse à te le dire.

Chacun de ses mots devenait plus épais, plus difficile à prononcer.

– Il m'a proposé de m'aider à maitriser mon Hérétique.

Il ne fallut qu'un instant à Damien, avec cet esprit vif qu'elle avait toujours aimé chez lui, pour tirer les conclusions de cette révélation. Il se rembrunit.

– C'est là que tu étais pendant tout ce temps. Avec lui.

Assaillie par une honte cuisante, elle ne détourna toutefois pas le regard.

– Oui.

Elle s'attendait à ce que la colère de Damien explose, à ce que sa maitrise de soi savamment construite se désagrège. Elle vit sa main tressaillir, comme s'il allait serrer le poing. Puis un calme d'une froideur surnaturelle s'empara de lui, et il la frôla pour aller à la desserte. Dans le silence, on n'entendit que le cliquetis du verre. Même Reid demeura immobile, à les observer comme s'il redoutait que le moindre mouvement fasse tout voler en éclats.

Elle n'y tint plus.

– Il m'a dit qu'il pourrait faire cesser mes moments d'absence. Qu'il savait ce qui m'arrivait, expliqua-t-elle d'une voix cassée. Je voulais juste des réponses, Damien. J'en avais *besoin*.

– Alors c'est vers moi que tu aurais dû te tourner !

Il jeta son verre, qui se fracassa contre la cheminée et projeta du whisky sur la pierre.

– C'est impossible de te parler ! s'emporta Ari à son tour. Tu vois des ennemis partout !

– Et je ne me suis pas trompé. D'abord Hyle, ensuite Mikira, et maintenant *toi* ?

Il prononça ce dernier mot comme s'il était à bout de souffle. Elle aurait voulu faire front, lui renvoyer sa culpabilité à la figure, mais la profonde douleur qu'elle lut dans ses yeux réduisit sa réplique à néant.

– Il a fallu que tu t'adresses à Rezek, mon ennemi juré !

Elle prit une profonde inspiration pour se cuirasser et ravala sa réponse. *Je n'ai pas eu le choix.*

– Tu dois savoir ce que j'ai vu chez lui. Une magie dont j'ignorais l'existence, créée grâce à de nouvelles gemmes, d'autres encore que le jaspe sanguin. Il les appelle pierres divines.

Elle n'était même pas sure qu'il l'écoute. Il contemplait son verre brisé comme s'il en examinait les éclats, à la recherche de quelque détail qu'il avait omis, mais elle se devait d'essayer.

– Il y a recouru pour créer des chimères, persévéra-t-elle. On aurait dit qu'elles avaient été humaines, avant. Mais il bâtit une armée. Ou plutôt, l'Hérétique qui le possède.

À ces mots, Reid inspira brusquement, comme s'il revenait soudain à la vie.

– Il est possédé lui aussi ?

– Ce n'est pas le terme qu'il emploie, mais oui.

– Formidable. Il ne manquait plus que ça.

Reid s'avachit dans son siège et serra Bidule contre lui.

Damien n'avait toujours pas fait un mouvement. Elle avait oublié à quel point il pouvait rester immobile, silencieux. Lorsqu'il bougea enfin, ce fut seulement pour rajuster son gilet et se passer la main dans les cheveux.

– Je peux empêcher Rezek de nuire. Pas tout de suite, mais bientôt.

– Comment ? s'enquit Ari, mais Damien se contenta de tirer sur ses manchettes.

– Ce sera tout ? demanda-t-il, en s'élançant vers la porte. J'ai un rendez-vous.

– Damien !

Elle l'attrapa par le bras au passage et fut surprise par l'immense tension dans ses muscles. Il se libéra avec une grande délicatesse. Fidèle à lui-même : toujours attentif, précautionneux, maitre de lui. Exerçant sur tout son environnement un contrôle de marionnettiste.

Cette fois, elle le laissa partir.

Il venait d'atteindre le battant lorsqu'elle laissa échapper :

– Je ne suis pas la seule à garder des secrets. Et tu te demandes pourquoi je pensais ne pas pouvoir me confier à toi. Tu ne m'as jamais fait confiance comme tu le prétendais, jamais vraiment.

Elle s'attendait à une autre réplique acerbe, de celles qu'il aurait renvoyées à Mikira. Mais il ne fit que serrer les doigts sur la poignée, avant de les détendre.

– C'est vrai, répondit-il doucement. Pourtant, j'ai essayé.

Sur quoi, il s'en alla.

23
DAMIEN

Damien n'avait pas de rendez-vous.

Il avait menti sans même en avoir l'intention. Il alla directement à l'écurie, sella Eilora, et fonça au galop jusqu'à la piste la plus proche. Le rugissement du vent étouffa le tourbillon de ses pensées, et il se concentra sur sa chevauchée.

Alors que le sentier débouchait sur une petite clairière bordant la berge d'un ruisseau, il laissa Eilora marcher et mit pied à terre. Il avait retiré sa veste dans l'écurie, mais même son gilet et sa chemise lui donnaient trop chaud. Il retira le premier et le jeta dans l'herbe, puis retroussa ses manches jusqu'aux coudes.

Il m'a proposé de m'aider à maitriser mon Hérétique.

Damien mit un coup de poing dans un arbre, assez fort pour s'entailler les doigts. La douleur se diffusa dans son épaule blessée, et il se focalisa dessus, cherchant à tout prix de quoi mettre de l'ordre dans son esprit. Quand Arielle avait fait irruption dans les appartements, il était prêt à s'excuser auprès d'elle, à lui faire part de ses découvertes concernant le prince, mais à présent… il déglutit furieusement. Il avait deviné que quelque chose clochait, pourtant il avait accordé à Ari le bénéfice du doute. Il aurait dû suivre son instinct, ne pas commettre l'erreur de se fier à elle si aveuglément. Il n'aurait jamais dû faire confiance à qui que ce soit.

Parmi tous ceux à qui elle aurait pu s'adresser, pourquoi avait-il fallu que ce soit Rezek ?

Il imaginait la satisfaction de son ancien ami quand Arielle s'était présentée chez lui, sachant combien cela allait le faire enrager. Sa promesse de l'aider n'avait sans doute été qu'un mensonge. Il avait identifié le point faible de Damien et appuyé dessus, comme tant de fois auparavant.

Damien chercha par réflexe la montre de gousset de sa mère, mais elle était dans sa veste. Il se rendit alors compte où l'avait mené son subconscient. De l'autre côté de la piste, un chemin de terre suivait l'élévation d'une petite colline. Il la gravit machinalement, et la butte redescendit vers une vallée peu profonde. Une grille en fer entourait une parcelle herbeuse, parsemée de fleurs sauvages, hormis sur quelques rectangles de terre pourvus de pierres tombales.

Il s'arrêta entre les tombes de ses parents – celle de sa mère ancienne et couverte d'un monticule de pierres, celle de son père encore récente, à la terre foncée. Il les contempla et se demanda ce que tous les deux penseraient de ses choix, des plans qu'il avait échafaudés. Il aurait rêvé de le savoir, mais au fond, ça n'avait aucune importance.

Les dés étaient jetés.

Il contempla le sang qui ruisselait sur le dos de sa main, plus à cran qu'il ne l'avait été depuis des années. Être mis à l'épreuve était une chose – il trouverait toujours un moyen de relever le défi. Mais être trahi ? D'abord Hyle, puis Mikira, et maintenant Arielle ? Après Rezek, il s'était juré qu'il ne se laisserait plus jamais berner de la sorte, et pourtant, trois fois encore on l'avait dupé.

Il ferma les yeux, traversé de souvenirs d'Arielle. Le murmure grave de sa voix tandis qu'elle lisait. Le contact de ses lèvres sur sa peau. Sa façon de le regarder, comme si elle le voyait tel qu'il était, et pas le masque qu'il portait. Ils avaient déjà connu des tensions, mais jamais aussi fortes. C'était une souffrance atroce. C'était un deuil. L'affliction la plus cruelle, la plus amère, qui le conduirait à sa perte s'il y prêtait le flanc.

Tous le croyaient si calme, si maitre de lui-même. Ils ignoraient l'agitation qui grondait sans cesse en lui, la flamme qui le poussait irrémédiablement vers l'avant. Ils ignoraient que ce magma bouillonnait tout près de la surface. Il s'accorda quelques instants de plus pour laisser libre cours au brasier. Le temps d'une lente inspiration, il autorisa sa colère à déferler en lui, brulante. Puis il la mit sous clé.

Il avait du travail.

À son retour, Reid l'attendait. Il n'avait pas quitté le bureau, pétri d'une nervosité à laquelle Damien n'eut pas l'énergie de s'intéresser.

– Comment s'est passé ton rendez-vous ? demanda Reid d'un ton indiquant clairement qu'il n'était pas dupe.

D'un regard, Damien coupa court à la conversation. Puis il remarqua que Reid tapotait son carnet, et comprit que ce n'était pas de la nervosité, mais de l'exaltation.

Il descendit les marches.

– Qu'est-ce que tu as découvert ?

Reid désigna son microscope d'un signe de tête.

– Viens voir par toi-même.

Damien le rejoignit et observa par la lunette une série de cercles d'allure creuse à côté d'une sphère plus grosse et plus dense.

– Qu'est-ce que c'est ?

– Une sorte de globule, qu'on ne trouve que dans le sang des enchanteurs. Regarde.

Il entendit Reid déboucher un flacon de verre.

– Je dépose une goutte de vérillion liquéfié sur la lamelle.

Le liquide se répandit dans l'échantillon de sang. À son contact, le plus gros globule l'absorba et s'embrasa d'une douce lueur dorée.

Reid avait réussi. Il avait atteint son but, et – l'esprit de Damien se figea, puis fut de nouveau envahi par des pensées tournées vers Ari. Depuis le début, Shira leur déconseillait de chercher à percer le secret du Racari, et ils ne l'avaient pas écoutée. À présent, le pouvoir qu'Arielle tenait à s'approprier depuis si longtemps la rongeait, et si furieux fût-il, il voulait quand même son bien.

Cette pensée lui fit l'effet d'une trahison.

Reid le fixa d'un regard plein d'appréhension.

– Ari est partie, l'informa-t-il. Elle a fait ses bagages et pris un fiacre.

Damien ferma les yeux. Il fallait qu'il la rattrape. Qu'il s'excuse et la mette au courant de leurs découvertes. Qu'il… Non – ça ne devait pas ébranler sa détermination. Il s'y refusait. Elle avait fait son choix ; il devait tirer un trait sur elle, même si la perspective de couper les ponts avec elle était pour lui un déchirement.

Dans ce qui allait advenir, il n'y avait pas de place pour ceux à qui il ne pouvait se fier.

Au prix d'un immense effort de volonté, il soumit ses émotions et les musela.

– C'est mieux comme ça, dit-il.

– Mais non ! s'exclama Reid en frappant le bureau du plat de la main. Au contraire. Pas pour toi.

– Il ne s'agit pas de *moi*, à la fin !

Damien posa vivement sa veste et son gilet sur le plan de travail, où ils dispersèrent des lamelles de verre.

– C'est ce que vous ne comprenez pas, tous les deux, reprit-il. Ce que j'essaie d'accomplir, c'est beaucoup plus ambitieux.

– Pas pour moi, rétorqua Reid, la voix râpeuse.

Damien se rendit alors compte que ce qu'il avait pris pour de la colère était tout autre chose. Reid n'était pas furieux ; il était effrayé. D'ordinaire, il enfouissait si profondément cette émotion sous des mines renfrognées et des remarques acerbes que Damien en oubliait facilement que Reid était différent de lui.

Il ne voulait pas se battre.

Les épaules de Reid s'affaissèrent, et toute véhémence l'abandonna.

– Je te soutiens dans tout ce que tu fais depuis le début, mais je ne t'aiderai pas à t'enfoncer toujours davantage.

– Alors va-t'en.

Damien avait parlé sans réfléchir. Avant d'avoir pu se dire que Reid n'avait nulle part où aller, et que le renvoyer à la rue, où il avait déjà failli laisser sa peau, revenait à le poignarder dans le dos. Il aurait souhaité retirer ses propos, mais Reid le fixait du regard comme s'il ne le reconnaissait plus. Et tout ce qu'il désirait, c'était être seul.

Car seul, il l'était – voilà au moins qui était limpide. Si même Reid était prêt à l'abandonner, alors il devait se séparer de lui.

Il devait se séparer d'eux tous.

Reid alla droit dans sa chambre. Damien entendit la fermeture à glissière d'un sac, dans lequel on fourra des affaires. Il resta immobile, se contenta d'attendre. Reid reparut, alla au bureau récupérer Bidule et le hisser sur une épaule. Alors seulement eut-il un instant d'hésitation.

Par égoïsme, Damien pensa qu'il allait peut-être s'excuser. Que cette querelle allait s'achever aussi vite qu'elle avait commencé, et que son dernier allié ne lui tournerait pas le dos. Puis Reid sortit de sa poche une fiole d'un liquide clair, et cet espoir s'évapora.

– Sache que le globule d'enchanteur n'était pas mon seul sujet de recherche, l'informa-t-il. Cette solution contient un mélange de paillettes de jaspe sanguin et d'autres gemmes, des traces de vérillion, et, j'en suis quasi certain, des molécules animales. C'est sans doute ce que Rezek utilise pour concevoir les chimères dont Ari a parlé. Je pense que ça lie les globules d'enchanteur.

Damien eut aussitôt un déclic.

– Alors les enchanteurs clandestins à qui Rezek a fait éviter les cellules de l'Anthir…

Il se servait d'eux pour ses expériences, leur injectait ce sérum pour les transformer en chimères.

Reid hocha la tête.

– Je ne crois pas qu'il n'y ait qu'eux, par contre. Comme pour de nombreuses caractéristiques, certaines personnes portent les gènes de l'enchantement sans que leur pouvoir se manifeste. Rezek s'est surement attaqué à leurs proches, aussi. Impossible de savoir combien de monstres il a pu créer.

Un sentiment ténébreux et insidieux s'immisça en Damien.

– C'est Arielle qui t'a donné ça ?

Reid eut un grognement moqueur, la mine défaite.

– Non, c'est Mikira, quand je l'ai croisée à la Chancellerie. Et non, je ne t'en ai pas parlé, parce que tu l'aurais probablement fracassée contre un mur par rancune, alors que sans ça je n'aurais jamais découvert les globules d'enchanteur. Mais tiens.

Il lança la fiole à Damien.

– Puisque tout est de ta responsabilité dans le monde, tu n'as qu'à la garder.

Après quoi, il le poussa pour aller vers la porte.

Damien serra le flacon dans sa main, soudain saisi par le besoin de se défendre.

– Je peux sauver le royaume de lui-même, Reid. Je le sais. Mais pas dans ma position actuelle.

Reid s'arrêta en haut des marches, mais ne se retourna pas. D'une voix à peine audible, il rétorqua :

– Je me moque du royaume, Dara.

Il lui jeta un coup d'œil solennel et ajouta :

– Et toi, qui va te sauver ?

Puis il partit.

24
MIKIRA

Mikira se réveilla engourdie et courbaturée dans le fauteuil où elle s'était endormie au chevet de Talyana. Elles étaient dans l'infirmerie de la rébellion, où Talyana occupait un des quelques lits alignés dans la salle par ailleurs vide. Elle avait l'avant-bras gauche bandé, et elle était très pâle, mais en vie.

Mikira poussa un soupir de soulagement en constatant qu'elle était revenue à elle.

– La Déesse soit louée. Qu'est-ce qui s'est passé ?

Le médecin lui avait donné très peu d'informations, seulement qu'une autre rebelle avait trouvé Talyana sans connaissance dans une ruelle. D'après ses symptômes et la trace d'aiguille à son bras, il avait soupçonné un empoisonnement et administré un antidote à spectre large, qui semblait avoir fonctionné.

Talyana fouilla dans la poche de sa veste et en sortit un bout de papier, qu'elle jeta à Mikira.

– Tiens, un message de ton vieil ami.

Une profonde terreur s'empara de Mikira tandis qu'elle dépliait la feuille. Celle-ci était vierge, simplement ornée au centre d'une tête de lion imprimée dans de la cire noire – le nouveau sceau de la maison Adair.

– Quel salaud.

Mikira savait depuis le début que c'était un risque de s'impliquer avec Damien, mais jamais elle n'avait imaginé qu'on en arriverait là. Peu de temps auparavant, elle avait tout fait pour ne pas le trahir, être digne de sa confiance – à présent, elle regrettait de ne pas l'avoir livré aux loups quand elle en avait eu l'occasion.

– Ce n'est pas tout, ajouta Talyana en triturant sa couverture. Il m'a fait renvoyer de l'Anthir.

– Oh, Tal, dit doucement Mikira.

Elle aussi s'était vu arracher tout ce pour quoi elle avait travaillé. Damien lui avait réservé le même sort. Elle avait payé les employés du haras pour le mois, afin qu'on s'occupe des chevaux, mais tous les progrès qu'elle avait accomplis, les efforts qu'elle avait fournis pour redorer le nom des Rusel – il avait tout détruit. Elle n'avait plus que la rébellion.

Soit ils réussissaient, soit tout ce qui lui était cher lui serait perdu à jamais.

Elle serra Talyana contre elle de toutes ses forces. Son amie posa la tête contre la sienne et soupira.

– Tu as passé une bonne journée, sinon ? lui demanda-t-elle.

Mikira la relâcha avec un grognement moqueur, et, après s'être assise au bord du lit, lui expliqua que Damien l'avait dénoncée en tant que rebelle, en conséquence de quoi Eshlin l'avait écartée des missions de terrain.

– Mais quel sale… Rhaaa !

Talyana repoussa les draps et sortit les jambes du lit.

Mikira l'arrêta d'un geste.

– Qu'est-ce que tu fais ? Tu n'es pas en état de te lever.

– Je vais très bien.

Comme pour le lui prouver, Talyana arracha le bandage à son bras, révélant un hématome et une petite croute, mais rien de plus.

– Allez viens, s'obstina-t-elle.

Elle traversa l'infirmerie d'un pas décidé et ouvrit la porte d'un geste énergique. Mikira trottina derrière elle jusqu'au bureau d'Eshlin, où Talyana frappa avec insistance. Quand la princesse les invita à entrer, Shira et elle étaient penchées au-dessus d'une carte de la ville. Eshlin leva alors la tête.

– Tu devrais être en train de te reposer, dit la princesse à Talyana.

– Je suis désolée, mais Mikira ne devrait pas être punie pour ce qu'a fait Damien.

La tension dans sa voix surprit Mikira. Talyana avait le plus profond respect pour Eshlin, ainsi que pour la hiérarchie, néanmoins, elle semblait sur le point de s'emporter.

– C'est injuste, ajouta-t-elle.

Eshlin soupira, posa un stylo avec lequel elle annotait la carte, mais avant qu'elle ait eu le temps de rétorquer, Jenest apparut à l'entrée de la pièce.

– Nous avons reçu un tuyau anonyme à notre soupe populaire de Fairfield, annonça-t-elle. Il y aurait dans ce quartier un ancien garde royal qui sait où se trouve le prince Ranier.

– Laissez-moi y aller.

Ces mots jaillirent de la bouche de Mikira sans qu'elle ait réfléchi, et malgré le froncement de sourcils d'Eshlin, elle poursuivit :

– C'est peut-être un piège. Pourquoi livrer cette information sauf à penser que les rebelles recherchent le prince ? Ça pourrait être une manœuvre de Damien pour nous débusquer. Si c'est moi, au moins, personne d'autre ne sera démasqué.

Eshlin se tourna vers Shira, qui haussa une épaule.

– Ça se tient.

– Laissez-moi m'en occuper, s'entêta Mikira. Je veux aider.

Montrer que je suis encore utile.

Eshlin la fixa d'un regard pénétrant, son serpent golem glissant nerveusement autour de son cou. Puis elle hocha la tête.

– C'est d'accord. Bonne chance.

Talyana insista pour l'accompagner malgré ses protestations et celles d'Eshlin. Elles chevauchèrent en silence jusqu'à une maison quelconque aux volets fermés. La pluie avait cessé, mais la rue était d'un calme inquiétant, et la bâtisse plongée dans le noir.

Mikira descendit d'Atara et toucha un de ses poignards. *Protège mes arrières, mais ne blesse personne*, lui ordonna-t-elle. L'arme lévita derrière elle. Talyana actionna la poignée de la porte, et celle-ci s'ouvrit en grinçant sur ses charnières rouillées. L'odeur de chair en putréfaction qui les accueillit les poussa à se couvrir le nez.

Sur le canapé gisait un cadavre dans un état de décomposition si avancé qu'il en était méconnaissable.

La nausée qui saisit Mikira fut bien moindre qu'elle s'y attendait. La dernière fois qu'elle avait vu un mort, elle avait vomi pendant des heures. En cet instant, elle se contenta de le contempler et revit les yeux sans vie de Gren, son visage blême et ridé éclaboussé de sang. Cette réminiscence exerça sur elle une attraction irrépressible, tel un gouffre vertigineux. La scène se rejoua dans sa mémoire – le hurlement d'Iri, un poignard qui entaille la chair.

– … comme du vérillion.

La voix de Talyana la ramena à l'instant présent. Quoi qu'ait su cet homme au sujet du prince Ranier, ces connaissances avaient disparu avec lui.

Elle se concentra sur ce que venait de dire Talyana. La façon dont le cadavre s'était avachi sur lui-même, sa peau ratatinée et couverte de croutes – elle reconnut ces symptômes. C'étaient les effets d'une surdose de vérillion ; le corps de la victime pourrissait de l'intérieur.

Comme pour sa mère.

Talyana s'approcha davantage du visage boursoufflé et en chassa des mouches. Puis elle eut un mouvement de recul.

– Tal, ça va ?

– Je le connais, dit Talyana d'une voix tremblante. C'était un ami de mon père. Ils ont servi ensemble dans la suite du roi Ranier avant que les Zuerlin accèdent au trône.

– Vous étiez proches ?

Talyana secoua la tête.

– Ça fait des années que je ne l'avais pas vu, mais mon père va être anéanti.

Elle contempla la maison endommagée, la table brisée et le tapis imprégné de sang.

– Kira, dit-elle soudain. Regarde sa chevalière.

Mikira l'inspecta. À son index droit, il portait un anneau sigillaire orné d'un D que bordaient des vagues de chaque côté.

– C'est le symbole qui figurait sur l'acte de décès du prince. C'est l'autre personne que nous recherchions.

Talyana lui tira sur le bras.

– Il faut qu'on parte. Si ça se trouve, c'est un piège et l'Anthir sera là d'un instant à l'autre.

– Attends.

Mikira s'accroupit à côté de la table fracassée et ramassa un petit objet sous un des pieds en bois. Elle l'examina à la faible lumière qui filtrait par les rideaux mités. C'était une cartouche encore intacte.

Mikira se cuirassa et regarda de nouveau le cadavre, sa poitrine où un trou de la taille d'un poing était presque masqué par de la chair affaissée sur elle-même.

– On lui a tiré dessus, déclara-t-elle, en tendant la balle à Talyana. Je pense qu'on lui a ensuite injecté une forte dose de vérillion pour brouiller les pistes.

Talyana prit la munition avec une appréhension grandissante.

– Ces cartouches ne vont que dans une sorte de révolver, Kira.

Mikira rangea son poignard.

– Allons-y.

Elles fuirent la maison, remontèrent en selle et partirent au petit galop vers la place Canburrow. Le malaise de Mikira s'intensifiait à chaque claquement de sabot d'Atara. Seules quelques rares personnes à Veradell possédaient des armes à feu, et encore moins des revolvers Lonlarra, l'usine célairaine ayant brulé lors de la Guerre éternelle.

Où qu'elle aille, Damien avait toujours un coup d'avance.

Elles ralentirent lorsqu'elles atteignirent Ashfield Street, assez loin de la bâtisse pour que la puanteur de la mort se détache enfin de Mikira. Talyana serrait la balle fort dans sa main, le visage empourpré par la colère.

– Il faut qu'on signale ce cadavre, dit-elle. Pour qu'il soit enterré convenablement.

Mikira fit repartir Atara.

– Vas-y, toi. Moi, je dois parler à quelqu'un.

Reid avait reconnu sans hésitation le sceau de la famille Ambry. Était-ce parce qu'il avait grandi chez des entrepreneurs de pompes funèbres, ou parce qu'il le connaissait déjà ? Si Damien avait accédé à Elidon le premier, il pouvait trouver le prince très vite. Mais si Reid avait accepté de lui parler des Ambry, peut-être lui confierait-il ce que Damien savait d'autre.

Peut-être pouvait-elle encore atteindre le prince avant lui.

Talyana la fixa du regard, dans l'attente de précisions, mais si elle savait où Mikira voulait aller, elle tenterait de l'en empêcher, ou pire, de l'accompagner. Damien s'était déjà attaqué à elle une fois, et Mikira se refusait à risquer que cela se reproduise. Pourtant, si Reid savait où était le prince, il était leur seule chance d'éviter la guerre.

Comme si elle avait lu dans ses pensées, Talyana fit pivoter sa monture pour qu'elles soient face à face.

– Arrête de faire ça, Kira.

– De faire quoi ?

– Tout prendre sur tes épaules. Tu n'as rien à prouver.

– Je n'essaie pas de… Tu crois que j'agis par orgueil ?

– À mon avis, ça fait tellement longtemps que tu te bats bec et ongles que tu ne sais pas demander de l'aide. Laisse-moi t'aider, pour une fois.

On leur lançait à présent des regards curieux. Mikira baissa davantage sa capuche, contente que celle-ci cache ses émotions conflictuelles. Elle ne savait pas comment expliquer la volonté impérieuse qui l'animait – celle de réparer ce qui ne fonctionnait pas, de veiller sur ceux qu'elle aimait, de survivre.

Elle ignorait comment dire à Talyana que Damien lui avait tout pris sauf elle, et qu'elle se refusait à faire d'elle une cible.

– Je n'ai pas besoin d'aide, dit-elle d'un ton bourru. Ce qu'il me faut, c'est empêcher Damien Adair de tout saccager une fois de plus.

Une cloche carillonna, tintement perçant et assourdissant. Les uns et les autres levèrent la tête tandis que les autres cloches de la ville répondaient à l'appel des églises sendiennes. Des chuchotements se répandirent dans la rue, bourdonnement d'une multitude qui tirait la même conclusion.

Le glas n'avait qu'une signification.

Talyana jeta à Mikira un regard lui assurant que leur conversation n'était pas terminée, puis elles repartirent au petit galop. À leur arrivée, une foule s'était déjà attroupée sur la place de Canburrow, où l'on avait érigé un pupitre sur l'estrade. Des gardes du château massés devant retenaient la marée de badauds, réplique quasi parfaite de la harangue royale à laquelle elle avait assisté avec Ari.

Talyana lui donna une poussée du coude.

– C'est Eshlin.

La princesse montait sur la plateforme avec son frère, tous deux vêtus de noir de la tête aux pieds. Derrière eux suivaient les quatre lords des maisons majeures, et Damien observait l'assemblée comme pour mémoriser chaque visage. Mikira baissa la tête lorsque Eshlin s'approcha du pupitre, où attendait un micro enchanté. La foule se fit silencieuse lorsqu'elle retira son voile noir, révélant des joues mouillées de larmes.

– Peuple de l'Enderlain, retentit la voix d'Eshlin. C'est le cœur lourd que je vous annonce que l'esprit de mon père, le roi Théo, a rejoint la Déesse dans l'au-delà.

25
DAMIEN

Le roi était mort.

Damien était presque sûr que le prince Darius l'avait tué. La coïncidence était trop suspecte : la veille, il avait informé Darius qu'il avait découvert où se trouvait le prince Ranier, et subitement le roi décédait, laissant le trône vacant et le rite de l'Ascension sur le point de s'achever le matin même ?

Qu'importait. Pour parvenir à ses fins, Damien avait besoin que le roi succombe. Il lui suffirait ensuite de s'assurer que Darius ne deviendrait pas une menace pour lui. Ça n'aurait rien de difficile ; le prince n'était pas un adversaire coriace, et il fallait à Damien des objectifs sur lesquels diriger son attention. Darius, les chimères – tout ce qui l'empêcherait de penser au silence qui régnait dans ses appartements.

La nuit précédente, il n'avait presque pas dormi, et ses rêves avaient été infestés d'images qu'il peinait à oublier. Mikira qui lui retirait sa bague sigillaire tandis que des barreaux de cellule surgissaient autour de lui. Reid avec son sac de voyage à l'épaule, qui s'éloignait à l'infini.

Arielle, dans les bras de Rezek.

Il s'était réveillé de ce cauchemar au cœur de la nuit, saisi d'un manque si profond qu'il était allé se servir un whisky.

Miné par l'épuisement, il refusait néanmoins de laisser celui-ci le ralentir tandis qu'il approchait de la chambre du Conseil pour l'assemblée du jour. Après avoir salué les gardes d'un signe de tête, il entra. Le prince Darius y faisait des allées et venues, ses cheveux blonds plaqués en arrière, le front entouré d'un élégant bandeau en or. Il avait remplacé sa veste extravagante par une autre, beaucoup plus sobre et tout aussi couteuse, aux gemmes cousues à même l'étoffe de sorte que le prince semblait rayonner lorsque la lumière le touchait.

Il s'était vêtu tel un roi.

– Vous voilà, Adair, dit-il lorsque la porte se referma. Tout est en ordre ?

Damien observa la pièce. Il n'y avait personne d'autre, ce qui ne signifiait pas pour autant que personne n'écoutait.

– Oui.

– Où est le…

– Pas ici, le coupa Damien, en lui décochant un regard insistant.

Il avait convaincu Darius de le laisser présenter la contribution qu'il allait soumettre pour l'Ascension, après lui avoir expliqué qu'il gardait le prince dans un endroit sûr, et que plus ils prendraient Eshlin et les autres au dépourvu, mieux ce serait.

Darius se redressa, les mains de nouveau dans le dos, pose que Damien le soupçonnait d'affecter volontairement.

– Attention à la façon dont vous vous adressez à moi, le mit-il en garde. Les choses vont bientôt changer.

Si vous saviez, songea Damien alors que la porte de la salle s'ouvrait.

Eshlin entra et braqua les yeux sur son cadet.

– Daignes-tu enfin nous honorer de ta présence, petit frère ? Tu as un peu de retard dans la course, mais je suis sure que tu pourras le rattraper.

Darius eut un sourire carnassier.

– Tu peux bien me taquiner, chère sœur. Pour une fois, c'est toi qui as une longueur de retard.

Damien réprima un accès d'agacement. C'était tout Darius de se vanter d'une victoire qui ne lui était pas encore acquise. Il n'avait jamais été bon à ce jeu.

– Il va falloir être plus précis, reprit Eshlin, qui s'assit et se frotta la tempe, très irritée. Je t'ai battu si souvent que j'ai perdu le fil.

– Bientôt, chère sœur.

Ni l'un ni l'autre ne semblaient accablés de chagrin, non pas que Damien l'ait attendu de leur part. Darius avait sans doute provoqué la mort du roi, quant à Eshlin, elle était très probablement une rebelle. Le souverain avait à peine rendu son ultime soupir, et tous les deux s'affrontaient déjà tels des chiens pour récupérer les restes. S'il lui fallait une preuve de ce qui n'allait pas dans ce royaume, il l'avait sous les yeux.

La porte s'ouvrit de nouveau alors que Damien prenait place. Niékla et Royce entrèrent ensemble, suivis par Cassian quelques instants après. Niora arriva la dernière, et elle n'était pas seule.

– Qu'est-ce que vous faites là ? demanda Eshlin à l'émissaire de la Chancellerie qui pénétra à la suite de l'huissière royale, une mallette à la main.

Le visage perlé de sueur, il tirait nerveusement sur son col. Quant à Niora, elle avait la mine grave. Quatre gardes royaux impassibles les accompagnaient.

Darius remua, sa surexcitation annonçant presque ce qui allait venir. Cela n'échappa pas à la perspicacité d'Eshlin, qui comprit juste avant que Niora prenne la mallette, la pose sur la table et déclare :

– Quelqu'un a soumis une contribution pour l'Ascension royale.

Eshlin tourna brusquement la tête vers Darius, qui affichait un sourire suffisant. Royce s'adressa par vifs chuchotements affolés à Niékla, laquelle le fit taire, tandis que Cassian observait la scène avec une inquiétude grandissante. Niora, d'un calme à toute épreuve, déverrouilla la mallette et en sortit la couronne royale. Constituée de strates d'argent finement ouvragées formant des ramifications, elle était sertie sur le devant d'un gros jaspe sanguin.

Darius s'avança, la poitrine gonflée et les yeux flamboyants d'orgueil, mais ce ne fut pas vers lui qu'alla Niora.

Elle se posta face à Damien.

Les autres en restèrent bouche bée, et une profonde confusion se peignit sur le visage du prince. Damien se délecta de leur perplexité, de les voir chercher un sens logique à ce qui se déroulait sous leurs yeux. Aucun d'entre eux n'avait anticipé ce retournement de situation. Il avait échafaudé son plan avec la plus infinie précaution, n'avait informé personne. Cela aurait pu le conduire à sa perte, mais en cet instant, il était enfin récompensé de ces risques.

– Qu'est-ce que ça signifie ? demanda enfin Eshlin.

– Oui, renchérit Darius d'une voix rauque. Expliquez-vous, Adair.

Damien sortit un canif de sa poche.

– La mission de votre père consistait à retrouver le prince Ranier et à le ramener. Tâche qui était ouverte à toute personne de sang royal.

– Ce que vous n'êtes pas, rétorqua Eshlin, en observant le couteau comme si elle craignait qu'il attaque.

Darius secouait la tête.

– Ce n'est pas ce qu'il veut dire. Il travaillait pour moi. Ce n'est qu'un malentendu, n'est-ce pas, Adair ? *Adair ?*

Damien l'ignora, déboutonna une de ses manchettes et s'incisa légèrement l'avant-bras. Il tendit le canif à Niora, qui s'adressa à l'assemblée.

– Comme vous le savez, la couronne est enchantée pour détecter le sang royal.

Elle posa la pointe de la lame sur le jaspe sanguin, qui s'illumina.

Damien savoura un instant de satisfaction absolue avant que les accusations fusent.

– C'est un mensonge ! se récria Darius en pointant le doigt vers lui. Ce n'est pas possible. C'est une *machination* !

– Vous avez triché, déclara Royce, qui agrippait les accoudoirs de son siège, presque tremblant de colère.

– Mais alors, ça voudrait dire que… balbutia Eshlin, les sourcils froncés, tandis que Damien reprenait le couteau et le repliait. Vous êtes le prince illégitime.

Darius se précipita vers lui, mais deux gardes s'interposèrent. Le prince blêmit d'indignation.

– Poussez-vous, ordonna-t-il.

Les soldats restèrent de marbre, la main sur la poignée de leur épée.

– Ils ne sont plus sous votre autorité, dit doucement Damien, qui réprima un sourire face à l'expression à la fois furieuse et déconfite de Darius.

C'était presque aussi satisfaisant que de voir Royce comprendre soudain la signification de ce revirement. Il avait tenté d'assassiner le nouveau roi de l'Enderlain, et Damien le lui ferait payer en temps voulu. Tous paieraient en temps voulu.

– Il y a forcément un subterfuge, suggéra Niékla.

À ces mots, Damien releva sa manche, sous laquelle apparut l'entaille à son avant-bras, que chacun s'attendait à voir.

Ce qu'il ne montra pas, ce fut une poche hermétique, sanglée à son bras gauche et remplie du sang du prince Ranier, et qu'il avait piquée avec le canif juste après s'être incisé la peau. Les deux flux s'écoulaient à présent sur son bras. Il sortit un mouchoir et l'appliqua sur la vraie blessure.

– Votre mère était la maitresse du roi Ranier ? s'enquit Eshlin.

Elle seule paraissait plus soupçonneuse qu'ébranlée. Il pouvait tromper les autres les yeux fermés, mais avec la princesse, il devait redoubler de prudence.

Il inclina la tête.

– Ça vous surprend ? Le roi Ranier avait la réputation de prendre des maitresses.

Même si sa mère n'avait jamais compté parmi elles. C'était la seule partie de son plan qu'il détestait. Sa mère méritait mieux, mais pour que sa stratégie fonctionne, on devait le croire de sang royal.

Je suis désolé, maman, songea-t-il. *Mais je te promets de laver ton nom. De tout réparer.*

Darius tremblait d'indignation.

– Peu importe que vous soyez celui que vous prétendez. Vous ne pouvez pas sortir de nulle part et vous approprier le trône. C'est forcément contraire aux lois.

– C'est conforme, rétorqua Niora, les mains posées fermement sur les hanches, imperturbable. Et la couronne ne ment pas.

Le siège de Cassian racla par terre lorsqu'il se leva. Il adressa un regard à Damien, puis s'inclina. Cela exaspéra Royce, qui le désigna d'un geste courroucé en émettant un bruit écœuré. Peu après, Niékla imita Cassian, estimant sans doute plus sage de sauver la face dans un premier temps et de se battre plus tard.

Royce les contempla d'un air abasourdi, comme s'ils étaient devenus fous.

– C'est impossible. Je ne prêterai pas allégeance. Je m'y refuse.

– Ce n'est pas terminé, balbutia Darius, sa couronne de fortune tombant de travers sur son front. Vous ne serez roi que de nom. Mon père vient de mourir, vous ne pouvez pas être sacré avant la fin du cinquième jour de deuil. D'ici là, j'aurai prouvé que vous mentez, et je vous ferai regretter de m'avoir trahi.

Eshlin ne s'était pas inclinée, elle non plus, et le toisait d'un regard débordant de défi. Autour de son cou, quelque chose ondula, et Damien vit frétiller une langue fourchue. Tous cherchaient une riposte, mais ils ne pouvaient rien faire.

Une profonde satisfaction l'envahit. Après des mois de préparation, son stratagème aboutissait. Il détenait à présent le pouvoir de changer les choses. D'apporter le progrès, comme il l'avait promis. Seule l'absence d'Arielle et de Reid ternissait son contentement. Ils auraient dû être là à ses côtés, mais ils en avaient décidé autrement.

Il accomplirait sa mission seul.

Niora fit face à Damien avec la couronne dans les mains. Il baissa la tête, sur laquelle on posa le poids du royaume. Puis il la releva cependant que l'huissière annonçait :

– Mesdames et messieurs, le futur roi de l'Enderlain.

✧ TROISIÈME PARTIE ✧

Pourtant, des histoires subsistent – des récits de magie
de temps oubliés.
D'enchantements capables d'arrêter le cœur
d'un homme, et d'autres d'en unir deux.
D'une créature capable de changer de visage,
et d'une autre brillant de l'éclat d'une étoile.

26
ARIELLE

Allongée sur la couchette de son ancien atelier, Ari pensait à Damien.

Elle avait passé la nuit à se rejouer les évènements, jusqu'à ce que les premières lueurs illuminent les grains de poussière en suspens dans la pièce. Elle se languissait déjà du lit qu'elle partageait avec lui, de sa respiration légère à côté d'elle. Mais elle avait besoin d'espace pour se remettre de sa mine trahie, digérer la honte et la culpabilité qui bouillonnaient en elle.

Elle aurait tant aimé revenir en arrière, mais les dés étaient jetés, et elle devait affronter les conséquences.

Oh, petite lionne, la consola Nava avec une gentillesse blessante. Ari ne voulait pas de la pitié de l'Hérétique. Elle méritait cette douleur, cette destruction. Elle méritait de s'y plonger jusqu'à ce qu'elle la dévore, même si son esprit rationnel lui hurlait qu'elle ne pouvait rester là à jamais. Il lui fallait agir, mais, accablée par l'épuisement, elle ne demandait qu'à passer un moment seule. Qu'à s'accorder une respiration le temps de tout relâcher et oublier ses démons avant de devoir les braver.

Vous allez me dire, « Je t'avais prévenue » ? s'enquit-elle.

Je n'ai aucune intention d'ajouter à ta souffrance.

Ari pouffa, mais Nava insista.

Je n'ai jamais voulu que le mieux pour toi. Je vois tellement de moi en toi, Arielle. Tu as le droit d'être heureuse.

Cette fois, malgré son envie de réfuter son affirmation, Ari la crut. Quelles que soient les autres ambitions de Nava, quels que soient ses secrets, elle se souciait d'Ari et la comprenait. Et malgré les bouleversements qu'elle lui devait dans sa vie, en dépit de sa volonté de s'affranchir d'elle, Ari ne pouvait nier qu'elle lui avait aussi donné de la force. Apporté du réconfort.

Avec Nava, elle n'était jamais vraiment seule.

La voix de l'Hérétique se mit à bourdonner. Dans un premier temps, Ari en fut surprise, convaincue qu'elle allait prendre le contrôle, puis elle reconnut la chanson que Nava fredonnait. C'était une berceuse kinienne que lui chantait sa mère pour la tranquilliser après un cauchemar, un conte au sujet d'un lion devenu ami avec la lune.

La chanson l'enveloppa, et sans rien en elle pour lui permettre de résister à cet enlacement, Ari se laissa faire. Elle accueillit les vibrations, qui imprégnèrent son esprit, son corps et son âme, et l'emportèrent dans un lieu où la douleur ne pouvait l'atteindre.

Elle rêva de nouveau de la fille qui n'était pas Rivkah, se vit assise avec elle sur une terrasse de pierre blanche surplombant une ville grouillante de vie. Elles ouvraient des grenades avec les ongles, en sortaient les graines rouge vif et riaient de voir leurs doigts tachés de jus.

Puis la première trompe retentissait.

Ari s'immobilisait, le corps en suspens tel un pantin au bout de ses ficelles. Au deuxième signal, elle s'était levée, tirait sa sœur par la main et l'entrainait à toute vitesse vers le temple. Car il s'agissait d'un temple, constatait-elle à présent, plus vaste et plus majestueux qu'elle n'en avait jamais vu. Sa sœur l'appelait, lui demandait ce qui n'allait pas, mais la peur qui étreignait Ari l'empêchait de répondre.

Lorsqu'elles eurent atteint les marches de l'édifice, la troisième trompette avait sonné, et de la fumée s'élevait à l'horizon. Des fidèles fuyaient dans la rue, des Kesema criaient des ordres à la cantonade, mais Ari ne pensait qu'à sa sœur.

– Rentre directement à la maison, lui enjoignit-elle. Ne te retourne pas.

Elle lâcha la main de sa cadette, et sortit son épée.

Ari se réveilla brusquement, les vestiges du rêve s'attardant en elle. Tout avait paru si réel, assez pour qu'elle sente encore le poids de l'arme dans sa main. Elle serra et desserra les doigts. Ceux-ci étaient douloureux, et en y regardant de plus près, elle aurait juré que la saleté sous ses ongles était de l'argile. La lumière de fin d'après-midi qui filtrait par les rideaux mités lui indiqua qu'elle avait dormi toute la matinée jusqu'à une heure avancée, pourtant elle était plus fatiguée que jamais.

Des coups énergiques à sa porte la firent sursauter, et elle comprit tardivement ce qui l'avait tirée du sommeil. Était-ce Damien, qui souhaitait s'excuser ? Ou Rezek, voulant s'assurer qu'elle n'allait pas révéler les projets de Selvin ?

Elle sortit du lit et alla directement à la réserve de vérillion qu'elle avait rapportée de chez Damien. Elle en avala une poignée et brula la substance, avant de marmonner un lien de force et d'ouvrir la porte en grand.

– Rivkah, dit-elle dans un souffle.

Sa sœur portait des vêtements propres, ses cheveux étaient encore humides après son bain. D'où qu'elle vienne, elle n'avait certainement pas accompli plusieurs jours de voyage depuis Aversheen.

– Tu n'es jamais partie, commenta-t-elle.

– Je n'ai jamais dit que je le ferais, répondit sa sœur, avec le sourire timide qu'elle affichait seulement lorsqu'elle se savait fautive. Et surtout, j'ai apporté des rugelach.

Ari soupira et s'écarta.

– J'aurais dû m'en douter.

Quand Rivkah avait décidé quelque chose, il était quasiment impossible de l'en dissuader. Ari aurait dû charger quelqu'un de l'accompagner pour s'assurer qu'elle s'en allait.

– Comment m'as-tu retrouvée ?

Rivkah s'assit sur la couchette, posa sa sacoche sur ses genoux, puis en sortit un paquet de papier aluminium qui sentait la cannelle et le chocolat.

– C'est Shira qui me l'a dit.

– Mais comment… non, laisse tomber.

Ari passa une main sur son visage et se percha sur le tabouret usé de son établi.

– Je suis très contente de te voir, Riv, mais je t'ai prévenue que tu n'étais pas en sécurité en ma compagnie. Il faut que tu rentres.

– Et je le ferai, dès que je t'aurai montré ceci.

Rivkah mit les rugelach de côté, fouilla de nouveau dans sa besace et y prit une feuille froissée. Ari s'en saisit, puis se réfugia dans un coin de l'atelier. Sur le papier figurait une liste de noms de famille que Rivkah avait griffonnés de son écriture brouillonne.

Kadar
Kelbra
Ranier
Levair

Rezek lui avait confié que Selvin et lui soupçonnaient les Racari d'être liés à des lignées, ce qui expliquait pourquoi leurs deux noms figuraient sur la feuille. Le troisième appartenait à quelqu'un au château, où les Ranier avaient régné autrefois. Levair était donc le nom de famille de la première personne qui avait détenu le quatrième.

– Nous allons les rechercher ensemble, annonça Rivkah, avec un enthousiasme débordant. Ils pourront peut-être nous…

– Non, la coupa Ari, qui plia le papier et le glissa dans la poche de sa jupe. Pas question que tu t'impliques autant. C'est trop dangereux.

Rivkah se leva d'un bond.

– Je ne suis plus une gamine. Je peux…

– Non ! s'emporta Ari.

Cette flambée d'émotion réveilla la présence de Nava. Dès qu'elle sentit poindre le bourdonnement de l'Hérétique, elle s'efforça de respirer à fond, ses mains tremblantes plaquées sur ses cuisses. Elle ne pouvait pas laisser sa peur la contrôler ; ce n'était pas le moment.

Rivkah la fixa du regard. Ari ne se rappelait pas avoir jamais haussé la voix contre sa sœur, mais la perspective qu'il puisse lui arriver du mal lui était insupportable. Elle n'était plus la seule à être dangereuse ; la ville entière l'était devenue. Selvin pouvait lâcher ses chimères d'un jour à l'autre, et il restait encore deux Hérétiques à trouver.

Ari se prit le visage dans les mains, ravalant l'envie impérieuse de hurler jusqu'à ce que le calme se fasse en elle. L'étreinte des bras frêles de Rivkah la surprit presque, mais elle se blottit contre elle aussitôt, réflexe enraciné au plus profond d'elle-même. C'était là la sécurité et le réconfort dont elle avait tant besoin, la vie qu'elle avait abandonnée.

– Je vais partir, déclara simplement Rivkah.

Le soulagement d'Ari fut tel qu'elle en eut presque le souffle coupé.

Sa sœur la serra encore un peu avant de s'écarter à contrecœur, ses yeux foncés chargés de dépit.

– Je me moque de ce que tu as fait ou ce que tu t'apprêtes à faire, Ari. Je t'aime quoi qu'il arrive.

– On se reverra bientôt. C'est promis, dit Ari, la gorge serrée.

Rivkah hocha la tête.

– Je sais.

Elle récupéra son sac et s'éclipsa en laissant les rugelach. Dans le silence qui suivit, Ari se fit une promesse à son tour. Elle allait trouver un moyen de chasser Nava de son corps, puis elle aussi rentrerait chez elle.

Plus jamais elle n'abandonnerait Rivkah.

Nava s'anima dans les recoins de son esprit.

Il est temps que tu connaisses la vérité, je crois.

Où m'emmenez-vous ? demanda Ari à l'Hérétique pour la troisième fois.

Nava l'avait d'abord ignorée, mais à présent sa voix s'éleva.

Nous sommes presque arrivées.

Quand elle avait accepté d'écouter l'esprit, elle n'avait pas pensé que cela impliquerait une longue marche dans la nature. Un fiacre l'avait conduite de Rathsbone jusqu'au quartier de Barkheath, mais, à l'approche du Bois-d'Argent, il avait refusé d'aller plus loin. Elle avait donc dû parcourir à pied les derniers kilomètres, en brulant une bonne quantité de vérillion pour se donner de l'énergie.

La route gravit une petite colline, au-delà de laquelle on apercevait la cime des arbres. Leurs feuilles étaient d'un vert argenté qui leur conférait un aspect métallique, leurs troncs étaient lisses et gris. Plus elle approchait de la forêt, plus elle percevait un bourdonnement familier, quoique faible.

Ce sont des cyrasi, expliqua Nava, *qui décela sa curiosité. Offerts par une ancienne reine du Yaroya, avant que son peuple choisisse d'être gouverné par un conseil élu. Comme le vérillion, ces arbres peuvent contenir de la magie, mais il reste très peu de pouvoir dans ce sol.*

Elle comprit pourquoi la famille royale gardait la mainmise sur ce domaine. Autrefois, il avait une valeur immense, et cela pouvait encore être le cas, si l'on récoltait la magie présente dans les arbres.

– J'ignorais que d'autres plantes avaient cette capacité, avoua Ari.

En matière de magie, il y a beaucoup de choses que tu ignores. Prends le chemin à ta gauche.

La route bifurquait, et un sentier envahi par la végétation s'en écartait, à peine visible sous l'herbe haute. Il l'emmena dans le sous-bois, assez loin des faubourgs pour que, selon elle, les gardes n'y patrouillent pas. Par précaution, elle maintint néanmoins la combustion de son vérillion. Sous le couvert des arbres, les lieux étaient sombres, mais elle parvint à remonter le sentier sans accrocher sa jupe dans les buissons avoisinants.

Là.

Un peu plus loin, les vestiges d'une bâtisse jadis imposante se dressaient dans une clairière. Ses murs extérieurs s'affaissaient, il ne restait plus grand-chose du toit, mais à l'élégance des sculptures et aux dorures simples des éléments rescapés, Ari comprit de quoi il s'agissait. Elle eut un mauvais pressentiment.

– Un temple kinien ? dit-elle doucement, en se rappelant celui de son rêve. En pleine forêt ?

Ici se trouvait un village kinien. Il a été mis à sac par une meute venue de Veradell, peu après le Cataclysme. Ce temple est tout ce qui en a réchappé.

– On l'a attaqué ? s'étonna Ari. Pourquoi ?

Quelle raison pourrait le justifier ? rétorqua Nava avec amertume. *Peut-être ont-ils cru que les Kiniens voulaient se venger après la destruction du Kinahara, ou ils ont cru avoir affaire à des vestiges de la magie maudite qui a détruit leur propre foyer, ou encore ils n'en savaient rien eux-mêmes, et n'ont été poussés que par la peur de ce qui ne leur ressemblait pas. C'est le propre de la peur, Arielle : elle fait des monstres de nous tous.*

Ari serra dans sa main le collier de son Saba, et sentit la fraicheur du croc d'Aslir contre sa peau. Combien d'autres Kiniens avaient subi la même haine à leur arrivée, alors que leur présence était la faute de ceux-là mêmes qui les rejetaient ?

J'ai rejoint Selvin parce que je savais que s'il parvenait à ses fins, ce serait mon peuple qui souffrirait, les miens qui paieraient sa quête de divinité. Il voulait nous prendre notre pouvoir et le pervertir, accomplir ce qu'aucun enchanteur n'aurait jamais dû faire, et j'en avais assez que l'Enderlain nous exploite.

Ari repensa aux chimères dans les cachots de Rezek.

– Et maintenant, Selvin essaie de terminer ce qu'il a commencé.

Je ferai de même, rétorqua Nava d'un ton grave. *Entrons.*

Les marches du temple grincèrent sous le poids d'Ari, mais résistèrent. Elle poussa la porte et pénétra dans une salle caverneuse qui avait dû être le sanctuaire principal. Les rangées de bancs avaient été presque entièrement détruites par les chutes du toit, le vent et la pluie ayant fait le reste, mais au bout, l'estrade où l'on avait autrefois entreposé les rouleaux sacrés et où le Sage avait lu des passages de l'Arkala à la congrégation était encore intacte.

Ce qui se trouvait dessus la figea.

D'innombrables tonneaux de terre, des pots emplis d'argile et des bols pleins de vérillion luisant. Sur une table de travail, on avait disposé de petits bocaux en verre contenant des gemmes, et au centre se dressait une élégante statue de femme aux traits francs, au front large et aux longs cheveux noués en natte.

Un golem.

Le malaise qui tenaillait Ari depuis des jours s'expliqua soudain. Ainsi que la saleté sous ses ongles, et les nuits dont elle se réveillait fatiguée. Ses absences n'avaient pas cessé ; Nava réussissait juste mieux à prendre le contrôle. Celle-ci avait-elle passé ses nuits dehors, avant de ramener Ari chez elle à l'aube chaque matin ?

– Vous vous êtes servie de moi… pour fabriquer ça, dit-elle dans un murmure, qui pourtant retentit sans mal dans la salle silencieuse. Chaque fois que vous prenez le contrôle, c'est ici que vous venez.

Seulement depuis quelque temps. Il m'a fallu plusieurs tentatives pour comprendre comment procéder, et je n'y parvenais que pour une durée limitée. Mais plus tu utilisais ta magie…

– Plus notre lien s'est consolidé.

Il semblait que Rezek ait vu juste sur ce point. À mesure qu'elle s'accroissait, la force de Nava grandissait aussi, et donc sa maitrise d'Ari. Un frisson la parcourut. Elle frémit de nouveau. La crainte que son corps ne lui appartienne pas tout à fait la hantait depuis plusieurs semaines, mais en avoir confirmation, et d'une manière si alarmante, lui donna envie d'arracher l'Hérétique à sa chair.

– C'est ça votre projet, alors ?

La colère s'immisça dans sa voix.

– Vous façonner un corps de golem ?

Tu as dit que tu voulais être libérée de moi.

– C'est juste.

Plus que jamais. La quête de sa magie avait commencé tel un moyen de la contrôler, de s'assurer de ne plus jamais faire de mal à un être cher. Mais elle avait succombé à ce pouvoir, à la soif de sang de Nava, et ce qu'elle s'était démenée à transformer en force était au contraire devenu sa plus grande faiblesse.

Revoir Rivkah le lui avait douloureusement rappelé. Tant qu'elle ne serait pas délivrée de ce pouvoir, elle ne pourrait jamais rentrer chez elle. Ni être en sécurité.

Alors c'est ainsi que nous allons procéder, répondit Nava. *Mon âme est liée à toi par le biais du jaspe sanguin serti dans mon Racari. Quand tu as saigné dessus, enfant, il t'a unie au livre, où résidait mon âme, et j'ai pu utiliser ce lien pour me transférer en toi.*

Ari s'approcha de l'estrade, saisie d'une appréhension plus intense à chaque mot de Nava.

Si tu insères le jaspe sanguin dans le golem que j'ai créé, puis que tu lui insuffles la vie avec une pierre de vérité, je pourrai recourir à ce lien pour prendre possession du golem. Mais je dois me transporter dans la gemme avant que tu animes le golem.

– C'est pour ça que vous avez besoin que je m'occupe du sortilège.

Ari s'arrêta devant la statue. Pourrait-elle laisser Nava la quitter, puis laisser le golem inerte ? Non – l'Hérétique et elle demeureraient liées. De la même façon que Nava pouvait passer dans le golem, elle pouvait revenir.

Si Ari voulait recouvrer sa maitrise d'elle-même, elle n'avait pas d'autre choix que d'obtempérer.

Seuls quelques détails restaient à parachever. Il ne lui faudrait pas longtemps pour s'en charger, et elle pourrait sans mal procéder aux enchantements. Elle serait alors libre de l'influence de Nava, de son emprise et de sa violence. Elle pourrait retrouver Rivkah avant qu'elle parte du Corbeau Noyé et tout lui raconter. Et peut-être, seulement peut-être, rentrer chez elle.

Mais qu'adviendrait-il de Nava et Selvin ?

La dernière fois que les Hérétiques s'étaient affrontés, leur magie avait provoqué le Cataclysme, fait des victimes par milliers et rendu le Kinahara inhabitable pour les générations à venir.

Comment être certaine que cela n'allait pas se reproduire ?

Si Selvin parvient à ses fins, il deviendra un dieu, déclara Nava calmement. *À ton avis, qui souffrira le plus aux mains de celui qui a interdit la magie kinienne, alors même qu'il puisait dedans ?*

Ari en eut le souffle coupé.

– C'est Selvin le responsable ?

Autrefois, il était à la tête de l'Église sendienne. Ce sont ses lois qui ont broyé la magie de notre peuple, et s'il réussit maintenant, il ira beaucoup plus loin.

Ari eut alors la sensation d'être prise dans une bataille qui se préparait depuis des décennies. Les passages d'histoire qu'elle avait lus, les personnes qui tenaient du mythe, étaient réels, et leur histoire n'était pas terminée. Une histoire dont elle faisait à présent partie, et qu'elle pouvait modeler, mais à quelle fin ?

J'ai eu une sœur moi aussi. Ari perçut combien il coutait à l'Hérétique de lui confier ceci, aveu qui ravivait une vieille blessure. *Elle me suivait partout, comme une ombre. À l'époque, ça m'agaçait. Elle était sans cesse dans mes jambes, toujours à me poser des questions auxquelles je n'avais pas le temps de répondre. J'étais trop occupée à me faire bien voir de Selvin et des autres, trop occupée pour...*

La voix de Nava trembla.

Pour elle. Le Cataclysme me l'a prise.

La tristesse de Nava fit écho en Ari, la confronta à celle que provoquait l'absence de Rivkah dans sa vie. Elle n'était séparée de sa sœur que depuis un an. Elle n'osait imaginer sa souffrance si elle devait la perdre pour un siècle.

Le vide qu'elle éprouvait dans ses rêves lui revint, la douleur déchirante qu'il provoquait. Ce n'était pas ses rêves, comprit-elle. C'était ceux de Nava. Ses souvenirs, son chagrin. De la même façon que l'Hérétique avait vécu la vie d'Arielle à travers ses yeux, leur lien avait montré à Ari la réalité atroce de celle de Nava.

À cause de Selvin, j'ai perdu tous ceux qui m'étaient chers. Nava n'était qu'un esprit, pourtant Ari devina que si elle l'avait pu, elle serait en train de pleurer. *Mon royaume entier a été détruit. Ma maison. Pour la seule avidité de ces gens, de leur soif de pouvoir. Si Selvin accède à la divinité et porte les enchanteurs au pouvoir, il réservera un sort identique à ceux que tu aimes.*

La voix de Nava se durcit. *Il te prendra tout. Aide-moi à l'arrêter, petite lionne. Avant qu'il ne soit trop tard.*

Ari serra fort les poings. Une tempête d'émotions se déchainait en elle, sans qu'elle réussisse à distinguer les siennes de celles de Nava. Elle ne savait même plus s'il existait encore une différence. Elle n'avait pas enduré d'épreuves aussi terribles que Nava, mais elle percevait sa colère, sa douleur. Elle comprenait ce besoin d'être forte, de se dresser contre ses peurs.

De mettre hors d'état de nuire ceux qui les provoquaient.

D'une certaine manière, Nava lui avait enseigné cette colère. Prodigué cette puissance. Elle lui avait conféré une force qu'elle recherchait depuis toujours, et en échange, elle lui demandait ceci.

Ari déglutit nerveusement.

– Il s'est emparé du Racari, je vous rappelle.

À présent, Selvin devait détenir le savoir qu'il convoitait sur les pierres de vérité. Ses chimères ne seraient plus des monstres à l'état bestial, mais des créatures sous ses ordres. Des soldats conçus pour tuer.

Selvin lui applique surement un envoutement d'inhibition, mais comme enchanteur il ne m'est jamais arrivé à la cheville. Nous sommes plus fortes que lui, Arielle.

Ari remua les doigts pour en chasser la tension.

– Qu'est-ce que je dois faire ?

Concentre-toi sur le lien qui t'unit au Racari, comme tu l'as fait au domaine Kelbra – ensuite, tire de toutes tes forces.

Ari eut un temps d'arrêt. Non parce qu'elle doutait que cela fonctionne, mais par dépit que Nava ait tant tardé à le lui révéler. L'Hérétique aurait pu rappeler le livre aussitôt, ou en donner l'instruction à Ari, mais elle avait laissé Selvin le garder. De la même façon qu'elle l'avait laissé penser que le bracelet allait fonctionner, dans le seul but de briser cet espoir.

Vous me poussez vers ce moment depuis le début, n'est-ce pas ? demanda Ari avec une lucidité soudaine. *Vous avez fait en sorte que je sois prête à tout pour me débarrasser de vous, vous avez tenté de m'isoler, pour qu'une fois confrontée à ce choix je ne puisse pas refuser. Pourquoi ? Quel est le but de ces manœuvres ? Qu'est-ce que vous préparez ?*

Nava se tut quelques instants et, quand vint sa réponse, sa voix était dépourvue de la moindre émotion. *Fais ton choix, petite lionne.*

Ari songea au visage plein d'espoir de Rivkah, aux efforts que sa sœur avait fournis pour la retrouver. À Mikira, à la distance entre elles, faite de silence et de secrets. À la gorge de Damien comprimée sous son bras, et à la chaleur poisseuse du sang sur sa peau.

Elle devait aller au bout.

Elle ferma les yeux, imagina le Racari, la texture rugueuse de ses pages et le bourdonnement de la magie enfouie en son cœur. Elle sentit le lien entre elle et lui, corde de magie stable qu'elle tira vers elle. Comme la fois précédente, il y eut une résistance, mais elle força. Un vrombissement s'éleva, la force de Nava se joignit à la sienne, puis, dans un souffle pareil à un battement d'ailes, le Racari tomba dans ses mains tendues devant elle, enserré dans une enfilade d'opales.

Elle perçut la satisfaction de Nava lorsqu'elle arracha les gemmes.

Beau travail. Maintenant, il ne nous manque plus qu'une pierre de vérité.

Ari fourra le grimoire dans sa sacoche.

– Je peux vous en procurer une.

Surtout, elle avait un plan, qu'elle ne pouvait accomplir seule. Et il n'existait qu'une seule personne capable de la lui apporter, qui par ailleurs ne la repousserait pas. Une fille qui, il y a peu, aurait tout laissé de côté pour l'aider.

Elle espérait juste qu'elle l'écouterait.

27
MIKIRA

Mikira brossait Atara, geste répétitif qui l'apaisait. Les autres rebelles et elle étaient confinés, le temps qu'Eshlin règle les affaires du château après la mort du roi, et la caverne entière semblait retenir son souffle.

Certains avaient bon espoir qu'en l'absence de souverain, la princesse parviendrait à s'emparer du pouvoir, qu'on pourrait ainsi éviter un bain de sang, mais si Damien cherchait lui aussi le prince, Mikira ne doutait pas un instant qu'il réussirait là où elles avaient échoué.

Ils n'auraient pas d'autre choix que de se battre.

Le long des parois de la cavité s'alignaient des caisses d'armes – la première livraison de Rahzen –, et on projetait déjà de recruter davantage de volontaires en vue d'une attaque. Ces caisses présentaient un contraste saisissant avec la table d'accueil, où une famille de nouveaux arrivants qui fuyaient la conscription se voyait remettre couvertures et vivres.

Atara, somnolente et le ventre plein de pommes que les enfants rebelles lui avaient offertes, releva brusquement la tête. Elle émit un hennissement pressant et donna une bourrade à Mikira avec le museau.

– Woh, tout doux, ma belle.

Mais la jument la poussa de façon plus insistante, et Mikira se laissa guider vers l'entrée de la grotte. Atara agita la tête en direction de la porte, avant de hennir plus doucement, jusqu'à ce que Mikira cède et la harnache. À peine eut-elle glissé les pieds dans les étriers qu'Atara s'élança dans le tunnel.

– Atara !

Deux gardes qui jouaient aux cartes devant la barrière protectrice bondirent lorsqu'ils entendirent la cavalcade.

– Désolée ! cria Mikira lorsqu'une bourrasque fit voler leurs cartes.

Elle lâcha la bride à sa monture, et au bout d'un moment, elles émergèrent dans Ashfield Street, à la lumière de la fin d'après-midi. Atara ralentit, et se fraya un passage avec davantage de précautions parmi la foule jusqu'à…

Mikira tressaillit.

À l'entrée d'une ruelle, les yeux pareils à des fanaux auxquels Mikira ne pouvait que répondre, se tenait Ari.

La jeune femme attendit que leurs regards se croisent, puis s'éclipsa dans la petite rue. Atara la suivit, et prit plusieurs tournants avant de se trouver enfin face à Ari.

– Tu viens de me convoquer en utilisant mon cheval ? s'enquit Mikira.

– Ça m'a semblé le chemin le plus direct.

Malgré sa touche d'humour, Ari paraissait épuisée – elle avait les cheveux en désordre et de gros cernes. De l'argile maculait ses doigts et tachait ses vêtements. Elle sourit quand même lorsque Mikira mit pied à terre.

– Je suis contente de vous voir, leur dit-elle.

Atara hennit doucement et appuya le nez dans sa main.

– Moi aussi, dit Mikira.

Elle tenta un sourire, mais celui-ci chancela sous le poids des non-dits accumulés entre elles. Elle ignorait toujours pourquoi Ari s'était mise à l'écart, aurait voulu lui attribuer les fautes de Damien et exiger d'elle des réponses, en sachant néanmoins qu'elle n'était pour rien dans les choix de son ancien sponsor.

Ari tritura la lanière de sa sacoche, l'air aussi mal à l'aise qu'elle.

– Je suis probablement une des personnes à qui tu as le moins envie de rendre service, mais ton aide ne serait vraiment pas de refus.

Mikira s'attendait à tout sauf à cela. Elle avait supposé que la présence d'Ari était due à la mort du roi ou à la recherche du prince Ranier, mais à bien y songer, c'était étrange que l'enchanteresse n'ait pas été en compagnie de Damien lors de l'allocution d'Eshlin.

Encore une anomalie qui lui avait échappé. Autrefois, elles avaient été assez proches pour partager toutes les deux des rêves de force et de sécurité, et il lui cuisait de constater la distance qui les séparait à présent. Elle ne l'avait jamais voulu, même après que Damien l'avait chassée de leur vie.

– Je sais que je te dois des réponses, et je te les donnerai, dit Ari. Surtout, je te dois des excuses. J'aurais dû te soutenir, et mince pour Damien, qui nous fait suer avec ses rancunes ridicules.

Ce petit écart de langage fit sourire Mikira. Elle se doutait qu'Ari ne cautionnait pas la décision de Damien, mais c'était agréable d'en avoir la confirmation.

– Moi aussi j'aurais pu faire le premier pas, reconnut Mikira. Et mince pour Damien, qui nous fait suer avec ses rancunes ridicules.

Elle qui avait tant lutté pour se prémunir au cours des deux semaines passées, elle n'avait pas fourni les mêmes efforts pour son amitié avec Ari, et, elle l'admettait à présent, pour Reid. Au lieu d'arranger la situation, elle l'avait laissée se dégrader, si habituée à être mise à l'écart qu'elle n'avait jamais pensé que, parfois, on peut réparer les pots cassés.

Ari s'avança d'un pas hésitant, puis elles se prirent dans les bras. Mikira serra aussi fort qu'elle l'osa jusqu'à ce que le museau d'Atara se fourre entre elles. Un rire inattendu jaillit des lèvres de Mikira.

– Eh bien, on est jalouse ? commenta Ari avec un grand sourire amusé.

– Tu ne sais pas la moitié de ce que je dois endurer, maugréa Mikira.

C'était vrai, hélas, mais elle y vit également une opportunité. Quelque chose qu'elle pouvait changer.

– Ça n'a pas été de tout repos, ces dernières semaines.

En voyant la mine franche d'Ari, sa considération prévenante, Mikira se rendit enfin compte à quel point son amie lui avait manqué. Nul n'écoutait aussi bien qu'Ari, pas seulement avec son entière attention, mais avec plus de compassion qu'on le méritait. Elle n'avait pas mis longtemps à les comprendre tous, à les connaitre. Leur complicité avait rappelé à Mikira celle qu'elle avait eue avec Lochlyn.

Et comme lors d'une longue soirée passée avec son frère au clair de lune dans les prés, elle raconta tout à Ari : le retour de son père à la maison, la nécessité que ses sœurs et lui s'en aillent aussitôt après. Sa réconciliation avec Talyana, le nouveau volet de leur amitié. L'exaltation grisante d'être Mikira Rusel, la plus jeune championne de l'Illinir de tous les temps, et la douleur cuisante lorsqu'on avait utilisé cette renommée contre elle.

Ari cilla à peine en apprenant que Mikira avait rejoint la rébellion, ni en décelant l'amertume dans sa voix quand elle évoqua ce que Damien leur avait infligé, à Talyana et elle. Une profonde tristesse se peignit sur son visage, et elle secoua la tête.

– Je suis désolée, Kira. Damien est de plus en plus… à cran. Je sais qu'il prépare quelque chose, mais il ne me livre aucune information. Après ce qui s'est passé avec Hyle et toi, il voit des ennemis partout. C'est pour ça que je suis retournée vivre dans mon atelier pour quelque temps.

Cela expliquait pourquoi Ari n'avait pas été aux côtés de Damien lors de la harangue d'Eshlin, mais pas pourquoi elle paraissait exsangue. Si Damien lui avait fait du mal, elle allait l'étrangler.

– Tu m'as dit que tu avais besoin de mon aide, enchaina-t-elle. Quel est le problème ?

Un instant trop long s'écoula, pendant lequel elle aurait juré qu'Ari écoutait quelque chose. Les sourcils froncés, l'enchanteresse sembla prendre une décision.

– Il y a beaucoup de choses que j'ai gardées pour moi. Je vais te mettre au courant de ce qui se passe, mais sache que ça pourrait être dangereux.

Une sensation que Mikira ne parvint à identifier se propagea dans son échine, l'impression qu'une issue inévitable approchait. Une part d'elle aurait voulu s'en détourner, remonter sur Atara et rentrer au galop, mais elle refusait de tourner le dos à Ari.

Mikira se cuirassa.

– De quoi as-tu besoin ?

– Que tu m'aides à grimper, pour commencer, répondit Ari en désignant la jument. Pour le reste, je t'expliquerai en chemin.

28
ARIELLE

Dans le crépuscule, ballotées par le balancement du corps puissant d'Atara, elles avançaient sur la route des Voyageurs en direction du Bois-d'Argent. Ari raconta tout à Mikira au sujet de l'Hérétique qui la possédait, de ses moments d'absence, et de ses visites chez Rezek, soulagée de ne pas voir la réaction de son amie. Elle sentait toutefois la tension dans ses muscles, la raideur de sa posture, mais Mikira ne l'interrompit pas, ne lui ordonna pas de descendre et de se débrouiller.

Elle avait envisagé de mettre en œuvre ce plan seule, mais les enjeux étaient trop élevés pour risquer l'échec.

Mikira l'avait défendue avant même de la connaitre, avait pris des risques pour la préserver du danger. Certes, on la pensait casse-cou, Damien considérait sa langue bien pendue et son impulsivité comme une faiblesse, mais Ari, elle, la voyait pour ce qu'elle était : une personne d'un tel dévouement qu'elle ferait tout ce qui serait en son pouvoir pour protéger ceux qu'elle chérissait, mais aussi quiconque avait besoin d'elle.

C'était une abnégation à laquelle peu pouvaient prétendre, une force qu'Ari ne possédait pas, et une qualité qu'elle adorait chez Mikira.

– Les créatures dans les cachots… Elles n'étaient pas humaines, Kira. Elles ne l'étaient plus.

Une fois son récit achevé, elle se tut. Dans son silence, elle perçut le mécontentement de Nava. Celle-ci la pressait depuis qu'elle avait terminé le golem ce matin-là et obtenu une pierre de vérité auprès de son ancien fournisseur.

Pourquoi lui racontes-tu tout cela ? protesta Nava. *Pourquoi l'amènes-tu ici ?*

L'Hérétique n'avait cessé de lui poser ce genre de questions depuis qu'elle avait sollicité l'aide de Mikira, mais pour Nava, il fallait qu'Ari procède au sortilège de son plein gré. Comme Ari l'avait espéré, l'Hérétique n'allait pas interférer avec ce qu'elle faisait au préalable, semblait-il, mais l'esprit subodorait forcément qu'elle avait un projet.

Elles étaient telles deux joueuses de cartes qui s'observaient, chacune mettant l'autre au défi de renchérir ou de se coucher.

– Ça me navre de dire ça, grommela Mikira, mais je suis d'accord avec Damien. Rezek, sérieusement, Ari ? Qu'est-ce qui t'a pris de lui faire confiance ?

– Je ne lui ai pas fait confiance ! Par contre… je l'ai mieux compris que je ne m'y attendais.

Elle grimaça, consciente que cet argument n'allait pas améliorer le regard que Mikira portait sur la situation.

– Je ne sais même pas dans quelle mesure c'est lui qui décide de ses actes. Il est possédé par Selvin depuis très longtemps.

Ari perçut que cette révélation bouscula Mikira. Comme pour Damien, la cruauté de Rezek lui avait couté des proches. Elle avait passé les derniers mois à se battre pour échapper à ses griffes, et à présent, Ari lui suggérait que peut-être il n'était pas si monstrueux, et pas responsable ? Si leurs places étaient inversées, elle non plus ne voudrait pas l'entendre. De plus, Selvin n'avait pu être seul maitre à bord en permanence. Rezek avait forcément sa part de culpabilité.

– Ces chimères, comme tu les appelles, reprit enfin Mikira, résolue à changer de sujet. Combien y en avait-il ?

– Je n'ai pas obtenu un compte précis.

Les cachots des Kelbra étaient vastes, et le vacarme des chimères avait été assourdissant. Comment savoir combien étaient entassées dans chaque cellule, ou si Rezek en avait d'autres dans toute la ville ? Ari en eut la chair de poule, et elle lâcha Mikira pour se frotter les bras.

– Ils étaient humains, autrefois, Kira. Mais ce qui reste d'eux… Je ne crois pas que Veradell soit prête à affronter un tel ennemi.

– Tu m'as dit que Damien était au courant de leur existence, n'est-ce pas ? Si je fais abstraction de mes sentiments personnels, il n'y a personne à qui je me fierais davantage pour se charger d'un tel défi. Un problème magique complexe lié à Rezek ? Damien se démènera comme un forcené pour l'empêcher de gagner.

Ari émit un rire timide, partagée entre l'amusement et l'exaspération.

– Tu as sans doute raison.

Mikira lui jeta un coup d'œil par-dessus son épaule tandis qu'elle immobilisait Atara et que la lisière du Bois-d'Argent se dressait devant elles.

– Tu ne m'as toujours pas expliqué pourquoi on risquait de se faire arrêter ou tirer dessus, sinon.

Ça ne la concerne pas. Nava tenta encore une fois de la dissuader. *Dis-lui de te laisser ici et de faire demi-tour.*

Ari ignora l'Hérétique.

– Suis ce chemin. Je vais te montrer.

Mikira obéit, et peu après, elles furent sous le couvert des arbres, le soleil couchant filtrant à l'oblique entre les branches tombantes. Lorsque le temple apparut, l'irritation de Nava devint palpable. L'Hérétique ne pouvait lire dans les pensées d'Ari, aussi ne pouvait-elle savoir ce qu'elle préparait, mais elle percevait néanmoins ses émotions.

Ari devait agir avec d'infinies précautions.

Mikira observa les lieux.

– C'est quoi, cet endroit ?

– Un village kinien abandonné, détruit peu après l'Autodafé, répondit Ari avec une amertume inattendue. Ce temple, c'est tout ce qu'il en reste.

Mikira grimaça.

– Et pourquoi on est là, nous ?

Ari prit une inspiration calme et la relâcha.

– Parce que je vais donner son propre corps à Nava. Afin qu'elle quitte le mien.

Cette fois, Mikira se détourna sur la selle et la fixa d'un air hébété.

– Mais tu viens de m'expliquer que la dernière fois que Selvin et Nava se sont affrontés, ça a ravagé un royaume entier.

Ari se laissa glisser à bas d'Atara et alla d'un pas tranquille vers le temple.

– Je ne peux pas continuer à partager mon corps, Mikira. Nava se moque de savoir qui elle blesse ou tue. Si je ne le fais pas, elle trouvera un autre moyen.

Mikira mit pied à terre à son tour et empoigna fermement la bride de la jument.

– Tu vas faire courir un risque immense à tout l'Enderlain.

C'est tout ce qu'ils méritent, feula Nava. *Rien de tout cela ne serait arrivé si les Enderliens n'avaient pas été si avides et assoiffés de pouvoir.*

Ari lança un regard triste à Mikira.

– Je ne veux pas finir comme Rezek.

Si elle ne recouvrait pas le contrôle de sa magie, si elle ne lavait pas le sang qu'elle avait sur les mains, elle ne reverrait jamais Rivkah. La peur de faire du mal à quelqu'un ne la quitterait jamais.

– Je t'en supplie, Ari, ne fais pas ça, l'implora Mikira en s'approchant timidement d'elle.

Ari l'avait espéré, et même escompté. Mikira était trop désintéressée pour la laisser mettre tant de vies en danger, et Ari allait avoir besoin d'elle pour la suite.

– Je suis désolée.

Ari gravit les marches du temple à toute vitesse, claqua la porte et la verrouilla. Les cris de Mikira l'accompagnèrent sur l'estrade, où elle sortit le Racari et la pierre de vérité de sa sacoche, puis, avec un couteau de potier pris sur l'établi, retira le jaspe sanguin du grimoire.

Voilà, c'est bien ! l'encouragea Nava, avec une vive exaltation. *Vas-y, Arielle !*

Elle enfonça les deux gemmes dans le golem – le jaspe sanguin à la place du cœur, et la pierre de vérité dans son front –, puis lissa l'argile. Le temple tremblait sous le martèlement des poings de Mikira, sa structure branlante à peine capable d'encaisser les chocs.

– Ari, ne fais pas ça ! hurla-t-elle. On peut trouver une autre solution !

– Non, c'est la seule, murmura Ari, avant de saisir le Racari.

Dans un souffle vif semblable à un profond soupir, elle sentit Nava l'abandonner pour la pierre. Soudain, son corps lui sembla plus lourd et plus présent que jamais, comme si jusqu'alors une part d'elle lui avait toujours manqué. Elle faillit chanceler sous cette sensation, mais Mikira avait cessé de cogner, signe que la cavalière cherchait un point vulnérable dans l'édifice pour y pénétrer de force.

Ari entama le sortilège en marchant autour du golem, une lumière blanche se déversant de ses lèvres vers la statue. Alors qu'elle atteignait la fin, elle entendit de nouveaux coups sourds, cette fois plus proches. Le mur ployait à un endroit moins épais, le bois se fendait. Un sabot transperça le revêtement extérieur. Une fois l'envoutement achevé, le golem se transforma.

L'argile se fit chair, cheveux, os et muscles. Tandis que derrière Ari la paroi cédait, Nava prit sa première respiration. La puissance d'Atara la fit passer au travers du trou, et Mikira se faufila à sa suite, armée de ses poignards. Elles arrivaient trop tard pour arrêter Nava, mais pour Ari, c'était exactement le bon moment. Se sachant incapable de faire face à Nava seule, elle s'était attaché quelqu'un de confiance pour assurer ses arrières.

Ari marmonna une association de force qui se propagea dans son corps.

– J'ai lié votre âme à ce corps, annonça-t-elle à Nava, qui semblait à peine leur prêter attention.

Elle était trop occupée à examiner ses doigts, l'air plus émerveillée chaque fois qu'elle en faisait bouger un.

– Plus jamais vous ne me possèderez, ajouta Ari.

Nava fit craquer son cou en inclinant la tête de chaque côté.

– Je n'ai plus besoin de ton enveloppe.

– Sauf que maintenant, vous êtes vulnérable. Maintenant, vous pouvez mourir.

Ari s'élança vers Nava avec le couteau de potier, galvanisée par des semaines accumulées de trouble et de colère. Elle l'enfonça en pleine poitrine de Nava.

Les yeux écarquillés, la femme entrouvrit les lèvres, si abasourdie qu'elle en resta muette.

– C'est donc cela la douleur. J'avais oublié.

Puis elle la gifla d'un revers de main avec une force surhumaine. Ari heurta le sol assez violemment pour fendre le bois, et une décharge douloureuse lui foudroya l'épaule. Un hennissement retentit, puis Atara fonça vers l'estrade, poussée par son besoin inné de protéger sa créatrice.

– Atara, non ! hurla Ari, mais il était trop tard.

Nava pivota vivement vers le golem, et, d'un geste de la main, avec une puissance bâtie sur des siècles de pratique, elle retransforma la jument en un tas d'argile, qui s'effondra. Un déferlement d'énergie replongea en Ari – la magie d'Atara qui la réintégrait. Elle vomit par-dessus le bord de la plateforme.

Le cri strident de Mikira déchira la vaste salle. Ses poignards surgirent de ses mains et fusèrent vers Nava. L'Hérétique ne prit même pas la peine de les esquiver. Les couteaux se plantèrent dans son corps, puis elle les en arracha, et les plaies cicatrisèrent aussitôt.

La nausée d'Ari redoubla. C'était pour cela que Nava l'avait laissé solliciter Mikira. Elle avait protesté juste assez pour la conforter dans son plan, sans jamais avoir été réellement menacée. Elle savait qu'elles ne feraient pas le poids contre elle, même ensemble.

– Tu ne peux pas me tuer.

Nava empoignait les armes, qui tremblaient dans ses mains comme si leur envoutement bataillait avec sa force surnaturelle.

– Même si tu trouvais un moyen, tu ne le ferais pas, petite lionne. Si je meurs, tu perds ta magie.

Ari se figea.

Nava lui adressa un regard plein de pitié.

– Tu n'es pas née enchanteresse. Ta magie te vient de moi. Sans moi, tu n'auras rien. Nous sommes toujours liées, nous deux.

Ari se mit à genoux, les paroles de l'Hérétique se mêlant au tourbillon de son étourdissement. Était-ce la vérité ? Éliminer Nava la priverait-elle de son pouvoir ? De sa force ? Mais si elle ne l'arrêtait pas…

– Je ne vous laisserai pas détruire l'Enderlain comme vous avez détruit le Kinahara.

– Au contraire, je l'ai protégé ! rétorqua Nava, avant d'enfoncer les poignards de Mikira dans le sol jusqu'à la garde. Sa destruction, c'est la faute de Selvin, et maintenant qu'il est libre, il ira chercher ses comparses pour accroitre sa puissance, et je l'empêcherai de nuire de nouveau.

Avec une vitesse inhumaine, elle s'enfuit par la brèche qu'Atara avait percée.

Dans son sillage, la vision d'Ari se troubla. En se dissipant, son adrénaline laissa derrière elle un gouffre d'épuisement. Juste avant de perdre connaissance, elle vit Mikira tomber à genoux et pleurer sur le corps d'Atara.

29
DAMIEN

Le château disposait d'un stand de tir privé.

Aménagé au fond de l'édifice et pourvu d'armes plus diverses que Damien en avait jamais vu, c'était pour lui l'endroit idéal où s'éclaircir les idées. À chaque déflagration et décharge de puissance qui irradiait dans son avant-bras, le désordre qui régnait dans sa tête s'apaisait un peu plus.

Il avait accordé la journée aux membres du Conseil, afin qu'ils reprennent leurs esprits. Rien de productif ne serait accompli alors que la tentation de fomenter son assassinat était sans doute forte pour trois d'entre eux, et il lui fallait du temps pour préparer quelque chose de son côté, aussi les avait-il libérés avec ordre de revenir pour une assemblée extraordinaire le soir même. Mais tandis que le soleil déclinait derrière les fenêtres du stand, il lui tardait de passer à l'action.

Il était retourné au manoir, mais à peine était-il entré dans ses appartements que l'envie impérieuse de chercher Arielle ou Reid s'était emparée de lui. C'était comme un réflexe, une force magnétique contre laquelle il ne pouvait lutter, et le simple fait d'en être incapable le mettait davantage à cran. Contre sa volonté, son esprit posait des centaines de questions : Où Arielle était-elle allée ? Avec qui était-elle ?

Il ne pouvait se départir de l'idée qu'elle ne logeait peut-être pas à son atelier, mais plutôt chez l'homme pour qui il nourrissait le mépris le plus profond.

Non, elle n'avait pas pu rentrer. Les choses s'étaient trop envenimées entre eux. Elle s'y refuserait.

En était-il si sûr ?

Damien ouvrit le barillet de son révolver, le rechargea, puis rajusta ses manchettes. Il canalisa dans ses gestes les plus anodins toute sa rage à l'idée que Rezek puisse être en compagnie d'Arielle et… non. Il n'aurait même pas dû penser à elle. Il devait cesser de penser à elle. Elle n'était qu'une distraction, un poids, et les jours à venir allaient être déjà assez dangereux pour qu'il ne leur accorde pas son entière attention.

Et pourtant…

Il fit feu, se concentra sur la force du recul, mais cela ne fit que ramener à la surface d'autres pensées au sujet de Rezek. Rien d'étonnant à cela : c'était lui qui lui avait appris à tirer. Ils avaient volé un des revolvers d'Eradas et filé en douce dans les champs de vérillion, où le frère de Rezek avait installé une cible.

Rezek lui avait montré les différentes parties de l'arme, les munitions, le mécanisme – avant de le braquer vers la tête de Damien.

Les lèvres de Rezek avaient formé un sourire que Damien allait plus tard détester, mais qui sur le moment avait eu le gout d'un secret partagé.

– N'oublie pas, lui avait-il alors dit. Si tu pointes un revolver sur quelqu'un, sois prêt à l'utiliser.

Il avait pressé la détente, et l'arme à vide avait émis un cliquetis.

– Bang.

Il avait ensuite chargé le revolver et tout enseigné à Damien – comment le tenir, où placer ses pieds…

Le lendemain, il avait assassiné sa mère.

Quelqu'un se racla la gorge derrière lui.

– Haut Lo… pardon, Votre Majesté ?

Damien confina ses émotions et se retourna. Une domestique s'inclinait devant lui.

– Haut Lord Adair suffira, pour l'instant.

Il n'était pas encore roi. Pour cela, il faudrait attendre la fin des cinq jours de deuil, et qu'il ait été couronné par le chef de l'Église sendienne.

La servante se redressa et lui tendit un pli.

– Nous avons reçu un rapport qui coïncide avec ce que vous nous avez demandé de guetter. Une équipe de dockers a été retrouvée morte ce matin, dans le quartier du Westmire, près du Grey. Apparemment, tous ont subi des blessures affreuses.

Damien rangea son arme dans son étui et prit le message à la jeune femme. Le reste relatait les récits de plusieurs témoins, qui tous prétendaient avoir vu un animal différent : un tigre, un balafron à plumes, les écailles d'un lézard du désert.

Il froissa le papier dans sa main.

– Rezek, maugréa-t-il.

Celui-ci passait-il déjà à l'attaque ? Arielle n'avait pas dit quand ni où il allait lâcher ses chimères, ni même quel était son objectif. À entendre Arielle, il était entrainé malgré lui par Selvin, pourtant son ancien ami avait toujours convoité le pouvoir.

La réunion du Conseil ne devait avoir lieu que le soir, mais si Rezek mettait son plan à exécution, Damien devait agir sans tarder.

Et il allait le faire échouer.

– Convoquez les autres membres du Conseil sur-le-champ, enjoignit-il à la domestique, en fourrant le papier dans sa poche. Puis envoyez un message à l'inspecteur Elrihan pour l'inviter à se joindre à nous.

Elle se courba lorsqu'il passa devant elle à grands pas, puis deux gardes qui flanquaient la porte quittèrent leur poste pour le suivre.

C'était étrange de se déplacer avec ces hommes derrière lui, mais à cause de l'égo meurtri de Darius et du regard affamé d'Eshlin, il n'écartait pas le risque qu'ils tentent une folie. Au cours des dernières semaines, il avait validé la plupart des gardes du palais, aussi estimait-il que les deux qui l'accompagnaient étaient loyaux, mais il ne baissait pas sa garde pour autant.

– Adair !

La voix de Darius tonna dans le couloir monumental.

Le prince attendait devant la salle du Conseil, où il avait fait les cent pas, le visage d'un rouge vif. Il avait essayé de le prendre à part après l'assemblée un peu plus tôt, mais les gardes l'avaient maintenu à distance, et Damien se doutait qu'il reviendrait à la charge.

– Écoutez-moi bien, déclara le prince. Je…

– Vous voulez vraiment aller par là ? le coupa Damien.

Darius lui lança un regard surpris. Encore maintenant, il s'étonnait que Damien ne se montre pas déférent à son égard.

– J'ai remporté l'Ascension par des moyens légaux, Darius, et je ne tolèrerai aucune menace.

Il s'approcha et baissa la voix de sorte que les gardes ne puissent l'entendre.

– Si vous insistez, il faudra que je discute avec l'inspecteur Elrihan de la mort de votre père, qui est survenue à un moment suspect. Mon médecin légiste a une grande connaissance des poisons. Je suis certain qu'il saura déterminer ce qui a tué le roi.

Darius blêmit et sembla suffoquer. Damien avait anticipé que le prince serait une épine dans son pied, qu'il lui faudrait agir contre lui, voire l'éliminer en dernier recours, mais il ne voulait s'en prendre à personne sans y être contraint.

– Restez en dehors de mon chemin, et nous n'aurons pas de problème, lui enjoignit-il.

Darius ravala ce qu'il s'apprêtait à dire. Un soupçon de sa colère s'attarda, mais une profonde méfiance l'avait remplacée. Peut-être était-il moins idiot qu'il en avait l'air.

Damien passa vivement à côté de lui pour entrer dans la salle et prit sa place habituelle. Darius ne le suivit pas, mais peu après, Niora entra d'un pas précipité, l'air tourmentée, sans doute arrachée à quelque obligation pour cette assemblée improvisée. Les autres arrivèrent par à-coups, la fureur de Royce aussi tangible que le matin même, tandis que le visage fermé de Niékla demeurait indéchiffrable.

Cassian affichait un air impassible, mais Eshlin… La princesse le scruta comme si elle connaissait ses moindres faiblesses. C'était elle la vraie menace, pas son frère, et bien que le coup idéal aurait consisté à dévoiler son appartenance à la rébellion, il ne détenait aucune preuve. Sa parole avait plus de poids que jamais, mais s'il ne pouvait appuyer ses accusations sur des éléments concrets, on devinerait le véritable but de sa manœuvre : éliminer une adversaire politique.

– Auriez-vous l'amabilité de nous expliquer pourquoi on nous a convoqués, *Haut Lord Adair* ?

Eshlin prit place dans son siège avec une élégance qui dissimulait sa profonde colère.

– C'est très simple, dit Damien. Je veux mettre fin à la Guerre éternelle.

Royce manqua recracher le whisky qu'il venait de se servir.

– Pardon ?

– Nous sommes tous financièrement très engagés dans cette guerre, commenta Niékla. Vous ne pouvez pas attendre de nous que nous y mettions un terme.

– Je vous avais prévenus, déclara Royce en posant brusquement son verre. Je vous avais dit que c'était son intention. Depuis le début, il essaie de saper nos efforts. Il…

Damien écarta le pan de sa veste pour révéler un revolver Lonlarra, et Royce fut réduit au silence.

– Faites très attention à vos propos, Haut Lord Vanadahl, l'avertit Damien. Je supporte de moins en moins les accusations de trahison.

– Vous ne faites jamais rien sans une bonne raison, s'interposa Eshlin, avant de se caler contre son dossier et de lui faire signe de parler. Alors dites-nous pourquoi.

Malgré les circonstances, la princesse parvint à maintenir une maitrise de façade. Elle calma les autres et l'encouragea à parler. Tant que le couronnement officiel n'aurait pas eu lieu, son pouvoir ici serait limité, ce pourquoi il avait besoin du soutien des autres pour vaincre Rezek.

– Parce que nous allons être confrontés à un péril beaucoup plus grand ici même, à Veradell.

Damien sortit de sa poche la fiole que Reid lui avait donnée, et la posa délicatement sur la table.

– Ce flacon renferme une solution qui, lorsqu'on l'injecte à un enchanteur, ou à quelqu'un qui descend de l'un d'eux, transforme la personne en monstre sauvage qu'on appelle chimère. Ces créatures…

Un ricanement moqueur l'interrompit. Royce plaqua une grosse main rougeaude sur sa bouche comme pour la réduire au silence, mais on devinait son rictus narquois derrière ses doigts.

– Vous êtes devenu fou ? railla-t-il.

Eshlin souriait elle aussi, et même l'expression de Niékla s'était teintée d'amusement. Seul à garder son sérieux, Cassian regarda Damien d'un air perplexe.

– Je suis certain que le Haut Lord Adair a une explication, tempéra-t-il.

Damien s'efforça de respirer calmement. Il avait anticipé qu'ils ne le croiraient sans doute pas, mais il avait espéré qu'ils le détromperaient, au moins pour qu'il n'ait pas à recourir à son plan de secours.

– Il n'y a pas matière à plaisanter, insista-t-il. Ces chimères sont le produit d'une magie ancienne utilisée autrefois par les Hérétiques, dont les âmes occupent des hôtes humains. Rezek Kelbra est possédé, et c'est sous le commandement de l'Hérétique qu'il a créé ces monstres…

Cette fois, Royce ne tenta même pas de dissimuler son hilarité, quant à Eshlin, elle fit une moue affligée.

– Vous touchez le fond de la paranoïa, Haut Lord Adair, se désola-t-elle. Vous ne pensiez quand même pas que nous allions avaler ça ? Ça m'a surtout l'air d'une vengeance personnelle.

– Et si je vous présente des preuves ? rétorqua Damien.

– Faites donc.

Damien hésita, chercha sur les visages des uns et des autres un signe de compréhension, mais tous se contentèrent de lui rendre son regard, lui opposant un front uni. Résigné, il repoussa son siège et adressa un hochement de tête au garde posté à l'intérieur de la salle.

Celui-ci ouvrit la porte, et l'inspecteur Elrihan, robuste gaillard barbu qui portait l'uniforme bleu et blanc de l'Anthir, entra. Derrière lui suivait un homme entravé qu'il tenait au bout d'une chaine. Les vêtements du prisonnier étaient usés jusqu'à la trame, sa peau était d'une pâleur maladive à force de ne pas voir le soleil.

– Cet homme est un meurtrier condamné et un enchanteur clandestin, expliqua Damien sous les regards sceptiques des autres.

Il brandit alors la fiole d'élixir tandis qu'Elrihan sortait une seringue.

– La seringue de l'inspecteur est remplie de ce liquide, ajouta-t-il.

– Qu'est-ce que c'est ? s'alarma le détenu, en tirant sur ses chaines.

Deux gardes se précipitèrent pour le saisir par les bras.

– Haut Lord Adair… déclara Cassian d'un ton prudent, pressentant sans doute ce qui se préparait.

À voir l'expression des autres, c'était aussi leur cas, mais aucun n'intervint pour le dissuader.

Damien s'en remit à Cassian. Si celui-ci le croyait, s'il voulait l'aider à convaincre les autres, Damien s'arrêterait. Mais il tenait à faire le nécessaire pour qu'ils comprennent à quelle menace ils étaient confrontés. Il ne connaissait pas encore avec certitude le plan de Rezek, pourtant il savait sans le moindre doute que la mort suivait Rezek où qu'il aille. Il ne serait pas surpris qu'il assiège la ville pour récupérer le statut de sa maison, ou qu'il la réduise en ruines par simple vengeance.

Lorsque Cassian se contenta de lui renvoyer un regard désemparé, Damien adressa un signe de tête à Elrihan.

Celui-ci fit l'injection au prisonnier.

Dans un premier temps, rien ne se produisit, et les yeux écarquillés de l'homme se relâchèrent lentement. Puis il s'immobilisa. Tout à coup, son corps entier se tendit, sa bouche s'ouvrit en un hurlement silencieux. Le craquement affreux de ses os retentit, son épaule se déboita de son articulation, vite suivie par l'autre.

Royce s'écarta d'un pas chancelant, Niékla restait figée d'épouvante, et Cassian devint livide. Seule Eshlin observait d'un air fasciné le condamné qui se voutait d'un mouvement brusque, sa peau cireuse revêtant une texture parcheminée pareille à celle d'un lézard, tandis que son visage s'allongeait pour former un bec. Une queue jaillit derrière lui, son extrémité s'élargissant tel un gourdin.

À chaque instant, son corps se transformait et se contorsionnait, jusqu'à ce qu'il n'ait plus rien d'humain. Campé sur quatre pieds griffus, le monstre leva la tête et poussa un rugissement strident.

– Déesse, protégez-nous, murmura Royce.

La chimère émit un nouveau hurlement terrifiant et, avec la force de dix hommes, brisa ses chaines. Elle bondit vers Cassian, mâchoires prêtes à déchiqueter la chair – avant qu'une balle l'atteigne au côté de la tête.

Elle s'effondra, fut secouée d'un soubresaut avant de s'immobiliser, et Damien baissa son revolver.

– Il y a en ce moment une armée de ces démons dans la ville, les informa-t-il. Nous avons besoin de faire rentrer nos soldats au plus vite, et nous devons mettre sur pied une section d'assaut que nous enverrons chez Rezek. Tout de suite.

Cette fois, personne ne protesta.

30
MIKIRA

Mikira contempla longtemps l'amas d'argile qui restait d'Atara.

L'Hérétique partie, elle avait tout juste réussi à trainer l'enchanteresse évanouie contre une partie de mur stable, avant de s'affaler avec la tête d'Ari sur les cuisses. Son amie était demeurée sans connaissance des heures durant, pendant lesquelles Mikira avait sans doute dormi. Elle ne s'en souvenait pas, mais la lumière matinale filtrait à présent dans le temple en ruine, et Mikira n'était capable que de fixer le regard droit devant elle.

Elle ne cessait de revoir Atara qui s'effondrait sous ses yeux, réduite à de l'argile desséchée par un simple geste de Nava. Elle n'avait rien pu faire. Encore une fois. Elle n'avait pas pu protéger sa famille, ni préserver ses amis du danger, ni trouver le prince disparu.

Elle n'avait pu sauver personne.

Les larmes qu'elle voulait verser n'arrivaient pas. Cette sensation lui était trop familière, son corps était trop rompu au choc et à la douleur. Celle-ci ne fit que se nicher contre ses autres cicatrices, nouveau stigmate de son échec.

Peu à peu, elle se rendit compte qu'elle tenait encore un de ses poignards. Elle ne se rappelait pas l'avoir récupéré, mais elle s'y agrippa plus fort. Nava avait fait preuve d'une puissance inouïe, telle que nul n'en avait vu depuis un siècle. À présent, elle était libre d'aller et venir à sa guise dans l'Enderlain, et un être semblable possédait un des hommes les plus infâmes qu'elle connaissait.

La ville était au bord de la guerre civile, s'effondrait sous le poids de sa corruption, et voilà qu'ils étaient confrontés à deux demi-dieux.

– Mikira ?

Ari se redressa avec précaution, une main appuyée contre son front. Elle observa les lieux saccagés d'un regard calme qui s'affola lentement, avant de se porter sur Atara. Elle blêmit et sembla de nouveau saisie de nausée, mais détourna les yeux et les posa finalement sur Mikira.

– Tu n'as rien, toi ? Ça va ?

On lisait la prudence sur son visage, ainsi qu'une intense culpabilité.

Mikira faillit rire de cette question. Elle pensait qu'elle n'irait plus jamais bien. D'abord Iri, maintenant Atara – elle était une malédiction, un poison qui rongeait sa famille. Et si ses efforts pour sauver le haras et la vie de ses proches n'avaient fait que leur creuser une tombe plus profonde ?

Lorsqu'elle parvint enfin à rassembler l'énergie nécessaire pour répondre, une question lui échappa.

– *Pourquoi* tu as fait ça ?

Ari pivota un peu pour replier les jambes.

– J'ai cru que tu pourrais m'aider à la neutraliser une fois qu'elle serait libre. Je n'imaginais pas qu'elle serait si puissante.

– Nous aurions pu trouver une autre solution, protesta Mikira, incapable de lâcher prise.

Elle ramena les genoux vers sa poitrine, les pressa contre une douleur qu'elle ne pouvait apaiser, ancrée trop profondément en elle. Lochlyn, sa mère, Iri, Atara… Tous devinrent une invocation gravée sur les reliefs de son cœur.

– Je ne pouvais plus continuer comme ça, expliqua Ari d'une voix chancelante, avant de serrer les bras autour d'elle. Elle me détruisait à petit feu. Je me sentais m'effacer un peu plus chaque jour. Et les actes qu'elle me poussait à commettre… Si je ne l'avais pas libérée, j'aurais disparu à son profit. Je suis vraiment désolée.

Jamais Mikira ne l'avait sentie si vulnérable, et elle comprit alors qu'elle préjugeait de sa force depuis le début. Ari était toujours si calme, si posée, qu'elle ne l'imaginait pas capable de s'effondrer. Peut-être n'avait-elle vu que ce qu'elle voulait voir. L'élégance d'Ari, sa beauté, son aisance dans les domaines où elle-même était perdue. Elle avait érigé Ari sur un piédestal inatteignable.

Elle ne s'était pas rendu compte que l'enchanteresse craquait elle aussi.

Mikira lâcha son couteau et la serra dans ses bras. Elles restèrent ainsi un moment, avec pour seules compagnes les douces brises automnales qui se faufilaient par les brèches du temple. Elle se concentra sur cette force, sur la proximité de son amie, et les laissa colmater ses propres fissures. Elle n'allait pas s'effondrer maintenant, quand les enjeux étaient si grands.

Elle refusait qu'Atara soit morte en vain.

– On va trouver une solution, annonça-t-elle, avant de se libérer des bras d'Ari et de lui étreindre fort la main.

– Je sais.

Ari lui rendit sa pression, puis, encore chancelante, se releva et tira Mikira par le bras.

– Je perçois la présence de Nava, même si notre lien est faible. Elle est à Veradell, mais je ne crois pas qu'elle représente la plus grave menace, pour l'instant. Je pense qu'elle *veut* que Selvin mette son plan à exécution. C'est pour ça qu'elle ne m'a pas aidée à récupérer mon Racari avant d'en avoir besoin : pour qu'il ait le temps d'obtenir ce qu'il en voulait.

Mikira ramassa ses couteaux et les glissa dans leurs étuis.

– Elle a dit qu'il était libre, lui aussi. Qu'est-ce que ça signifie, au juste ?

Ari lui décocha un sourire contrit.

– Je connais quelqu'un qui peut nous prêter mainforte, mais ça va te faire bondir.

Bondir. C'était très loin de la réalité. Lorsqu'elles eurent rejoint la route des Voyageurs et pris un fiacre aux abords de la ville, Mikira fulminait encore. Seul le fait que sans lui il leur manquait des renseignements essentiels l'empêchait de sauter en chemin.

– Rezek, siffla-t-elle tandis qu'elles franchissaient les grilles du domaine Kelbra et s'engageaient dans l'allée circulaire. Je ne serai jamais débarrassée de lui, pas vrai ?

– Il n'est plus le même que dans tes souvenirs, indiqua Ari en descendant de la voiture. Ça va peut-être même te réjouir.

Mikira en doutait, mais elle la suivit quand même à l'intérieur. Ari marmonna un sort d'association, sans doute un enchantement de force, et Mikira sortit ses couteaux. Elle en garda un à la main et ordonna à l'autre de flotter derrière elle pour protéger leurs arrières.

D'après les propos de Nava, elle soupçonnait que Selvin ne possédait plus Rezek, mais toutes les deux étaient prêtes à s'enfuir si elles se trouvaient face à un autre Hérétique.

Un couloir les mena à une vaste bibliothèque, puis Ari la précéda dans un escalier à vis, ouvrit la porte de l'atelier, et se figea.

Les lieux étaient sens dessus dessous.

Des livres gisaient çà et là, tordus tels des membres brisés, des pages et des pages d'annotations jonchaient les moindres surfaces parmi un océan de verre scintillant. Un établi avait été fendu en deux, de l'air frais pénétrait par une fenêtre cassée.

Au milieu du désordre, tel l'œil d'un cyclone, était assis Rezek.

Les genoux relevés contre sa poitrine, la tête plongée dans les mains, les doigts enfouis dans ses cheveux. Ceux-ci s'étaient détachés de leur catogan et voilaient son visage.

Ari s'était trompée – Mikira ne s'en réjouit pas. Elle l'aurait voulu, pourtant. Elle aurait aimé se délecter de le voir accablé, anéanti, toutes les émotions qu'il avait plantées en elle la tiraillant tels des clous rouillés, mais elle n'éprouva qu'un profond épuisement. Après tout ce qu'il avait fait subir à sa famille, toute la souffrance qu'il lui avait infligée, il était aussi brisé qu'elle.

– Qu'est-ce qui s'est passé ? demanda Ari, avant de s'avancer avec précaution, Mikira sur les talons.

Rezek ne bougea pas. Elle crut d'abord qu'il ne l'avait pas entendue. Puis, d'une voix calme, harassée, il répondit :

– Il est parti.

– Qui ça ? s'enquit Mikira.

– Selvin, précisa-t-il.

Mikira jeta un coup d'œil à la bibliothèque en contrebas. Ils étaient seuls, elle en était certaine, mais à la façon dont il avait prononcé ces mots… elle s'attendait presque à voir Selvin surgir derrière elle.

– Comment ? demanda Ari.

Rezek laissa retomber sa tête dans ses mains.

– Ton Racari était la clé de tout. Celle des gemmes de vie. Avant, ses chimères étaient des bêtes sauvages. Mais avec ces pierres, il a pu les faire penser, obéir, et il a pu en créer une pour lui-même.

Un frisson glacial parcourut l'échine de Mikira. Selvin s'était fabriqué un corps, comme Nava.

Il était véritablement libre.

– Il est toujours là ? s'inquiéta Mikira, qui restait dos contre l'encadrement afin de voir dans les deux pièces à la fois.

Rezek fit non de la tête.

– Il a emmené les chimères. Les cachots sont reliés aux souterrains. Il a besoin qu'elles se dispersent. Qu'elles soient affamées.

– Pourquoi ? dit Ari.

Voyant qu'il ne lui répondait pas, elle s'accroupit devant lui.

– Affamées de quoi, Rezek ?

Il se contenta de secouer la tête sans la regarder et de marmonner des propos que Mikira n'entendit pas.

Ari lui saisit les poignets, les écarta et capta son regard.

– Il a dit qu'il voulait régner. Sur la ville ? Sur l'Enderlain ? Comment va-t-il s'y prendre ?

Mais Mikira percevait la vérité dans le regard de Rezek : sa loyauté allait à l'Hérétique avec qui il avait cohabité tant d'années. Il se refusait à le trahir.

Elle rit presque à l'idée que leur monde risque de s'effondrer parce que Rezek Kelbra s'inventait soudain une moralité. Cet homme qui avait brisé tant de destins et s'était délecté de leur destruction voyait à son tour sa vie se désintégrer. Il ne lui restait plus qu'à tenter de retenir les maigres fragments qui subsistaient.

– Il est trop tard, petite souris, chuchota-t-il. Trop tard pour nous tous.

31
ARIELLE

– Qu'est-ce que tu veux faire de lui ? demanda Mikira en pointant le pouce derrière elle.

Elles avaient laissé Rezek prostré dans la pièce et discutaient à l'écart sur le palier.

– Tenter de lui soutirer plus de renseignements, répondit Ari, appuyée sur la balustrade. Il est notre seule source

d'informations sur les projets de Selvin, et je crois qu'il en sait plus sur les autres Racari qu'il veut bien l'admettre. Les trouver doit être notre priorité, car il ne faut surtout pas qu'on ait deux Hérétiques de plus sur les bras.

Mikira hocha la tête d'un air sombre.

– Il vaudrait mieux que j'aille prévenir les rebelles. Ils doivent savoir ce qui se passe, et peut-être qu'ils pourront nous aider dans nos recherches. On pourrait leur amener Rezek.

– Je ne pense pas que ce soit une bonne idée.

Ari se représenta soudain essayant d'attraper un chat sauvage par la peau du cou.

– Ça m'étonnerait qu'il se montre coopératif, et on ne peut pas prévoir quel sort ils lui réserveront, ni à moi. Pour eux, je reste fidèle à Damien.

Mikira leva les yeux vers elle.

– C'est le cas ?

Ari tenta de s'abstraire du torrent d'émotions que cette question cuisante faisait déferler en elle. Les actes de Damien l'avaient blessée, et elle lui en gardait un fond de ressentiment, mais elle avait sa part de responsabilité pour le mur qui s'était dressé entre eux. Après avoir pris ses distances avec lui, elle y voyait plus clair et éprouvait un besoin irrépressible de le revoir.

Malgré sa colère, elle l'aimait.

– Oui, répondit-elle simplement.

Mikira eut l'air de vouloir ajouter quelque chose, et Ari fut surprise qu'elle s'abstienne. Elle l'observa plus attentivement, considéra la profonde lassitude qui imprégnait ses traits, et ravala une autre excuse. Rien de ce qu'elle lui dirait ne pourrait l'apaiser ; elle aurait seulement souhaité pouvoir la soulager d'un peu de sa douleur, et ne pas en être elle-même en si grande partie responsable.

Mikira se dirigea vers l'escalier.

– Alors occupe-toi de Rezek. Je te rejoins à ton atelier dans deux heures.

Dans le silence qui s'installa, Ari la regarda s'en aller, soudain rattrapée par son propre épuisement. Son mal de tête persistait, mais elle se sentait plus légère, comme si elle s'était enfin délestée d'un poids qu'elle avait porté sa vie entière. En même temps, la place qu'il prenait jusqu'alors lui laissait une sensation de vide. Comme si elle cherchait un objet que, juste avant, elle tenait dans ses mains, et se rappelait qu'il avait disparu.

Qui était-elle sans Nava ? Elle-même, et néanmoins pas tout à fait. L'Hérétique l'habitait depuis presque toujours. À présent, elle était partie, et avec elle une assurance fondamentale. La confiance, la *puissance*, qu'Ari avait acquises – sans Nava, elle craignait d'en être privée aussi.

Ta magie te vient de moi. Sans moi, tu n'auras rien.

Nava lui avait-elle dit la vérité ? La magie qui coulait dans ses veines n'avait-elle été que celle de l'Hérétique ?

Pouvait-elle y renoncer ?

Elle prit une profonde inspiration. Si Nava disait vrai, alors la neutraliser lui vaudrait de perdre sa magie, celle qui avait apaisé sa peur constante, qui lui avait conféré sa force. Mais si elle la laissait vivre, l'Enderlain risquait d'être détruit. Si elle s'opposait de nouveau aux machinations de Selvin, un autre Cataclysme allait tout ravager.

Avec précaution, elle chercha le lien qui la rattachait à tous ses golems et sentit s'animer celui qui l'unissait à Nava. Après avoir perçu une image de bâtiments de brique noirs de suie et une odeur de rivière, elle coupa vite la connexion afin de ne pas attirer son attention. Il lui était impossible de savoir combien de temps celle-ci allait attendre avant d'affronter Selvin. Mais Ari supposait qu'elle rencontrait les mêmes difficultés qu'elle : toutes les deux s'adaptaient à leur nouvelle situation.

Ari se fraya un chemin entre des gemmes éparpillées et des fioles renversées, puis se posta devant Rezek. Être face à lui remua une partie perfide d'elle-même, celle qui en le regardant ne voyait que Damien, la douleur dans ses yeux au moment d'apprendre ce qu'elle avait fait.

– C'est le seul qui ait toujours été là, dit Rezek, comme pour lui-même. Le seul que je n'aie pas fait fuir.

– Il s'est servi de vous, rétorqua-t-elle, sans compassion. Comme Nava s'est servie de moi.

Ils n'étaient que des pions dans un jeu de dieux. Selvin avait eu besoin de la pierre de vérité de son Racari pour faire de son armée de chimères des monstres sous son contrôle, et se créer une enveloppe charnelle comme Nava. Pour une raison mystérieuse, Nava l'avait laissé faire. Voulait-elle l'affronter en chair et en os ? Le regarder dans les yeux avant de tout lui prendre ?

Rezek plissa les yeux.

– Il a de l'affection pour moi. Je le connais depuis presque toujours.

– Comme vous connaissez Damien ?

Elle ne put réprimer une pointe de satisfaction lorsqu'il tressaillit, mais l'heure n'était pas à la vengeance.

– Debout, Rezek.

Il serra les bras sur son ventre et détourna le regard. À bout de patience, Ari s'enchanta pour la force et le releva. Il chancela et s'appuya contre le mur.

– Comment oses-tu me…

– Vous êtes pitoyable, le coupa-t-elle, avant de le repousser contre l'étagère de livres. Si Damien vous voyait, il se demanderait pourquoi il s'est donné la peine de se venger d'un tel minable. Vous passiez pour un personnage puissant, mais vous n'êtes qu'une coquille vide, n'est-ce pas ? Tout ce que vous étiez, vous ne le deviez qu'à Selvin.

La mâchoire de Rezek se crispait davantage à chacun de ses mots, et Ari sourit presque de constater avec quelle facilité on pouvait l'aiguillonner. Il avait eu l'habitude d'être craint, fort du pouvoir d'une maison majeure derrière lui. Lui rappeler combien il était devenu insignifiant semblait un bon moyen de l'arracher à sa stupeur.

– Encore un mot, et je t'écorche vivante, siffla-t-il.

– Vous radotez. Essayez autre chose.

– Ari…

Rezek s'interrompit lorsqu'elle vint se dresser devant lui, sans plus aucune trace d'amusement.

– Selvin est parti, déclara-t-elle, alors que la colère de Rezek se changeait en sentiment plus sombre.

En un deuil conflictuel semblable au sien.

– Vous devez décider de ce que vous allez faire ensuite.

Il l'observa comme si elle était là pour l'achever. Elle se demanda si elle aurait dû – pour ce qu'il avait fait subir à Mikira, à Damien, à elle-même. Pour ce qu'il avait déclenché.

Mais à le voir ainsi, elle sut qu'elle ne pourrait rien lui infliger de plus.

Elle recula.

– En ce qui me concerne, je veux découvrir où sont les autres Racari. Est-ce que les trouver fait partie du plan de Selvin, ou allez-vous m'aider sur ce point, au moins ?

Elle perçut un changement dans le regard de Rezek, qui le détourna.

– Selvin ne s'intéresse pas au quatrième Racari.

– Mais au troisième, si, et c'est pour ça que vous m'avez menti en affirmant qu'il avait disparu du château.

Rezek se contenta de serrer les dents, confirmant les soupçons d'Ari : quiconque était en possession du troisième grimoire, c'était conforme à la volonté de Selvin. Mais pourquoi n'avait-il que faire du quatrième ? Il n'avait vu aucun inconvénient à exclure Nava de ses projets ; en allait-il de même pour le livre de sortilèges ?

– J'ai une piste pour le dernier Racari, l'informa Ari. À l'époque du Cataclysme, il appartenait à la famille Levair.

Rezek leva vivement les yeux vers elle.

– Levair, tu dis ?

– Vous connaissez ce nom ?

– Ça m'étonne que ce ne soit pas ton cas, répondit-il, l'air vaguement nauséeux. C'était le nom de jeune fille de Chava Adair. La mère de Damien.

32
MIKIRA

Mikira rentra à pied au quartier général des rebelles.

Ayant dépensé le peu d'argent dont Ari et elle disposaient pour se rendre au domaine Kelbra, elle n'avait pas eu le choix. À l'approche des tunnels, après plusieurs kilomètres de marche, elle avait mal aux pieds, mais l'exercice lui avait été bénéfique. Leur visite chez Rezek l'avait mise à cran, épreuve qui n'avait fait que s'ajouter à tout le reste.

L'image du noble recroquevillé par terre s'attardait dans sa mémoire, aux côtés de celle d'Atara qui se transformait en argile. Elle se surprenait sans cesse à chercher la jument du regard, comme si elle allait la trouver juste derrière elle, pensée qui chaque fois la bouleversait. Mais elle enfouissait cette douleur cinglante un peu plus profondément et poursuivait son chemin.

Il fallait mettre la rébellion au courant des Hérétiques. De cette menace plus grande encore que le système qu'ils combattaient.

Un brouhaha de centaines de voix résonnait dans la caverne principale. Elle dut jouer des coudes pour se rendre au bureau d'Eshlin, chaque corps qui la bousculait lui rappelant qu'autrefois ils se seraient écartés devant elle en voyant Atara, plus prompts à la reconnaitre avec la jument à ses côtés.

Sans elle, Mikira se sentait incomplète. Était-elle vraiment Mikira Rusel, plus jeune championne de l'Illinir, sans la monture qui l'avait menée à la victoire ?

La voix acerbe de la princesse parvint à Mikira par le battant entrebâillé du bureau.

– Damien a mis fin à la Guerre éternelle, la raison majeure du soutien populaire à notre cause. Il a de fait détruit notre principal levier d'adhésion, et dans quelques semaines, la moitié de l'armée royale sera de retour aux portes de la ville.

Mikira étouffa son hoquet de surprise. Un mélange de stupéfaction, de soulagement et d'une gratitude qu'elle ne voulait pas éprouver déferla en elle. La guerre qui avait si longtemps régi leurs vies, qui lui avait pris Lochlyn, était finie. Sur l'ordre d'un homme qui l'avait rejetée, dénoncée comme rebelle, et qui avait attaqué Talyana… mais qui l'avait un jour assurée de sa détermination à changer le royaume, et qui avait tenu sa promesse.

Elle ignorait comment accueillir l'apaisement qu'elle ressentit en découvrant que cela, au moins, avait été vrai.

– Il a aussi mis fin à l'une des pratiques les plus brutales en vigueur dans ce royaume, ajouta Shira.

Elle s'était exprimée d'un ton léger, derrière lequel Mikira décela toutefois une profonde tension tandis qu'elle sortait de son champ de vision.

– De toute évidence, ses objectifs rejoignent en partie les nôtres. Si nous l'informons de notre projet de mettre fin au système des maisons nobles…

Le rire acéré de Talyana lui parvint.

– Damien Adair, renoncer au pouvoir ? Peu importe le nombre de bonnes mesures qu'il prendra, il fait toujours partie d'un système défaillant. Un jour quelqu'un d'autre lui subtilisera le trône, et ce sera retour à la case départ. Et encore, s'il ne nous y renvoie pas lui-même.

Le *trône* ? s'étonna Mikira.

Elle franchit la porte, et Talyana la serra aussitôt dans ses bras, la mine radieuse.

– La Déesse soit louée, tu n'as rien !

Mikira lui rendit son accolade ; elle aurait souhaité pouvoir rester blottie contre elle jusqu'à la fin des temps.

– Pourquoi il me serait arrivé quelque chose ?

– Parce que tu figures sur la liste des ennemis de Damien Adair, et qu'il vient d'être couronné, répondit la princesse en faisant les cent pas, animée d'une hargne viscérale.

Mikira se crispa – elle avait donc bien entendu.

– Mais comment il a fait ça, bon sang ?

– Mon frère prétend être le prince Ranier, annonça Shira.

Contrairement à Eshlin, elle demeurait calme et posée, bien qu'on décelât chez elle une crispation inhabituelle.

– C'est un mensonge, ajouta-t-elle.

– Évidemment ! rugit Eshlin.

Le serpent autour de ses épaules tressaillit, comme réveillé en sursaut, et fut soudain visible. La fureur de la princesse lui ressemblait si peu qu'on aurait dit un masque qu'elle venait de mettre – ou de retirer.

– Mais sans savoir comment il a orchestré ce subterfuge, je ne peux pas le prouver, et sans preuve, je ne peux pas exiger une nouvelle authentification.

L'esprit de Mikira s'emballa : si Damien prétendait être le prince, s'il était devenu roi, alors il avait convaincu le jaspe sanguin de la couronne de l'accepter lors du rite de l'Ascension. C'était un plan ingénieux, mais quel sang avait-il utilisé pour tromper le joyau ?

Eshlin retourna à son bureau, mais elle était trop agitée pour s'assoir.

– Nous n'avons plus d'autre choix que de nous emparer du trône par la force, déclara-t-elle.

Shira remua nerveusement. Mikira avait cru cette jeune femme inébranlable, mais elle prit la pleine mesure des propos d'Eshlin.

S'emparer du trône – et donc en chasser Damien.

– Nous pouvons exploiter la situation, reprit Eshlin, comme pour elle-même, avant de poursuivre d'une voix plus forte. Nous devons capitaliser sur l'agitation que cela va provoquer. Les gens s'interrogeront sur l'avenir, se demanderont quelles conséquences son règne aura sur eux avec tant de changements radicaux.

– Ça sera difficile si mon frère continue les changements positifs qui apaisent la colère des habitants.

Le ton désinvolte de Shira contrastait avec sa moue contrariée. C'était inhabituel pour elle de laisser ainsi paraitre ses pensées, mais Eshlin était trop préoccupée pour s'en apercevoir.

L'étrangeté de son comportement tracassait Mikira, qui avait néanmoins conscience de la pression qui pesait sur la princesse. Ses choix auraient des conséquences pour le royaume entier ; rien d'étonnant à ce qu'elle voie d'un mauvais œil l'interférence de Damien.

– Il n'est pas le seul à exceller à ce jeu, déclara Eshlin en glissant son doigt le long de la carte sur son bureau. Je vais réfléchir au message que nous devons matraquer. Nous devons absolument continuer à discréditer la monarchie et les maisons nobles pour que le rejet de la population ne s'essouffle pas. Nous avons besoin de son soutien.

– Il a mis fin à la Guerre éternelle, insista Shira. Ça ne suffira pas de *matraquer* un message. Nous devrions peut-être lui donner une chance. S'il parvient vraiment à régler les problèmes de l'intérieur, alors…

– Non, l'interrompit Talyana. Nous ne pouvons pas lui laisser les rênes du pouvoir. Nous ne pouvons les laisser à personne. Si ce n'est pas Damien qui échoue, ce sera celui ou celle qui lui succèdera. Pour ma part, je mettrais ma main au feu que ce sera *lui*.

– Elle a raison, abonda Mikira d'une voix douce.

Même si Damien voulait arranger les choses, il devait quand même opérer dans le cadre du Conseil, système qui n'avait jamais eu d'autre fonction que de profiter à lui-même. Il leur fallait autre chose, où des voix telles que la sienne et celle de Talyana compteraient autant que celles de Shira et d'Eshlin.

Mais rien de tout cela n'aurait d'importance s'il ne restait plus de ville à gouverner.

Où qu'elle se tourne, lui semblait-il, une nouvelle complication surgissait, et elle se sentait sur le point de craquer. Elle ne pouvait toutefois nier que ces problèmes étaient liés. Ses camarades et elle ne pouvaient renoncer à leurs projets de changements si près du but, mais un Enderlain divisé ne pourrait combattre la menace de l'Hérétique.

Elle leva la tête.

– Malheureusement, nous devons faire face à un danger plus grave que Damien Adair.

Eshlin lui décocha un coup d'œil incrédule, mais Mikira lui précisa vite son propos : Nava et Selvin en liberté, l'armée de chimères, et l'affrontement imminent entre les deux Hérétiques. Elle s'attendait presque à ce qu'elles s'esclaffent, mais Eshlin l'écouta avec une vive intensité. Jamais elle n'avait vu la princesse ainsi, presque déchainée. Même Shira la regardait d'un air perplexe.

Elle voit le fruit de tous ses efforts lui échapper, songea Mikira. *Tu sais ce que ça fait.*

– J'ignore combien de temps nous avons avant que l'armée de Selvin soit prête, conclut-elle. Mais nous aurons besoin de nos soldats pour le vaincre.

– Nous persuaderons peut-être Damien de nous aider, déclara Shira, en triturant un couteau de lancer, affichant un détachement auquel Mikira ne croyait pas. Occupons-nous d'abord de Selvin, puis du trône.

– Non.

Le ton d'Eshlin ne tolérait aucune contestation, et son intransigeance surprit Mikira. Ne comprenait-elle pas la menace que représentaient les Hérétiques ?

– Je refuse d'affaiblir nos forces pour des diversions et de laisser le destin du royaume entre les mains de ce petit garçon. Je n'y vois qu'une raison de plus pour nous de prendre le contrôle du trône. Il pourrait très bien s'être allié avec Rezek.

Shira rangea son couteau dans son étui d'un geste résolu.

– Damien ne ferait jamais ça.

– Ils étaient inséparables, autrefois, rétorqua Eshlin avec un rictus mauvais. Des liens aussi forts ne s'effacent pas comme ça.

– Je ne pense pas que… commença Mikira, mais la princesse leva la main.

– Votre avis ne m'intéresse pas, pour l'instant, Miss Rusel. En fait, j'en viens à croire que mes soupçons envers vous et le Haut Lord Adair n'étaient pas loin de la vérité. Désormais, vous ne quitterez plus le quartier général.

Mikira la fixa d'un air stupéfait, mais ce fut Shira qui protesta :

– Vous êtes sûre ?

Malgré son ton presque désinvolte, l'intensité de son regard laissait supposer qu'elle n'était pas la seule à être désarçonnée par cette colère inhabituelle. Eshlin avait toujours paru si calme, si maitresse d'elle-même. Sans doute était-elle sous le choc après l'Ascension soudaine de Damien, mais Mikira ne pouvait dissiper la boule qui se formait dans son ventre.

– C'est un ordre, asséna Eshlin, avant de s'éloigner d'un pas rapide et de marquer une pause à la porte. Shira, je veux des rassemblements réguliers dans la rue jusqu'au solstice d'automne, dans deux jours. Nous devons faire connaitre notre mouvement et diffuser notre message. Quant à vous, Miss Rusel… Cette fois, ne me désobéissez pas.

Sans voix, Mikira la regarda fendre la multitude et monter sur l'estrade pour s'adresser à ses troupes. Shira suivit leur cheffe, s'arrêtant juste assez longtemps pour donner une tape rassurante sur l'épaule de Mikira.

Puis elle fut seule avec Talyana et les erreurs qu'elle ne pouvait réparer.

Eshlin n'avait pas pris sa mise en garde au sérieux. Elle refusait de détourner son attention de Damien, et à présent Mikira était de nouveau assignée à résidence, incapable d'aider Ari pour les Hérétiques ou de l'avertir qu'elle n'allait pas recevoir de soutien.

– Ne l'écoute pas, Kira, lui dit Talyana, qui prit les mains de Mikira dans les siennes. Tu as risqué ta vie pour la cause. Les gens le savent. Moi, je le sais. La princesse encaisse beaucoup, en ce moment.

Mikira étouffa un rire. Pauvre petite princesse. Tout le monde autour d'elle craquait, mais c'était *elle* qui devait rester forte ? Elle devait porter tout le poids du fardeau, des attentes, puis de l'échec quand les choses tourneraient mal. Pour une fois, elle aurait voulu tout lâcher, tout laisser se fracasser, et hurler.

Elle pourrait se désister. Abandonner toute la responsabilité à Eshlin et Shira. Elle pourrait retrouver ses proches, quitter Veradell et ses jeux malsains, et partir très loin, là où les maisons majeures ne pourraient l'atteindre.

Peut-être pourrait-elle alors enfin souffler.

– Kira ?

Talyana leva leurs mains et pressa ses lèvres sur celles de Mikira, manifestation de tendresse qui apaisa sa panique suffocante.

Puis elle fronça les sourcils et lui demanda :

– Kira, où est Atara ?

Quelque chose se brisa en Mikira. Elle parvint à peine à bredouiller sa réponse entre ses sanglots, respirant à grand-peine dans les bras de Talyana qui la serrait avec une vigueur qu'elle ne méritait pas, tandis qu'à l'arrière-plan la voix d'Eshlin embrasait la foule.

33
ARIELLE

Arielle n'avait pas été élevée dans la foi. Même au cours des derniers mois, après avoir accédé à des informations qu'elle cherchait depuis longtemps concernant la culture de ses ancêtres, elle ne s'était pas mise à fréquenter le temple, n'avait pas prié les Messagers matin et soir. Elle croyait qu'ils avaient existé. Le contraire serait absurde, elle qui possédait un objet issu du divin. Mais elle ne croyait pas en eux, pas à la façon de son Saba.

Du moins, jusqu'à présent.

Mais alors que Rezek épluchait ses archives sur les avoirs des Adair, jetant des papiers par-dessus son épaule avec la nonchalance extrême de quelqu'un qui ne se soucie plus de l'avenir, elle eut l'impression qu'une main invisible les guidait. Elle arpentait lentement l'atelier, incapable de se défaire de la sensation qu'elle allait apercevoir un éclat des écailles saphir de Lyzairin ou découvrir dans l'obscurité les yeux dorés d'un lion en train de l'observer.

Ils existent, Ari.

– Nava a dit que les autres Hérétiques étaient enderliens, déclara-t-elle, toujours secouée par la révélation concernant le nom de Levair. Je croyais que sa mère était kinienne.

– Va savoir.

Rezek laissa tomber une autre pile de documents à ses pieds.

La quantité immense d'informations qu'il avait accumulée sur les Adair la décontenançait, même si elle soupçonnait Damien d'en avoir amassé autant sur les Kelbra.

– Après l'invasion, de nombreux Kiniens ont pris des noms aux sonorités enderliennes, songea Ari à haute voix. Levair, ça aurait pu être Lev.

– Je m'en fiche complètement, rétorqua Rezek, avant de sortir un dossier avec un grand sourire satisfait et de le lui tendre. Voilà : tout ce que j'ai sur Shira Adair.

Ari le prit et l'ouvrit sur une des tables de travail. Ce n'était qu'une théorie, provoquée par la réaction étrange de Shira en présence de son Racari la nuit où elle l'avait aidée à donner vie à Atara. Elle avait eu peur du livre, avait incité Damien et Ari à ne pas s'en approcher. Ari l'avait ignorée, comme elle avait ignoré son Saba, trop attirée par le pouvoir que conférait le grimoire.

Pouvait-elle vraiment reprocher à Damien d'avoir fait de même ? Il avait saisi une opportunité de renforcer son pouvoir, étendu son influence dans la ville, lutté contre le Conseil, et recherché le prince Ranier. Elle ne lui en voulait pas. Elle *comprenait* ce choix. Ce qui la blessait si profondément, c'était qu'il ait ressenti le besoin de la tenir à l'écart.

Elle se retrouvait de nouveau avec Rezek, confirmant ainsi toutes les craintes de Damien, mais elle ne voyait pas d'autre solution.

– Le Cheval Noir est selon moi une cachette trop évidente pour le Racari si Shira le détient, commenta-t-elle en feuilletant les pages. Et la propriété de campagne de leur famille est trop lointaine pour offrir un accès facile.

– Si elle l'a en sa possession.

Rezek avait commencé à inspecter les dos des livres sur son étagère, et les faisait tomber les uns après les autres.

– Aidez-moi à chercher.

Elle divisa le tas de papiers et lui en tendit une moitié.

Rezek braqua sur elle un regard dur, les yeux plissés.

– Je ne reçois pas d'ordre, surtout pas de toi, rétorqua-t-il, tout en acceptant la liasse.

Il jeta les feuilles par terre à mesure qu'il les parcourait, et Ari s'efforça de l'ignorer cependant qu'elle examinait les siennes.

Elle n'avait pas mesuré l'ampleur des responsabilités de Shira. Celles-ci couvraient la production de vérillion de la maison Adair et sa vente, le pub du Cheval Noir, les deux domaines de la famille, et de nombreux magasins et commerces dans toute la ville, qu'apparemment elle finançait ou dont elle détenait des parts.

Ari passa à la page suivante et se figea en lisant le nom de l'établissement imprimé en haut. Un lieu dont les visites fréquentes de Shira et son amitié avec Vix, qui le gérait, en feraient un endroit de confiance où entreposer un bien précieux.

Ari posa l'acte de propriété du Corbeau Noyé, frappée par une révélation. Les briques tachées de suie près desquelles elle avait vu Nava un peu plus tôt, l'odeur du fleuve Grey.

Elle se dirigeait vers le quartier du Westmire.

La gorge d'Ari se serra.

– Rivkah.

Le Corbeau Noyé se trouvait à l'autre bout de Veradell, mais leur fiacre allait vite. Ari consultait sans cesse son lien avec Nava et décelait qu'elle était en mouvement. Elle aperçut les vitraux familiers du Murmure de la Rose, vit passer son propre atelier.

Nava voulait le quatrième Racari.

Le Racari qui était dans la famille Adair depuis des générations. Dont Shira avait caché l'existence, auquel elle était peut-être liée, et qu'elle conservait à l'abri au Corbeau Noyé. Rivkah était-elle partie comme elle l'avait promis ? Était-elle en sécurité, ou droit sur la trajectoire d'une Hérétique résolue à se venger ?

– Je ne comprends pas pourquoi je dois t'accompagner.

La voix plaintive de Rezek la ramena à l'instant présent.

– Parce que je ne vous quitte pas des yeux, rétorqua-t-elle, gardant pour elle qu'il n'avait pas fallu beaucoup insister pour le convaincre. Elle soupçonnait que, sans Selvin, Rezek allait à la dérive. Il ne savait plus quoi faire, aussi l'avait-il suivie de son plein gré. Elle était par ailleurs quasi certaine que, si elle le lui faisait remarquer, il changerait d'avis par simple esprit de contradiction.

Sous bien des aspects, Reid et lui n'étaient pas très différents. Damien était cohérent dans son choix d'amis.

Rezek maugréa quelques mots dont Ari se coupa, afin de se concentrer de nouveau sur l'endroit où se trouvait Nava – mais elle découvrit que leur lien était inaccessible. Nava la bloquait-elle ? Si c'était le cas, elle était au courant qu'Ari se dirigeait vers elle.

– Ça ne peut pas aller plus vite, ce machin ? s'impatienta-t-elle.

– Il avance déjà au maximum, répondit Rezek tandis qu'ils prenaient un virage raide, qui les projeta tous les deux contre la paroi de la voiture.

Rezek s'agrippa à la poignée au-dessus de la portière.

– Ce qui d'ailleurs est très dangereux, si je puis me permettre.

– Je m'en fiche.

Ari colla le visage à la vitre et vit le pont Roughshaw droit devant – ils étaient presque arrivés. Chaque mètre qui les séparait encore de l'auberge lui paraissait trop long, chaque seconde interminable, et lorsque le fiacre s'arrêta enfin, elle était prête à exploser.

La porte avait été enfoncée.

Ari descendit d'un bond, activa un enchantement pour la force et la vitesse, et fonça dans l'établissement. Vix gisait sans connaissance à côté d'une table renversée. Iel semblait s'être opposé à Nava, qui était accroupie près d'un autre corps immobile, un livre aux nervures nacrées dans les mains.

À son arrivée, elle se redressa, laissant paraitre le visage de la personne inconsciente.

– Rivkah ! hurla Ari.

Elle se précipita vers Nava, qui l'esquiva avec une rapidité égale. Ari se jeta alors à genoux à côté de sa sœur et prit son pouls. Celui-ci était vigoureux, mais sa cadette saignait.

Ari fit volteface et se releva vivement.

– Qu'est-ce que vous avez fait ?

Les cheveux bouclés de Nava étaient en désordre, sa peau brune mouchetée de sang.

– Cette fille a refusé de me céder le livre. C'est une maline. Elle a dû chercher les descendants des Levair dès que tu l'as mise à la porte. Elle a compris où il était avant nous deux et l'a sorti de sa cachette.

Le regard de l'Hérétique dévia vers Vix.

– Elle ne me l'a avoué que pour m'empêcher de tuer cette personne. Et même là, elle s'est entêtée à ne pas me le remettre.

– Alors vous avez essayé de la tuer ? demanda Ari, la voix rauque.

Nava ferma les yeux et soupira, puis les traits forts de son visage anguleux s'adoucirent.

– Je n'ai pas voulu lui faire de mal. Elle me rappelle ma sœur.

Les poings d'Ari tremblaient.

– Je sais que vous avez délibérément permis à Selvin de parachever son armée de chimères. Pour une raison qui m'échappe, vous voulez qu'il progresse dans ses projets.

Nava la contempla d'un regard chargé d'un doute profond.

– Je t'ai dit que j'allais lui faire payer ses crimes, mais pour cela, il faut qu'il réitère ce qu'il avait commencé jadis.

Sa quête de pouvoirs divins. Elle attendait que Selvin tente de nouveau d'absorber les Racari afin de… elle comprit soudain et en fut abasourdie. Nava n'avait jamais eu l'intention de la maintenir à distance de Rezek. Elle avait protesté juste assez pour convaincre Ari qu'elle travaillait à une solution, puis laissé le reste suivre son cours. Parce qu'elle souhaitait que Selvin prenne possession de leur Racari. Qu'il mette la main sur la pierre de vérité.

– Vous allez l'attaquer comme la dernière fois, déclara Ari. Vous allez provoquer un autre Cataclysme.

– Il pourrait très bien en déclencher un lui-même s'il ne parvient pas à assimiler les Racari. Je vais seulement faire en sorte que ça se produise.

– Et le quatrième Racari ? Qu'a-t-il d'important au point que vous vous en preniez à ma sœur ?

Nava serra le livre de sortilèges contre elle d'un geste presque possessif.

– Je ne t'ai jamais raconté comment j'avais intégré le groupe de Selvin. Un des autres membres était une de mes amies, et elle l'a persuadé de m'accepter.

– Vous m'avez dit que les Racari avaient été offerts aux Enderliens, déclara Ari en montrant le grimoire du doigt. Celui-ci appartient à une famille kinienne.

– Morgaren était enderlienne, justement, par sa mère diplomate, répondit Nava d'un ton amer. Mais elle était aussi kinienne par son père, général dans l'armée. Ses parents ont été emprisonnés après l'invasion, et on a lié Morgaren de force au Racari, par manœuvre politique. On l'a exhibée dans tout le royaume pour convaincre les citoyens kiniens que leurs conquérants étaient justes et raisonnables, mais, dans le même temps, la vie de ses parents était menacée si elle refusait de coopérer.

Nava contempla l'ouvrage avec une douceur qui détonnait avec ses traits grossiers.

– Je veux seulement m'assurer qu'elle ne deviendra pas le pion de Selvin encore une fois.

Elle l'aimait, songea Ari avec une soudaine lucidité. L'intense lueur qui brillait dans le regard de Nava ne trompait pas. L'Hérétique était très attachée à l'âme liée à ce livre, alors que Selvin, lui, n'y accordait aucun intérêt. Nava l'ignorait-elle, ou cachait-elle d'autres secrets ?

Un coup de feu retentit.

La balle traversa la gorge de Nava, qui chancela sous le choc et faillit faire tomber le Racari. Ari se précipita pour l'attraper, mais l'Hérétique la frappa d'un grand revers du bras. Elle fut projetée contre une table et sentit qu'elle s'était fracturé quelque chose. Le souffle coupé, elle cracha du sang, puis son vérillion déferla pour réparer l'os.

Rezek fit de nouveau feu depuis la porte, mais Nava avait anticipé, sa blessure déjà cicatrisée. Elle lui jeta une chaise, le forçant ainsi à s'écarter, puis fonça jusqu'à lui et le cloua contre le mur en le tenant par le cou.

– Je devrais te réduire en charpie pour toute la souffrance qui tu lui as infligée, feula-t-elle, tandis qu'il tentait de se dégager. Tu as servi Selvin de ton plein gré. Tu mérites de mourir.

Soudain, elle le relâcha et le laissa s'affaler par terre.

– Mais c'est ce que tu veux, n'est-ce pas, petit ? Tu veux mourir.

Rezek leva les yeux vers elle à la façon d'un pénitent devant son dieu, et Nava lui tourna le dos.

– L'Enderlain paiera, dit-elle à Ari.

Ces mots retentirent comme une promesse. Une prière.

– Ils paieront tous, ajouta-t-elle.

Puis elle partit, le quatrième Racari sous le bras.

Ari réprima l'envie impérieuse de la poursuivre. Seule, elle ne pourrait pas l'arrêter, et Rivkah avait besoin d'aide. Après avoir vérifié si Vix respirait encore, elle retourna auprès de sa sœur avec un torchon propre qu'elle venait de trouver.

À peine l'eut-elle appliqué sur sa blessure que la voix éraillée de Rezek lui parvint depuis la porte.

– Ari.

Elle attisa son vérillion, se releva d'un bond et fit volteface. Aussitôt, elle s'immobilisa, puis écarta les mains en signe de reddition devant les nombreux fusils braqués sur elle.

Le chef des combattants en treillis blanc cassé la fixa du regard.

– Emmenez-les tous les deux.

34
DAMIEN

L'odeur du sang imprégnait l'air.

Damien se retint de se boucher le nez, sachant que tout le monde dans le pub transformé en charnier attendait de lui des instructions, de la force. Les agents près de l'entrée tenaient à peine sur leurs jambes, et lorsqu'il eut terminé d'expliquer la situation à Elrihan, le visage de l'inspecteur luisait de sueur.

C'était une attaque de chimères.

Les clients du pub et le patron avaient été massacrés, des morceaux de corps étaient éparpillés sur le sol baigné de sang. D'un rapide coup d'œil, Damien constata qu'il manquait des cadavres. Ça n'avait pas été une attaque au hasard, mais une dévoration.

Une des créatures gisait dans une flaque de son propre sang, un couteau planté dans sa tête canine couverte d'écailles. Les autres s'étaient échappées par l'endroit d'où elles étaient venues, laissant derrière elles des empreintes griffues rouge vif.

– Inspecteur, il y a un accès vers les tunnels, en bas, avertit un policier depuis la porte de la cave, en pointant l'index vers l'escalier. La piste de sang disparait dedans.

Elrihan regarda Damien.

– Donnez-moi une demi-heure pour rassembler une section, et nous suivrons cette piste.

– Allez-y. Mais contentez-vous d'une mission de reconnaissance. N'engagez pas le combat avec les monstres.

Elrihan inclina la tête, et alors qu'il s'éloignait pour transmettre les ordres, une voix familière retentit dehors, chargée d'un agacement manifeste.

– Du calme, je souhaite juste prélever un échantillon. Adressez-vous à votre supérieur si vous voulez, on va vous répondre de me ficher la paix.

Damien mourait d'envie de se précipiter dans les tunnels à la poursuite des chimères, mais il y renonça pour se rendre à la porte, où Reid fixait d'un air renfrogné les deux gardes royaux qui bloquaient l'accès. Son expression orageuse changea lorsqu'il vit Damien, et on le sentit hésiter à quitter les lieux.

Au bout d'un moment, il croisa les bras et maugréa :

– Oh, tu es là, toi.

Damien fit un signe de tête aux gardes, qui se postèrent à l'intérieur du pub tandis qu'il rejoignait Reid. Ses sempiternelles poches sous les yeux paraissaient plus foncées, sa peau était plus pâle que d'ordinaire, et Damien dut se retenir de lui dire d'aller dormir. La santé de Reid ne le concernait plus.

– Tu es au courant de l'attaque, à ce que je vois, dit-il.

Reid détourna le regard, comme s'il trouvait un immense intérêt à la façade.

– Toute la ville est au courant, *Votre Majesté*.

Cette nouvelle lui était donc parvenue aussi. Il restait à en faire l'annonce officielle à la population, ainsi qu'à communiquer la date de son couronnement, mais Damien avait tenu à éviter une cérémonie fastueuse. Il ne voulait pas que les gens du peuple l'associent à la noblesse décadente qu'ils méprisaient.

– Reid, dit-il sèchement.

Celui-ci était une des rares personnes à Veradell à pouvoir prouver qu'il n'était pas le prince perdu. Encore peu de temps avant, Damien ne s'en serait pas soucié, mais depuis leur brouille, il n'écartait pas le risque que Reid puisse révéler son imposture, poussé par quelque inquiétude malavisée.

– Oh, n'aie crainte, je n'ai aucune intention de te mettre des bâtons dans les roues. Tu t'en sors très bien tout seul.

Avant que Damien ait pu lui répondre, une masse tendre et chaude se pressa contre sa jambe, et en baissant les yeux, il vit Bidule collé à sa cheville. Reid s'empara du félin et le fourra dans la grande poche qu'il avait cousue à l'intérieur de sa veste.

– Écoute, je voudrais juste prélever un échantillon sur le cadavre de la chimère, et après je partirai, expliqua-t-il. Si tu es vraiment attaché à cette ville…

– Prends ce que tu veux, le coupa Damien.

Il avait d'ailleurs envisagé de faire livrer le corps à Reid, sachant que celui-ci tiendrait à l'analyser. Même s'il ne lui faisait plus confiance, il se fiait en revanche à ses compétences, uniques pour faire des découvertes utiles.

Reid le fixa du regard comme s'il attendait davantage, mais Damien se contenta de lui faire signe d'entrer dans le pub. De toute évidence, Reid cherchait un signe indiquant que leur lien cassé n'était pas irréparable, qu'il s'agissait seulement d'une querelle entre amis qui finirait dans l'oubli.

Mais Damien était incapable de passer l'éponge. Il ne distinguait pas le sentiment déchirant qui le transperçait en présence de Reid du souvenir cuisant d'Arielle évoquant Rezek, ni de celui de sa mère gisant dans son sang.

Il ignorait comment faire machine arrière, ne savait qu'avancer, et s'il devait le faire sans Reid à ses côtés, qu'il en soit ainsi.

– Je ne l'ai pas vue, déclara Reid, qui s'interrompit sur le seuil. Ari.

Damien se crispa.

– Je ne t'ai pas posé la question.

– Si, bien sûr.

Reid tourna vers lui des yeux très bleus, pleins de gravité, et l'espace d'un instant, Damien crut voir Rezek. Celui-ci aussi était fautif – il l'avait poussé à agir de la sorte, et quels que soient ses projets, quoi qu'il essaie d'accomplir, Damien allait tout réduire à néant.

– Laissez-le entrer, ordonna Damien aux gardes. Je m'en vais.

Ils l'accompagnèrent jusqu'à son fiacre. Une fois dedans, il s'autorisa enfin à presser les paumes contre ses yeux, le spectacle du massacre gravé dans sa rétine. Ces images ne cessaient de se modifier, jusqu'à ce que tous les visages deviennent celui de sa mère, que la chimère se pare du sourire hautain de Rezek, et qu'il n'entende plus que la question de Reid.

Et toi, qui va te sauver ?

Il n'avait pas besoin qu'on le sauve. Il pouvait réussir seul. À l'heure qu'il était, la brigade que le Conseil avait constituée devait être au manoir Kelbra, où, il l'espérait, ils trouveraient Rezek – et des réponses. S'ils parvenaient à l'arrêter, ils pourraient circonscrire la menace des chimères, puis Damien pourrait s'attacher à ses projets de réformes.

Le fiacre s'ébranla, puis prit un virage inattendu à gauche. Damien s'agrippa à la portière et ouvrit la vitre avant.

– Pourquoi avons-nous changé de direction ? demanda-t-il aux gardes, installés sur la banquette.

– Il y a un rassemblement de rebelles, Votre Majesté, expliqua l'un d'eux. La rue est bloquée par la foule.

Damien referma la petite fenêtre et se rassit. Le fiacre était banal, les gardes vêtus en civil, aussi personne ne les remarqua, mais la présence des rebelles le préoccupa. Il avait supprimé les taxes de conscription et d'exemption, mis fin à la Guerre éternelle, et les protestations se poursuivaient ?

Entre les rebelles et les chimères, cette ville était au bord de la destruction.

La voiture s'arrêta au château, et lorsque Damien entra, une domestique nerveuse l'attendait. Elle s'inclina avant de lui remettre une lettre, qu'il parcourut en vitesse avec un désarroi grandissant.

C'était un rapport sur l'intervention chez Rezek : le manoir était vide.

Il ne restait pas une seule chimère dans les cachots, même si ceux-ci regorgeaient de preuves de leur passage. Mais ce que la section avait découvert dans le bureau de Rezek à l'étage retint l'attention de Damien : le sol était jonché de documents concernant la maison Adair. Était-il une des cibles de Rezek ?

Quoi qu'il en soit, son plan était déjà en branle, et si le massacre au pub présageait de la suite, ils devaient concentrer tous les efforts sur les chimères, et sans tarder.

– Dites à la section de fouiller toute la ville, en commençant par le centre, enjoignit-il à la domestique. Nous devons absolument trouver Rezek.

L'ancien cabinet de travail du roi Théo ressemblait à un musée, tant il débordait d'une riche collection de cartes encadrées aux murs, et davantage encore d'instruments d'explorateurs qui n'avaient jamais servi. Damien envisageait de tout changer. Cet encombrement lui donnait notamment l'impression de s'être glissé dans la vie d'un autre, mais pour l'heure, il s'installa dans le fauteuil en cuir derrière le grand bureau en chêne, et attendit.

Les grands nobles arrivèrent ensemble, manœuvre destinée à manifester leur pouvoir, tout comme Damien les avait contraints à le rejoindre là plutôt que sur le terrain neutre de la chambre du Conseil.

Le simple fait qu'ils aient obtempéré à sa convocation aurait dû le satisfaire, pourtant même cette victoire lui semblait vaine, mais lorsqu'il se surprit à chercher le regard d'Ari encore une fois, il s'en avoua la cause : il aurait aimé qu'elle soit là, à ses côtés. Il souhaitait qu'elle voie ce qu'il avait accompli, qu'elle comprenne ce qui avait motivé ses actes. Lui expliquer que, dorénavant, les choses seraient différentes, qu'il avait le pouvoir de la protéger.

Puis il se rappela ce qu'elle avait fait. Il se le remémora encore et encore, de sorte que ce sentiment soit réduit à néant.

Seul Cassian prit place dans un des sièges ; Royce et Niékla demeurèrent près de la porte.

Niékla observa la pièce d'un regard prudent.

– Et Eshlin ?

– Elle n'a pas été informée de cette assemblée, répondit Damien.

Si la princesse était une rebelle, il ne voulait pas qu'elle influence leur décision ce jour-là. Il s'était aussi passé d'inviter Niora, afin que cette réunion reste officieuse.

– Je vous ai fait venir pour que nous discutions de la rébellion.

Niékla et Cassian comprirent aussitôt l'insinuation, et il fallut un peu plus longtemps à Royce.

– Je ne serais pas plus surpris que ça, tiens, s'esclaffa-t-il. Je n'ai jamais fait confiance à cette femme.

– Vous ne faites jamais confiance à personne, rétorqua doucement Cassian.

Damien tressaillit presque. Cassian ne s'adressait pas à lui, pourtant le parallèle ainsi créé entre Royce et lui, même lointain, le hérissait. Il n'avait aucun point commun avec cet aristocrate avide, et pourtant cette idée lui faisait horreur.

Il revint au sujet de la rencontre.

– Les rebelles représentent un plus grand danger que jamais. Nos forces limitées ne nous permettent pas de les affronter en plus des chimères. Chaque ressource qu'ils nous coutent en sera une que nous ne consacrerons pas à Rezek.

– Je suis d'accord, déclara Niékla sans préambule. Si nous voulons protéger Veradell des chimères, nous devons neutraliser la rébellion.

Royce haussa les épaules d'un air nonchalant.

– Alors écrasez un de leurs rassemblements. Montrez-leur ce qui arrive quand on joue les traitres.

– Ce ne sont pas des traitres, tempéra Damien. Ce sont des innocents traités comme des moins que rien par un système qui les méprise. Ils réclament du changement, et nous ne pouvons le leur reprocher.

Royce eut un rictus carnassier.

– Je vais me gêner.

– Je suis d'accord avec vous, Haut Lord Adair, dit Cassian avec diplomatie, en fronçant ses épais sourcils. Mais les circonstances sont exceptionnelles et extrêmes. Vous avez dit vous-même qu'ils nous empêchaient de nous concentrer pleinement sur les chimères. Si nous ne pouvons pas affronter Rezek parce que la rébellion monte en puissance, nous devons trouver un moyen de la réprimer.

Damien ne croyait pas un instant que ces nobles veuillent neutraliser les rebelles pour le bien de la ville. Ils voyaient là une occasion d'éliminer une menace contre eux et s'en saisissaient sans la moindre hésitation. Mais il ne pouvait pas non plus réfuter leur logique. S'il fallait choisir entre le royaume et les rebelles, n'était-ce pas sa responsabilité, en tant que roi, de préférer l'ensemble de la population ?

Damien appuya une main contre sa tempe.

– Je veux que l'on diffuse des avertissements, qu'on leur donne jusqu'à demain soir pour évacuer les rues, déclara-t-il. S'ils n'écoutent pas, nous appliquerons votre méthode.

35
MIKIRA

Mikira se sentait prisonnière.

Eshlin avait chargé Jenest et une autre rebelle de la garder à l'œil, la traitant presque comme l'ennemi. L'organisatrice de courses clandestines avait au moins la décence de faire semblant de lui tenir compagnie.

– Oh, joli ! s'exclama-t-elle quand Mikira atteignit le centre de la cible avec un de ses couteaux.

La veille, elle s'était entrainée la journée entière à les maitriser, et ce matin-là, réussir un tir simple tenait quasiment du réflexe. Une petite foule s'était rassemblée, attirée par Jenest, qui s'amusait à commenter les exercices de Mikira comme s'il s'agissait d'une de ses courses.

– Que peut encore accomplir la grande Mikira Rusel ? demanda-t-elle aux spectateurs. Faire *revenir* son poignard, peut-être ?

À peine eut-elle prononcé ces mots que l'arme retourna dans la main tendue de Mikira, sous les cris de surprise étouffés de l'assistance.

Jenest essayait juste de lui remonter le moral, mais elle aurait préféré être seule. Après tous les sacrifices auxquels elle avait consenti, tout ce à quoi elle avait travaillé, on l'avait ramenée à l'état d'enfant qu'il fallait surveiller, incapable de participer à l'effort collectif. Eshlin ne lui avait même pas permis d'envoyer un message à Ari, qui s'inquiétait sans doute de ne pas la voir revenir.

Elle devait trouver un moyen de quitter le quartier général, pensée qui lui rappela surtout le cheval qu'elle n'avait plus.

Une rumeur s'éleva dans la caverne et, à la vue d'Eshlin, de Shira et de Talyana qui traversaient l'espace vers le bureau de la princesse, Mikira retint aussitôt l'ordre qu'elle allait enjoindre à ses couteaux. Toutes les trois étaient sorties tôt le matin, et elles se déplaçaient à présent avec un empressement significatif.

Il s'était passé quelque chose.

– Suivez-moi donc au stand de tir à l'arc pour la prochaine démonstration, carillonna Jenest afin de se faire entendre malgré le brouhaha. Là, vous verrez de quoi ces couteaux sont vraiment capables.

Sur le point de protester, Mikira décela l'étincelle dans les yeux de la rebelle – un instant avant que l'assemblée captivée lui emboite le pas, donnant à Mikira sa liberté de mouvement. Elle sauta sur l'occasion pour se faufiler dans la multitude, derrière la scène de fortune, et ressortir devant le bureau.

La porte était fermée.

Alors qu'elle s'apprêtait à y coller l'oreille, le battant s'ouvrit et Talyana se figea. La colère sur ses traits reflua.

– Kira…

– Faites-la entrer, ordonna Eshlin.

Talyana hésita et fixa Mikira d'un regard de mise en garde, mais quoi que désire la princesse, Mikira n'avait aucune intention de s'y soustraire. Elle adressa donc un petit hochement de tête à son amie, puis se glissa dans la pièce.

Shira était comme à son habitude seule perchée sur le rebord de la fenêtre, la mine impassible, tandis qu'Eshlin lissait un tract froissé sur sa table. Sans perdre un instant, la princesse expliqua :

– Le Conseil a déclaré un ultimatum pour l'évacuation des rues. Mais au contraire, nous allons organiser un rassemblement. C'est pour nous l'occasion de montrer au peuple le peu d'estime que le système a pour lui.

– Eshlin souhaite donner un visage à la rébellion, ajouta Shira, avec une neutralité prudente. Une adversaire en chair et en os que Damien cherchera à mater à tout prix.

Mikira déglutit nerveusement.

– Moi.

– Tu n'es pas obligée, lui confia Talyana, mais Mikira secouait déjà la tête.

– Damien était mon sponsor. Si je me dresse contre lui, ça fera parler.

Ce serait si facile de la dépeindre en jeune éleveuse de chevaux innocente manipulée par un noble égoïste. Tel un tremplin qu'il avait utilisé pour accéder au trône.

Cela lui permettrait aussi de quitter la base.

Shira la jaugea d'un regard inébranlable et intimidant.

– Tu deviendras encore plus une cible, la prévint-elle.

– Et tu te mettras en danger, protesta Talyana, en lui prenant les mains comme pour lui transmettre physiquement son inquiétude.

Mikira frémit. Depuis si longtemps, on lui intimait de s'aplatir, de se maitriser, mais elle ne supportait plus de ne pas se défendre. De toujours rester conciliante, de réparer au lieu de casser. Elle n'était plus la fille désemparée qui avait été dépendante de Damien, et il n'était pas le seul à pouvoir exploiter sa notoriété comme une arme.

Elle connaissait le pouvoir que recelait son nom, et elle allait le mettre à profit.

– Je ne resterai pas ici les bras croisés, affirma-t-elle, en serrant les mains de Talyana. Il faut que j'agisse.

– Vous comprenez ce que nous vous demandons ? s'enquit Eshlin. Avec la fin de la Guerre éternelle, nous ne pouvons plus nous contenter des mots pour entacher le nom de Damien. Nous devons lui donner quelque chose à combattre. Quelque chose à écraser.

Un court instant, Mikira aurait juré qu'elle avait décelé une étincelle d'exaltation dans le regard de la princesse.

Comme si la perspective des affrontements sanglants à venir l'enthousiasmait. Elle rejeta aussitôt cette idée ; Eshlin était juste dévouée corps et âme à leur cause. Sinon, pourquoi risquerait-elle sa vie pour chasser sa propre famille du pouvoir ?

Mikira releva le menton.

– Je comprends.

Elles choisirent la place de Canburrow pour le rassemblement.

Elles firent circuler l'information peu avant l'évènement, grâce aux réseaux de Jenest, aux contacts d'Eshlin et de Shira, et en placardant des tracts dans toute la ville. C'était satisfaisant de les voir collés sur les anciennes affiches de recrutement, imprimés du symbole rebelle – les mains de la Déesse entrecroisées en signe de camaraderie.

Mikira faisait les cent pas derrière l'estrade érigée à l'occasion de l'Illinir, qu'on n'avait pas démontée. Une foule commençait déjà à se masser devant, ce qui n'allait pas tarder à attirer l'attention de l'Anthir – comme prévu.

– Tu es sure que c'est une bonne idée, Kira ? lui demanda Talyana pour la troisième fois.

Bien que touchée par sa sollicitude, Mikira aurait aimé qu'elle cesse de lui poser la question. À chaque interrogation, cela ébréchait un peu plus sa confiance. Car non, elle n'en était pas sure. Non seulement elles mettaient des vies en danger, mais cette action marquerait aussi un point de bascule.

Ce jour-là, le mouvement allait s'annoncer de façon tonitruante. Ce jour-là, il déclarait la guerre.

Elle se sentait partagée. Le royaume venait d'apprendre la fin de la Guerre éternelle. Toute la semaine, les rues avaient débordé d'habitants qui fêtaient l'évènement. La moitié des badauds qui se trouvaient là buvaient des chopes de bière et ignoraient ce qui se préparait. Le commandement avait posté des rebelles aux alentours, élaboré des plans pour que les innocents puissent fuir en toute sécurité, pourtant cette décision lui semblait être à la fois une erreur et leur seul choix.

S'ils ne capitalisaient pas sur la haine du peuple envers la couronne, la rébellion s'essoufflerait. Et qu'importaient les réformes engagées par Damien, elle savait d'expérience qu'avec lui rien n'était acquis. Et si pour sa part il vouait un attachement sincère à Veradell, qu'adviendrait-il quand quelqu'un d'autre accèderait au trône ?

Elle aurait voulu lui donner une chance, lui faire de nouveau confiance, mais il n'était que le symptôme d'un problème plus vaste, le rouage d'un système qui imprégnait chaque facette de sa vie. Tant que son usurpation ne serait pas réglée, Eshlin ne se concentrerait pas sur les chimères. Si les plans de Selvin s'accomplissaient, il deviendrait un dieu pourvu d'un pouvoir inimaginable, et pour l'arrêter, Nava risquait de déclencher un nouveau Cataclysme.

Elle songea au cadavre en putréfaction d'Elidon, à sa mère rongée par le vérillion. Combien d'autres mourraient ainsi avant que la monarchie soit renversée ?

– Oui, j'en suis sure, répondit-elle enfin après une trop longue réflexion.

Talyana s'approcha d'elle, prit son visage entre ses mains avec une telle douceur qu'elle en frissonna. Sa présence rassurante était pareille à une drogue, à une bouée de sauvetage. Mikira s'y agrippa, et Talyana la serra fermement contre elle, appuya son front contre le sien.

– Sois prudente, chuchota-t-elle.

Puis Jenest lui fit signe qu'elle avait deux minutes, son haut-parleur enchanté dans une main et son masque de Lyzairin dans l'autre. Mikira l'entendit à peine l'annoncer à l'assemblée, ses pensées accaparées par la jument qui aurait dû être à ses côtés. Les gens s'attendaient à les voir toutes les deux. Eshlin avait même tenté de la convaincre d'y aller avec un sosie, mais elle avait refusé.

Atara méritait mieux que ça.

Elle méritait la vengeance, et c'était exactement ce que Mikira allait lui donner aussitôt son rôle ici terminé. Jenest avait reçu l'ordre de la ramener au quartier général, mais dès que l'émeute aurait commencé, elle profiterait du tumulte pour s'échapper et rejoindre Ari afin qu'elles affrontent les Hérétiques ensemble.

– Sans plus tarder, je vous présente la plus jeune championne de l'Illinir de tous les temps, Mikira Rusel !

La voix de Jenest fut engloutie par les vivats cependant que Mikira s'avançait au prix d'un grand effort. Elle gravit les marches branlantes, alla jusqu'au milieu de la scène, où des centaines de regards convergèrent sur elle.

On avait disposé des lampes enchantées à intervalles réguliers afin de repousser la nuit qui gagnait du terrain. Elle contempla l'assemblée, les enfants qui poussaient afin d'approcher pour mieux voir, les adultes bras dessus bras dessous, et les rebelles un peu plus loin qui guettaient l'Anthir.

Puis elle commença son discours.

– Je vais vous raconter une histoire, déclara-t-elle, sa voix se diffusant dans toute la place.

Les acclamations se calmèrent, et elle poursuivit.

– L'histoire d'une fille et de son rêve. Depuis toujours, je n'ai eu qu'une obsession : participer à des courses. En grandissant, je vénérais des cavalières et des cavaliers comme Arabella Wakelin, Alren Zalaire, et, bien sûr, Keirian Rusel.

Un sifflet fusa dans la foule à l'évocation de son père, auquel elle répondit par un sourire radieux.

– Mais ce monde n'était pas fait pour moi. Il m'a été fermé par un homme qui a voulu s'approprier ce qui ne lui appartenait pas, puis qui s'en est servi contre moi. J'ai été contrainte de concourir à l'Illinir pour sauver le haras de ma famille, où j'ai été témoin de la vraie brutalité de ces compétitions.

C'était un récit que nul dans le public ne connaissait. Ils ne voyaient que la fille qui avait pris tous les risques et gagné ; ils ignoraient les conséquences qui l'avaient guettée en cas de défaite. Les années passées sous le joug des Kelbra. La peur, l'isolement. Mais elle raconta tout. L'angoisse qui avait poussé sa mère à fumer le vérillion. Les impôts écrasants, sa tentative idiote de demander de l'aide.

Son père, et Lochlyn – et Iri.

Tout ce qu'elle avait perdu à cause de la noblesse et de leurs jeux. Puis elle leur parla de Damien.

– Il s'est servi de moi, dit-elle à la foule à présent silencieuse. Il a fait de moi un pion dans sa quête de pouvoir et m'a jetée quand il n'a plus eu besoin de moi. Tout ce qu'il a fait a été motivé par l'égoïsme, parce que rien ne compte plus pour Damien Adair que lui-même.

Elle éprouva un certain plaisir à prononcer ces mots, tout en s'en voulant de mentir. Car malgré le mal qu'il lui avait fait, si furieuse qu'elle fût contre lui, elle ne croyait pas vraiment à cette accusation. Pourtant, Damien ne reculerait devant rien pour conserver le pouvoir. Il n'avait laissé aucun doute là-dessus lorsqu'il l'avait rejetée.

Ce soir-là, elle devait faire en sorte qu'il le prouve.

Des murmures parcouraient l'assemblée, à présent, et Mikira lâcha le micro, s'approcha du bord de la scène.

– Je sais que vous êtes beaucoup à penser que le pire est derrière nous. Qu'un roi qui abolirait des taxes injustes et mettrait fin à une guerre qui l'est encore davantage est un roi en qui l'on peut croire. Mais j'ai cru en Damien Adair autrefois, et il m'a grugée, comme il vous grugera tous.

Ses mots lui venaient plus vite, jaillissaient d'un endroit plus à vif et plus douloureux qu'elle en avait eu conscience.

– Au bout du compte, Damien Adair n'est qu'un corps de plus sur le trône. Un autre noble qui cherche à vous contrôler. Ce n'est pas un nouveau roi qu'il nous faut, c'est un nouveau système. Un système où vos voix seront entendues, où vous déciderez de vos propres choix.

Lorsque s'éleva le rugissement de la foule, elle se rendit enfin compte que celle-ci avait presque triplé de taille – mais ils n'étaient pas seuls. Les sentinelles rebelles en périphérie indiquaient par gestes frénétiques qu'il était temps de partir, et elle aperçut Jenest qui lui faisait signe de quitter la scène. Talyana attendait à côté d'elle, les rênes de son cheval dans la main.

Mais l'attention de Mikira s'était fixée sur un visage dans la multitude, aux yeux couleur acier, et derrière qui se massait une armée de policiers.

Damien Adair.

Mikira soutint son regard et déclara :

– L'heure de la rébellion est venue.

Puis les cris de la charge retentirent.

Mikira avait eu un mince espoir qu'elles se soient trompées. Que Damien laisserait le rassemblement se poursuivre plutôt que de risquer des vies innocentes dans sa tentative de garder le contrôle. Mais lorsque l'Anthir déferla autour de lui, cet espoir se volatilisa.

Les soldats rebelles firent de leur mieux pour les retenir le temps que les spectateurs s'enfuient, mais ils furent submergés. Des coups de feu éclatèrent, des hurlements de douleur se mêlèrent aux vociférations des policiers. Une femme en fuite trébucha et fut piétinée par la cohue. Près de la scène, un enfant appelait son père inerte en gémissant.

Mikira tendit les bras vers lui, mais Jenest la tira pour lui faire quitter l'estrade. Elle perdit l'enfant de vue tandis que le tumulte les engloutissait, et Jenest la poussa vers le cheval qui l'attendait dans une ruelle.

– Pars ! On s'en occupe !

Tout en elle s'insurgea contre cette injonction, mais les rebelles resserraient les rangs entre la foule et elle, et son créneau pour s'échapper se refermait vite. Elle ravala sa colère, enfourcha sa monture et partit au galop. Même si elle entendit Talyana l'appeler, elle ne ralentit pas avant de s'être assez éloignée du rassemblement. Alors seulement fit-elle aller son cheval au pas.

Des claquements de sabots rapides attirèrent son attention. Elle jeta un coup d'œil derrière elle et Talyana apparut, debout sur ses étriers.

– Qu'est-ce que tu fous, bordel ? demanda-t-elle après l'avoir rejointe.

Mikira talonna sa monture pour repartir au trot.

– Je ne peux pas rentrer au quartier général. Je devais retrouver Ari pour l'aider.

Eshlin serait furieuse qu'elle ait de nouveau désobéi aux ordres, mais Mikira s'en moquait. Depuis l'Ascension de Damien, la princesse ne ressemblait plus à la femme bienveillante des débuts. Sa ferveur pour accéder au trône ébranlait Mikira dans sa conviction qu'à la fin des évènements, elle cèderait le pouvoir sans rechigner.

– Eshlin a dit que…

– Je sais ce qu'elle a dit. Eshlin a tort, Tal. Elle refuse de comprendre que les Hérétiques représentent la plus grande menace. Elle est obsédée par le trône.

Des cris retentirent dans leur sillage, l'émeute se propageant dans les rues voisines. À ce rythme, le chaos allait s'étendre dans toute la ville, tonneau de poudre embrasé par son discours. Après cette répression, plus jamais le peuple ne verrait un sauveur en Damien. Ils ne verraient en lui qu'un homme prêt à tout pour conserver le pouvoir.

Alors peut-être Eshlin pourrait-elle s'emparer de la couronne. Alors peut-être, Damien vaincu, affronterait-elle le véritable péril qui pesait sur eux.

Talyana se mordit la lèvre et jeta un coup d'œil nerveux vers la place.

– Écoute, il faut s'occuper des Hérétiques, je suis d'accord, mais la situation va être de plus en plus dangereuse, maintenant. Nous devrions retourner à la base pour nous regrouper.

– Vas-y, toi. Moi je dois retrouver Ari.

L'expression de Talyana se durcit.

– Alors je t'accompagne, et n'essaie pas de m'en dissuader.

Un vif soulagement gagna Mikira, qui hocha la tête. Elles repartirent ensemble vers l'atelier d'Ari. À leur arrivée, le bâtiment était plongé dans le noir, mais Mikira descendit quand même de cheval et frappa. N'obtenant pas de réponse, elle tourna la poignée, et la porte s'ouvrit.

Personne.

Talyana la rejoignit après avoir attaché les chevaux, alluma une lanterne cependant que Mikira fouillait la pièce, dans l'espoir de trouver un message ou un signe indiquant où Ari était partie. Mais si elle était rentrée depuis leur passage chez Rezek, rien ne le montrait.

– Il faut qu'on la retrouve.

Mikira s'efforça de respirer à fond pour refouler sa panique.

– Comment ? répliqua Talyana. Il est tard, tu es épuisée, et il y a de fortes chances qu'elle repasse par ici tôt ou tard.

– Sauf si Rezek s'en est pris à elle.

Mikira s'assit lourdement sur le petit lit et enfouit la tête dans ses mains.

Elle n'aurait jamais dû la laisser seule avec lui.

– Du peu que je sais d'elle, elle est plus redoutable que tu as l'air de le penser.

La fatigue s'abattit sur Mikira. Son esprit lui soufflait qu'elle devait agir, mais son corps était alangui, et l'attraction du sommeil était difficile à ignorer. Tout comme la logique de Talyana. Si Ari était saine et sauve, elle allait probablement rentrer à l'atelier dans la soirée.

– D'accord, dit-elle. Nous allons attendre ici. Pour l'instant.

Elles allèrent nourrir les chevaux avant de regagner la couchette, où Mikira fut ébranlée en songeant qu'Atara ne serait pas là pour les alerter du danger. La gorge nouée, elle s'efforça de respirer, habituée à surmonter cette émotion. Elle avait éprouvé la même pour sa mère, et Lochlyn, et Iri – des flambées de chagrin qui la prenaient au dépourvu.

Il lui fallait les repousser, sous peine qu'elles l'entrainent par le fond.

Elle sortit un poignard et lui ordonna de garder la porte. Après quoi elle se coucha à côté de Talyana, tournée vers son dos. Le sommeil s'emparait d'elle, mais elle voulait rester éveillée pour attendre Ari, aussi compta-t-elle les taches de rousseur qui constellaient son dos. Elle en était à quinze lorsque son regard buta sur quelque chose, un point différent des autres, qui provoqua en elle une pensée inachevée.

Elle savait que c'était important, mais ses paupières étaient trop lourdes, son esprit sombrait, et avant qu'elle ait pu résister, elle dormait.

36
DAMIEN

Au matin de son couronnement, Damien faisait les cent pas dans le bureau du roi. Tendu à bloc, il attendait des nouvelles de l'émeute de la veille. Il aurait voulu gérer la situation avec plus de doigté, sachant que la répression musclée des rassemblements ne ferait que crédibiliser la rébellion, mais, avec les chimères lâchées dans la ville, il ne pouvait se permettre de leur laisser le champ libre. Le soleil se levait à peine, et on lui avait déjà rapporté deux attaques sanglantes.

Néanmoins, pour tout citoyen qui trinquait à sa santé pour avoir mis fin à la Guerre éternelle, un autre répèterait le discours des rebelles, et maintenant plus que jamais après l'intervention de l'Anthir. Il avait donné l'ordre de ne viser que les insurgés et que les innocents ne soient pas inquiétés, mais la situation avait vite dégénéré.

On frappa à la porte, et l'inspecteur Elrihan entra à son injonction, avant de s'incliner respectueusement.

– Votre Majesté, les rues ont été débarrassées des derniers restes de la manifestation. Nous n'avons pas trouvé Mikira Rusel.

Damien serra les poings. Il avait révélé l'appartenance de Mikira à la rébellion pour restreindre ses mouvements ; jamais il n'aurait pensé qu'elle en deviendrait l'égérie. La fille qu'il avait connue n'aurait jamais été capable de monter sur scène et de galvaniser une foule entière – à moins de croire profondément au bienfondé de son acte. Et quand Mikira croyait en quelque chose, les gens la croyaient en retour.

Ça avait été son cas.

Combien allaient rejoindre la cause des rebelles, à présent ? Combien voyaient en lui le monstre qu'elle avait dépeint ? Elle représentait pour lui une plus grande menace qu'il l'avait anticipé, et si elle se plaçait dans sa ligne de mire, il n'hésiterait pas à tirer.

Tu m'avais dit qu'on ne recourrait pas à la violence. La voix de Reid ressurgit dans sa tête, mais il la refoula. Il se contentait de demi-mesures depuis trop longtemps. Il ne laisserait pas la rébellion gâcher les fruits de son combat acharné, refusait que tous ses sacrifices aient été en vain. Si pour cela il devait mettre l'Enderlain à feu et à sang, il lui suffirait de reconstruire quand il aurait terminé.

Ari ne le lui pardonnerait sans doute pas, Reid verrait en lui un homme changé, mais ils n'étaient pas là.

Il ne restait plus que lui.

– Faites en sorte que tout rassemblement des rebelles soit réprimé, ordonna-t-il à Elrihan. Armez autant d'agents que possible, et qu'ils patrouillent à toute heure. Et mettez à prix la tête de Mikira Rusel.

Il saisit sa veste sur le dossier de son siège.

– Qu'on me la ramène – morte ou vive.

Lorsque Damien atteignit la chambre qu'il avait choisie au château, il avait défait son gilet, déboutonné ses manches de chemise, et portait sa veste jetée sur son bras. Son couronnement allait avoir lieu dans quelques heures, et il lui fallait un moment pour apaiser le tourbillon de ses pensées. Mais à peine eut-il fait un pas à l'intérieur qu'il s'arrêta net.

Confortablement installée dans un fauteuil devant la cheminée, Shira l'attendait.

Elle avait dans les mains le même roman à l'eau de rose que le jour de son Ascension, alors qu'elle l'avait déjà lu plusieurs fois. Le dos du livre était presque délabré, pourtant, sa sœur parcourait la page avec l'avidité d'une nouvelle lectrice.

Il lança un coup d'œil aux deux gardes postés dans le couloir, qui ne l'avaient pas prévenu de sa visite, et ferma la porte.

– Comment es-tu entrée ?

Shira soutint son regard.

– Eh bien, pour une fois, Reid n'a pas fait de complications.

Tout à coup, Damien eut l'impression d'être un animal pris au piège. Il était dépenaillé, les cheveux en bataille, ses émotions étaient transparentes, et les yeux foncés de sa sœur en absorbaient la moindre miette avec une acuité dont il n'avait jamais su se cacher.

Damien remit son gilet, puis sa veste, et passa la main dans ses cheveux pour se recoiffer.

– Qu'est-ce que tu fais là, Shira ?

– C'est comme une armure, pour toi ? Tes vêtements, l'ordre. Le *contrôle*.

Seuls ses frère et sœur pouvaient voir derrière son masque et l'aiguillonner si facilement. C'était à cause de Shira qu'il avait appris à être si prudent. Elle paraissait toujours tout savoir sur Loïc et lui sans aucun effort.

– J'ai à faire, Shira, dit-il d'un air tendu.

– Oui, bien sûr. Tu dois sauver le royaume, tout ça.

Elle agita la main d'un geste nonchalant, comme si ce qu'il avait accompli jusque-là ne valait pas les mots pour le décrire. Alors qu'elle, elle ne savait que se défausser de toute responsabilité. Elle sortait de sa vie comme bon lui semblait et n'y revenait que le temps d'y donner des coups de griffes.

– Peut-être que je devrais être plus comme toi et ne jamais rien faire ?

– Tu n'as aucune idée de ce que je fais, répondit froidement Shira. Pour ça, il faudrait que tu te décentres de ta petite personne.

L'agacement frémissant de Damien se fit tranchant.

– Tu ne t'es jamais intéressée aux affaires de la maison. Tu as même engagé quelqu'un pour s'occuper des champs de vérillion à ta place. Tu as tourné l'Ascension en dérision, et après tout ce que j'ai fait pour notre famille, tu m'as laissé en porter le poids.

Un sourire narquois se dessina sur les lèvres de Shira, qui ferma son livre d'un coup sec.

– À t'entendre, tu aurais accepté qu'il en soit autrement. Dis-moi, petit frère, si je te demandais de partager ton fardeau avec moi, tu serais d'accord ?

Non, il ne le ferait pas. Parce qu'il n'avait pas confiance en elle. Ni en personne. Au bout du compte, tout le monde mentait. Tout le monde trahissait.

Tout le monde.

Le visage de Shira s'adoucit, puis elle se leva lentement.

– Arielle est en danger, annonça-t-elle.

Il se figea.

– Elle a fait sortir l'Hérétique de son corps en la transférant dans un golem. Maintenant, cet esprit est libre et projette

d'affronter Rezek dans une bataille qui pourrait déclencher un autre Cataclysme et détruire l'Enderlain.

Elle va bien. L'espace d'un instant, ce fut la seule pensée qui vint à Damien. Arielle avait trouvé un moyen de se libérer de l'Hérétique, et où qu'elle soit, Shira ne s'inquiétait pas pour son sort immédiat. Elle était donc saine et sauve. Mais pour combien de temps ?

Après son empoignade avec Reid, il avait envoyé des messagers la chercher, sans succès. Elle n'aurait pas dû être sa priorité – il n'aurait même pas dû se soucier d'elle après ce qui s'était passé entre eux –, pourtant, il ne pouvait la chasser de sa tête. Que penserait Arielle de ce qu'il avait accompli ? Que lui recommanderait-elle dans telle ou telle situation ? Sa présence à ses côtés lui manquait. Sa douceur, aussi. Sa façon de toujours envisager les choses avec la même contemplation tranquille. Il se languissait de sa voix mélodieuse.

Et s'il ne l'avait pas retrouvée parce que Rezek lui avait fait du mal, dernière vengeance dans leur jeu périlleux ? Et si…

Il rejeta cette pensée. Il n'avait plus à s'inquiéter pour Arielle. Elle s'était montrée très claire sur ce point.

– Et l'Hérétique de Rezek ? demanda-t-il d'une voix rauque.

– Selvin. Il a quitté son corps et investi celui d'une chimère.

Cela signifiait-il que les attaques de monstres et l'affrontement à venir provenaient de la seule volonté de Selvin ? Rezek ne jouait-il aucun rôle dans les évènements ?

– Je vais m'occuper des Hérétiques, affirma-t-il d'un ton dur. Inutile qu'Arielle soit impliquée.

– Elle l'est déjà, rétorqua Shira, avant de glisser le livre dans une poche de pantalon. Tu sais bien qu'Ari n'est pas du genre à se dérober.

Il se tourna vivement vers elle.

– Alors, je la trouverai moi-même et je l'empêcherai de s'en mêler. Elle n'a aucun besoin d'être de nouveau confrontée à Rezek ou Selvin.

Shira émit un bruit désapprobateur.

– On est jaloux, petit frère ?

– Rezek est dangereux, Shira. Je ne pensais pas que j'aurais à t'en convaincre.

– Oh, ce n'est pas nécessaire, lui certifia-t-elle. Mais je ne suis pas si sure que tu vailles mieux pour elle.

– Qu'est-ce que ça signifie ?

– Que j'ai l'impression de te perdre, Dara, répondit-elle, la voix cassée.

La blessure à vif qu'il y perçut l'arracha à sa colère. Shira le fixait d'un regard franc, implorant. Jamais il n'avait vu sa sœur ainsi. Pas même quand leur mère était morte et qu'elle l'avait trouvé qui serrait son cadavre dans ses bras. Elle lui avait desserré les doigts et l'avait tenu contre elle pendant qu'il pleurait.

Pareille robustesse n'était pas censée vaciller.

Shira enfouit la tête dans ses mains.

– Je ne te reconnais plus, et je ne sais pas comment te faire revenir. Mais peut-être qu'elle le pourra, elle, si tu lui en donnes la chance.

– Je n'ai pas besoin d'être secouru.

Il s'irrita du tremblement dans sa voix, et davantage encore de ne pas pouvoir l'empêcher. Le contrôler.

– Ce que je suis devenu, reprit-il, je l'ai façonné moi-même. J'ai mis fin à la Guerre éternelle, moi seul, et ce n'est que le début. Je peux sauver le royaume.

– À condition que tu ne l'aies pas détruit d'abord.

Elle leva vers lui des yeux fatigués et ajouta :

– Tu réprimes des rassemblements pacifiques, Dara ! Tu fais le jeu de la rébellion. Jusqu'où es-tu prêt à aller ? Vas-tu sacrifier ton âme ?

– S'il le faut.

Un retour en arrière n'était plus possible. Il n'y avait plus d'autre chemin à emprunter.

Shira vint jusqu'à lui à pas vigoureux.

– Quitte à finir broyé pour parvenir à tes fins, n'est-ce pas ? s'enquit-elle, avec un calme inébranlable qui l'excédait.

Jamais il n'avait réussi à exploiter ses failles comme avec Loïc. C'était pour cela qu'il l'avait repoussée, ne voulant pas d'une autre variable qu'il ne contrôlait pas.

– As-tu déjà envisagé que le problème, ça puisse être toi, Dara ? Que le système est à bout de souffle, mais que tu le consolides ? Les choses que tu as dû faire… Que dirait notre père, maintenant que tu as sali le nom de notre mère ?

– Je n'ai plus besoin de son approbation, cracha Damien, même si ces mots tiraillaient sa chair.

Il lui avait été pénible d'insinuer que leur mère avait été infidèle, mais ç'avait été la seule façon de convaincre les gens qu'il était le prince perdu.

– D'accord, dit-elle simplement. Tu ne t'es jamais demandé pourquoi Loïc était le préféré de papa ? C'est parce qu'ils sont très semblables. Tous les deux ne se sont jamais intéressés qu'au pouvoir en lui-même. Mais toi, tu es différent, Dara. Tu l'as toujours été.

– Alors tu devrais savoir que je peux réussir, dit-il, une détresse inattendue dans la voix. Tu devrais être dans mon camp !

– Je le suis tout le temps, répondit-elle, si doucement qu'il faillit ne pas l'entendre. Même quand tu ne sais pas lequel c'est.

Sans crier gare, elle le serra dans ses bras avec une puissante vigueur. Il se raidit, saisi par l'envie impérieuse de lui rendre son accolade, de lui avouer les doutes et les peurs qui l'assaillaient, et de l'implorer de tout arranger comme elle l'avait toujours fait. Mais pareille faiblesse était un luxe qu'il ne pouvait s'accorder. Et l'Enderlain non plus.

Lorsqu'il s'écarta, enfermant chaque brin d'émotion derrière un mur d'acier, il déclara d'une voix glaciale :

– Je sais que tu travailles avec les rebelles. Si je te revois, je te ferai arrêter.

Elle lui caressa la joue, sans même chercher à nier, même si ça n'avait été qu'une intuition de sa part. Une expression qu'il n'identifia pas traversa le regard de Shira.

– Au cas où tu aurais oublié, tu as un frère, dit-elle d'un ton grave, avant d'aller vers la porte. Il s'est volatilisé des cellules de l'Anthir.

Puis elle disparut.

37
MIKIRA

Mikira fut réveillée par un cri de douleur.

Elle s'assit brusquement dans le lit, la vue trouble et un poignard au clair. La porte de l'atelier était ouverte et révélait un homme qui s'écartait d'un pas vacillant du couteau en lévitation. En suspens devant le seuil, celui-ci empêchait l'intrus d'entrer, et alors que Mikira s'apprêtait à envoyer le second, une petite forme noire entra dans la pièce en trottinant.

– Bidule ?

Elle cligna des paupières, contempla les tatouages sinueux sur les avant-bras de l'inconnu, les manches retroussées de son long pull noir, ses cheveux en bataille.

– Reid ?

– Si tu pouvais ne pas me poignarder, ça m'arrangerait.

Sa mine renfrognée habituelle céda vite place à la gêne quand il les vit toutes les deux sous les draps. Mikira grimaça. Ce n'était pas ce qu'il y paraissait, mais quand même un peu. Elle aurait voulu nier, s'expliquer, pourtant, elle n'avait pas les mots pour décrire quelque chose qu'elle commençait tout juste à comprendre elle-même.

Elle sut seulement que la peine enfouie sous cette gêne trouvait un écho en elle.

Reid se détourna cependant qu'elle sortait précipitamment du lit, enfilait ses bottes et attrapait Bidule sur le chemin de la porte. Elle le suivit dehors et tira le battant presque à fond.

Puis elle resta immobile, le chat dans les bras. Il était tôt, la brume matinale se dissipait, et on percevait dans l'air une légère odeur de la fumée des usines, mais elle sentait à peine le froid.

Mal à l'aise, Reid se tenait presque de l'autre côté de la rue et s'agitait nerveusement, comme s'il hésitait à s'enfuir.

– Je cherchais Ari, déclara-t-il, presque sur la défensive.

Mikira serra Bidule contre elle.

– Nous aussi.

Le silence s'imposa de nouveau. Elle avait l'impression d'être un cheval bloqué dans les stalles de départ, sans piste sur laquelle s'élancer. Elle désigna la distance qui les séparait.

– Je ne vais pas te mordre, le taquina-t-elle, afin de détendre l'atmosphère.

Elle s'attendait à ce qu'il lui renvoie une pique, mais il se contenta de la fixer d'un regard tranquille, implorant.

– Je ne peux pas faire ça, dit-il d'une voix rauque. Je ne peux pas jouer à ce jeu.

Elle tressaillit. Ça n'avait jamais été un jeu, pour elle. Mais elle était si lasse de s'accrocher à son ressentiment. Après sa réconciliation avec Ari et ses brèves rencontres avec Reid, les dernières traces de ses rancunes s'étaient évaporées, et il ne restait que la proximité qu'elle avait autrefois ressentie en sa présence. Une proximité qui lui manquait profondément après tout ce qu'elle avait perdu.

– Moi non plus, je ne veux pas jouer, rétorqua-t-elle. Je veux…

Elle s'interrompit. Que désirait-elle, au juste ? Que Reid n'ait pas l'air si blessé. Que son propre cœur se décide. Comprendre enfin ce qu'elle éprouvait, ne pas être la petite chose brisée qu'elle pensait être. Dire ce qu'il fallait, pour une fois.

– Je veux que tu restes.

La vérité lui vint beaucoup plus facilement qu'un mensonge, et adoucit Reid. Elle risqua un pas en avant, puis un autre, et il demeura immobile jusqu'à ce qu'elle se tienne devant lui.

– Je sais que ça s'est envenimé entre nous, et je suis désolée d'avoir contribué à ce qu'on en arrive là. Mais je veux que tu fasses partie de ma vie, Reid.

Elle l'y voulait comme elle y voulait Talyana : en tant que camarade, confident, compagnon. Tel un ami dont elle ne pouvait se passer.

– Moi aussi, répondit-il vite.

Elle lui mit délicatement Bidule dans les bras.

– Viens à l'intérieur, alors.

Elle l'emmena dans l'atelier, où Talyana se réveillait.

– Kira ? fit-elle d'une voix ensommeillée.

Puis, plus vivement :

– *Haldane* ? Par les quatre enfers…

– Je cherchais Ari !

La mine renfrognée, Reid serra Bidule contre lui. Alors que Mikira fermait la porte, il entra d'un pas hésitant, jeta un autre regard noir à Talyana, puis s'adossa mollement contre le mur.

– J'ignore où elle peut être, figure-toi, répondit la sergente.

Elle sortit du lit et saisit sa veste. Mikira remarqua à peine l'expression ténébreuse de Reid, tant la marque qu'elle avait décelée dans le dos de Talyana la veille au soir accaparait son attention.

– Tal, attends.

Elle posa la main sur son épaule avant qu'elle ait pu la couvrir.

– Qu'est-ce qu'il y a ?

Mikira appuya doucement sur la cicatrice.

– Ça fait mal ?

– Un peu, reconnut Talyana à contrecœur.

Mikira l'examina, tandis que les pièces du puzzle se réorganisaient. Puis elles s'assemblèrent tout à coup, et elle chuchota :

– Ton empoisonnement, c'était un leurre.

– Pardon ?

Talyana laissa glisser la veste sur son bras. Derrière elle, Reid blêmit.

Mikira leva vivement les yeux vers lui.

– J'ai raison, n'est-ce pas ?

À cette question, il sembla prendre dix ans. Il s'assit lourdement sur le tabouret à côté de l'établi, les jambes allongées devant lui. Bidule descendit pour se blottir sur ses cuisses. Mikira envia son insouciance au chat, sa capacité à dormir sans être dérangé par le chaos qui se déchainait autour de lui. Elle aurait rêvé de faire la même chose. Trouver un endroit tranquille et s'y terrer assez profondément pour se couper de tout.

Là, elle n'aurait à réfléchir à rien. Là, ce qui ressemblait à une série d'évènements isolés ne se serait pas réuni pour former une conclusion qui lui échappait. Qui changeait tout.

Parce qu'elle avait compris comment Damien s'était emparé du trône.

– Les flacons que tu gardais dans ton atelier, insista Mikira, se souvenant du jour où elle l'avait fouillé en quête de preuves indiquant que Damien n'était pas un assassin. Ils servaient à conserver du sang, pas vrai ?

Reid passa la main dans ses cheveux en bataille.

– Tu n'es pas obligée de me questionner à ce sujet, Kira.

Elle serra les poings à s'en faire mal. Bien sûr qu'il allait lui répondre ça. Regarder ailleurs était la spécialité de Reid. Mais il savait aussi se protéger, art qu'il avait tenté de lui enseigner. Et qu'elle n'avait jamais vraiment réussi à maitriser.

Fais-en un bouclier pour qu'ils ne puissent pas en faire une arme.

Il lui avait un jour donné ce conseil quand sa faiblesse avait failli la submerger. Les morceaux d'elle qui menaçaient de se briser, il les avait transformés en armure d'acier. Celle-ci lui avait permis de traverser les bals, l'Illinir, et tous les jours douloureux des dernières semaines.

Mais il restait des choses dont on ne pouvait se détourner. Qu'il fallait affronter en face.

Talyana les observa d'un regard interrogateur tandis que Mikira poursuivait sur sa lancée.

– Talyana et moi avons trouvé un acte de décès au nom du prince Ranier, signe que quelqu'un voulait qu'on le croie mort. Nous avons donc suivi la piste des sceaux, et c'est pourquoi nous nous sommes adressées à toi. C'est seulement après avoir reçu un tuyau concernant un garde royal à la retraite que nous avons fait une avancée notable.

Reid ne possédait pas la maitrise de soi de Damien. Ce dernier ne mentait peut-être pas, mais il déformait la vérité à l'extrême. Reid, malgré ses défauts, ne jouait pas avec la vérité. Il disait ce qu'il pensait, et le montrait sur ses traits – c'est pourquoi, lorsque sa mine s'allongea à l'évocation du garde royal, elle sut qu'elle avait fait mouche.

– C'est toi qui nous as envoyé ce tuyau, déclara-t-elle. Pourquoi ?

Reid cacha son visage derrière sa main.

– J'espérais que vous l'empêcheriez de parvenir à ses fins.

– De devenir roi ?

Il la contempla entre ses doigts.

– Il s'est égaré, Mikira, et je ne sais pas comment le ramener à la raison. Il a repoussé tout le monde. Shira, Ari, et moi, rien que pour le trône.

Mikira songea au regard vide de son père. À la façon dont sa mère s'était fanée, corps et âme, chaque jour passé sous l'emprise du vérillion. Pouvait-on aider quelqu'un décidé à se détruire soi-même ?

Tu n'abandonnes pas, lui revint la voix de Lochlyn, après une longue absence. *Tu les ramènes*.

Elle ferma les yeux, regrettant, non pour la première fois, que ce ne soit pas son frère qui ait survécu. Si Rezek ne s'en était pris qu'à elle, les choses auraient été différentes. Lochlyn aurait été présent pour leurs sœurs, n'aurait pas commis l'erreur de défier les Kelbra. Lochlyn détenait toujours la réponse ; plus que jamais, elle aurait aimé pouvoir s'appuyer sur lui.

Elle poussa un léger soupir et rouvrit les yeux. Reid la fixait d'un regard désolé. Lochlyn n'était pas là – à présent, c'était à elle d'obtenir des réponses, même si celles-ci lui déplaisaient.

– Kira, fit Talyana à mi-voix. Qu'est-ce qui se passe ?

Mikira prit les mains de son amie dans les siennes.

– Pour tromper la couronne, Damien avait besoin de sang royal qui n'avait pas encore été lié au jaspe sanguin. Il lui fallait le sang du véritable prince Ranier.

Talyana fouillait son regard, de plus en plus perplexe. Mikira déglutit nerveusement, mais s'efforça de poursuivre.

– Quand nous étions petites, Rezek a failli te tuer. Après l'avoir découvert, tes parents ont utilisé leurs relations pour t'inscrire dans une école d'officiers.

Elle comprenait, maintenant : la seule volonté de ses parents avait été de la protéger du danger. On ne l'avait sans doute jamais destinée à aller au front, mais elle avait été incapable d'envoyer des soldats vers un péril qu'elle n'affronterait pas elle-même.

– Et le garde dont on a retrouvé le cadavre était un ami de ton père.

Elle jeta un coup d'œil à Reid, qui ne l'interrompit pas, se contenta de l'observer comme un naufragé regarderait un bateau s'éloigner de sa portée.

– Et cette marque – elle correspond à celle sur ton bras, Tal. Je trouvais ça bizarre qu'on essaie de t'empoisonner en te piquant à cet endroit. C'est parce que le poison t'a été injecté dans l'épaule. La marque sur ton bras…

– C'était un prélèvement de sang, termina Talyana, le souffle court.

Mikira eut du mal à prononcer les mots qui suivirent. Ceux-ci se nouèrent dans sa gorge, sans se soucier du fait qu'ils allaient tout changer.

– Le prince Ranier n'est pas un prince, dit-elle. C'est toi.

38
ARIELLE

Ari faisait semblant de dormir.

Elle attendit d'entendre coulisser le passe-plat de la cellule avant de s'élancer pour saisir le poignet du rebelle qui lui apportait son repas.

– Où est ma sœur ?

L'homme prit appui avec le pied contre les barreaux et tira

fort pour se dégager. Le pain d'Ari fut expédié par terre, mais elle laissa au bras de son geôlier des griffures rouge vif. Après l'avoir accablée de jurons, il donna un coup de pied dans les barres métalliques et repartit d'un pas furieux.

– Répondez-moi ! cria Ari en se levant. Dites-moi si elle va bien !

Seul lui parvint le claquement de la porte au bout du couloir. Elle se laissa glisser contre les barreaux et se recroquevilla sur la terre froide. Elle ignorait depuis combien de temps Rezek et elle avaient été arrêtés par les rebelles, ni si sa sœur était en vie. À un moment, elle avait fini par dormir un peu, le passage du temps jalonné seulement par leurs repas.

Les cellules étaient de simples renfoncements dans les parois de la caverne, condamnés par des barreaux. Les rebelles avaient enfermé Rezek et elle l'un en face de l'autre, la faible lueur des lampes enchantées permettant à peine d'y voir. On leur avait entravé les poignets, et on lui avait pris ses bagues dès son arrivée, signe que la personne qui avait donné l'ordre savait les pouvoirs qu'elles lui conféraient.

À l'auberge, Ari avait tenté de leur expliquer qu'elle était une amie de Mikira, et pas la complice de Rezek. Les rebelles ne l'avaient pas écoutée. Ils auraient pu se débattre, mais Rezek était alors avachi par terre dans un sale état, et les soldats étaient armés de fusils. Elle les avait suivis sans heurts, en espérant que Mikira apprendrait sa présence.

Depuis, elle n'avait pas vu Rivkah.

Elle jeta un coup d'œil de l'autre côté du couloir, où Rezek était blotti au fond de sa cellule. C'était incroyable que quelqu'un comme lui soit tombé si bas, et plus inconcevable encore qu'elle éprouve pour lui une pointe de pitié. Une part d'elle se réjouissait de son sort, de voir l'homme qui l'avait fait torturer enfermé à son tour dans un cachot. L'autre part se remémorait l'accablement dans sa voix quand il lui avait annoncé que Selvin était parti.

– Rezek ? l'appela-t-elle.

Jusqu'à présent, il l'avait ignorée, mais elle n'avait pas renoncé.

– Tu dois expliquer à ces gens ce que tu sais.

Quelqu'un devait se dresser contre les Hérétiques, et face à l'impossibilité d'avertir Damien, les rebelles étaient leur seule option. Son lien avec Nava lui avait révélé que celle-ci avait quitté la ville pour le Bois-d'Argent, où elle attendait quelque chose. Mais Ari ne savait pas quand elle se confronterait à Selvin, et Rezek était le seul à connaitre les projets de l'Hérétique.

Une voix rocailleuse finit par lui répondre.

– Je veux parler à Damien.

Ari se radossa aux barreaux, s'efforçant de repousser le sentiment que tout s'écroulait autour d'elle. Sa magie était menacée, ses relations se délitaient, son foyer et sa famille étaient en danger. Elle qui était partie si loin pour protéger ses proches, elle avait libéré un péril plus grand qu'elle-même ne l'avait jamais été.

Oh, petite lionne, lui parvint la voix distante de Nava. *N'essaie pas de lutter.*

Ari crispa les paupières et tenta de toutes ses forces de lui bloquer l'accès. Elle sentait sa colère ardente, sa douleur, même à pareille distance. Elles étaient enchevêtrées au cœur de l'Hérétique, dans les rêves qui infestaient les nuits d'Ari. Elle revit Nava qui disait adieu à sa sœur, la colonne de fumée à l'horizon qui annonçait l'invasion imminente. Elle percevait son chagrin, la cassure en elle, encore et toujours.

Elle s'efforça de respirer à fond et s'imagina une porte qui claquait entre elles, et ces émotions s'atténuèrent tandis que des bruits de pas approchaient. Elle se redressa, prête à implorer de nouveau, mais s'interrompit lorsqu'elle vit de qui il s'agissait.

– J'aurais dû m'en douter, dit-elle à Shira lorsque celle-ci s'arrêta devant elle, l'air blasée.

Un sourire amusé effleura les lèvres de la jeune femme.

– Tu as de la chance, j'ai des amis très haut placés.

Ari était quasi certaine que Shira était elle-même l'amie haut placée en question, mais elle n'allait pas tenir tête à celle qui ouvrait sa cellule. Shira trancha ses liens d'un coup de canif, puis observa Rezek dans son recoin enténébré. Il lui rendit son regard d'un œil absent, le reste de son visage dissimulé dans l'ombre.

– Allons parler dehors, annonça Shira.

Ari la suivit dans un couloir plus large que croisaient plusieurs autres. Deux rebelles armés de fusils montaient la garde à l'entrée du quartier de détention. L'un d'eux, un homme maigre au crâne dégarni et à la mâchoire barrée d'une balafre, tendit la main pour les arrêter.

– Elle ne doit pas sortir d'ici, dit-il. Ordre de la princesse.

La princesse ? songea Ari. *Eshlin ?*

– Nous allons juste discuter, Issac, répondit Shira d'un air détaché. Je prendrai mes responsabilités si Eshlin demande des comptes.

Issac échangea un coup d'œil nerveux avec son équipier. Si la princesse était bel et bien à la tête de la rébellion, révélation cohérente avec les découvertes de ces derniers jours, lui désobéir n'avait rien d'anodin. Pour que les soldats soient partagés entre ses ordres et ceux de Shira, l'ainée des Adair devait elle-même avoir un grade élevé.

– Nous serons au bout de la galerie, ajouta Shira.

Issac hocha la tête à contrecœur.

– Faites vite.

Shira reprit son chemin, puis accéléra lorsqu'elles furent hors de vue. Elle traversa un autre couloir, puis se glissa en vitesse par une des portes dans une réserve pourvue d'une table et de chaises métalliques.

– Et Rivkah ? lâcha Ari aussitôt le battant fermé.

– Elle va bien, la rassura Shira.

Ari manqua défaillir de soulagement.

– Elle se remet à l'infirmerie avec Vix, précisa Shira. Je suis désolée d'avoir mis si longtemps à te faire sortir, mais on ne m'a informée de ton arrivée que récemment. C'est toi qui as saccagé mon auberge, ou c'est la personne qui détient mon Racari, maintenant ?

– C'est Nava, mon hérétique, répondit Ari. J'ignore pourquoi elle l'a…

Une idée soudaine la fit s'interrompre.

– Je ne suis pas possédée, déclara Shira avant qu'elle ait pu lui poser la question. Je ne me suis jamais liée au livre, c'est pourquoi je ne peux pas le récupérer. Tu ne sais pas ce que Nava veut en faire ?

Ari secoua la tête.

– Rezek a l'air de penser que Selvin ne s'y intéresse pas, seulement au troisième, qui appartient à quelqu'un au château.

– T'a-t-il dit quoi que ce soit des projets de Selvin ?

– Non, mais il a pour obsession de donner le pouvoir aux enchanteurs, et si Nava le trouve…

– Leur affrontement pourrait provoquer un nouveau Cataclysme.

Shira croisa les bras sur la table métallique. Elle se montrait d'un calme surprenant face à la menace de la catastrophe possible qu'on lui annonçait, mais Ari avait compris que c'était là ce qui faisait l'identité de Shira Adair : elle éteignait des incendies sans s'embraser elle-même.

– Rezek reste fidèle à Selvin, annonça Ari.

Elle hésita avant d'ajouter :

– Par contre, je crois qu'il serait prêt à parler à Damien. Ça parait absurde, mais il me semble qu'il est toujours attaché à lui.

À chacune de ses conversations avec Rezek, il avait parlé de lui. Elle repensa à son air horrifié quand elle avait évoqué sa tentative de le tuer, et quand il lui avait raconté comment il avait assassiné la mère de Damien – ce n'était pas les réactions d'un homme insensible.

Une expression indéchiffrable passa dans les yeux de Shira, et soudain Ari eut conscience des autres questions en suspens.

– Pourquoi j'ai l'impression que tu es la seule à t'inquiéter de ce danger ? Mikira était censée demander de l'aide aux rebelles. La princesse n'a pas connaissance de la menace des Hérétiques ?

– Si, mais malheureusement, elle concentre ses efforts sur la reconquête du trône.

Face à l'air interrogateur d'Ari, la mine de Shira s'adoucit.

– Ari, tu es au courant de ce qui s'est produit au château, quand même ?

Le ton de Shira l'emplit de malaise. Elle avait été très isolée au cours des derniers jours, et après les ruines du Bois-d'Argent, elle s'était rendue directement à l'auberge pour retrouver Rezek.

– Non, avoua-t-elle. Quoi ?

– Mon frère a convaincu tout le monde qu'il était le prince Ranier, et il s'est servi de ce mensonge pour remporter l'Ascension royale.

Elle posa sur elle un regard acéré et ajouta :

– Il sera couronné roi de l'Enderlain ce soir.

Ari mit un certain temps à assimiler cette information. Shira aurait aussi bien pu lui annoncer que les Messagers étaient de retour. Pour que Damien ait réussi un coup de cette ampleur… Qu'avait-il fait ?

Son appréhension avait dû transparaitre, car l'expression de Shira se fit plus sombre.

– Il a recouru à la violence, Ari. Même moi, je ne sais pas jusqu'où il est prêt à aller. Maintenant, il est une cible pour la rébellion, et je ne sais pas si je pourrai les empêcher de l'éliminer.

L'éliminer.

Ari se laissa tomber sur une des chaises métalliques. L'idée que Damien ait pu devenir roi sans qu'elle en sache rien lui était insupportable. Elle était blessée qu'il le lui ait caché, furieuse qu'il se soit mis dans cette situation, et accablée de ne pas être là pour l'épauler. Car tout ce qu'il faisait était destiné à bouleverser les choses, à les améliorer. Il était convaincu qu'il pouvait sauver l'Enderlain, quitte à s'avilir.

Mais aux yeux des rebelles, il incarnait le problème à éradiquer, et ils n'hésiteraient pas à l'exécuter. L'écouteraient-ils si elle leur expliquait que Damien voulait aider l'Enderlain ? La croiraient-ils malgré les mesures extrêmes qu'il avait pu prendre ?

Se croirait-elle elle-même ?

Elle l'aimait ; ça n'avait pas changé, mais elle savait de quoi il était capable. Ce qu'il avait fait pour parvenir à ce stade. Ce qu'ils avaient tous fait. À la vérité, elle ne savait plus qui parmi eux avait raison et qui avait tort. Peut-être n'y avait-il pas de véritable différence. Juste une question de point de vue, et le sien avait tant dévié qu'elle ignorait si elle devait se précipiter pour l'aider, ou le sauver de lui-même.

Shira s'assit sur la chaise à côté d'elle.

– Tu es la seule à pouvoir le ramener à la raison. La seule qu'il accepterait d'écouter, avant qu'il soit trop tard.

– Il ne voudra rien entendre.

Son cœur se serra, mais Damien avait consenti trop d'efforts pour en arriver là, et ce n'était pas dans ses habitudes de renoncer à ce qu'il désirait. Il visait le pouvoir pour changer les choses, force dont elle connaissait bien les effets.

Elle vous conférait un sentiment d'invincibilité.

Vous incitait à libérer une enchanteresse ancestrale capable de provoquer une catastrophe, dans le seul but de conserver cette force, cette sécurité. Car redevenir celle qu'on était avant, faible et apeurée, revenait à mourir. Et Damien avait été apeuré, comprenait-elle à présent. Il avait été aussi effrayé et brisé qu'elle, et ils s'étaient accrochés l'un à l'autre dans l'obscurité, avaient fait le nécessaire pour y échapper.

Shira sembla déceler qu'Ari ne parlait pas que de Damien. Elle avait été là quand les ténèbres d'Ari l'avaient engloutie et qu'elle était arrivée chez Shira couverte de sang. Elle avait reconnu le chemin qu'Ari avait emprunté avant même qu'elle s'y engage, parce qu'elle avait vu son frère prendre le même. Ils avaient sombré main dans la main.

– Tu n'es pas le monstre que tu crois être, déclara doucement Shira. Lui non plus. Quel que soit le chemin qu'on choisit, on peut toujours en revenir.

En revenir.

C'était justement ce qu'elle avait cherché en libérant Nava. Elle voulait avoir le contrôle sur elle-même et sur sa magie, pouvoir être en présence de Rivkah et s'en sentir digne. Elle ne voulait plus avoir peur d'elle-même.

Derrière la porte, on entendit Issac appeler Shira. Celle-ci se tendit, et son attitude changea du tout au tout.

– Je dois savoir dans quel camp tu es. Est-ce que tu aideras Damien ?

Ari n'eut aucune hésitation.

– Toujours.

Un profond soulagement se lut sur le visage de Shira, qui hocha la tête.

– Alors il est temps qu'on te sorte d'ici.

39
MIKIRA

Mikira s'attendait à être stupéfaite d'apprendre que sa meilleure amie était une princesse disparue, mais après les évènements des derniers jours, elle se sentait comme anesthésiée. La main de Talyana, en revanche, tremblait dans la sienne, et ses yeux noisette étaient écarquillés par le choc.

– Ce n'est pas possible, murmura Talyana. Mes parents…

– Ton père adoptif était un des gardes royaux qui ont aidé à te mettre à l'abri, expliqua Reid sans prendre de pincettes. Lui et celui que Damien a tué.

Mikira lui décocha un regard mauvais pour qu'il se taise, et il leva les mains d'un air exaspéré.

– Il a raison, cependant, ajouta-t-elle doucement. Ce ne sont pas tes parents biologiques. Je suis désolée.

Talyana les fixa d'un regard vide – puis fonça dehors.

– Tal !

Mikira se précipita à sa suite et la trouva courbée dans la rue, le souffle haletant. Elle posa une main réconfortante dans son dos, mais son amie sursauta comme un poulain capricieux. Elle s'agita nerveusement, fit les cent pas derrière les chevaux qu'elles avaient attachés à un poteau, avant de s'assoir sur un rocher dans l'herbe trop longue et d'enfouir le visage dans ses mains.

Mikira s'approcha prudemment.

– Tal ?

Celle-ci l'arrêta d'un petit geste, et Mikira attendit, regrettant de ne pouvoir faire davantage. Au bout d'un moment interminable, Talyana releva enfin la tête, sa stupéfaction chassée par une vive détermination.

– D'accord, déclara-t-elle. On ne dit rien à personne.

– Excellente idée, commenta Reid d'une voix forte, depuis la porte. Sauf que la seule personne à qui il faudrait vraiment le cacher est déjà au courant.

Damien.

Pourquoi avait-il laissé Talyana partir après que ses hommes de main avaient prélevé son sang ? Au cas où il aurait encore besoin d'elle si son plan échouait ? Il ne rechignait pas à tuer ; peut-être avait-il juste décidé que, à moins que Talyana se révèle être une menace, il pouvait l'épargner.

Mikira prit une grande inspiration pour se calmer.

– Tu es l'héritière légitime du trône, Tal. Tu peux prouver que Damien est un usurpateur.

Bien que la rue fût déserte, elle parla à voix basse.

Talyana leva les mains d'un air désabusé.

– Je ne suis pas une princesse, Kira ! Je ne peux pas être… *ça*.

– Bien d'accord, maugréa Reid.

Talyana ramassa un caillou et le lança vers lui. Il l'esquiva en poussant un petit cri et s'abrita derrière le cheval.

– Arrêtez ! s'emporta Mikira. Vous n'allez pas en plus vous chamailler. Et parlez moins fort !

D'un geste agacé, Talyana passa la main sur le haut de son crâne.

– Désolée, c'est que…

Elle s'interrompit, puis exprima sa frustration par un feulement proche du cri. Reid lui jeta un coup d'œil par-dessus le dos du cheval et ravala visiblement quelque remarque tandis que Bidule, jusqu'alors perché sur son épaule, grimpait sur l'animal.

Mikira fit les cent pas afin d'évacuer le trop-plein d'énergie qui bouillait en elle.

– Tu n'as pas à être reine. Il te suffit de prouver ton identité pour empêcher que Damien soit couronné. Et si c'est Eshlin qui te présente au Conseil, elle remportera l'Ascension. Elle pourra alors se concentrer sur les chimères plutôt que sur la rébellion. Une fois ce problème réglé, elle serait en mesure de démanteler la monarchie et le système des maisons de manière pacifique plutôt que par les armes.

– Ça, intervint Reid, en quittant prudemment son abri, ce n'est pas une mauvaise idée.

Talyana la regarda du coin de l'œil, l'air sur le point de s'enfuir de nouveau. Puis la tension l'abandonna, et elle se rassit sur la grosse pierre.

– Très bien. Nous allons tenter ta façon. Retournons à la base.

Soulagée, Mikira pencha la tête en arrière et contempla le ciel nuageux.

– Je vais prévenir Eshlin. Pour être sure que ça ne va pas… créer de difficultés. Le trône lui tient très à cœur, il ne faudrait pas qu'elle voie en toi une menace.

– Pas question, protesta Talyana. Tu ne vas pas faire ça seule, Kira. Arrête un peu de vouloir tout régler toi-même.

– Je ne veux pas…

– Si !

Cette fois, Talyana alla jusqu'à Mikira et se dressa devant elle de toute sa hauteur.

– C'est exactement ce que tu fais. Tu essaies de tout porter sur tes épaules, jusqu'à ce que tu craques sous le poids, puis tu t'en veux de ne pas être assez forte. Mais personne n'est capable de ça, Kira !

– Je veux juste que tu ne coures aucun danger, répondit-elle au prix d'un grand effort. Ni toi, ni les autres.

Reid eut un ricanement moqueur, les rejoignit et croisa les bras.

– Tu ne t'es jamais dit que nous désirions la même chose ? Je ne suis pas là pour le plaisir de côtoyer Talyana.

Un sourire affleura sur les lèvres de Mikira, et même l'attitude glaciale de Talyana se réchauffa un peu. Elle posa un regard différent sur Reid, comme si, peut-être, elle n'avait plus envie de lui crever les yeux.

– La grande asperge a raison, dit-elle.

Reid cligna des paupières et desserra lentement les bras.

– La quoi ?

– C'est vrai que tu es géant, abonda Mikira.

Les épaules de Reid se voutèrent, et Mikira faillit ravaler un rire. Elle se calma aussitôt, poussée par le besoin qu'ils comprennent.

– Je tiens à vous, tous les deux, déclara-t-elle. Votre amitié est tout pour moi. Ce n'est peut-être pas ce qui lie Arielle et Damien, mais…

– Tu n'as pas à te justifier, Kira, la coupa Reid, avec une douceur qu'elle ne lui connaissait pas.

Mikira examina sa posture relâchée, la mine désinvolte qui autrefois l'aurait incitée à penser qu'il ne se souciait pas d'elle.

Mais elle savait à présent que nul ne tenait plus à elle que lui.

Il détourna le regard et ajouta :

– Je ressens la même chose.

– Ça me déplait d'être d'accord avec Haldane une deuxième fois, mais il a raison, dit Talyana. On ne va pas te lâcher.

Mikira déglutit péniblement et parvint à hocher la tête. Ce n'était pas le genre d'amour qu'elle avait vu partout autour d'elle, celui auquel s'elle attendait, mais il était tout aussi fort, tout aussi vrai.

Talyana la prit dans ses bras. Elle sentait les clous de girofle, la poudre et les souvenirs d'antan. Contre elle, Mikira oublia, un instant seulement, son impression de porter le monde sur ses épaules.

Puis, avant que Reid ait pu protester, elle empoigna sa chemise et le mêla à l'accolade. Talyana poussa un grognement agacé, le jeune homme remua comme un chat qu'on aurait jeté dans l'eau, mais elle s'accrocha à eux deux le temps d'un moment parfait.

Puis elle s'écarta.

Reid était rouge vif, et Talyana refusait de le regarder. Elle se contenta de se racler la gorge et de reprendre où elle en était :

– Donc, tu n'es pas obligée de faire ça toute seule, Kira. C'est fini, ce temps-là.

Mikira frissonna, touchée par le réconfort de ces paroles.

– Alors en avant.

– Qu'est-ce que vous fichez là, toutes les deux ?

Jenest bondit de sa chaise lorsqu'elles arrivèrent à la barrière du quartier général.

– Pourquoi tu dis ça ? s'enquit Mikira en arrêtant son cheval à côté de celui de Talyana, les sourcils froncés.

Eshlin se demandait sans doute où elle était passée, mais Jenest semblait plus inquiète que perplexe. Elle ne fit même pas de commentaire sur la présence de Reid qui, assis derrière Mikira, contemplait la caverne sans cacher sa répugnance.

– Shira vient de partir avec la prisonnière. Elle a reçu un message de la princesse, avec pour instruction de l'amener au château.

Jenest grimaçait un peu plus à chaque mot.

– Elle était censée vous retrouver pour que vous les escortiez.

Mikira échangea un regard avec Talyana.

– Quelle prisonnière ?

– La chérie de Damien. À moins que ce soit celle de Rezek, maintenant. Je perds le fil.

– Arielle ? s'étonna Reid d'un ton incrédule.

Jenest claqua des doigts.

– Voilà, c'est elle.

Lorsque la rebelle leur eut relaté la capture de Rezek et d'Ari, la tête de Mikira lui tournait.

– Alors pourquoi Shira irait…

Après un temps d'arrêt, elle reprit d'un ton affolé :

– Jenest, où est la princesse ?

L'expression de Jenest s'assombrit.

– Au château. Ils vont assassiner Damien Adair.

40
MIKIRA

Leurs chevaux, tous deux enchantés pour la vitesse, filaient à une allure phénoménale. Jenest leur avait indiqué le chemin qu'Eshlin et les autres avaient pris par les souterrains, qui circulaient même sous le château. Mikira pensait qu'on les aurait murés, mais apparemment, on les avait conservés comme issues en cas de siège.

Encore un élément qu'Eshlin n'avait jamais divulgué.

Il n'avait pas échappé à Mikira qu'Eshlin avait échafaudé ce plan sans en informer aucun de ses bras droits. Croyait-elle que Shira et Mikira, et par extension Talyana, lui préfèreraient Damien ?

Elles passèrent un dernier tournant et arrêtèrent leurs montures devant un escalier de pierre. Mikira descendit d'un bond et fonça vers la porte au sommet des marches, Reid sur les talons.

– Quel est notre objectif, au juste ? s'enquit Talyana, qui était restée en selle. Risquer le succès des rebelles pour sauver un homme que tu détestes, et qui par-dessus le marché veut notre mort ?

Exposé ainsi, c'était en effet absurde. Mikira s'était précipitée dans les tunnels sans réfléchir, mais à présent, ses pensées revenaient sans cesse à Talyana. Celle-ci représentait une menace pour tout ce que Damien avait construit, la seule capable de révéler son imposture, et pourtant il l'avait épargnée.

Peut-être l'avait-il fait pour des raisons égoïstes, mais Mikira ne le pensait pas. C'était là ce qui le différenciait de Rezek, des autres chefs des maisons nobles. Ils utilisaient le pouvoir pour leurs gains personnels, mais malgré sa froideur et ses secrets, Damien était droit.

Ne sachant comment expliquer la complexité de ses sentiments envers Damien Adair, elle chercha une réponse plus simple et tout aussi vraie.

– Tout repose sur Ari, dit-elle. Shira a dû la faire sortir dans l'espoir qu'elle parvienne à convaincre Damien d'abdiquer. Elles ne sont peut-être même pas au courant de l'attaque.

– Si quelqu'un peut lui parler, c'est Ari, en effet, confirma Reid d'un ton un peu trop neutre.

Elle se demanda ce qui s'était passé entre Damien et lui. En tout cas, ça ne l'avait pas empêché de filer au galop vers le danger pour son ami.

– Et tu crois qu'elle va être prise entre deux feux, soupira Talyana.

– Seulement si vous ne vous dépêchez pas, grommela Reid. Nous arrivons peut-être déjà trop tard.

– Si on m'avait dit qu'un jour je volerais au secours de Damien Adair, maugréa Talyana en mettant le pied à terre.

Mikira eut un sourire narquois.

– Et au mien, sinon ?

– Ça, je peux, répondit Talyana, en les rejoignant en haut de l'escalier. Mais est-ce qu'on sait où chercher, au moins ?

– Dans la salle du trône. La période de deuil s'est terminée hier, alors maintenant Damien peut être couronné.

Mikira désigna la porte d'un signe de tête.

– Jenest a dit que ce passage nous mènerait aux cuisines, mais je ne connais pas bien la configuration du château.

– Moi si, dit Reid, avant de hausser les épaules face à leurs regards perplexes. Je suis venu souvent avec Damien, et les indications, ce sont comme des motifs répétitifs. C'est facile à se rappeler.

Ils s'engouffrèrent dans un autre escalier exigu qui les conduisit à un cellier rempli de caisses en bois et de bocaux poussiéreux. Par l'entrebâillement du battant ne leur parvenait que le bouillonnement d'un ragout, seul bruit provenant d'une cuisine qui aurait dû déborder d'activité.

Mikira jeta un coup d'œil dans la pièce.

– Eshlin a dû faire évacuer les lieux. Allons-y.

Dans la cuisine et l'escalier de service, ils ne croisèrent personne. Ils émergèrent au troisième étage, remontèrent un corridor étroit, puis gravirent un nouvel escalier.

– Normalement, ça devrait nous amener à l'antichambre de la salle du trône, chuchota Reid.

Mikira ouvrit le ventail avec d'infinies précautions, révélant une pièce vide et une arcade à l'autre bout. La voix d'Eshlin parvint jusqu'à eux.

– Abattez-le dès qu'il entrera, sans sommation. Ne prenons aucun risque.

Mikira regarda Talyana.

– Tu es prête ?

Il n'existait qu'une seule façon de persuader Eshlin d'annuler son plan : lui apprendre qu'elle pouvait accéder au trône par des moyens légaux. Pour cela, Talyana allait devoir lui dévoiler la vérité sur son ascendance.

– Tu n'as pas vraiment le choix, intervint Reid en les fixant d'un œil noir. Si tu ne dis rien, c'est moi qui m'en chargerai.

– Pourquoi on l'a amené, lui ? grogna Talyana, avant de respirer à fond. Bref. Allons-y.

Ils gagnèrent la porte de la salle du trône, mais à peine Mikira l'eut-elle ouverte qu'elle s'arrêta net et faillit lâcher ses poignards en découvrant le spectacle qui s'offrait à ses yeux.

La salle était jonchée de cadavres.

Sur le trône, le prince Darius avait la gorge tranchée, une profonde stupéfaction encore gravée sur ses traits. Sur les marches, la Haute Lady Dramara était étendue sur le dos, un couteau planté dans la poitrine, et le Haut Lord

Ruthar semblait presque paisiblement endormi contre le mur du fond.

Le Haut Lord Vanadahl avait connu le sort le plus violent.

Criblé de balles, il gisait sur le ventre, sa chemise si imbibée de sang qu'elle était presque rouge vif du col jusqu'aux manches. Dans l'angle à côté du cadavre étaient recroquevillés deux officiels vêtus d'une tenue aux couleurs royales, aux yeux bandés, et un homme portant la robe blanche de l'Église sendienne, vraisemblablement le grand prêtre qui devait accomplir le sacre.

Eshlin les regarda comme un général devant ses soldats.

– Qu'est-ce que vous faites là, vous deux ?

– Vous les avez tués, s'étrangla Talyana en reculant d'un pas, livide.

Mikira sentait une même nausée l'envahir, tandis que Reid observait la scène avec un détachement froid.

– J'ai vu une opportunité et je l'ai saisie.

Parmi la poignée de rebelles qui se tenaient derrière la princesse, certains avaient l'air vaguement écœurés. Deux d'entre eux chargeaient leur fusil cependant que deux autres, postés près de la porte, guettaient les bruits dans la salle voisine. Damien était sans doute en chemin pour la cérémonie.

– Ça a toujours fait partie du plan, dit Eshlin à Mikira, qui la fixait d'un regard abasourdi. Ces gens incarnent les problèmes du royaume. Ils en sont les piliers. Ils auraient constitué un danger pour nos avancées.

Les yeux affolés de Mikira se posèrent sur Darius.

– C'était votre frère.

Une lueur brilla dans le regard d'Eshlin, graine de chagrin cherchant à émerger du sol.

– Oui, mais il était aussi une menace, et je ne peux pas mettre en péril tout ce que nous avons accompli par sentimentalisme.

Vous déraillez, eut envie de lui dire Mikira. Elle s'abstint. Ne l'avait-elle pas anticipé ? Jamais les chefs des maisons nobles n'auraient renoncé à leur pouvoir ; leur élimination était prévue depuis le début. Ainsi, les rebelles pourraient prendre le contrôle du royaume sans résistance. Personne n'aurait à se sacrifier pour leur avidité.

Eux, ils sont morts, songea-t-elle, et à en juger par le regard d'Eshlin, ils ne seraient pas les derniers.

Je suis fatiguée, Mikira, lui avait confié Eshlin. *Je suis lasse de voir ma famille se déchirer, lasse de ce jeu de massacre sans fin. Je veux que ça se termine.*

Était-ce ce qu'elle avait vraiment entendu par là ? Que ça se termine, par tous les moyens ?

Talyana se ressaisit, s'avança et déclara :

– Nous devons vous informer de quelque…

Mikira passa vite devant elle.

– La prisonnière Arielle Kadar s'est échappée.

Reid dirigea vivement les yeux vers elle, mais elle secoua très discrètement la tête, l'implorant en silence de jouer le jeu. Elle savait avec la plus grande certitude que, si Talyana révélait son identité à Eshlin, elle finirait comme les autres membres du Conseil.

Eshlin se rembrunit.

– Comment ?

– Je ne sais pas, mentit Mikira. Mais elle est là en ce moment, avec Damien. Je pense qu'elle a l'intention de le persuader de renoncer au trône. Nous devrions lui laisser sa chance.

– J'entends des gens parler un peu plus loin, confirma un des gardes. L'un d'eux est sans le moindre doute le Haut Lord Adair.

Mikira décelait presque sur les traits d'Eshlin le débat qui faisait rage en elle. La princesse ne pourrait pas nier les changements positifs que Damien avait apportés à Veradell. Si elle le faisait tuer, certains lui reprocheraient sa cruauté. Mais Mikira savait ce qu'il en coutait de ne pas régler ses comptes avec Damien Adair.

S'ils l'épargnaient, ils risquaient de s'en mordre les doigts.

– Je vous en supplie, insista Mikira en voyant la détermination durcir le visage de la princesse. Si nous le tuons, nous ne valons pas mieux qu'eux.

Deux rebelles échangèrent un regard hésitant ; une troisième contemplait toujours le corps mutilé de Royce Vanadahl. Même celui qui écoutait à la porte, prêt à ouvrir le feu, observait Eshlin comme s'il ne la reconnaissait pas tout à fait. Ce fut ce regard qui sembla décider la princesse, et qui convainquit Mikira de se rendre à l'évidence.

Quelque chose n'allait pas chez Eshlin.

La princesse leur tourna le dos pour faire face à l'entrée.

– S'il franchit cette porte, il est mort.

41
DAMIEN

Damien se dirigeait vers la salle du Conseil pour le couronnement, flanqué de deux gardes. Des domestiques lui avaient apporté une tenue garnie de gemmes et des soies les plus délicates, mais il avait opté pour un de ses costumes habituels. Veste noire, gilet argenté, chemise blanche. Des vêtements dans lesquels il se sentait lui-même.

Il avait gardé ses revolvers, nerveux de savoir son frère en liberté. Ça lui ressemblerait bien d'essayer de saboter le sacre. Allait-il tenter de nouveau de s'allier avec Rezek, tous deux liés par leur haine mutuelle envers lui ? Rezek avait toujours méprisé son père autant qu'il désirait son approbation – il allait sans doute remercier Loïc de l'avoir tué.

Le besoin réflexe de chercher conseil auprès d'Arielle ou de Reid s'empara encore de lui. Il dut se remémorer qu'ils n'étaient pas là, pensée qui, cette fois, n'amoindrit pas son envie. Il ne pouvait plus nier qu'il aurait voulu les avoir à ses côtés, plus que jamais.

Du bout des doigts, il toucha la montre de gousset de sa mère, le souvenir du jour où il l'avait prise bien présent dans sa mémoire. Son corps était encore chaud. Shira avait essayé de l'écarter d'elle. Elle était plus robuste que lui, à l'époque. Plus forte. Elle l'avait forcé à la lâcher, et il avait agrippé la chainette. L'espace d'un instant, c'était tout ce qui l'avait relié à sa mère – puis elle avait cassé.

Il avait fait réparer la montre depuis, et portée partout, pour toujours garder sur lui un peu de sa mère. De quoi ne jamais perdre son cap. Elle était morte à cause d'un monde qui jouait avec le pouvoir comme s'il s'agissait des cordes d'une harpe, un monde qu'il voulait changer. À cause des Ascensions, et de guerres entre maisons nobles, rebelles et royaumes.

Les guerres qui les opposaient tous les uns aux autres.

Depuis des siècles, l'Enderlain vivait dans une tradition de sang, tradition qu'il avait été contraint de perpétuer pour gagner sa place à la tête de l'État. Pour s'assurer que le sort que ses proches et lui avaient connu ne frapperait personne d'autre. Mais c'était une décision qu'il avait prise lui-même. C'étaient ses choix.

Il ne pouvait renoncer maintenant.

– Qui êtes-vous, et que voulez-vous ?

La voix du premier garde le ramena à l'instant présent. L'homme avait la main sur la poignée de son épée et s'était interposé entre Damien et quelqu'un d'autre.

Damien entraperçut des cheveux bruns et lui ordonna :

– Écartez-vous.

– Votre Majesté…

– Lâchez votre épée avant que je vous tranche la main, gronda Damien d'un ton rageur.

Le garde obéit et se poussa, révélant l'impossible.

Arielle.

Elle était vêtue simplement d'une blouse et d'une jupe, comme le jour de leur rencontre, déjà si lointaine. Ses cheveux détachés tombaient sur ses épaules en cascade de boucles qu'il aurait voulu entortiller dans ses doigts. Il dut mobiliser toute sa volonté pour ne pas la serrer dans ses bras, constat qui fut pour lui à la fois une défaite et un réconfort.

Car même s'il n'avait cessé de se répéter qu'il n'avait pas besoin d'elle, malgré la colère qui avait coulé dans ses veines, en la voyant là, devant lui – ce fut comme une première goulée d'air après une éternité passée à se noyer.

– Laissez-nous, ordonna Damien.

Les gardes se postèrent chacun à une extrémité du couloir pour leur accorder un peu d'intimité.

– Tu vas bien, dit-il dans un souffle. Comment es-tu entrée ?

– Avec Shira.

Le seul son de sa voix faillit le bouleverser.

– Évidemment.

Il s'autorisa un pas en avant, et chercha machinalement les extrémités de ses manchettes pour les ajuster.

– Je te dois des excuses. J'aurais voulu te parler avant, mais…

– Tu étais trop occupé à devenir roi.

Elle inclina la tête et fixa sur lui ce regard qui l'avait toujours touché au plus profond.

– Ça en valait la peine ? demanda-t-elle.

Sur le point de répondre oui, il repensa à la vive déception de Shira. À son envie irrépressible de se livrer à Reid dans le pub saccagé, à son désir ardent de prendre Arielle dans ses bras en cet instant même. Pourtant, il ne bougea pas.

Il ferma les yeux quelques secondes avant de déclarer :

– Il le faut.

– Parce que sinon, tu ne vaux pas mieux que tous les autres, asséna-t-elle.

Ses paroles ne furent pas cruelles, mais tout de même acérées. Elles tranchèrent à travers chaque couche de sa carapace, chaque mensonge, jusqu'à la vérité qu'il ne voulait pas voir en face. Le regard entendu d'Ari lui indiqua qu'elle le percevait. Ils en étaient arrivés là ensemble, s'étaient soutenus face à leurs ténèbres.

Il se tourna vers la porte de la salle du trône. Les autres se demandaient sans doute où il était. On viendrait bientôt le chercher, aussi devait-il vite se ressaisir. Mais Arielle s'approcha de lui, et d'une voix douce, déclara :

– Ne deviens pas ce que tu t'efforces de détruire.

Il faillit s'écarter d'elle, lui dire qu'il n'avait rien de commun avec les autres. Mais c'était contre la vanité de Royce qu'il voulait protester. Contre l'arrogance de Niékla et la volonté flottante de Cassian. Et ce n'était pas là ce qu'elle entendait.

Il détourna le regard.

– Que t'a dit Shira ?

– La vérité…

Il éclata d'un rire presque dément.

– Shira ne dit jamais la vérité. Seulement une version qu'elle peut utiliser pour t'influencer.

Les épaules d'Arielle s'affaissèrent, comme s'il l'avait vidée de sa force.

– C'est ta sœur, rétorqua-t-elle simplement.

Mille sens possibles se bousculèrent dans l'esprit de Damien : *elle est comme toi, elle tient à toi, elle te connait…*

Il sut alors avec une certitude absolue pourquoi Arielle était venue au château. Pas pour le rejoindre, mais en tant que pion dans le jeu de Shira.

Il posa la main sur sa joue.

– Je pensais que tu comprendrais, dit-il.

Puis il alla vers la porte.

Arielle lui saisit le poignet et l'immobilisa.

– Je comprends mieux que *personne*.

Ce fut la fureur présente dans ce mot, dans la pression des doigts d'Arielle sur son bras, qui l'arrêta. Jamais il ne l'avait entendue s'emporter ainsi.

– Je comprends que tu t'accroches aux vestiges de ton contrôle. Que tu revêts le pouvoir comme une armure, que tu te drapes dedans jusqu'à ce que plus rien ne soit apparent.

Elle s'approcha davantage de lui. Il la laissa faire, jusqu'à ce qu'il ait la main coincée entre leurs poitrines, que leurs visages soient tout près. La vive colère d'Ari l'enveloppait telle une brume, transformait ses yeux en mares sans fond.

– Je connais tes rêves, reprit-elle d'un ton cinglant. Ta douleur, ta *peur*. Ton impression que le monde devient incontrôlable autour de toi, le fait qu'il te donne envie de te recroqueviller pour ne pas te perdre, mais tu t'es déjà perdu, Damien.

Il fut stupéfait qu'elle le décortique ainsi. Comme s'il n'avait pas remporté trône et royaume, vaincu ses adversaires par la ruse. C'était pour cela qu'il était tombé amoureux d'elle. Car malgré la fureur et les ténèbres qui le consumaient, il ne pouvait l'effrayer.

Elle avait raison : il s'était perdu – à cause d'elle.

Il serra fort la main d'Ari et déclara :

– Je ne peux protéger personne si je n'ai pas le contrôle.

– Tu ne l'auras jamais.

Ces mots le figèrent dans le silence, leur véracité trop âpre pour être affrontée de face. Il s'était battu pour en arriver là. Il avait gagné la partie, et obtenu le trône en récompense. Mais tout ce pouvoir ne suffisait pas à apaiser la colère des uns et des autres. Il ne faisait que le désigner comme cible et éloigner de lui ceux dont il était le plus proche.

Ce n'est pas vrai, songea-t-il. *J'ai utilisé ce pouvoir pour accomplir le bien.*

Il avait mis fin à des impôts injustes, puis à la guerre. Lorsqu'ils auraient neutralisé la menace des Hérétiques, il contraindrait les dirigeants des maisons nobles à rémunérer correctement leurs ouvriers. Il créerait de nouveaux emplois dans les usines Dramara, intègrerait des technologies venues du Nord pour réduire le poids du vérillion dans leur économie. Chaque problème avait une solution, et il allait la trouver.

Il allait réparer ce monde cassé une pièce à la fois, ainsi que l'avait toujours voulu sa mère.

Il avait trop donné, trop sacrifié, pour renoncer maintenant. Il ne pouvait plus faire machine arrière. Pas si près du but.

Je ne te reconnais plus, et je ne sais pas comment te faire revenir.

– Je peux sauver ce royaume de lui-même.

Il recula, se raccrochant aux mots qui lui permettaient de tenir depuis le début. Ceux-ci lui parurent étrangement creux face à ce qu'il avait perdu. Face à elle.

– Les maisons nobles, les rebelles, tous sont des chiens qui se disputent les mêmes restes depuis des années. Un changement était nécessaire. C'est *moi* qui l'apporte. Qu'on fasse donc de moi un monstre.

– Ça, on l'a en soi ou pas, murmura-t-elle.

Il devina qu'elle ne parlait pas que de lui.

– Cette ville est un poison qui coule dans tes veines, reprit-elle. Renonce au trône avant qu'il soit trop tard.

– Ça l'est déjà.

Après tout ce qu'il avait fait… Il avait rompu des amitiés et pactisé avec ses ennemis. Il avait gâché la vie de ceux qui lui faisaient confiance, leur avait tourné le dos quand ils avaient le plus besoin de lui, et il avait tué, de ses propres mains et à travers celles d'autres.

Il lui fallait que tout cela ait un sens. Il voulait avoir un sens, *lui*.

– Menteur, rétorqua Arielle en l'empoignant plus fort. Shira m'a dit un jour que tu ne mentais jamais, mais elle se trompait. Tu te mens à toi-même, Dara. Tu t'es convaincu que tu n'as cherché qu'à aider les gens, à rendre l'Enderlain meilleur, et peut-être que c'était vrai, autrefois, mais à présent, tu t'es barricadé derrière des murs si hauts que tu ne vois pas au-delà.

Elle l'attira contre elle.

– Qui essaies-tu vraiment de protéger ?

Damien tressaillit, traversé par l'envie de s'arracher à elle, mais elle ne le lâcha pas. Elle le maintint là avec une force puisée dans la magie, un regard qui le mettait à nu. Qui le força à se pencher sur les dernières semaines et constater que ceux qu'il avait essayé de protéger n'étaient plus là.

Elle avait raison.

Animal blessé s'enveloppant de mille carapaces, il repoussait un peu plus ceux qui lui étaient chers à chaque nouvelle épaisseur. Il avait tenté d'assurer la sécurité de sa famille, de mettre fin à la violence qui les avait contraints à s'entredéchirer, qui avait persuadé un enfant d'assassiner la mère de son meilleur ami. Il avait essayé de contrôler chaque détail, chaque émotion. Il avait trompé le système, triomphé de son rival, et volé un trône.

Dans le seul but de ne plus jamais ressentir une telle souffrance.

Mais ce pouvoir et ce contrôle ne lui avaient rien apporté. À cause d'eux, il s'était retrouvé isolé. Paranoïaque. Il s'était accroché à tout prix au mensonge qu'Arielle avait exposé. Mais elle était son ilot de calme dans la tempête, sa partenaire, sa vérité, et il s'en voulut d'en avoir jamais douté.

– Je sais que c'est dur de renoncer après avoir parcouru tant de chemin. Mais il n'est jamais trop tard pour faire un autre choix. C'est la seule façon de rompre ce cycle de désespoir.

Elle le fixa d'un regard inébranlable.

– Je n'ai pas peur de toi, Dara.

Que de force il émanait de ce regard, quelle puissance ! Il s'y serait abandonné volontiers. De tous ceux dont il avait eu l'honneur de gagner la fidélité, aucune ne comptait autant que celle d'Ari, et en cet instant il comprit qu'il ferait tout pour ne pas la perdre.

Quoi qu'il en coute, il ferait en sorte qu'elle ne le regarde plus jamais autrement.

– Toi et moi, dit-elle, lui laissant entrevoir combien c'était pour elle un sacrifice. Nous y renoncerons tous les deux.

Il sut de quoi elle parlait. Le pouvoir, le contrôle – elle aussi y avait aspiré.

La force nécessaire pour s'assurer qu'on ne leur ferait plus jamais de mal.

Depuis trop longtemps il ne se fiait à personne d'autre que lui-même. Il avait oublié qu'il était possible de se confier à quelqu'un, de s'y lier. Mais à présent, il se souvenait de cette force, qui pouvait vous envelopper plus vite que toute armure, former une lame plus tranchante que l'acier.

Quoi qu'il advienne, il n'était pas seul.

– D'accord, céda-t-il, avec l'impression que ces mots allaient le briser. Je vais abdiquer.

La porte de la salle du trône s'ouvrit à la volée, et quatre rebelles en armes firent irruption. Des coups de feu partirent. Damien se précipita entre Arielle et les fusils, mais c'était inutile – les tirs avaient été précis, et seuls les gardes tombèrent.

Eshlin émergea du groupe.

– Sage décision, déclara-t-elle.

Arielle se dégagea et se mit à côté de Damien. Il compta les fusils, évalua ses chances de réussir à dégainer ses révolvers assez vite, et resta immobile.

– Je savais que vous jouiez un rôle dans la rébellion, dit-il. Je n'avais pas pensé que vous étiez à sa tête.

Deux autres jeunes femmes sortirent : Talyana, qui semblait vaguement nauséeuse, et Mikira, livide. Les épaules de cette dernière s'affaissèrent de soulagement lorsqu'elle vit Arielle, puis elle s'écarta et une troisième personne suivit. Reid paraissait mi-terrifié, mi-furieux, et en complet décalage dans cet environnement, mais il était là, et l'espace d'un instant, Damien ne put que le fixer du regard.

L'expression qu'il lut dans le sien lui indiqua qu'il comprenait, mais il y décela un autre élément. Qu'il lui ait pardonné ou pas, les choses avaient changé entre eux, comme il l'avait anticipé. Il y avait certaines limites à ne pas franchir, et il les avait dépassées allègrement.

Puis il découvrit ce qui se trouvait derrière eux : les yeux sans vie de Darius figés dans le vague, au milieu d'une mer de sang.

– Vous les avez tués, haleta Arielle.

– Et vous connaitrez le même sort si vous ne coopérez pas.

Eshlin irradiait d'une intensité qu'il n'avait jamais vue chez la princesse, d'ordinaire si mesurée. Ce n'était pas la femme dont il se rappelait, celle qui sinuait dans les conversations avec l'élégance d'une danseuse.

– Dites-moi qui est le prince Ranier.

Damien s'efforça de ne pas regarder Talyana.

– Je vous le répète : le prince, c'est moi.

Un des rebelles pointa son fusil vers son cœur.

– Donnez l'ordre, Votre Altesse, et il est mort.

Arielle se glissa devant lui.

– Si vous le touchez, je vous règle votre compte, et vous découvrirez qu'on ne me tue pas facilement.

– Arrêtez ! s'écria Mikira, qui se précipita pour baisser le fusil du premier soldat. Nous avons besoin d'eux. Sans Arielle, nous ne pouvons pas arrêter les Hérétiques.

– Et sans Damien, Rezek ne parlera pas, ajouta vite Arielle.

– Assez ! s'exclama Eshlin en levant vivement la main.

Les rebelles la fixèrent avec une grande appréhension, dont elle semblait se réjouir, et qui persuada Damien que, s'ils avaient été seuls, il serait déjà mort.

La princesse afficha alors une expression anormalement calme.

– Ramenez-les tous au quartier général.

Elle posa le regard sur Damien.

– Vous avez jusqu'à mon retour pour changer d'avis concernant le prince. Si vous persistez à ne pas me révéler son identité, nous verrons si votre petite amie est si difficile à tuer que ça.

QUATRIÈME PARTIE

Mais les histoires recèlent de nombreuses vérités,
et de nombreuses contrevérités, ainsi qu'est leur nature.
Des histoires telles que celle-ci.

42
MIKIRA

Mikira ne parvenait pas à se défaire de l'impression que quelque chose lui échappait.

Après avoir obtenu de Damien qu'il rédige une lettre d'abdication officielle, signée avec son sceau, Eshlin était restée au château pour superviser le transfert du pouvoir à son profit. Le groupe de rebelles formait un carré autour de Damien, qu'on avait menotté, au grand désarroi d'Ari, laquelle scrutait leurs moindres mouvements telle une lionne pistant sa proie. Derrière le groupe, Reid jurait chaque fois qu'il marchait dans la boue.

En l'absence d'ordres directs, les autres gardes avaient cédé à l'injonction de Talyana de veiller sur Ari sans la traiter comme une prisonnière. Mikira avait une conscience aigüe que Damien pouvait révéler la véritable identité de Talyana à tout moment, et elle espérait que s'il n'en avait rien fait, c'était par crainte de la réaction d'Eshlin, non dans l'intention de s'en servir comme moyen de pression.

Mikira et Talyana ouvraient la voie en direction du quartier général, les claquements de sabots de leurs montures résonnant bruyamment dans les tunnels. Elles étaient assez loin devant pour que les autres n'entendent pas Mikira lorsqu'elle chuchota :

– Eshlin m'inquiète.

Talyana se raidit, mais ne répondit pas. C'était la princesse qui les avait recrutées, et Mikira savait combien Talyana demeurait fidèle à quiconque avait son estime. Mais le spectacle macabre de la salle du Conseil restait gravé dans son esprit, en particulier le cadavre du prince Darius.

– Elle a tué son propre frère, Tal, ajouta-t-elle en réprimant un frisson.

Talyana serra plus fort sa bride.

– Je veux croire qu'elle avait une bonne raison. La princesse que je connais en a toujours une.

Mais Mikira décela le doute dans sa voix, celui-là même qui frémissait aussi en elle.

Elles tournèrent dans le dernier tunnel qui menait à la barrière enchantée, et se turent en allant vers deux gardes postés là. Lorsqu'elles entrèrent, la caverne principale grouillait d'une activité que Mikira n'y avait encore jamais vue. Des infirmiers soignaient les blessés des rassemblements, tandis qu'on répartissait les nouveaux arrivages en groupes plus petits, avant de les diriger vers des baraquements vides ou de leur assigner des tâches.

– Qu'allez-vous faire de lui ? demanda Reid en regardant l'escorte de Damien, qui commençait à attirer l'attention.

Mikira se frotta le visage ; elle aurait voulu pouvoir s'allonger là et dormir. Elle le souhaita d'autant plus lorsque Ari approcha.

– Vous allez vraiment l'emprisonner ? s'enquit cette dernière.

– Il peut rejoindre les autres lords des maisons nobles, si tu préfères, suggéra Talyana.

Ari fit volte-face vers elle, mais Mikira s'interposa.

– Assez. Nous avons trop d'ennemis à combattre pour en plus nous affronter entre nous.

– Rezek, par exemple, intervint Reid en fourrant la main dans le pelage de Bidule.

Le minuscule chat ronronna doucement et observa la cavité comme s'il contemplait son nouveau royaume.

– Il constitue une cible, ici, leur rappela Ari. Laissez-moi au moins l'accompagner.

– Pour que tu puisses l'aider à s'évader ? rétorqua Talyana d'un ton narquois.

– Je vais l'amener moi-même à sa cellule, déclara Mikira avant qu'Ari ait pu répondre.

Cela suffit à apaiser la panique dans les yeux de son amie, mais elle regretta vite son offre, car le regard que lui lança Damien fut des plus froids.

– Tu viens me narguer ? lui demanda-t-il tandis qu'ils descendaient dans l'une des galeries étroites.

Elle ne le regarda pas.

– J'ai promis à Ari de faire en sorte qu'il ne t'arrive rien.

Il ricana doucement.

– Toi et ton grand cœur.

– Sans mon grand cœur, tu serais mort, rétorqua-t-elle. Et après tes récents exploits, ce serait plus que mérité.

– Je sais.

Mikira s'arrêta brusquement, et les gardes aussi. Elle s'attendait à ce qu'il se montre moqueur, ou à déceler dans ses yeux la lueur indiquant que c'était un jeu de sa part, mais il parut juste fatigué. Fatigué et… elle faillit rire, car si ça n'avait pas été absurde, elle aurait dit que Damien Adair semblait *en proie à l'incertitude*.

– Je n'ai jamais eu l'intention de te trahir, l'informa-t-elle. Mais je ne regrette pas que ça nous ait éloignés. Tu es devenu comme Rezek.

Damien tressaillit.

Autrefois, elle s'était demandé ce qu'il fallait pour le mettre en colère, mais elle comprenait à présent qu'elle l'avait toujours su. Tous les deux étaient semblables, au moins sur ce point. C'était la haine de Damien envers les Kelbra qui l'avait persuadée de collaborer avec lui, et sa certitude que sa volonté de réformer l'Enderlain était sincère.

Elle en gardait la conviction, mais elle savait également ce qu'il avait fait pour atteindre ce but. Toutefois, elle ne pouvait pas complètement le lui reprocher. Pas sans reconnaitre que sa propre renommée l'avait changée elle aussi. Elle s'était crue importante, indispensable, et retrouvée à essayer de tout arranger elle-même.

Comme lui.

Mikira étouffa un petit rire qui lui valut un regard dubitatif de Damien. Elle secoua la tête.

– Non, c'est juste que… nous voulions tous les deux la même chose. Nous aurions dû être dans le même camp tout du long, mais au lieu de ça nous nous sommes mis des bâtons dans les roues.

Si la rébellion n'était pas passée à l'action, elle était certaine que Damien aurait trouvé un moyen de régler le problème des chimères lui-même. Il ne s'était pas hissé au sommet pour le pouvoir en soi, mais pour être en mesure de bouleverser l'ordre établi, comme les rebelles.

Même maintenant, ils n'étaient pas si différents. Tous les deux désiraient juste un monde où ceux qui leur étaient chers pourraient vivre sans crainte.

– Je… je le regrette, lui confia Damien au bout d'un moment. Je regrette beaucoup de mes choix récents.

Mikira fut stupéfaite par cet aveu. Elle n'obtiendrait rien de lui qui s'apparenterait davantage à des excuses. Même s'il lui en présentait, lui pardonnerait-elle ? Il l'avait dénoncée en tant que rebelle, avait attaqué Talyana, mis sa tête à prix… Il avait aimé qu'elle le redoute autant que Rezek, et elle n'était pas sure qu'il puisse se racheter.

Mais une infime part d'elle voulait lui donner une chance d'essayer.

– Si tu le penses vraiment, fais quelque chose pour y remédier, déclara-t-elle lorsqu'ils atteignirent les cellules.

À sa demande, les gardes en déverrouillèrent une située loin de Rezek, et elle y laissa Damien, poursuivie par ses propres mots. Elle avait rejoint la rébellion par conviction qu'il n'était pas trop tard pour changer le royaume ; peut-être était-ce vrai pour eux aussi.

Pour elle.

À sa sortie des cachots, Ari, Talyana et Reid étaient dans un coin en train de se chamailler. Alors qu'elle s'approchait d'eux dans l'espoir d'apaiser les esprits, la voix de Shira s'immisça dans leur dispute naissante.

– Oh, parfait, vous êtes tous encore en vie, ironisa-t-elle.

Elle se tenait devant le bureau d'Eshlin, les traits tirés par une profonde fatigue.

– Entrez donc.

Ils obéirent et fermèrent la porte. À cinq dans la pièce, les lieux étaient étouffants, mais pas vraiment à cause du manque de place.

– Je suis revenue tout de suite après t'avoir fait accéder au château, expliqua Shira en voyant le regard interrogateur d'Ari. Si mon frère est là et qu'on n'essaie pas de vous arrêter, je suppose que tout s'est passé sans encombre.

– Sauf que Damien est emprisonné, répliqua sèchement Ari, et qu'Eshlin veut le questionner pour connaitre l'identité du prince.

– Chaque chose en son temps.

Shira s'assit sur le bord du bureau, les bras croisés, et ajouta :

– Je convaincrai Eshlin que ce n'est pas notre priorité maintenant qu'elle a le trône. Il lui faut d'abord consolider son pouvoir, mais lorsqu'elle aura repris le commandement des forces armées, nous devrons être prêts à affronter les Hérétiques. En partant du principe que mon frère parviendra à faire parler Rezek.

À ces mots, Reid rit.

– C'est plus probable qu'ils s'entretuent.

– C'est pour ça que je préfère rester à proximité, insista Ari, en croisant les bras à son tour, les mettant au défi de s'y opposer. Rezek est toujours un enchanteur capable de recourir à une magie rare.

– À ce propos, réagit Shira, perçois-tu ce que fait Nava ?

Ari ferma brièvement les yeux et hocha la tête.

– Elle est dans le Bois-d'Argent, en train d'attendre que Selvin passe à l'action.

– En ce cas, tout le monde pourrait en profiter pour se reposer et se calmer, suggéra Shira. Il est tard. Dormons un peu, nous aurons les idées plus claires demain.

Mikira regimba.

– Quoi ? Surtout pas ! Et si nous n'avons pas jusqu'au matin ? Nous ne savons pas quand Selvin agira. Ni même quel est son plan. Nous devrions…

– Tu n'arriveras à rien si tu tiens à peine debout, la coupa Shira.

– Ce n'est pas faux, approuva Talyana en posant la main sur son épaule. Je te le dis avec la plus grande bienveillance, mais tu as vraiment une sale tête.

Mikira était exténuée, mais l'idée d'attendre lui nouait le ventre. Pourtant, elles avaient raison – elle avait beaucoup de mal à garder les yeux ouverts, et il leur fallait du temps pour se préparer à leur confrontation contre les Hérétiques ; autant dormir pendant qu'elle en avait l'occasion.

Ils se dispersèrent – Shira emmena Reid et Ari par un couloir tandis que Mikira suivait Talyana dans un autre vers la chambre qu'elles partageaient. Ses pensées s'embourbaient un peu plus à chaque pas, et lorsqu'elles furent arrivées, Talyana peina à obtenir son attention.

La pièce était exigüe, à peine assez grande pour accueillir le lit calé contre un mur et un fauteuil installé dans un coin. Mikira s'écroula sur le lit, et remarqua que Talyana la déchaussait seulement lorsque la seconde bottine lui glissa du pied.

Cela lui rappela un après-midi où elle s'était assoupie dans le paddock d'Atara. Elle avait dormi si profondément qu'elle avait raté l'heure du repas de la jument, qui, à son réveil, lui retirait ses bottes pour la punir. La chaleur de ce souvenir ne l'enveloppa que brièvement, puis le chagrin ressurgit de plus belle, et elle poussa un soupir chargé de tristesse.

Talyana l'observa avec une inquiétude flagrante, mais des coups à la porte retentirent avant qu'elle ait pu dire quoi que ce soit. Elle ouvrit le battant et se trouva face à Reid, qui apportait un bol de ragout fumant, Bidule perché sur l'épaule.

Il entra sans même un regard pour Talyana et tendit le bol à Mikira.

– Mange, ordonna-t-il.

– Je n'ai pas… bredouilla-t-elle.

– Tu as l'air d'un épouvantail, la coupa-t-il.

– Toujours aussi charmant, Haldane, railla Talyana. Mais je suis d'accord.

Mikira les considéra tous les deux, campés côte à côte de leur plein gré. Elle céda et accepta le ragout, riche et savoureux, qui réveilla son appétit. Elle ne s'était pas rendu compte à quel point elle était affamée. Depuis quand n'avait-elle rien avalé ? Reid s'installa dans le fauteuil, et Talyana la rejoignit sur le lit.

– Alors ? murmura Mikira après sa dernière bouchée. On doit t'appeler Votre Majesté, maintenant ?

Talyana grogna et se renversa dans le lit.

– Seulement si tu veux finir exécutée.

– Je préfèrerais encore ça, oui, bougonna Reid.

– Vœu accordé.

Talyana l'avait dit sur le ton de la plaisanterie, mais dès qu'elle eut prononcé ces mots, une pesanteur tomba sur la poitrine de Mikira. Elle en eut le souffle coupé. Talyana se redressa d'un coup, Reid s'était relevé en vitesse. Ce fut l'expression dans leur regard, l'assurance que, quel que soit son problème, ils étaient là, qui fit rompre le barrage en elle.

Un sanglot l'étrangla, de grosses larmes coulèrent sur ses joues, et elle enfouit son visage dans ses mains. Reid s'assit près d'elle, de l'autre côté de Talyana, afin de former une bouée dans l'obscurité cependant qu'elle pleurait. Pour les choses qui avaient changé, et celles qui demeuraient les mêmes.

Pour le futur qui les attendait tous, plus sanglant et plus dangereux que le chemin qu'ils avaient déjà affronté.

Pour Atara, dont l'absence avait laissé un vide dans son cœur.

Elle pleura jusqu'à ce que le sommeil l'emporte.

43
ARIELLE

Shira laissa Ari dans sa chambre avec pour instruction de ne pas en bouger. Elle avait convaincu les gardes qu'Eshlin avait exigé la présence de l'enchanteresse au château, et que son retour libre de toutes entraves signifiait qu'on l'avait relâchée, mais sans la princesse pour confirmer ses dires, Shira ne pouvait garantir que sa parole suffirait.

Ari attendit plusieurs minutes après son départ pour revenir à la caverne principale, où l'on se dispersait pour la soirée. Elle brula son vérillion et activa un enchantement de dissimulation à l'aide de sa bague en diamant pour se rendre invisible.

D'abord, elle alla voir dans l'infirmerie.

Celle-ci ne fut pas difficile à identifier, car c'était la seule salle éclairée à proximité. Une porte vitrée donnait sur des rangées de blessés endormis. Elle repéra Rivkah tout au bout, et résista à l'envie puissante de se précipiter à l'intérieur. Des battants s'ouvrant spontanément alerteraient les gardes, et Shira lui avait certifié que Rivkah allait bien.

Elle s'attarda pour profiter du visage de sa sœur, puis se contraignit à retourner dans la grotte centrale. De là, elle alla aux cachots. Elle jeta un caillou à l'autre bout pour détourner l'attention du garde, puis se faufila dans le passage.

Le couloir était long, les cellules espacées les unes des autres, et elle trouva Damien près de l'entrée.

On lui avait laissé ses entraves et, bien sûr, confisqué ses revolvers. Assis contre le mur du fond, il avait les yeux rivés au plafond comme s'il imaginait une partie d'échecs. Elle observa la ligne discrète d'une cicatrice à son front, ses cheveux trop longs par endroits, les menues imperfections qu'il n'avait pas gommées.

Pour la première fois, elle eut l'impression de voir le vrai Damien.

Elle mit fin à son enchantement, et il dirigea le regard vers elle. L'intensité qu'elle y lut lui procura un réconfort qui lui avait manqué.

– Ça devient une habitude, ce relâchement, le taquina-t-elle.

Il inclina la tête en arrière contre la pierre.

– Je vais finir par croire que tu me préfères comme ça.

Un sourire effleura les lèvres d'Ari.

– C'est certain que tu es moins fatiguant.

Il laissa retomber sa tête en avant, les cheveux devant les yeux.

– Je suis désolé, Arielle. Je tenais à ce que tu le saches.

– C'est le cas.

Elle aurait tant aimé lui dire que tout allait bien, mais elle ne pouvait passer l'éponge. Quels que soient ses sentiments pour lui, sa confiance avait été ébranlée, et de simples excuses ne suffiraient pas.

Tous deux avaient de nombreuses fautes à expier, à commencer par les Hérétiques.

– Nous allons toujours au-devant d'une guerre, déclara-t-elle. Je crois que nous pouvons contribuer à l'empêcher.

Damien émit un grognement désabusé.

– À mon avis, personne ne veut de mon aide, ici.

– Si seulement c'était vrai, rétorqua Ari avec un sourire en coin. Alors je n'aurais pas à te demander de te réconcilier avec Rezek.

Toute trace d'humour abandonna Damien. Il remua légèrement, peinant à contenir la colère qui l'animait. En cet instant, elle ne voulait rien tant qu'il soit furieux. Qu'il laisse libre cours à une émotion aussi intense qu'après avoir appris ses visites chez Rezek. Voir ce qui brulait sous cette froideur apparente.

– Qu'est-ce qu'il vient faire là-dedans, lui ? s'enquit-il d'un ton acerbe.

– Lui seul connait les projets de Selvin au-delà de son intention d'absorber les pouvoirs de son Racari. Sans cette information, nous sommes à la merci de l'offensive des chimères, à supposer que Nava ne trouve pas Selvin la première. Un affrontement entre eux pourrait nous détruire tous.

Damien tira fort sur ses menottes.

– Si le succès de ton plan repose sur Rezek, tu as déjà perdu.

Ari réprima l'envie de lui dire qu'il n'était peut-être pas le même homme que dans ses souvenirs.

– Tu m'as expliqué que tu voulais sauver Veradell. C'est l'occasion ou jamais.

Il eut un sourire narquois.

– Tu n'es pas au courant ? C'est de moi qu'il faut sauver la ville. Quand ce sera fini, Eshlin fera en sorte que je ne la gêne plus jamais.

Les images de la salle du trône revinrent à Ari. Le sort qu'Eshlin n'avait pas hésité à infliger à son frère, comme si une vie n'était qu'une ligne de comptes à effacer. Ari prononça un enchantement de force et, aussi facilement que si elle déchirait une feuille de papier, elle écarta les barreaux.

– Pour ça, il faudrait qu'elle me passe sur le corps.

L'admiration et le désir qu'elle perçut dans ses yeux lui rappelèrent le Damien qu'elle aimait. Leur force était ce qui les avait attirés l'un vers l'autre, et l'espace d'un instant, elle se demanda s'il la regarderait avec la même fascination si elle perdait sa magie. Son pouvoir.

Depuis peu, elle savait néanmoins qu'elle ne devait pas sa force à ses aptitudes magiques, mais à la part d'elle qui assumait sa peur et l'affrontait. Celle qui avait ignoré les mises en garde de ses parents et acquis son propre savoir, forgé son propre destin. Celle qui s'était relevée du sol de son atelier, des semaines plus tôt, et qui s'était battue sans relâche pour reprendre le contrôle d'elle-même.

Ce feu sacré, elle ne le perdrait jamais.

– Tu voulais changer les choses, dit-elle. Mais pour ça, il faut que l'Enderlain n'ait pas été rayé de la carte. Et si tu ne le fais pas pour le royaume, fais-le pour moi.

C'était l'argument qu'elle aurait dû avancer dès le début, car il n'en fallut pas plus. Damien se leva et vint jusqu'à elle, juste devant les barreaux.

– Pour toi, je pourrais réduire cette ville en cendres, déclara-t-il doucement. Si tu veux que je la sauve, alors je le ferai aussi.

Puis, d'un ton plus dur, il ajouta :

– Par contre, je ne peux pas te promettre que Rezek sera en un seul morceau quand j'en aurai terminé.

À son retour dans la chambre qu'on lui avait attribuée, Ari trouva Reid adossé contre le mur à côté de sa porte. Elle ne s'étonna pas qu'il soit encore debout ; les cernes qu'il avait en permanence sous les yeux ne venaient pas de nulle part. Bidule, en revanche, dormait profondément dans ses bras.

– Comment il va ? s'enquit-il.

– Il fait semblant d'aller bien. Comme nous tous.

– Attention, rétorqua Reid en se redressant. À t'entendre, on va finir par croire qu'il est humain.

Elle eut alors un sourire sincère, ce qui autrefois lui était étranger, mais il vacilla lorsqu'elle vit la mine contrariée de Reid.

– Qu'est-ce qui se passe ? demanda-t-elle.

– J'ai découvert la cellule des enchanteurs.

C'était une bonne nouvelle, pourtant elle en eut un coup au cœur. Si seulement elle avait attendu, fait confiance à Reid, combien d'erreurs aurait-elle évité ? Jamais elle ne se serait tournée vers Rezek, jamais elle ne lui aurait permis d'accéder à son Racari, et jamais elle n'aurait repoussé Damien.

Selvin aurait trouvé un moyen, songea-t-elle. L'Hérétique n'aurait rien laissé entraver son ascension vers la divinité.

Reid sortit un flacon de sa poche.

– J'ai essayé de mettre au point de quoi détruire ces cellules et inverser la transformation des chimères, mais la magie est trop profondément ancrée dans leur organisme, et je ne pense pas que tu en auras l'utilité, maintenant que Nava est libre.

Ari secoua la tête, puis s'interrompit.

– Tu pourrais analyser mon sang de nouveau pour y chercher ces cellules ?

Il fronça les sourcils.

– Oui, mais pourquoi ?

– Nava m'a dit que je n'étais pas une véritable enchanteresse, que c'était sa présence qui me conférait ma magie, et que sans elle j'allais la perdre.

– C'est absurde, commenta-t-il en grattant la tête de son chat. Je peux vérifier si tu veux, mais selon moi, que ton corps les ait déjà contenues ou qu'elles aient été créées par la possession de Nava, elles sont là pour de bon. À moins que tu les détruises.

Les pensées d'Ari fusèrent dans mille directions. Si sa magie lui appartenait vraiment, elle n'avait pas à la sacrifier pour contrecarrer les plans de Nava. Elle pourrait la vaincre, à condition d'être assez puissante. Mais leurs affrontements précédents avaient démontré que Nava la surpassait de très loin, qu'elle détenait un pouvoir immensément supérieur.

– Reid, dit-elle alors. Il faut que tu fabriques cet élixir en plus grande quantité.

44
DAMIEN

Damien ne dormit pas.

D'innombrables pensées l'assaillaient. Comment allait se dérouler sa conversation avec Rezek ? Comment exploiter les informations qu'il détenait sur Talyana pour obtenir qu'on le libère sans mettre la jeune femme à la merci d'Eshlin ? Que faire au sujet de l'armée de chimères qui s'apprêtait à déferler sur la ville ?

Arielle. Arielle. Arielle.

Dans les cavités souterraines, on perdait la notion du temps, aussi ne sut-il que c'était le matin que lorsqu'on lui apporta un maigre petit déjeuner. Il mangea les quelques toasts, puis on déverrouilla sa cellule et le conduisit plus loin dans le couloir. Enfin, les gardes le poussèrent dans une autre cellule avant de repartir.

Damien resta face au mur, tirant assez fort sur ses entraves pour s'écorcher la peau des poignets. Il ne voulait pas se retourner, car il savait ce qui l'attendait de l'autre côté.

– Alors, retentit la voix froide de Rezek. Ça t'a réussi de jouer les héros ?

Damien serra les dents et s'efforça de pivoter vers le cachot d'en face. Rezek était rencogné contre un mur, ses longues jambes étendues devant lui. Une barbe de quelques jours assombrissait ses joues, ses cheveux cuivrés s'étaient libérés de leur chignon et tombaient en désordre sur ses épaules.

– Mieux que d'être un pion, rétorqua Damien. Et toi, ça t'a plu d'être contrôlé par un enchanteur à moitié fou ?

– J'ai appris que tu avais remporté l'Ascension. Petit malin, va. Mais si je compte bien, tu aurais dû être couronné hier soir. « Roi d'un jour », ça sonne pas mal.

Damien se garda de rectifier ; il n'avait même pas eu de règne.

– Au moins, je n'ai pas à moi seul provoqué la mort de toute ma maison. Ton père, Kyvin, ton frère, Gren. Savais-tu que Darius était mort lui aussi ? Eshlin l'a tué. Violemment.

Assez pour que Damien en ait été ébranlé, que sa vision de la princesse s'écroule en un instant.

Les yeux de Rezek brillèrent d'une lueur presque sauvage.

– Roi ou pion, nous finissons tous les deux ici. Nous avons toujours été semblables, toi et moi.

– C'est ça que tu veux, Rezek ? Me faire admettre que je suis comme toi ? l'interrogea-t-il. Ça t'aiderait à vivre avec le poids de ce que tu as fait ?

La réponse de Rezek, à peine audible, le prit au dépourvu.

– Oui.

Damien eut un mouvement de recul comme si ce mot était une lame. De fait, il s'enfonça sans mal dans la cuirasse de sa colère, jusqu'à la vérité cachée dessous. Car il voulait la même chose. C'était pour cela qu'il s'était acharné dans sa conquête du trône, malgré ce qu'il risquait de perdre. Après tous les coups qu'il avait portés, tous les choix qu'il avait faits, il avait voulu que ceux-ci aient un sens.

Ni l'un ni l'autre ne souhaitait se retrouver seul avec les conséquences de ses actes. Ni l'un ni l'autre ne souhaitait être responsable. Parce que s'il n'y avait pas de *pourquoi*, il ne restait plus qu'*eux*.

Damien ferma les yeux, et dans le silence, la voix de Rezek fut pareille à un leurre.

– Tu n'as jamais envisagé qu'à force de vouloir être le héros, tu étais devenu le méchant de l'histoire ? Moi, au moins, je sais ce que je suis.

– Un assassin, asséna Damien, avant de s'écarter des barreaux pour reculer davantage dans le cachot. Un traitre.

– Un pion, rétorqua Rezek. Comme tu l'as dit.

Quelque chose perçait dans sa voix. Une douleur que Damien ne voulait pas reconnaitre, ni comprendre. Il aurait aimé faire un fagot de tous ses souvenirs de Rezek et le réduire en cendres. Mettre fin à cette histoire tant que les lignes entre eux étaient bien délimitées.

Il ne voulait pas écouter quand Rezek dit :

– Je n'ai pas tué ta mère.

Damien fit volteface vers lui, dix ans d'une rage accumulée jaillissant telle une éruption volcanique.

– Loïc t'a vu ! Et je l'ai tenue pendant que sa vie s'échappait entre mes mains.

Il agrippa les barreaux métalliques comme s'il s'agissait de la gorge de Rezek.

– J'ai consacré toute ma vie à te démolir pour me venger.

Ne me dis pas que tu ne l'as pas fait !

– Je ne l'ai pas fait, déclara Rezek en s'empoignant les cheveux. En tout cas, je ne le pense pas. Je ne sais plus, Damien ! Je ne sais pas ce qui venait de moi et ce qui venait de lui. Même lorsque j'avais le contrôle, je sentais sa présence. Elle était si forte. Elle m'imprégnait tout entier. Et quand il est parti…

Il ravala un sanglot et serra les bras autour de sa poitrine.

Le rire de Damien fut aussi misérable que faux, et chacun de ses mots fut chargé d'une colère sans égale.

– Est-ce qu'il t'a abandonné, Rezek ? Tu te sens *trahi* ?

Il gronda presque, incapable de se contenir. C'était satisfaisant de laisser libre cours à sa fureur. Il regrettait de ne pas l'avoir fait plus tôt, de ne pas avoir laissé sa rage embraser le monde pour qu'un instant au moins ce ne soit pas à lui de bruler.

Alors, peut-être, n'aurait-il pas eu à porter ce fardeau seul. Peut-être que Loïc l'aurait vu comme un frère, pas comme l'adversaire sur qui il rejetait la responsabilité de ses propres insuffisances. Peut-être que sa famille ne se serait pas disloquée, qu'il n'aurait pas repoussé Reid et Arielle, ni couru après le pouvoir aux dépens de son âme.

Damien rugit, donna des coups de pied dans les barreaux jusqu'à ce que l'épuisement prenne le dessus et qu'il s'appuie contre le métal froid.

– Tu as tout gâché, dit-il dans un souffle, les yeux fermés. Tu m'as transformé en toi.

C'était là le nœud du problème. Il avait sacrifié des parts de lui – ses émotions, son identité, sa moralité, dans le seul but que les Enderliens l'acceptent, le considèrent comme un des leurs, au point de croire lui aussi que la fin justifiait les moyens, qu'il pouvait acquérir la sécurité en détenant la force, le pouvoir – mais ça ne suffirait jamais.

À force de ne reculer devant rien pour détruire un monstre, il en était devenu un.

Alors fais quelque chose pour y remédier, l'aiguillonna la voix de Mikira. Si franche, si directe. Comme il lui enviait cette spontanéité.

– Je n'ai jamais rien voulu de tout ça, reprit Rezek, avant d'ajouter, plus bas : Il a fait de mon frère une chimère.

Damien rouvrit brusquement les yeux.

– Quoi ?

Rezek leva les yeux vers lui à travers un rideau de cheveux en désordre.

– Ceux qui ont du sang d'enchanteur – des enchanteurs complets, ou des gens comme mon frère, qui possèdent cette caractéristique, mais pas assez pour accéder à la magie… Ce sont les seuls qui puissent… se changer en chimères.

C'était pourquoi Rezek avait réuni des enchanteurs clandestins tels que le père de Mikira. Pour effectuer ses expériences – et les transformer.

Rezek serra davantage les bras autour de son ventre.

– Mon frère a été le premier. Il n'a pas survécu.

Et Rezek était devenu l'héritier de la maison Kelbra. Il avait eu accès au pouvoir et aux ressources dont Selvin avait besoin. Prisonnier silencieux de son propre corps, il n'avait pu être qu'observateur impuissant. L'idée que depuis tout ce temps l'esprit de vengeance qui avait animé Damien avait été injustifié, que le garçon qui avait autrefois été son ami était peut-être encore là…

Damien secoua la tête à en avoir mal. Ça ne pouvait pas être la vérité. Rezek était un menteur. Un traitre. On ne pouvait pas se fier à lui. On ne pouvait se fier à personne – c'était lui-même qui l'avait appris à Damien. Et maintenant il prétendait que, depuis le début, Damien faisait fausse route ? Que les actes qu'il lui reprochait étaient ceux de Selvin ?

Mais en lisant la peur dans le regard de Rezek, la logique eut raison de ses émotions tumultueuses : le Rezek d'avant n'aurait jamais accepté de paraitre si faible. Pas après une vie à chercher l'approbation de son père, à devenir l'homme, l'héritier, qu'Eradas tenait tant à voir en lui.

Ce Rezek-là n'existait pas.

Damien prit une grande bouffée d'air. Il se ressaisit lentement, sa rage et son désespoir se dissipèrent telle de la fumée de vérillion. Il aurait tant voulu disparaitre en même temps, laisser le silence l'envelopper comme un cocon et se perdre dedans.

Mais il avait donné sa parole à Arielle, et il allait la respecter.

– Raconte-moi ce qui s'est passé, Rezek.

Lorsque celui-ci commença, il ne s'interrompit pas pendant longtemps. Il lui relata que son père avait découvert ses capacités magiques, tenté de les utiliser en le liant au Racari, puis l'avait délaissé quand il s'était révélé incontrôlable. Il évoqua le soir où il avait tué la mère de Damien, puis la mort de son frère, et chaque jour d'une vie où il avait eu l'impression d'être un somnambule, pourvu d'un corps qui n'était jamais vraiment le sien, d'un esprit auquel il ne pouvait se fier. Il expliqua que ses désirs et ceux de Selvin s'étaient entremêlés jusqu'à se confondre tout à fait.

Qu'encore à présent, il ne distinguait pas ce qui venait de lui et ce qui subsistait de l'Hérétique.

Damien se laissa glisser sur le sol de sa cellule et écouta, même s'il lui en coutait amèrement. Il ne supportait pas la façon dont le récit de Rezek distribuait les responsabilités. Dont cela mettait en exergue les similitudes entre eux. Une existence vécue dans l'ombre de leurs frères. À courir après le respect de leurs pères. À faire des choix qui les éloignaient toujours plus de ceux qu'ils pensaient être.

– Et maintenant ? lui demanda Damien quand il eut terminé. Qu'est-ce qui va se passer ?

– Je l'ignore, répondit Rezek, la voix rauque et le visage dans les mains. Sans Selvin… je ne sais rien.

– Si, tu connais ses intentions pour la suite.

Rezek frémit, mais Damien ne relâcha pas la pression.

– J'ai toujours eu tout ce que tu désirais. Malgré ses défauts, Loïc était quand même un frère pour moi. Mon père m'a nommé héritier de son plein gré. Je dirigeai les affaires que j'avais bâties moi-même. J'avais Reid, et Arielle, alors que toi…

– J'avais Selvin.

– Jusqu'à ce qu'il t'abandonne.

Damien savait ce que Rezek attendait de lui, tout comme il savait qu'il devrait le lui accorder pour avoir une chance d'obtenir les informations dont ils avaient besoin. Mais chaque fois qu'il essayait, ses mots se transformaient en cendres dans sa bouche.

Les actes de Rezek l'avaient empoisonné jusqu'aux tréfonds de son âme. Il s'était convaincu qu'il ne pouvait se fier à ses amis, qu'il n'avait pas besoin d'Arielle, ni de ses proches. Il s'était seriné qu'il n'avait pas le choix. Que la confiance engendrait la vulnérabilité, qu'il ne pouvait s'autoriser aucune faiblesse, nulle incertitude face à son ambition.

Et à présent, Rezek voulait de lui plus que sa confiance – il désirait son pardon.

Il sentait sa montre de gousset égrener les secondes ; le temps leur manquait. Seuls ces renseignements lui permettraient de quitter sa cellule, et c'était leur seule chance d'arrêter Selvin avant que l'Enderlain subisse le sort du Kinahara.

– Je te pardonne, Rezek.

Ce dernier leva vivement la tête, ses yeux brillants pareils à deux flaques luisantes dans la pénombre.

– Quoi ?

Damien n'était pas capable de le répéter. Il ne savait même pas s'il le pensait, seulement que ces mots provoquaient un serrement dans sa poitrine, un sentiment qu'il n'identifiait pas.

– Il est temps que tu fasses tes propres choix, dit-il à la place. De décider ce que tu veux, toi, et pas Selvin.

Il se releva et ajouta :

– Dis-moi ce qu'il prépare.

L'expression de Rezek changea soudain, et Damien y décela l'animosité qu'il lui réservait à chacune de leurs confrontations.

Mais il comprit que cette animosité ne lui était pas adressée lorsque son ancien rival déclara :

– Il va utiliser les tunnels souterrains pour déployer ses chimères dans toute la ville, puis les lâcher à l'équinoxe d'automne, au moment des festivités. Il vise le quartier général des rebelles, les rassemblements, et les célébrations, ce qui signifie qu'il frappera probablement au coucher du soleil, quand les rues seront les plus animées.

Était-ce pour cela qu'on signalait des attaques çà et là ? Selvin soumettait-il ses nouvelles armes à des essais ? L'équinoxe serait le moment idéal pour frapper, quand les habitants afflueraient dans les rues en l'honneur de Lyzairin.

– Que cherche-t-il à accomplir ?

Arielle lui avait expliqué que Selvin croyait à la supériorité des enchanteurs, voulait les élever au rang qu'il estimait être le leur, et s'imposer comme leur dieu. Mais en ce cas, Selvin aurait dû tenter de prendre le château, de s'attaquer à la garde royale ou à l'Anthir, pas au peuple.

– À obtenir de la magie en abondance.

Rezek se leva, à mouvements lents et tremblants. Damien remarqua alors les assiettes de nourriture rassie sur le devant de sa cellule, ses joues creusées. Depuis combien de temps ne s'était-il pas alimenté ?

– C'est le secret du vérillion, poursuivit-il. Le sol dans lequel il pousse regorge de magie.

– Ça, je le sais, répondit sèchement Damien.

– Mais sais-tu comment la magie s'y retrouve ? enchaina Rezek en s'approchant des barreaux. Quand quelqu'un meurt, une partie de la personne, un fluide magique ou son âme, selon en quoi tu crois, retourne à la terre. C'est de *ça* que le vérillion s'imprègne en se développant, et c'est ce que les enchanteurs brulent pour exécuter leurs sortilèges.

Il pressa le visage contre les barreaux.

– Et quand Selvin aura massacré des centaines de gens, il absorbera leur pouvoir et deviendra assez fort pour réussir ce qu'il n'a pas pu accomplir la première fois.

– Consumer la magie de son Racari, conclut Damien, avec un froid discernement.

La veille au soir, Arielle l'avait mis au courant des dernières informations en leur possession, mais ils ignoraient ce qui retardait l'Hérétique. À présent, ils savaient.

– Mais s'il n'a pas pu contenir la puissance du Racari la fois précédente, comment va-t-il absorber ça en plus de la magie qui sera libérée pendant la bataille ?

Rezek secoua la tête avant même qu'il ait terminé sa question.

– Ta logique n'est pas la bonne. Si Selvin était un vase à capacité fixe, tu aurais raison. S'il ne pouvait pas engranger une poignée de magie, il ne pourrait pas en engranger deux. Mais ça ne fonctionne pas comme ça.

Il semblait d'une lucidité stupéfiante pour quelqu'un qui s'accrochait aux barreaux pour tenir debout, toutefois Damien subodorait que leur conversation était justement ce qui l'empêchait de sombrer dans la démence.

– Quand un enchanteur se nourrit de magie, le nombre de cellules en mesure d'en emmagasiner augmente, et ses capacités ne cessent de croitre. Avant, le corps de Selvin n'était pas prêt pour l'immensité du pouvoir contenu dans le Racari.

– Mais quand il aura absorbé la magie d'innombrables morts, il le sera, conclut Damien, les sourcils froncés. C'est pour ça qu'il attend l'équinoxe. Ce sera un vrai carnage.

– Ce n'est qu'un élément de son plan, ajouta Rezek, sans oser le regarder en face. Il veut qu'il y ait le plus de monde possible au même endroit, de préférence des gens en colère et violents. Les chimères ne sont pas ses seuls soldats.

– Les rebelles ? Ils forment presque une petite armée, mais la princesse détient le trône, ils n'ont plus rien à combattre.

Rezek ferma les yeux.

– Si, les chimères.

Et s'ils investissaient les rues armés et prêts à se battre, l'Anthir se mobiliserait contre eux.

Une pièce après l'autre, les explications de Rezek s'imbriquaient et dessinaient un tableau limpide. Selvin comptait provoquer un massacre, et quoi de mieux pour cela qu'une guerre civile au cœur de célébrations auxquelles la moitié de Veradell allait participer ?

– Mais comment a-t-il pu savoir que les rebelles allaient…

Il s'interrompit. Qui était la force motrice derrière la rébellion ? Qui avait voulu accéder au trône à tout prix, placé l'Anthir et les rebelles sous son commandement ?

– Le troisième Hérétique, souffla-t-il. Il possède Eshlin.

45
MIKIRA

Mikira se réveilla enveloppée dans un cocon de couvertures, dont elle aurait voulu ne jamais sortir.

Elle s'y attarda, se berça quelques instants de l'illusion qu'une vie normale l'attendait. Qu'elle était au haras avec Talyana et Reid, au début d'une journée de dur labeur qui, le soir venu, serait récompensée par la cuisine de Nelda. Qu'à la nuit tombée, son père leur raconterait des histoires comme autrefois, Ailene courrait après son chien dans toute la maison, et Reid ferait semblant d'avoir le cafard tandis que Talyana serait envoutée par le récit.

Puis elle se rappela où elle était, la tâche qu'elle devait accomplir, et elle revint à la réalité aussi brusquement que si un cheval l'avait désarçonnée.

Lorsqu'elle se fut levée et habillée, sa rêverie avait reflué tout à fait, remplacée par une esquisse de plan. Dès que Damien aurait obtenu de Rezek les informations qu'il leur fallait, ils les livreraient à Eshlin, qui pourrait organiser leurs troupes pour affronter l'armée de Selvin et vaincre l'Hérétique avant que Nava l'intercepte et provoque un nouveau Cataclysme.

Elle sortit de la chambre et remonta le couloir jusqu'à la caverne principale, où elle pensait trouver le calme. L'Ascension d'Eshlin signifiait en substance qu'ils avaient atteint leur objectif. Il n'y avait plus besoin d'une force rebelle, puisque la princesse allait promulguer les changements pour lesquels ils s'étaient battus, abroger le système des maisons nobles et la monarchie, et remettre le pouvoir au peuple.

Mais lorsqu'elle arriva dans la cavité, celle-ci débordait d'activité. Des combattants se divisaient en pelotons, et un afflux d'inconnus entrait, leurs habits de tous les jours détonnant avec les treillis des soldats.

Mikira alla retrouver Jenest, qui orientait un groupe d'entre eux vers la zone d'incorporation.

– Qu'est-ce qu'ils font là, tous ces gens ?

– Ce sont de nouvelles recrues, répondit l'organisatrice de courses en faisant signe à d'autres d'avancer. Pour la bataille contre les chimères.

Mikira eut un mouvement de recul.

– Ils ne sont pas venus pour ça. L'armée royale...

– N'est toujours pas rentrée du front.

– Et l'Anthir...

– Ce ne sont pas des soldats.

– Ces gens-là non plus !

Mikira désigna plusieurs hommes et femmes qui observaient les alentours nerveusement, avec l'air de regretter leur décision. Certains portaient dans les bras de jeunes enfants qui s'agrippaient à de vieilles peluches râpées. D'autres étaient si âgés qu'ils s'étaient assis pour se reposer dès qu'ils l'avaient pu.

Lorsque Jenest leva les yeux, Mikira y décela une lueur étrangement familière, qui lui donna la chair de poule.

– Que veux-tu, répondit-elle sans détourner le regard. Il reste à espérer qu'on n'en arrivera pas à l'affrontement.

Elle s'éloigna pour rejoindre un groupe, et laissa Mikira assaillie par un curieux trouble. Il existait forcément un autre moyen d'arrêter les chimères, pourtant Eshlin se comportait bizarrement depuis des jours, et après le massacre des membres du Conseil, Mikira ne pouvait s'empêcher de penser que c'était volontaire. Mais pour quelle raison ?

– Mikira !

Elle pivota et vit Talyana qui fendait l'assemblée dans sa direction.

– Shira veut nous voir avec les autres, annonça son amie. Damien a obtenu ce qu'il nous fallait.

Alors qu'elle retournait dans les tunnels avec Talyana, elle lui relata les propos de Jenest.

– Il y a un truc qui cloche, conclut-elle tandis que Talyana ouvrait une porte. Et ça fait déjà un bout de temps. Eshlin est…

– Possédée.

La voix froide de Damien la figea sur place. Elles avaient pénétré dans une sorte de salle de repos, pourvue d'une grande table métallique en son centre et de placards le long des parois. Ari, Reid et Damien étaient assis à la table, les mains de ce dernier à présent libres, et Shira était juchée sur un coin, les pieds sur une autre chaise.

Mikira cligna des paupières.

– Hein, *quoi* ?

Ari se pencha en avant, ses épais cheveux bouclés tombant de part et d'autre de son visage fatigué.

– À la fin de l'Illinir, j'ai trouvé le troisième Racari, annonça-t-elle. Rezek m'a dit qu'il avait disparu le temps qu'il retourne à l'alcôve, ce qui était un mensonge. L'Hérétique de ce grimoire possède…

– Eshlin.

Mikira s'appuya mollement dans l'encadrement. Cela expliquait pourquoi la princesse avait été furieuse que Damien s'empare du trône. Pourquoi elle avait recouru à des mesures aussi extrêmes qu'égorger Darius malgré les questions que cela soulèverait.

Elle s'avachit ensuite sur la chaise la plus proche, et, l'air nauséeuse, Talyana en prit une autre.

– Je croyais qu'il fallait être un enchanteur pour être possédé, commenta Mikira.

– Il suffit d'avoir le gène qui produit la cellule, intervint Reid.

Il avait réussi à se procurer une tasse de thé, qu'il tenait à hauteur de son menton comme pour se cacher.

– Si Eshlin est la descendante d'une enchanteresse, elle pourrait avoir en elle ces cellules sans détenir de capacités magiques, ou simplement avoir caché son pouvoir.

– D'accord, mais *pourquoi* ? Qu'est-ce qu'ils préparent ? demanda Talyana, la voix éraillée.

Elle semblait sur le point de casser quelque chose.

Shira se mit debout et leur fit face.

– C'est justement pour ça que nous sommes réunis ici. Nous pensons que l'Hérétique qui possède Eshlin…

– Rowna.

Mikira bondit en reconnaissant la voix de celui qui venait de se manifester. Dans le fond de la pièce, les mains attachées et le regard levé vers le plafond, se trouvait Rezek Kelbra. Il dirigea les yeux sur Mikira, et bien qu'il eût les cheveux hirsutes et le visage maculé de saleté, il réussit à lui sourire comme si elle était une moins que rien.

– Ça suffit, ordonna Damien.

Le sourire de Rezek s'effaça aussitôt.

– Alors là, je refuse, s'emporta Mikira en pointant le doigt vers lui. Damien, je peux encore encaisser, mais pas… ça !

– Ravi d'apprendre que tu me places dans la catégorie d'au-dessus, railla Rezek, avant de poser les pieds sur une chaise d'un geste nonchalant.

Un tic nerveux anima la mâchoire de Damien.

– Ce n'est pas du tout ce qu'elle a voulu dire.

– Vous vous battez vraiment pour savoir qui est le pire des deux ? ironisa Talyana, le menton appuyé sur son poing. Parce que j'ai un avis sur la question.

– Tu as une idée sur tout, bougonna Reid.

Talyana le foudroya du regard.

– C'est vrai que toi, tu ne te mêles jamais de rien.

Ari les observa l'un et l'autre.

– Je croyais que vous vous entendriez, tous les deux. Vous chérissez Mikira comme la prunelle de vos yeux, non ?

Tous les trois rougirent, puis le groupe entier se mit à parler en même temps. Mikira et Ari parvinrent à peine à placer un mot alors que les quatre autres se querellaient.

Un sifflement strident fendit le vacarme, et tous se tournèrent vers Shira, dont l'expression exaspérée fut la plus sincère que Mikira l'ait jamais vue afficher.

– Bon, je sais que la moitié d'entre vous se détestent et que les autres sont amoureux, mais est-ce qu'on peut se concentrer sur la fin du monde, s'il vous plait ?

Mikira se laissa retomber sur sa chaise, sans bien savoir quand elle s'était levée. Shira avait raison, et Rezek était là parce qu'il pouvait leur être utile, mais l'idée de préparer la survie de leur royaume avec son aide la rebutait.

Shira alla ouvrir un placard. Peu après, elle posa une bouteille au milieu de la table.

– Du whisky, commenta sèchement Mikira en regardant
Damien. C'est le remède à tout, dans votre famille ?

– J'en veux bien, moi, dit Talyana.

Elle saisit la bouteille, fit une brève grimace en voyant l'étiquette Adair, puis la déboucha pour prendre une grande gorgée.

Reid plissa les paupières d'un air réprobateur.

– Les verres, ce n'est pas pour les chiens, la tança-t-il.

– Nous avons une centaine de problèmes plus graves que ça, rétorqua Talyana, avant de boire ostensiblement une deuxième goulée.

Shira sortit des verres, puis reprit la bouteille à Talyana pour servir à tous des doses généreuses. Elle en offrit même un à Rezek, qui le vida d'un trait.

– Attention, l'avertit Ari, en serrant le sien entre ses mains. Tu n'as pas de vérillion pour l'éliminer, cette fois.

– C'est tout l'intérêt, justement, déclara Rezek, avant de tendre son verre pour être resservi.

– Au moins, ça le rendra plus supportable, maugréa Damien, qui semblait rêver de faire de même, mais se contenta de boire à petites gorgées.

Mikira, elle, ne put qu'observer les uns et les autres tandis que Rezek se fendait d'une réplique qui provoqua un sourire en coin chez Ari, que Reid jurait lorsque Talyana tenta de corser son thé, et que Shira reprenait place en hauteur, l'air bien trop satisfaite. La scène entière lui faisait l'effet d'un rêve, ou plutôt d'un cauchemar, chaque élément plus incongru que le précédent.

Elle détestait Rezek, n'avait pas pardonné à Damien, était prête à tout pour protéger Reid, Talyana et Arielle, connaissait à peine Shira, pouvant juste affirmer qu'elle était très rassurée d'avoir l'ainée des Adair dans leur camp. C'était sans compter les animosités qui existaient entre les autres, et pourtant, tous les sept allaient devoir collaborer pour empêcher trois enchanteurs ancestraux de détruire le monde.

Un sentiment familier la gagna, semblable à celui qu'elle avait éprouvé dans les appartements de Damien quand ils échafaudaient leurs plans pour l'Illinir. Pareil à une chaine qui se serrait autour d'elle. Mais cette fois, elle n'eut pas l'impression d'être prise au piège.

Cette fois, elle n'était pas seule.

Shira laissa le tumulte se poursuivre encore un moment, avant de profiter d'une accalmie.

– Bien. J'ai convaincu Eshlin de remettre à plus tard son enquête sur l'identité du prince Ranier. Elle a l'intention de rester au palais le temps de consolider son pouvoir, et selon Rezek, Selvin ne devrait pas passer à l'attaque avant le coucher du soleil, quand les rues seront les plus bondées.

Rezek reprit son explication.

– Rowna est de mèche avec Selvin, qui veut lâcher son armée de chimères sur Veradell et provoquer le plus gros carnage possible. Plus il y aura de morts, plus de magie sera libérée, plus ils pourront s'en abreuver et gagner en puissance avant que Selvin absorbe la magie de son Racari.

Mikira pensa à la foule qui se pressait dans la caverne principale.

– C'est pour ça que nous acceptons de nouvelles recrues. Eshlin a dû prévoir de les poster dans toute la ville pour qu'elles soient en première ligne quand les chimères attaqueront.

– Et quand ils se battront, ils deviendront les cibles de l'Anthir, ajouta Damien.

– Ils seront tous réunis au même endroit, intervint Ari. Pour servir d'appât.

Cette pensée noua le ventre de Mikira. Depuis le début, rien de ce qu'elle avait fait n'avait permis de protéger qui que ce soit, et elle avait contribué sans le savoir au projet d'une enchanteresse revancharde, obsédée par le pouvoir, pour qui les gens n'étaient que des sources de magie à vider jusqu'à la dernière goutte. Elle but une grande gorgée de son whisky.

– Damien et moi pensons que c'est la raison pour laquelle Rowna a organisé la rébellion, déclara Shira d'un air sombre. Elle voulait provoquer une guerre.

– Non ! s'exclama Talyana, qui, le visage déjà empourpré par l'alcool, se rembrunit. Ça ne peut pas être vrai. Nous n'avons quand même pas fait tout ça pour… un monstre qui se pique de devenir un dieu !

– Évidemment que non, rétorqua vivement Shira. Nous n'avons agi que pour amener plus de justice dans le royaume, et je ne laisserai pas Rowna tout gâcher. Nous allons mettre un terme à tout ça.

– Comment ? demanda Mikira, désignant la caverne principale d'un signe de tête. Ils se préparent pour une guerre qu'ils ne peuvent pas gagner.

Un bruit de chaines retentit dans la pièce lorsque Rezek ajusta sa position, et tous se tournèrent vers lui. Il fit de son mieux pour paraitre nonchalant quand il suggéra :

– Tuez Selvin, et vous tuerez aussi les chimères.

– Elles sont comme les golems, c'est ça ? s'enquit Ari d'un air émerveillé.

Mikira vit dans son regard comment Rezek et elle avaient surmonté leur épreuve. Ce qu'ils avaient vécu tous les deux, personne d'autre ne pouvait le comprendre, mais cela la décontenança quand même.

– C'est grâce aux pierres de vérité qu'ils sont doués de conscience, et lorsque leur créateur meurt, ils meurent aussi.

– À peu près, répondit Rezek. Leur vie n'est pas liée à sa magie comme celle de Nava l'est à toi. Il a dû créer des liens de jaspe sanguin avec chacune d'entre elles, mais l'effet perdure. Si on le tue, elles périront.

– Quel est notre plan, alors ? demanda Mikira.

Damien se leva dans un grincement de chaise.

– Nous divisons pour vaincre. Puisque Rezek sait où Selvin sera ce soir, lui et moi nous chargerons de lui. Arielle et Reid feront en sorte que Nava ne le trouve pas avant que nous l'ayons éliminé.

Il se tourna vers Mikira.

– Talyana et toi, vous vous occuperez de Rowna. Si vous l'emportez contre elle, la vraie Eshlin rappellera peut-être les rebelles et l'Anthir.

Mikira n'avait aucune envie de recevoir des ordres de lui, mais il avait raison : ils devaient s'attaquer aux trois enchanteurs ancestraux, au cas où un groupe échouerait.

– En théorie, c'est très bien, dit-elle, mais la dernière fois qu'Ari et moi avons affronté une Hérétique, elle nous a mis la pâtée.

Sa voix s'étrangla lorsqu'elle songea à Atara.

– Ça me parait surtout un bon moyen de nous faire tuer, conclut-elle.

– C'est pour ça que j'ai constitué les équipes de cette façon, rétorqua Damien avec assurance. Selvin n'imaginera pas que Rezek puisse lui vouloir du mal, nous aurons donc l'élément de surprise. Nava a un faible pour Ari et veut qu'elle se joigne à elle, quant à Rowna, elle ignore que nous connaissons son existence. Elle pensera que Talyana et toi êtes toujours dans son camp.

Il adressa un signe de tête à Reid, qui sortit de sa poche un flacon de liquide foncé.

– Nous serons tous armés d'un élixir que Reid a mis au point, qui cible les cellules magiques, expliqua-t-il. Nous n'aurons qu'à le leur injecter pour détruire leur magie. À ce moment-là, ils seront vulnérables.

– Et on est censés nous fier à toi ? demanda Mikira, avant de braquer un regard soupçonneux sur Rezek. Et lui faire confiance, à *lui* ?

Talyana émit un rire narquois et fit tourner son verre vide du bout du doigt.

– À tous les coups, tu trouveras un moyen d'absorber son pouvoir toi-même, et tu tenteras de récupérer le trône.

– Je ne suis pas un enchanteur, rétorqua Damien avec une impatience à peine voilée.

Cela faisait déjà deux fois que Mikira déchiffrait ses émotions sur son visage, mais elle supposa que même Damien Adair avait ses limites. En cet instant, alors qu'il se trouvait face à son ennemi de toujours, à la compagne avec qui il était brouillé, à ses anciens amis et à sa sœur envahissante, et devait de plus risquer sa vie pour un royaume qu'il aimait autant qu'il détestait, il les avait peut-être atteintes.

Pourtant, ce fut ce vacillement d'émotion qui apaisa les doutes de Mikira, car elle le crut lorsqu'il la regarda et lui répondit avec une grande franchise.

– Tu m'as dit de faire quelque chose pour y remédier. Alors, permets-moi d'agir. Je vais tenir Rezek en laisse.

– Je ne suis pas un chien, maugréa l'intéressé.

– Ça se discute, railla Reid.

Les yeux de Rezek s'embrasèrent de colère.

– Approche et viens me répéter ça, pour voir, gronda-t-il.

– Ne le regardez pas comme ça, le mit en garde Talyana.

Mikira et Reid la dévisagèrent comme si elle avait perdu l'esprit. Elle leur rendit un regard mauvais.

– Quoi ?

– Rien, répondit Mikira en réprimant un sourire.

– Attendez une minute, reprit Talyana en se penchant au-dessus de la table avec une exaltation soudaine. Si ce poison détruit les cellules d'enchanteur, pourquoi Arielle ne se l'injecte-t-elle pas pour éliminer sa magie et rompre le lien qui maintient Nava en vie ?

Ari se raidit, et Reid manqua recracher son thé.

– Parce que c'est un poison instable que je viens à peine de concevoir ! Il pourrait très bien dévaster toutes les cellules de son corps.

Talyana ouvrit la bouche pour protester, mais Damien ne lui en donna pas l'occasion.

– Si tu suggères encore ça…

Il n'alla pas au bout de sa phrase, ce qui en dit plus long que toute menace. Mikira ne doutait pas un instant qu'il les abattrait tous avant qu'ils mettent en péril la vie d'Ari, et elle partageait son sentiment.

– Pas question de prendre un tel risque, décréta Mikira d'un ton résolu. De plus, Nava n'est pas le véritable problème. Même si elle était hors d'état de nuire, il nous resterait quand même Selvin à affronter.

Dans le silence qui s'installa, tous se tournèrent vers Rezek. Il leva une de ses chaines, avant de la laisser retomber d'un air désabusé.

– Ça ne marchera pas, affirma-t-il en réponse à la question qui les animait.

S'ils pouvaient détruire Nava en supprimant la magie d'Ari, ne pouvaient-ils pas éliminer celle de Rezek pour arrêter Selvin ? Quitte à ce que ça lui coute la vie.

– Pourquoi ? s'enquit Mikira, tout en doutant de son aptitude à recourir à cette solution.

Rezek secoua sa chaine une seconde fois, puis soutint son regard.

– Parce que Selvin n'est pas lié à moi, expliqua-t-il d'un ton amer. Les golems sont faits d'argile, mais les chimères sont formées à partir d'enchanteurs vivants. Selvin est uni aux cellules de son nouvel hôte, pas aux miennes.

Talyana se rassit lourdement.

– Je suis d'avis qu'on essaie, au cas où, insista-t-elle.

– Il dit la vérité, intervint Ari avant que Rezek ait pu renvoyer une réplique sardonique. Si Rezek était lié à lui comme je le suis à Nava, il aurait été capable de sentir où il est. Il l'aurait suivi dès que Selvin l'a abandonné.

Rezek rougit, et Mikira grimaça en se souvenant de lui prostré dans son atelier. Ari avait raison. Ce jour-là, Rezek ne voulait rien autant qu'être réuni avec Selvin ; il ne serait pas resté au manoir s'il avait pu accompagner l'Hérétique.

– Nous devons leur injecter le sérum directement, reprit Ari, la mine soudain plus grave. C'est pourquoi je pense que je devrais affronter Nava seule.

Elle se tourna vers Damien et ajouta :

– Si elle perçoit la présence de quelqu'un d'autre, elle ne croira jamais que j'ai de bonnes intentions.

Mikira s'attendit à ce que Damien objecte, mais il se contenta de soutenir le regard d'Ari comme pour lui demander si elle était sure d'elle. L'enchanteresse hocha la tête, et l'affaire fut entendue.

– Dans ce cas, tu devrais aller avec Talyana et Mikira, dit Shira à Reid. Nous pouvons envoyer un message à Eshlin lui disant que nous avons capturé le prince Ranier. Elle vous recevra aussitôt.

– Génial, fit Reid en s'avachissant davantage dans son siège.

Talyana lui tapota la main.

– Nous ne la laisserons pas te tuer, va. Enfin, on verra.

– Tal, grommela Mikira, dont l'exaspération manqua de conviction.

Talyana ne taquinait que ceux qu'elle avait acceptés dans son cercle, et que ce soit parce qu'elle avait renoncé à vouloir exclure Reid de la vie de Mikira ou parce qu'elle se rendait compte qu'ils n'allaient peut-être pas tous revenir de cet affrontement, il y semblait désormais inclus.

Reid les fixa toutes les deux d'un air renfrogné, serra Bidule contre lui, puis jeta un coup d'œil à Shira.

– Et toi, qu'est-ce que tu vas faire pendant que nous nous faisons massacrer par une horde d'enchanteurs morts-vivants ?

Shira se rembrunit.

– Je vais tenter de retarder les troupes rebelles. Si ça ne fonctionne pas, je serai leur cheffe dans la bataille et j'essaierai de faire en sorte qu'un maximum survive.

Elle balaya le groupe du regard.

– Vous devez tous réussir, sinon ce sera la fin.

46
ARIELLE

Ari sortit de la pièce avec un nouveau poids sur les épaules. Bien qu'elle ait fait de son mieux ce jour-là pour étouffer son lien avec Nava, des bribes d'émotions de l'Hérétique lui parvenaient quand même. Sa détermination, son sens du devoir.

Sa profonde colère.

Ari avait été sincère quand elle avait proposé d'y aller seule, mais il existait une autre raison à son envie d'affronter Nava elle-même : elle voulait lui parler, trouver une solution.

Lorsqu'ils regagnèrent la caverne principale, les lieux étaient plus animés que jamais. Shira conduisit Rezek et Damien au bureau d'Eshlin, où elle tira les rideaux pour les cacher, tandis que Mikira et Talyana discutaient d'un moyen d'approcher la princesse. Elles avaient laissé Reid dans la salle de réunion, où il s'attelait à distiller davantage d'élixir.

– Ari ?

Elle fit volteface en entendant la voix de Rivkah. Puis elle se précipita presque sur sa sœur pour la serrer contre elle, s'arrêta de justesse en se rappelant ses côtes fêlées, et se contenta d'une accolade légère.

Rivkah lui adressa un sourire fatigué.

– Ça ne s'est pas passé comme prévu, hein ?

– Comme la plupart de tes plans diaboliques.

Longtemps, Ari s'était plongée dans la bataille derrière sa sœur pour qu'il ne lui arrive rien. Cette fois, elle avait bien failli échouer.

Ari s'écarta et lui pressa l'épaule.

– Je suis désolée de ne pas avoir été là pour te protéger.

Rivkah émit un grognement contrit.

– Et moi, je suis désolée d'avoir cru que c'était une bonne idée de me jeter au milieu d'un conflit entre deux Hérétiques.

Elle se tourna vers Mikira et Talyana.

– C'est la fille dont tu m'as parlé ? La rousse ?

– Mikira Rusel, répondit Ari. Viens, que je te présente.

Les similitudes entre Mikira et Rivkah lui sautèrent davantage aux yeux lorsqu'elles furent côte à côte. Toutes les deux possédaient une présence qu'on ne pouvait ignorer, des personnalités aussi tapageuses et franches que leurs rires. Rivkah s'intéressa aussitôt aux poignards de Mikira, que celle-ci lui laissa inspecter en échange d'un sachet de noix aux épices, et Talyana l'interrogea sur son voyage entre Aversheen et Veradell.

Lorsque la jeune fille termina de raconter en détail son travail dans les archives du temple local, Mikira s'esclaffa.

– Tu es bien la sœur d'Ari. Moitié tête de mule, moitié rat de bibliothèque.

– Trois quarts tête de mule, un quart championne des cassepieds, répliqua Ari.

Rivkah lui tira la langue.

– Tu m'aimes et tu le sais.

C'était vrai – elle l'aimait plus que tout, et son retour dans sa vie la submergeait de bonheur. Elle aurait préféré que ce ne soit pas quand un chaos absolu allait s'abattre sur la ville.

– Non, dit alors Rivkah.

Ari cligna les paupières.

– Je n'ai rien d…

– Tu allais me demander de quitter Veradell, répondit sa cadette en croisant les bras. Je partirai quand toi tu partiras, point final.

Ari aurait tant voulu lui faire entendre raison, mais elle savait que c'était peine perdue. Elle l'étreignit de nouveau, en regardant ostensiblement Mikira.

– Je crois que c'est ta sœur, en fait, dit-elle.

– Kira, têtue ? pouffa Talyana. Où vas-tu chercher ça ?

Mikira mit les mains sur les hanches.

– Rivkah et moi, nous devrions devenir meilleures amies et vous laisser tomber comme de vieilles chaussettes, toutes les deux.

Rivkah se tortilla pour s'écarter d'Ari, rayonnant d'un sourire espiègle.

– Bien d'accord.

Ari s'esclaffa à son tour, et ce rire lui procura un immense bonheur. Elle se laissa envelopper dans la chaleur de ce moment, dans la conviction qu'un avenir heureux l'attendait. C'était là la force qu'elle cherchait depuis toujours. Ce lien, cette compréhension mutuelle. Elle en aurait voulu mille fois plus, et c'était possible, si elle s'y autorisait.

Promets-moi d'être sans peur, ahuvati.

Sa main se ferma sur le collier de son Saba, et elle chuchota :

– Je le promets.

Ari prit congé de Rivkah, alors en grande conversation avec Mikira et Talyana, pour aller voir Damien, que Shira avait laissé seul avec Rezek. L'ainée des Adair avait sans doute des raisons valables, notamment leur permettre de passer plus de temps ensemble avant de faire équipe pour une mission qui risquait de leur couter la vie, mais Ari jugea peu judicieux de les abandonner sans surveillance trop longtemps.

– Si tu n'arrêtes pas de jacasser, je te colle une balle dans la tête, lui parvint par l'entrebâillement la voix menaçante de Damien.

– J'espère que tu vises mieux que depuis la dernière fois que je t'ai vu tirer. Ta main tremble toujours ? le provoqua Rezek.

– C'était il y a huit ans !

– Ah bon ? Bizarre. Je me situe moins bien dans le temps. Peut-être à cause du whisky, ou alors, va savoir, de la possession.

– Rezek ? La ferme.

Ari venait de se résoudre à entrer et à les sauver l'un de l'autre quand Mikira arriva en trottinant.

– On nous a informés que les chimères se déversaient dans les rues. Selvin passe à l'attaque. Il faut qu'on y aille.

– Maintenant ? s'étonna Ari, le cœur battant. Mais il est trop tôt ! Rezek a dit que Selvin ne frapperait pas avant le coucher du soleil.

– J'ai dit « probablement », protesta le noble d'un ton chantant, signe de son ivresse.

Damien ouvrit le battant, la mine dépitée.

– L'élixir de Reid ne sera pas prêt.

– Alors nous devrons retarder les Hérétiques en attendant qu'il le soit, rétorqua Mikira, qui saisit ses couteaux, ce tic trahissant la nervosité que son visage grave ne montrait pas.

Mais nous devons être en situation de l'utiliser dès qu'il sera actif.

Talyana avait déjà emmené Reid dans la cavité principale, chargé de plusieurs seringues de liquide foncé. Lorsqu'ils l'eurent rejoint, il leur expliqua :

– Il doit encore reposer au moins une demi-heure. Ne l'injectez pas avant, sinon il ne servira à rien.

Shira surgit à côté d'eux et jeta un coup d'œil fébrile derrière elle.

– Il faut que vous partiez avant qu'on se pose des questions sur ces deux-là, dit-elle en lançant un regard appuyé à Rezek et Damien. Il y a des chevaux pour tout le monde de l'autre côté de la barrière.

Ari hocha la tête et alla voir Rivkah, qui restait en marge du groupe. Elle l'entoura de nouveau de ses bras.

– Fais attention à toi. Je reviens vite.

Rivkah lui rendit son accolade.

– Sois prudente.

Ari s'écarta à contrecœur, et se trouva face à Reid, qui lui remettait deux seringues d'un air plein d'appréhension.

– Tu es sure de vouloir y aller seule ? Je ne suis même pas sûr que ça fonctionnera. S'il t'arrive quoi que ce soit…

– Damien ne te le pardonnera pas, je sais.

– Non, moi je ne me le pardonnerai pas ! répondit Reid, avant de baisser sa main tremblante. Ça t'étonnera peut-être, mais je n'ai pas envie que tu meures.

C'était sa façon à lui de dire « Je tiens à toi », et elle en fut si touchée qu'elle ne trouva pas les mots pour l'exprimer. Elle avait vécu si longtemps dans l'isolement et la peur que, même entourée de nouveaux amis, son état d'esprit ne s'était pas adapté à la nouvelle donne. Elle n'était plus celle que Damien avait recueillie, seule et brisée. Avec ou sans magie, elle n'était plus démunie, et ne le serait plus jamais.

Elle lui serra le bras.

– Ça va aller. Nous allons tous nous en sortir.

Il parut réticent, mais alla retrouver Talyana et Mikira. Ari rangea une des seringues dans sa poche, puis tendit l'autre à Rivkah.

– Eshlin ne devrait pas revenir ici en notre absence, mais si c'était le cas, ce sérum pourrait être ta seule défense contre elle.

Rivkah hocha la tête, puis Ari rejoignit les autres tandis qu'ils prenaient la direction des tunnels. Elle alla vers un des chevaux, mais Damien lui saisit la main, avec une intensité dans les yeux qui la figea.

– Fais très attention. S'il te plait.

– C'est promis.

Un petit sourire aux lèvres, elle ajouta :

– Essaie de ne pas tuer Rezek.

Elle s'attendit à une réponse sarcastique, mais le regard de Damien ne fit que s'assombrir. Risquer sa vie pour l'Enderlain passait encore ; le faire aux côtés de Rezek, c'était une autre histoire. Au bout du compte, il se contenta de lui donner une pression sur la main, puis la lâcha.

Ari enfourcha sa monture et la dirigea vers le Bois-d'Argent, vers Nava et un plan qui lui paraissait plus qu'incertain. Son cheval partit au trot, sans avoir conscience de ses tourments, et Ari focalisa ses pensées ailleurs. Elle se plongea dans le puits de magie présent en elle, activa les liens qui la reliaient à ses golems, et perçut la présence de Nava parmi les autres. La puissante enchanteresse était en mouvement. Savait-elle qu'ils allaient s'attaquer à elle, ou avait-elle senti que Selvin avait ouvert les hostilités ?

Ari ne pouvait pas la laisser atteindre l'autre Hérétique.

En émergeant des tunnels, elle lança son cheval au galop sur la route des Voyageurs. Envouté pour la vitesse, il les emmena à vive allure vers les arbres argentés, et le lien entre Nava et elle se resserra. À proximité, elle mit pied à terre pour éviter que l'animal attire l'attention.

Elle s'assura que la seringue ne risque pas de tomber de sa poche, puis s'enfonça dans le Bois-d'Argent.

Le sol était jonché de feuilles scintillantes qui craquaient sous ses semelles, dans les bois où régnait par ailleurs un silence inquiétant. À chacun de ses pas, sa nervosité montait d'un cran. De si près, elle percevait par touches légères les émotions de Nava : sa détermination à dominer Selvin, sa colère de se retrouver de nouveau dans cette situation, les siècles de souffrance accumulée depuis qu'elle avait perdu son foyer, sa famille, ses amis. Toute une vie gâchée par la faute de Selvin.

Ari prit une grande inspiration, puis se faufila sous une branche basse pour pénétrer dans une vaste clairière. Un bruissement précéda Nava, qui entra par l'autre côté. Elle avait le même aspect que dans son souvenir, yeux et cheveux foncés, peau brune, mais quelque chose chez elle avait changé. Ses traits s'étaient affinés, étaient devenus plus réels, et la puissance qui vrombissait en elle n'avait jamais été aussi forte.

L'enchanteresse émit un petit bruit en la voyant.

– Il me semblait bien que je t'avais sentie à proximité. T'es-tu décidée à m'aider, finalement ?

Elle avait posé cette question d'un ton des plus détachés, comme s'il s'agissait là d'une évidence. Vêtue d'une simple blouse verte et d'un pantalon beige ample, elle était pieds nus, les cheveux jusqu'à la taille, pleins de brindilles et de feuilles argentées. Elle paraissait avoir vécu dans les bois, se contentant du strict minimum pour soigner son nouveau corps.

Elle n'avait pas le quatrième Racari.

– Je suis venue vous demander de tout arrêter.

Ari maintenait son vérillion en combustion. Avant de partir, elle en avait avalé autant que possible, mais même cette réserve de pouvoir était dérisoire comparée à celle de Nava.

– Nous allons nous occuper de Selvin. Vous n'avez pas besoin de vous impliquer.

Nava inclina la tête, d'un mouvement plus proche de l'oiseau que de l'humain.

– Quels que soient vos plans, vous échouerez. La seule qui soit assez forte pour vaincre Selvin, c'est moi.

– C'est faux. Nous…

Un rugissement assourdissant retentit dans les bois. Deux yeux brillants et dorés apparurent parmi les arbres, puis deux autres, et encore deux autres. Une créature s'avança, au pelage dru d'ours brun. Elle se déplaçait comme l'un d'eux, d'un pas lourd et puissant, mais ses pattes aux muscles saillants s'achevaient par des pieds couverts d'écailles.

Puis la trouée fut pleine de chimères.

47
DAMIEN

Si, quelques jours plus tôt, on avait dit à Damien que le sort du monde reposerait sur une collaboration entre Rezek Kelbra et lui, il aurait répondu qu'il s'en lavait les mains. En tout cas, chevaucher à côté de son grand rival sans avoir envie de l'abattre sur place était très déroutant.

On leur avait fourni montures et capes, Damien était équipé de ses revolvers, et l'on avait donné à Rezek un assortiment de gemmes et une grande quantité de vérillion. Damien avait l'impression qu'à eux deux ils formaient une petite armée, toutefois, à en croire le récit qu'Arielle avait fait de son bref combat contre Nava, leurs forces conjuguées risquaient de ne pas suffire pour affronter Selvin.

Les claquements de sabots de leurs chevaux résonnaient dans le tunnel, si fort qu'il entendit à peine Rezek lorsque celui-ci lui dit :

– Tourne à droite.

Ils s'enfoncèrent dans une nouvelle galerie, vers le nord, en direction du Bois-d'Argent. Selon Rezek, on y trouvait une mine de diamants abandonnée où Selvin avait établi son camp, la carrière était reliée aux sections principales des souterrains qui parcouraient la ville. Rezek n'avait peut-être pas pu suivre Selvin le jour de son départ, mais il savait depuis le début où l'Hérétique allait lancer son offensive ce soir-là.

Leur plan consistait à immobiliser Selvin et à lui injecter l'élixir aussi vite que possible. S'ils s'engageaient dans une longue bataille, ils n'auraient aucune chance. Rezek disposant d'un éventail d'envoutements, ils convinrent qu'il se chargerait de maitriser l'Hérétique le temps que Damien lui administre le sérum, même si Rezek détenait lui aussi une seringue au cas où une opportunité se présenterait à lui.

– À gauche, indiqua-t-il ensuite.

C'était ainsi depuis dix minutes, et même si Damien préférait le silence, il sentait que son ancien ennemi juré avait quelque chose sur le cœur.

Alors qu'il s'apprêtait à lui enjoindre de cracher le morceau, Rezek prit les devants :

– Je sais que tu ne m'as pas vraiment pardonné.

Damien serra ses rênes plus fort. Ils s'apprêtaient à combattre un enchanteur ancestral quasi divin, et il voulait avoir cette conversation maintenant ? C'était pire que lorsqu'on les avait surpris en train de tenter de s'introduire en douce dans le nouvel hippodrome des Kelbra, et que, tandis qu'ils fuyaient les agents de sécurité, Rezek lui avait confié que son père était furieux qu'ils soient encore amis.

Comme s'il ne pouvait se résoudre à livrer la vérité sans avoir le couteau sous la gorge.

À ce souvenir, Damien faillit arrêter son cheval. Cela faisait des années qu'il n'y avait pas repensé, qu'il n'avait songé à aucun de ses bons souvenirs avec Rezek. Il les avait enfouis dans un endroit inaccessible, assez profond pour qu'ils n'aient presque pas existé. Plus que jamais, il aurait voulu que ce soit le cas.

– Aide-moi à tuer un enchanteur tout-puissant, et peut-être que je le ferai, répondit Damien.

– Non, ça n'arrivera pas, rétorqua Rezek avec un sourire ironique. Toi et le pardon, ça fait deux.

À qui la faute ? médita-t-il amèrement.

N'était-ce toutefois pas une autre similitude entre eux ? Alors que Rezek réclamait son pardon, Damien cherchait celui de tant d'autres : Arielle, Mikira, Reid. Dans un coin de sa tête, il songeait même à Loïc, se demandait où pouvait être son frère, et si leurs relations pourraient jamais redevenir comme autrefois.

Sa mère lui avait souvent parlé de la nécessité de pardonner, des façons dont le kinaïsme s'efforçait de réparer ce qui était cassé : les relations humaines, la foi, et les personnes elles-mêmes. Très longtemps, il avait vu en son souhait une tâche insurmontable, les fractures du monde étant trop nombreuses pour être réparables, mais il finissait par comprendre qu'on pouvait s'atteler à un dommage à la fois.

Damien fixa le dos de Rezek. Pourrait-il jamais lui pardonner ? Et lui-même, pourrait-il jamais être pardonné ? Arielle n'avait pas été la seule à lui rendre visite, l'autre soir, dans les cachots. Reid aussi était venu, posté devant les barreaux, Bidule à ses côtés.

– Grâce à toi, je me suis senti en sécurité, lui avait-il confié, loin de la remarque sardonique à laquelle Damien s'attendait.

Reid n'était guère meilleur que lui pour exprimer ses véritables émotions, mais en cet instant, Damien l'avait trouvé plus sincère que jamais.

– À la mort de mes parents, quand je n'avais nulle part où aller, tu m'as recueilli et pris sous ton aile.

Reid avait contemplé le bout de ses chaussures, les mains enfoncées dans les poches. Damien distinguait alors à peine le corbeau tatoué sur son bras qui dissimulait ses cicatrices.

– Ça, c'est le Damien Adair que je connaissais.

Une honte inhabituelle l'avait alors gagné.

– Je suis désolé, Reid, avait-il déclaré. Tu es le seul qui ait été là pour moi, et je ne l'ai pas vu au moment où ça comptait le plus.

Reid s'était baissé pour prendre Bidule dans ses bras.

– C'est parce que tu crois toujours avoir raison.

– En général, c'est vrai.

Il l'avait dit d'un ton badin, mais quand Reid l'avait foudroyé du regard, il avait soupiré et ajouté :

– Mais je pourrais emprunter un peu de sa franchise à Mikira, de temps en temps.

– On n'a pas besoin de deux comme elle, avait rétorqué Reid.

Cette fois, il souriait.

Damien s'arracha à ce souvenir et constata que Rezek l'observait. Il restait silencieux, mais lorsqu'il se retourna, Damien fut frappé par l'expression dans ses yeux.

C'était celle du renoncement.

Cette image demeura gravée dans son esprit tandis qu'ils poursuivaient leur route, l'ampleur de sa tâche pesant sur ses épaules.

– On n'est plus très loin, annonça Rezek au bout d'un moment.

– Tu vas y arriver ?

Damien craignait qu'en retrouvant celui qui l'avait possédé, il repasse aussitôt dans son camp. À la vérité, il n'était toujours pas convaincu qu'il ait jamais été dans le leur.

– Ton inquiétude est touchante, commenta-t-il, avec un soupçon de son habituel ton moqueur. Mais je te rappelle que je m'y connais en figures paternelles défaillantes.

Damien émit un grognement sarcastique, puis se rendit compte qu'il souriait lorsque Rezek lui adressa un rictus espiègle. Il effaça son air amusé, mais son sentiment de complicité s'attarda. Autrefois, ils passaient des heures à se plaindre des exigences irréalistes de leurs pères, à évoquer leur peur d'échouer, et l'espace de quelques instants, Damien imagina ce qu'auraient pu être leurs vies si le père de Rezek n'avait pas trouvé le Racari.

Ce fut plus douloureux qu'il voulait bien l'admettre.

Rezek redevint grave lui aussi, et désigna de la tête un tournant un peu plus loin.

– C'est là.

Lorsqu'ils entrèrent dans le tunnel, crissements de griffes et feulements leur parvinrent. Les antiques lumières enchantées s'animèrent d'une lueur vacillante alors que leurs chevaux ralentissaient, perturbés par la puissante odeur métallique du sang.

La première chimère surgit sans crier gare, si énorme qu'elle occupait presque la moitié de la galerie, son corps humanoïde agrémenté d'éléments de bêtes sauvages. Elle se tenait sur des pattes de loup, dont le pelage gris foncé débordait des ourlets déchirés d'un pantalon. Des épines en spirale dépassaient de son dos courbé, son visage formait une gueule allongée ensanglantée. Des vestiges de cheveux blonds pendaient à son crâne, et deux yeux bleus d'un éclat surnaturel se fixèrent sur eux.

La monture de Damien se cabra, et il dut s'y reprendre à plusieurs fois avant de la maitriser. L'autre fit un brusque écart, son souffle créant des nuages de vapeur dans l'air froid.
 La chimère grogna, et Damien porta la main à un revolver.

– Non, attends, intervint Rezek en tendant le bras contre sa poitrine. Elle est venue nous chercher.

Damien rangea son arme, puis la chimère les emmena plus loin dans les galeries, où les grognements bestiaux se firent plus forts. Des groupes de monstres s'écartèrent à leur passage, créatures reptiliennes aux bras et au visage couverts d'écailles pour certaines, alors que d'autres avaient des museaux bovins et des corps trapus.

Le boyau montait vers une arche baignée de lumière, et ils émergèrent dans le fond asséché de la mine. Celle-ci s'élevait en un cône inversé aux parois étagées en degrés. En haut, on distinguait les rameaux luisants du Bois-d'Argent, et partout sur les niveaux de la mine mugissaient et hurlaient des chimères.

Au centre se trouvait Selvin.

Le corps qu'il s'était façonné était beaucoup plus élégant que les autres, et conservait la majorité de ses traits humains. Une crinière d'un blanc immaculé encadrait des pommettes saillantes et des yeux gris éclatants, des crocs dépassaient de ses lèvres fines, sur lesquelles se forma un sourire carnassier. Des plumes blanches lui couvraient les bras, et au bas de son dos remuait une queue de lion.

Il s'était donné l'apparence d'Aslir, se voyant déjà comme un dieu.

– Rezek, gronda-t-il d'une voix caverneuse. J'espérais que tu reviendrais à moi.

– C'est pour ça que vous l'avez laissé se faire emprisonner par la rébellion ? intervint Damien.

– Une rébellion que *moi* je contrôle, rétorqua l'Hérétique, avec un petit geste dédaigneux. Il n'a jamais couru le moindre danger. En fait, je le gardais à l'abri.

Rezek fixait Selvin dans un silence stupéfait. La certitude qu'il avait montrée à peine quelques instants plus tôt avait disparu, remplacée par la fascination d'un disciple devant son dieu.

– Ne l'écoute pas, Rezek, le mit en garde Damien. Il te connait mieux que personne. Il trouvera exactement les bons mots.

– C'est juste, répondit Selvin, dont la voix se fit caressante. Je sais tout de toi, mon garçon. Je suis la seule vraie famille que tu aies jamais eue.

L'Hérétique tendit devant lui une main couverte de pelage blanc, ses griffes recourbées comme pour l'appeler.

– Viens. Purifions ce monde ensemble.

Rezek chancela sur sa selle, son regard vide intensifié par les ombres profondes sous ses yeux. C'était là l'expression d'un homme assoiffé depuis trop longtemps qui, ayant trouvé une source empoisonnée, est incapable de s'en détourner. Cet air de désespoir, de reconnaissance, d'amour et de peur mêlés, suffit à Damien pour comprendre.

Encore une fois, Rezek l'avait trahi.

48
MIKIRA

Mikira était assaillie par le doute. Elle avait foi en la capacité d'Ari de mener sa tâche à bien, mais l'idée de faire collaborer Damien et Rezek éprouvait durement sa confiance. Pourtant, si quelqu'un était en mesure de tenir la bride à Rezek, c'était bien Damien.

Malgré ses défauts, elle avait la certitude qu'il n'échouerait pas.

Elle ne pouvait en dire autant d'elle-même. Tandis que Talyana, Reid et elle remontaient au galop vers le château et l'Hérétique qui les attendait, elle rêvait de semer les autres.

Elle aurait seulement voulu les mettre à l'abri du danger, mais elle ne pouvait pas s'en sortir seule.

Dans sa poche, la seringue que Reid lui avait remise pesait contre sa hanche. L'injecter à Eshlin dissoudrait le lien entre l'Hérétique et la magie de la princesse, tuerait l'une et pas l'autre. Car sans cellules d'enchanteresse, le lien n'avait plus rien à quoi s'ancrer. La princesse perdrait sa magie, mais elle survivrait – du moins, ils l'espéraient. Reid avait indiqué clairement que l'élixir n'avait jamais été testé, que ses effets étaient incertains.

Se posait ensuite la question : si elle en réchappait, qui serait-elle ?

Avaient-ils jamais connu la vraie princesse, ou Eshlin constituait-elle autant une menace que l'Hérétique qui la contrôlait ?

– Kira !

Le ton impérieux de Reid l'arracha à ses pensées, et elle découvrit que, devant eux, la place était bloquée par une foule compacte. Les badauds se bousculaient pour tenter de s'échapper, mais des agents de l'Anthir formaient une nasse autour d'eux.

Une annonce retentit, diffusée par un portevoix enchanté.

– Vous êtes tous en état d'arrestation pour suspicion de rébellion.

Mikira jeta un coup d'œil à Talyana, qui secoua la tête. Cette manifestation n'était pas une des leurs. Des enfants tenaient dans leurs mains des rubans du bleu de Lyzairin pour fêter l'équinoxe, serrés de près par leurs parents. Des marchands ambulants se recroquevillaient derrière leur étal, des saltimbanques descendaient en vitesse de scènes de fortune.

– Saleté de Rowna, grommela Mikira. Elle crée des proies pour les chimères.

Comme en réponse à cette remarque, un cri bestial retentit dans la ville, note unique à laquelle se greffèrent rapidement de nombreuses autres. La foule poussa de plus belle, les agents de l'Anthir lancèrent des regards incertains alentour. Mikira arrêta son cheval, puis Talyana et Reid la rejoignirent, et tous les trois tentèrent de déterminer d'où provenait le bruit.

– Elles sont partout, haleta Mikira, tandis que grognements et feulements envahirent la rue. Partout !

Un hurlement déchira l'air, et la foule se rua vers les gardes pour fuir la place. Des coups de feu partirent, des balles fauchèrent des innocents tandis qu'à l'autre bout, des chimères attaquaient. Les griffes lacéraient la chair, les morts se faisaient piétiner. D'autres créatures affluèrent. Mikira s'empara de ses poignards et força son cheval à faire volteface alors que retentissait un grondement derrière elle.

Un monstre à l'allure de sanglier s'approchait d'eux sur ses pattes écailleuses, suivi par deux créatures à l'aspect de loup. Leurs mâchoires dégoulinaient de sang, leurs yeux brillaient d'un éclat surnaturel.

– Merde ! jura Talyana.

– Reste à côté de moi, Reid, lui enjoignit Mikira.

Elle sentit son cheval se coller au sien.

Puis la chimère de tête chargea.

Les couteaux de Mikira fusèrent. L'un se planta dans la gorge du sanglier, et l'autre élimina un des loups. Le troisième monstre reçut une balle du fusil de Talyana en pleine tête.

Les poignards de Mikira lui revinrent dans une main, et, de l'autre, elle dirigea sa monture vers la cohue. Les gardes de l'Anthir avaient rompu les rangs, et seule une poignée d'entre eux tentait de retenir les chimères tandis que les gens fuyaient.

Talyana lui attrapa le bras.

– Nous ne pouvons pas prendre part à ce combat, Kira. Nous devons nous rendre au château.

– On ne va pas les abandonner ! s'indigna Mikira, dont les couteaux frémissaient, attendant leur prochain ordre.

Elle les expédia dans la poitrine d'une chimère aux traits de renard juste avant que celle-ci saute à la gorge d'un petit garçon.

Elle récupéra ses poignards et chercha une autre cible.

– Nous les aiderons en neutralisant Rowna, la pressa Reid, qui peinait à contenir l'agitation de son cheval.

– Ce sera le moyen le plus rapide, abonda Talyana, alors même qu'elle tuait deux autres chimères.

Sa monture trépignait et se cogna contre celle de Mikira. Autour d'elles, la foule s'amassait, car on avait vu que cette voie était à présent dégagée.

– Tal ! hurla Reid un instant avant qu'une créature féline se jette vers elle et plante ses crocs dans le cou de son cheval.

Celui-ci se cabra, du sang coulant à flots sur son poitrail. Talyana tenta de s'en libérer, mais son pied se prit dans l'étrier, et l'animal l'entraina dans sa chute.

– Non ! cria Mikira.

Elle fit passer son cheval de force dans la cohue jusqu'à ce que ses sabots foulent les pavés ensanglantés. Elle vit alors son amie accroupie derrière le flanc de sa monture pour se protéger de la bousculade, et se glaça de peur. Puis Talyana se releva d'un bond et abattit la chimère d'une balle dans la tête.

Mikira lui tendit la main et la fit monter en selle derrière elle.

– On ne peut pas toutes les combattre ! s'écria son amie.

C'était vrai, mais elle ne pouvait se résoudre à abandonner ces malheureux à la mort. Même si elle en avait été capable, jamais ils ne parviendraient à traverser la place avant que la foule se soit dispersée, et il restait encore toute une rangée de chimères à l'arrière.

Il y eut du mouvement à l'autre bout, et peu après, un groupe fit irruption et alla droit *vers* les monstres. Avaient-ils essayé de fuir, avant de se heurter à une nouvelle attaque ? Non, ils avaient bel et bien vu la rangée de monstres devant eux, et ils ne ralentissaient pas.

– C'est Shira ! s'exclama Reid à leur approche.

Bouche bée, Mikira regarda la jeune femme qui fonçait tête
baissée dans la mêlée, sabrant les chimères avec la force de trois hommes. S'enchantait-elle comme Ari ?

Alors que les badauds quittaient la place et que les rebelles menés par l'ainée des Adair massacraient les derniers monstres, Mikira dirigea son cheval vers elle. Shira la retrouva à mi-chemin, son visage et ses vêtements éclaboussés de sang, une bague d'émeraude scintillant à sa main.

– J'ai essayé de faire annuler les rassemblements, mais je n'ai aucun contrôle dessus, expliqua-t-elle, hors d'haleine.

– Et le reste de nos forces ? s'enquit Talyana, en examinant le groupe de Shira.

– Elles ont écouté quand je leur ai dit de rester à la base, heureusement. Ceux qui m'accompagnent sont des combattants aguerris. Nous allons retenir les chimères ; allez au château, tous les trois.

Elle rejoignit les autres, qui se hâtaient vers les cris plus lointains provenant d'attaques alentour.

Mikira rengaina enfin ses couteaux, et Talyana porta son fusil dans une position plus confortable.

– Elle n'a pas *que* des mauvais côtés, marmonna Talyana. Comme son frère.

– Méfie-toi, railla Reid. Tu commences à t'attendrir.

Talyana se raidit.

– Je dis juste que je ne les déteste pas complètement, complètement.

Un sourire s'esquissa sur les lèvres de Mikira, parce qu'à la vérité, elle ne détestait pas Damien elle non plus. Plus maintenant. Elle avait été blessée, contrariée, et affligée d'un désarroi qu'elle ne voulait plus jamais ressentir. Mais elle n'avait plus de place en elle pour la haine.

– J'en ai marre d'être en colère, se confia Mikira. Je veux être autre chose.

Talyana lui entoura la taille des bras et la serra fermement.

– Tu le peux, lui promit-elle. Dès qu'on en aura fini avec ça.

– Allons-y, déclara Reid.

Il partit au galop, et elles le suivirent à fond de train sur King's Road. La nouvelle de l'attaque des chimères s'était répandue, et les habitants se dépêchaient de rentrer. Des agents de l'Anthir circulaient en formation dans les rues.

Tous les trois s'arrêtèrent à une distance suffisante des portes du château pour ne pas être vus et descendirent de cheval. Mikira fit le guet pendant que Talyana attachait les mains de Reid dans son dos.

– Tu te régales, pas vrai ? demanda-t-il lorsqu'elle serra la corde un peu trop fort.

Talyana eut un sourire radieux.

– Beaucoup trop.

– La voie est libre, annonça Mikira, avant de ranger ses couteaux et d'attraper Reid par un bras tandis que Talyana lui saisissait l'autre. N'oubliez pas, nous livrons le prince Ranier à Rowna. Elle va vouloir vérifier si Reid est vraiment l'héritier, alors elle va soumettre son sang à l'épreuve de la couronne. C'est à ce moment-là que nous frapperons.

– De préférence avant que tu me charcutes, ajouta Reid.

– Ce que tu peux être exigeant, railla Talyana, s'attirant un regard renfrogné. Oh, c'est parfait ! Continue à faire cette tête-là et on nous croira sur parole.

– Si vous avez fini, tous les deux, allons-y.

Ils prirent la direction du palais.

Shira avait prévenu de leur arrivée, et deux gardes les accompagnèrent sur ordre de la princesse. Ou plutôt, de l'Hérétique qui la contrôlait, laquelle savait sans doute à présent que l'attaque avait commencé. Pourtant, les soldats n'étaient pas en état d'alerte, et Mikira se demanda si quelqu'un ici était au courant du fléau qui s'abattait sur Veradell.

Mikira perçut chez Talyana une gravité sans précédent. Elle imaginait combien ce devait être déroutant de découvrir que la personne à qui on s'était tant dévoué se révélait être une autre, et surtout qu'elle était résolue à détruire la ville même qu'on avait risqué sa vie pour sauver.

– Je le ferai, déclara-t-elle d'une voix rauque.

Mikira cligna les paupières.

– Pardon ?

– Si Eshlin… si elle n'est pas… celle qu'on croit. Je le ferai. Je prendrai… tu vois, quoi.

Elle désigna les environs d'un geste, préférant rester vague au cas où les gardes surprendraient leur conversation. Mais Mikira avait compris qu'elle parlait du trône. Si Eshlin n'était pas dans leur camp, Talyana accomplirait le rituel d'Ascension et serait sacrée reine.

Reid émit un grognement sarcastique, mais demeura silencieux afin d'être fidèle à son rôle, et Mikira soupira.

– Espérons qu'on n'en arrivera pas là.

Il lui déplaisait que son amie se fasse happer par la politique de l'Enderlain, parce qu'alors elle se retrouverait comme un oiseau en cage, mais aussi parce que, de toute évidence, la couronne était devenue une cible. Les chefs des maisons majeures, le prince Darius, le roi Théo, et Ranier avant lui – tous étaient morts. Enderlain était possédée, et l'on avait destitué Damien.

En ce qui la concernait, le trône était maudit.

Talyana afficha une expression plus neutre, mais il fallut attendre que Mikira lui prenne la main pour qu'elle décrispe son poing.

Les gardes les conduisirent à la salle du trône, dont on avait laissé les énormes portes ouvertes. Après une dernière pression, Mikira lâcha son amie.

Eshlin se tenait au pied du trône, vêtue d'une longue robe dorée resplendissante dont l'étoffe s'étendait à ses pieds, la couronne piquée dans ses cheveux bruns tressés. Elle s'adressait à Niora qui, face à elle, serrait une liasse de documents. Le visage empourpré, l'huissière royale battait des paupières d'un air hébété.

– Êtes-vous sure, Majesté ? demanda-t-elle d'une voix tendue.

– Je veux que la priorité absolue de l'Anthir soit d'éradiquer les rebelles. Rien d'autre.

Eshlin se détourna de l'huissière, qui rangea les documents dans une serviette et passa à côté d'eux en vitesse. La princesse renvoya alors les gardes, et les portes se refermèrent derrière eux avec un bruit sourd.

Mikira sentit Talyana se raidir. Eshlin voulait que l'Anthir se concentre sur la rébellion pour une seule raison : qu'ils ne participent pas aux combats contre les chimères. Mais elles ne pouvaient se permettre de réagir. Il était impératif que la princesse les croie loyales.

– Qu'y a-t-il de si important qu'il vous faille me voir sans attendre ?

Talyana relâcha un souffle pour s'apaiser, et Mikira parla pour en couvrir le bruit.

– Nous avons trouvé le véritable héritier des Ranier.

Elle poussa Reid en avant pour être plus persuasive, et il lui lança un regard orageux.

Eshlin écarquilla les yeux, et son serpent golem glissa sur ses épaules, la langue frétillante. Ils avaient anticipé la présence du reptile. C'était pour cette raison qu'elles avaient choisi cette formulation. Elles avaient en effet mis la main sur l'héritier, même si ce n'était pas Reid.

– Lui ? fit Eshlin d'un ton ravi. Est-ce pour ça que Damien Adair le gardait sous son aile ?

– Ça serait logique, répondit sèchement Talyana.

– Je ne suis pas celui que vous croyez, fulmina Reid avec une indignation convaincante. Damien se trompe.

– Silence, ordonna la princesse, avant de s'approcher vite.

Elle retira sa couronne, dont le jaspe sanguin scintillait.

– Nous allons tester son sang.

Mikira sortit un couteau. Sous prétexte de faire une entaille à Reid, elle lui trancherait ses liens, Talyana attaquerait avec sa seringue, puis elle aussi. Deux seringues, deux chances. Il leur suffisait de…

Les portes s'ouvrirent avec fracas, et un garde fit irruption.

– Votre Majesté. On nous a signalé que des… des *créatures* déferlaient dans les rues. Elles s'en prennent aux habitants et…

Il s'interrompit quand Eshlin leva la main.

– Je maitrise la situation, dit-elle. Restez dehors et ne revenez que si je vous appelle.

Le soldat hésita, mais après un simple regard de la princesse, il repartit en hâte.

Talyana serra le poing dans la poche où elle gardait sa seringue, son corps entier tremblant d'une colère difficilement contenue. Mikira n'aurait jamais dû attendre d'elle qu'elle demeure impassible. Elle-même en était à peine capable, alors qu'elle s'entrainait depuis des mois à cacher ses émotions.

– Vous n'avez jamais été celle que je croyais ? lâcha Talyana d'un ton véhément.

La princesse eut un mouvement de recul.

– Pardon ?

Mikira s'élança pour lui injecter le sérum dans la poitrine. Les yeux d'Eshlin s'embrasèrent d'un blanc éblouissant. Elle esquiva et, d'un revers de main fulgurant, fit voler la seringue.

L'instrument retomba au sol et se brisa.

49
ARIELLE

Arielle s'arma d'un enchantement de force alors que la chimère la plus proche se dressait sur ses pattes arrière. Une autre, au corps élancé et vipérin, émergea et fit frétiller sa langue. L'une après l'autre, elles s'avancèrent dans la trouée, les crocs luisants et les griffes acérées plantées dans la terre.

– Mets-toi derrière moi, lui enjoignit Nava, avant de se poster entre elle et les monstres. C'est moi qu'elles veulent, pas toi.

Moi aussi. Le cœur d'Ari se serra. Nava ne la considérait vraiment pas comme une menace, pas à cause de son immense pouvoir, mais de leur lien. Ce lien par lequel, lorsqu'elle regardait Ari, elle se voyait elle-même.

Les chimères attaquèrent.

Nava alla au contact de la première et enfonça la main en plein dans sa poitrine, avant d'en ressortir le cœur. Le monstre s'effondra, et l'Hérétique pivota vivement vers un autre.

Celui-ci referma ses mâchoires de crocodile sur le bras de Nava, mais elle semblait ne ressentir aucune douleur. Elle écarta de force la gueule de la créature, poussant d'une main vers le haut, et vers le bas avec l'autre. Plus bas, toujours plus bas, jusqu'à ce que la mâchoire se brise.

Ari resta immobile, affligée par l'indécision. Elle pouvait s'enfuir dans les bois, se cacher, et attendre que l'élixir finisse sa maturation. Ou elle pouvait se battre aux côtés de Nava et espérer que ce lien qui existait entre elles soit assez fort pour l'emporter sur un siècle de haine. Parce qu'en regardant l'Hérétique combattre, en sentant la puissance qui irradiait d'elle et l'imprégnait à travers leur lien, elle ne voulait pas la réduire au silence.

Nava ne méritait pas de mourir. Pas une deuxième fois. Elle ne méritait pas qu'on la dépouille de sa magie. Pas pour l'Enderlain, qui lui avait déjà tant pris. Certes, Nava l'avait utilisée, contrainte à commettre des horreurs, mais elle lui avait aussi donné de la force dans les moments les plus critiques. Elle avait été son unique compagne dans les cachots de Rezek, sa confidente en l'absence de Damien et Mikira, un soutien constant.

Leurs destinées étaient irrévocablement liées, et s'il existait un autre moyen de l'arrêter sans la tuer, elle voulait le trouver.

Ari puisa dans sa propre magie, chercha les liens qu'elle avait activés depuis qu'elle avait quitté les tunnels, et leur enjoignit un seul ordre : *Tuez*.

Le faucon qu'elle avait créé pour l'Illinir arriva le premier et plongea du ciel pour enfoncer ses serres dans les yeux d'une chimère. Puis le chien golem de Lady Belda surgit et, d'une morsure terrible, les débarrassa d'une autre.

Un par un, les golems d'Ari répondirent à son appel, créatures qu'elle avait façonnées pour un peuple qui la rejetait, et elle les lâcha sur les monstres.

Lorsque les dernières chimères tombèrent, grisée par la magie qui vrombissait, jamais Ari ne s'était sentie aussi forte. Elle s'efforça de reprendre son souffle en observant la clairière.

– Regarde ce que nous pouvons accomplir ensemble, Arielle, déclara Nava avec un sourire carnassier. Regarde la *puissance* que nous possédons.

Ari, elle, ne voyait que les personnes qu'avaient été ces chimères, et le sang qui imbibait la terre. Ce spectacle se fondit avec un autre, qui ne l'avait jamais quitté, le corps mutilé de son Saba gravé à jamais dans sa mémoire.

Du sang sur les murs. Du sang sur ses mains.

Une voix douce qui lui disait : « Un monstre a rarement l'air d'un monstre. »

Si ça n'avait concerné qu'elles deux, s'il n'avait été question que d'elle, de Nava et du choix entre la force et le silence, peut-être aurait-elle pu décider différemment. Mais ce n'était pas le cas ; cela concernait aussi Mikira, Reid, Shira, Damien, et Rivkah, sa sœur qui refusait de s'éloigner du danger.

Elle ne pouvait pas faire ce choix que pour elle, quand bien même elle l'aurait voulu.

– Je vous en conjure, dit-elle. Renoncez au combat.

Nava esquissa un sourire.

– Il est beaucoup trop tard pour ça.

Elle leva une main, où une lumière blanche éclatante s'accumulait dans sa paume ensanglantée.

– J'ai passé mon temps à absorber la magie de ces arbres, à accroitre ma force pour cet affrontement. Si tu savais de quoi je suis capable… Je comprends ce qui a poussé Selvin vers cette quête. Je me sens invincible. Pareille au dieu qu'il a toujours voulu que nous devenions.

– Mais vous n'êtes pas une déesse, rétorqua Ari à mi-voix. À moins que vous ayez oublié ce qui est écrit dans l'Arkala ?

Nava eut un rictus mauvais.

– Ce n'est pas toi qui vas m'apprendre les textes sacrés de notre peuple, petite lionne. J'étais là quand notre doctrine a prospéré.

Elle s'approcha d'Ari, dont les golems grondèrent et pépièrent, mais leur créatrice les maintint à distance.

– Tu n'imagines pas ce que j'ai ressenti en les regardant démanteler notre culture petit à petit, fulmina Nava. En devant capituler face à Selvin et à ses amis. Il était narcissique, et Rowna était son chien fidèle. Ils m'ont permis de les rejoindre dans le seul espoir que je les aide à atteindre leur objectif.

– Et Morgaren ? s'enquit Ari, cherchant par tous les moyens à retarder l'Hérétique.

L'élixir devait être bientôt achevé, et si elle ne parvenait pas à persuader Nava, ce serait sa seule solution.

Nava s'immobilisa devant elle.

– Morgaren, répéta-t-elle à mi-voix.

– Où est-elle, maintenant ? enchaina Ari en écartant les bras vers la forêt alentour. Vous avez forcément une raison d'avoir gardé son Racari. Est-ce qu'elle aussi est la cible de votre vengeance ?

– Le chemin de Morgaren n'appartient qu'à elle, répondit Nava en choisissant soigneusement ses mots. Je te l'ai déjà dit, je n'ai pris son Racari que pour la protéger des machinations de Selvin. Je fais ceci pour elle, et pour tous les Kiniens qui ont souffert.

– Alors aidez-moi, insista Ari. Nous pouvons arrêter Selvin sans provoquer un nouveau Cataclysme.

Nava éclata d'un rire rauque.

– La quête de pouvoir de Selvin a détruit tout ce qui m'était cher, mais c'est l'Enderlain qui a rendu ce drame possible. Sans l'invasion, cette catastrophe n'aurait jamais eu lieu. C'est un juste retour des choses que leur royaume subisse le même sort.

La cruauté de Nava stupéfia Ari. Elle savait que l'Hérétique nourrissait sa volonté de vengeance depuis des décennies, qu'elle désirait un second Cataclysme, pourtant elle l'avait pensée aveuglée par sa profonde fureur, et cru que si elle parvenait à déchirer ce voile, elle pourrait ramener Nava à la raison.

Mais cela allait au-delà de la colère, au-delà de la douleur. Nava envisageait de punir un royaume entier pour les fautes de leurs ancêtres, pour les choix de Selvin.

Ari chercha un autre argument, de quoi pousser Nava à parler.

– Et tous les Kiniens qui vivent là, maintenant ?

Nava crispa la mâchoire.

– Ils ont fait leur choix quand ils sont venus en Enderlain.

– Ils n'avaient nulle part ailleurs où aller !

– Ils auraient pu aller partout ! rugit Nava. C'était simplement l'endroit le plus proche. Le plus familier. Ils se sont précipités dans les bras de ceux qui les haïssaient et les ont laissés les dépouiller de leur identité, de leur histoire.

Elle leva la tête d'un air impérieux.

– Ils ont voulu vivre comme les Enderliens, alors ils peuvent bien mourir comme eux.

– Je vous en supplie, l'implora Ari.

Pourtant, elle n'eut pas besoin d'entendre sa réponse pour la connaitre. Elle la sentait au fond d'elle.

La jeune femme que Nava avait été n'existait plus, et l'on ne pouvait pas la ramener.

Tandis que celle-ci s'éloignait, Ari s'enchanta pour la rapidité et fonça devant elle. L'Hérétique dévia de sa trajectoire, mais se trouva face au chien golem. Nava le saisit à la gorge, le pulvérisant à l'état d'argile comme Atara, et la magie contenue en lui regagna aussitôt Ari.

En un clin d'œil, la vitesse de Nava augmenta aussi, et Ari réussit à peine à rester devant elle. Elle embrasa son vérillion, s'arma d'un sort de force et poussa l'Hérétique en arrière. Celle-ci roula au sol et se releva, puis bondit vers Ari, qui s'écarta à pas précipités.

– Écoutez-vous un peu ! s'écria Ari. Vous allez tuer votre propre peuple. Dans quel but ? Le Kinihara n'existe plus ! Ici, c'est chez nous, maintenant. Chez *moi*. Je ne vous laisserai pas détruire mon pays.

– Jeune imbécile, grinça Nava, qui continuait à avancer résolument. Tu as oublié d'où tu venais. Vous avez tous oublié.

Elle fonça sur Ari.

Le faucon attaqua et lui taillada le visage avant de repartir à toute allure dans le ciel. Les blessures cicatrisèrent presque aussitôt, mais pendant cet instant de distraction, un serpent frappa et enfonça ses crocs dans le mollet de l'Hérétique. Elle le saisit lui aussi par le cou et le transforma en argile, puis fit un pas vacillant, avant de se redresser, son vérillion désintégrant le venin.

Avec un grognement hargneux, elle projeta la main vers l'avant, et une lumière blanche enveloppa la clairière dans une explosion de puissance. Ari se protégea les yeux, et quand elle baissa la main, la trouée n'était plus qu'un cimetière d'argile. Une vague de magie déferla en elle tandis que l'essence vitale des golems lui revenait.

– Je croyais que tu comprenais, déplora Nava. Que tu savais ce que c'était d'être spectatrice impuissante pendant qu'on te prend tout. Mais peu importe, petite lionne. Je vais te montrer…

De la lumière blanche grossit au creux de sa main, et dans une tentative désespérée, Ari s'empara du lien qui les unissait et essaya de le détruire comme Nava l'avait fait à ses golems. Mais un effleurement de cette puissance lui indiqua qu'elle n'aurait jamais le dessus. Nava était trop redoutable.

Les yeux de l'Hérétique s'emplirent de blanc sous l'afflux d'une force pure – puis quelque chose la percuta violemment et la projeta par terre. Une forme féline posta sa masse imposante devant elle avec un grondement retentissant. C'était un lion d'un noir profond, presque deux fois plus gros qu'un vrai, et seuls ses yeux vert forêt et le scintillement d'une magie familière permirent à Ari de le reconnaitre.

– Bidule, souffla-t-elle, incrédule.

Shira l'avait-elle envoyé ? Celle-ci avait créé l'animal pour protéger Damien, mais le fait qu'elle ait façonné un si petit golem dans cet objectif avait toujours été un sujet de plaisanterie. À présent, elle comprenait. Shira avait connaissance des pierres divines, avait possédé un Racari elle-même, et lié un enchantement de métamorphose au chat parce qu'elle n'agissait jamais sans avoir pensé à tout.

Nava se releva, à peine ébranlée par l'apparition du fauve.

– À ce que je vois, l'art de notre peuple n'est pas mort, tout compte fait.

Elle essuya un filet de sang à ses lèvres et leva une main éblouissante.

– Non !

Par instinct, Ari chercha le lien qu'elle gardait avec tous ses golems, mais Bidule n'était pas un des siens. Elle trouva cependant quelque chose, une source d'énergie vers laquelle elle déversa sa force alors que Nava tentait de l'éliminer. Leurs magies se percutèrent, le lien qui les unissait s'embrasa, et une vision la submergea.

Elle se tenait dans une cour circulaire devant le palais royal, et cette fois, Ari comprit. Elle était Nava, et observait une foule rassemblée pour une démonstration de Selvin. Elle ignorait ce qu'il allait montrer, savait juste que c'était en rapport avec la magie interdite à laquelle il s'adonnait.

Vêtu de blanc, ses cheveux blonds tirés en queue-de-cheval et la tête cerclée d'un bandeau d'or, Selvin ressemblait déjà à un dieu. Son visage aux traits ciselés exprimant une grande sérénité, il s'approcha du devant de l'estrade. Rowna et Morgaren restèrent à côté de Nava.

– Bienvenue, déclara-t-il d'une voix puissante. Merci de vous joindre à nous. Nous vous avons invités aujourd'hui pour vous présenter un spectacle magique comme vous n'en avez jamais vu.

Un brouhaha de chuchotements parcourut l'assemblée, et Selvin sortit son Racari de sa poche. Nava s'attendait à ce qu'il en dise davantage, mais il se contenta de fermer les yeux comme pour prier. Peu à peu, la magie de son grimoire se fit visible, lumière blanche qui émana du livre – et pénétra dans Selvin.

– Qu'est-ce qu'il fait ? demanda-t-elle à Morgaren d'un ton nerveux.

La femme aux yeux foncés resta inexpressive, silhouette gracile voutée par la résignation.

– Morgaren, ne me dis pas qu'il est en train d'absorber cette magie.

– Si, c'est ce qu'il fait, assura Rowna, les mains dans le dos, ses larges épaules très fixes. Il va s'approprier la puissance de son Racari et devenir un nouveau dieu.

La magie s'échappait plus vite du Racari, et Selvin irradiait de lumière. Nava jura, hésitant à intervenir, puis elle vit un visage familier à l'avant de la foule. Adah, sa sœur, admirait le spectacle avec de grands yeux fascinés.

Puis la magie devint incontrôlable.

Le visage de Selvin se contracta sous l'effet de la concentration, mais l'énergie magique surgissait de partout, sourdait de lui et du Racari telle une fontaine qui déborde.

– Arrête, Selvin ! cria Nava.

Elle se dégagea de Rowna, qui la retenait d'un bras tendu devant elle, et se précipita en avant.

– Arrête avant de tous nous tuer !

– J'ai la situation bien en main, répondit-il entre ses dents.

La magie s'agitait de plus en plus, la lumière blanche projetait des étincelles. Elle s'était étendue et entourait le Racari dans un large périmètre.

Les spectateurs commençaient à paniquer ; certains s'éloignaient à reculons, d'autres partaient en courant. La magie ne cessait de grossir, le contrôle échappant un peu plus à Selvin à chaque instant. Nava tenta de saisir le Racari, mais il la repoussa brusquement. Puis Rowna et Morgaren les rejoignirent, saisirent le livre comme pour l'aider à absorber sa magie, mais autant vouloir contenir la puissance du soleil.

Nava devait agir. Si seulement elle pouvait l'empêcher de puiser davantage de magie… Elle saisit le poignard caché à sa hanche. Sans prendre le temps de réfléchir, elle se releva en vitesse et planta le couteau dans le cœur de Selvin.

La magie entra en éruption.

Il fallut d'interminables secondes à Nava pour se rendre compte de son erreur. Pour comprendre que seul Selvin retenait la force phénoménale, et que sans lui… Elle croisa le regard de sa sœur, y lut une peur aussi vive que la sienne.

La déflagration les pulvérisa tous.

– Petite insolente ! fulmina Nava tandis qu'Ari se libérait de la vision. Comment oses-tu ! Ces souvenirs sont les miens. Cette *douleur* est la mienne !

Ses actes avaient provoqué le Cataclysme, détruit la terre de son peuple, et forcé les survivants brisés et apeurés à trouver refuge dans un royaume étranger. C'était pour cela qu'elle tenait tant à se venger.

Si elle pardonnait à Selvin, il ne restait plus qu'elle.

– Par pitié, supplia Ari, qui puisait dans ses dernières forces pour défendre Bidule. Ce cycle doit prendre fin.

Il n'y avait plus rien d'humain dans les yeux de Nava lorsqu'elle répondit :

– Et il s'achèvera.

Dans un dernier afflux de puissance, la magie de Nava submergea celle d'Ari. Puis, alors qu'elle sentait Bidule lui échapper, Nava poussa un cri. Sa prise sur l'énergie du golem se relâcha lorsque quelqu'un enfonça une seringue dans son cou.

Ari vécut un instant de terreur absolue en reconnaissant Rivkah, avant qu'une explosion blanche embrase la clairière.

50
DAMIEN

Damien talonna son cheval, qui partit au galop. Si Rezek était de nouveau sous l'emprise de Selvin, il lui fallait mettre fin au combat avait qu'il ait commencé. Il dégaina un revolver, et dans la fraction de seconde qui passa avant qu'il presse la détente, une chimère s'élança. La balle l'atteignit entre les deux yeux.

Puis une autre créature percuta Damien à pleine puissance.

Projeté au sol, il se redressa sur un genou, le souffle coupé. Le monstre qui l'avait frappé, tigre énorme aux muscles formidables, était accroupi en position d'attaque.

Damien l'abattit d'une balle en plein cœur, puis fit vite le point. Il devait s'approcher assez de Selvin pour lui injecter l'élixir. Si seulement il pouvait. Quelque chose le saisit. Tiré brusquement en arrière, il se releva tandis que les griffes d'une chimère loup se plantaient dans la terre à l'endroit où il se trouvait juste avant.

L'espace d'un instant, il crut que Rezek l'avait sauvé – puis une main lui enserra la gorge avec une force surnaturelle.

– Rezek, ahana-t-il d'une voix rauque.

Selvin examina son ancien hôte d'un regard curieux.

– Je croyais que tu t'étais rangé de son côté.

Rezek eut un grognement sarcastique et augmenta la pression sur le cou de Damien.

– J'avais besoin d'un moyen pour sortir de la base rebelle, c'est tout. Jamais je ne vous trahirais comme ça.

Mais moi, si. Damien savait qu'il ne devait pas se fier à Rezek, qu'il mentait comme il respirait, mais malgré lui, il avait pensé que peut-être… *peut-être.*

Imbécile, songea-t-il. *Tu n'as toujours pas retenu la leçon ?*

Le regard de Selvin s'assombrit.

– Je t'ai mis là-bas pour une bonne raison.

– Et j'en avais une de partir, répondit Rezek en se penchant vers l'avant, comme pour donner du poids à ses paroles. Vous êtes en danger. Ils sont au courant pour Rowna, et connaissent vos projets.

Selvin poussa un sifflement méprisant entre ses dents.

– Ils ne peuvent plus rien faire, désormais.

– Eux, peut-être, mais Nava, si.

Le nom de l'autre Hérétique eut un effet étrange sur Selvin, dont les yeux s'embrasèrent d'une lueur démente.

– Le massacre a déjà commencé. Quand j'aurai absorbé ce pouvoir, pas même Nava ne pourra m'arrêter.

Damien remarqua alors le phénomène – le nimbe de lumière blanche qui émanait de l'enchanteur. La magie affluait en lui – l'énergie libérée par ceux qui mouraient à Veradell. Il allait devenir plus puissant à chaque victime. S'ils avaient la moindre chance de le vaincre, c'était *maintenant.*

Damien rejeta violemment sa tête en arrière et cassa le nez de Rezek. Celui-ci le relâcha en poussant un cri, et tous les deux tombèrent. Damien sentit sa seringue se briser contre sa hanche, mais il s'emparait déjà de celle de Rezek. Il se releva d'un bond, revolver à la main – et s'immobilisa.

De si près, il voyait l'Hérétique en détail, et il lui trouva des traits familiers. La largeur de son visage, sa mâchoire carrée, et ses yeux gris remplis d'une grande amertume.

Tout en Damien se réduisit à un seul mot.

– Loïc.

Un sourire carnassier semblable à ceux de son frère se dessina sur les lèvres de Selvin, qui lui saisit le poignet, lui arracha la seringue et l'écrasa sous son talon. Il serra plus fort, et Damien tomba à genoux, foudroyé de douleur.

Selvin le lâcha et passa la main dans sa crinière blanche.

– Ton frère me fait une enveloppe d'excellente qualité.

Il fit glisser ses doigts griffus sur sa joue.

Figé, Damien l'observa, l'esprit entrainé dans une spirale dangereuse. Du sang d'enchanteur coulait dans leur famille. Il avait laissé Loïc en prison. Rezek avait accès aux cellules de l'Anthir – il allait s'y fournir en mages clandestins depuis des mois.

Loïc ne s'était pas évadé – on l'avait *enlevé*.

Damien se releva résolument, en serrant son bras blessé contre lui.

– Libérez-le.

– C'est irréversible, hélas, répondit Selvin en serrant et desserrant les doigts.

Damien pointa son revolver vers sa tête.

– Libérez-le !

Les chimères alentour s'agitèrent, mais Selvin se contenta de rire.

– Vas-tu abattre ton propre frère, *Dara* ?

Il s'avança et appuya le front contre le canon.

– Je t'en prie, tire.

La main de Damien tremblait. Son esprit lui enjoignait de presser la détente, lui disait que Loïc ne reviendrait pas. Mais son cœur se rappelait le cadavre de sa mère encore chaud dans ses bras, le poids de l'enterrement de son père, et à présent Loïc – il ne pouvait pas le perdre lui aussi.

– Ne le touche pas !

On saisit Damien par le col et le tira brusquement en arrière. Il trébucha et tomba. Rezek le contempla d'un air méprisant. C'était comme s'ils étaient de nouveau enfants, le jour où Damien l'avait revu pour la première fois après la mort de sa mère. Rezek l'avait alors regardé de la même manière, comme un insecte insignifiant.

Pas Rezek, rectifia son esprit. *Selvin.*

C'était Selvin qui avait tué sa mère. Qui lui avait volé son frère. C'était Selvin qui menaçait l'Enderlain. Quant à Rezek... il allait lui prêter main-forte, parce que Damien, lui, avait baissé sa garde. Il s'était laissé aller à croire, ne serait-ce qu'un instant, que son ennemi juré pourrait pardonner à celui qui l'avait conduit à la ruine.

Rezek se détourna de lui.

– Permettez-moi de vous aider, implora-t-il Selvin. Achevons ensemble ce que vous avez commencé.

Il s'agenouilla devant l'Hérétique, et les lèvres de celui-ci se recourbèrent. C'était précisément ce qu'il voulait – être vénéré, adoré. Devenir un dieu dont il convoitait le pouvoir depuis plus d'un siècle.

Rezek inclina la tête presque jusqu'au sol, et Damien n'eut plus le moindre doute : Selvin allait reprendre Rezek dans son giron, puis reporter son attention sur le jeune homme qui était venu le tuer. Il allait ordonner à ses chimères de le réduire en charpie, et l'armée déferlerait dans la ville jusqu'à ce qu'il ne reste plus rien.

C'était fini.

51
MIKIRA

– Écarte-toi ! hurla Mikira à Talyana, mais celle-ci fut trop lente.

Alors que sa seringue se fracassait sur le sol en marbre, les yeux d'Eshlin s'illuminèrent et révélèrent l'Hérétique cachée en elle. Elle gifla Talyana d'un revers de la main, assez fort pour l'expédier au sol. La deuxième seringue se brisa et son contenu trempa les vêtements de Talyana.

Les poignards de Mikira jaillirent de leurs fourreaux et fusèrent vers Rowna. L'Hérétique esquiva avec une vitesse improbable, mais Mikira le remarqua à peine. Elle fut à dix, cinq, un pas de distance – et se jeta à côté de Talyana. Elle la retourna, constata que du sang dégoulinait à ses lèvres, et porta les doigts à son cou, priant de tout son cœur pour sentir son pouls.

Rien.

– Tal ? l'appela Mikira en la secouant doucement. Tal !

Talyana prit une brusque inspiration saccadée et cracha du sang. Ses yeux s'écarquillèrent, puis se refermèrent, et sa respiration se fit laborieuse, mais régulière. C'était un miracle que Rowna ne lui ait pas cassé la mâchoire.

– Je m'en occupe, dit Reid en s'accroupissant à côté d'elle. Détache-moi.

Mikira desserra les nœuds, mais alors, un hurlement d'agacement déchira la salle du trône. Un de ses couteaux avait atteint Rowna à l'épaule. Elle l'en arracha et le jeta par terre, puis saisit le manche de l'autre qui fonçait vers elle, et tenta de s'en emparer. Mais l'arme s'échappa, la frappa de nouveau et faillit l'égorger.

– Ne la tuez pas ! hurla Mikira aux poignards.

Ils voulaient briser le lien qui unissait l'Hérétique à la magie de la princesse, pas lui ôter la vie, mais elle devait toucher les armes pour modifier leurs ordres.

Sans crier gare, Talyana se releva brusquement et lança un couteau vers le ventre de Rowna. L'Hérétique le cueillit en plein vol et le renvoya. Mikira hurla. Bouche bée, Talyana porta la main à son cœur – mais ce n'était pas elle que le poignard avait atteint.

Reid s'était jeté devant elle.

Il contempla la lame fichée dans son épaule, le sang qui suivait le tracé de ses tatouages.

Talyana le rattrapa lorsqu'il s'effondra.

– Non...

Mikira parvint à peine à former ce mot. Tout la poussait à se précipiter sur Rowna, à la larder de coups jusqu'à l'épuisement, mais elle savait identifier un adversaire qu'elle ne pouvait vaincre.

Au prix d'un grand effort de maitrise, elle se posta entre l'Hérétique et ses amis, les bras écartés en grand.

– Arrêtez, dit-elle d'une voix tremblante. Arrêtez, je vous en supplie. Ça ne devait pas se passer comme ça.

Le rire de Rowan se répercuta sur le haut plafond.

– Oh, je n'en doute pas, railla-t-elle.

– Vous ne comprenez pas.

Les couteaux de Mikira revinrent dans ses mains. Elle les rangea dans ses étuis, mais ne les lâcha pas.

– Je suis venue pour Talyana, déclara-t-elle.

Travestir la vérité lui fut facile, alors qu'autrefois cela lui aurait donné la nausée. Elle ne sut pas quoi en penser. Même Talyana, encore étourdie par le coup de l'Hérétique, la regarda d'un air hébété. Elle serrait Reid dans ses bras. Il respirait toujours et, la mâchoire crispée, touchait le poignard à tâtons.

Seul le fait de les voir vivants permettait à Mikira de tenir debout.

Le serpent golem de Rowna huma l'air, mais Mikira avait choisi ses mots soigneusement. Ça n'était pas toute la vérité, mais pas un mensonge non plus. Les choses ne se déroulaient pas comme elle l'aurait voulu, et elle était vraiment là pour Talyana, comme pour Reid, ses sœurs, et tout l'Enderlain.

Mikira abattit sa dernière carte.

– L'héritier disparu n'est pas un prince, annonça-t-elle. C'est Talyana.

Celle-ci eut un mouvement de recul, contempla Mikira et Rowna d'un air chargé d'appréhension. Elle savait que l'Hérétique ne tolèrerait pas une menace envers son règne. Si Rowna n'avait pas eu l'intention de la tuer auparavant, elle allait changer d'avis.

D'un coup de pied, Rowna fit glisser la couronne par terre vers Mikira.

– Prouvez-le.

Avec une infinie douceur, Mikira passa l'index sur la blessure à la joue de Talyana. Elle soutint son regard, celui de Reid, puis saisit la couronne et pressa le doigt sur le jaspe sanguin.

Celui-ci s'illumina aussitôt.

Talyana l'observa d'un air subjugué ; tout espoir de sa part qu'il s'agisse d'un terrible malentendu s'était évaporé.

Reid afficha un sourire féroce.

– Vous vous êtes révélée utile, finalement, Miss Rusel, railla Rowna.

Cette pique méprisante la fit frémir, mais ses souvenirs de Rezek ne la minaient plus. Tout ce qu'elle avait pu faire lui semblait très lointain comparé à ce qu'elle affrontait maintenant ; il n'en restait que les enseignements qu'elle en avait tirés. Sur ce qui comptait pour elle, sur la façon de plier sans rompre.

Sur le fait que son amour et ses émotions n'étaient pas des faiblesses, mais ce qui lui permettait de se dresser devant une enchanteresse ancestrale et de livrer un numéro d'actrice dont Damien Adair aurait été fier.

– Je vous en conjure, ne la tuez pas, supplia-t-elle, en s'efforçant de ne pas reculer tandis que Rowna approchait.

Elle devait tabler sur le fait que Talyana et Reid allaient comprendre son stratagème et jouer leur rôle.

– Le trône ne vous appartient pas, gronda Talyana d'une voix haletante. Vous l'avez volé.

Le rire de Rowna résonna encore.

– Tous les trônes sont volés. Au peuple, à d'autres souverains. Ce sont de piètres tentatives d'élever l'humanité au-dessus de son rang. Mais qu'on soit roi, reine ou roturier, personne n'est rien face à notre puissance. Je serai une déesse, petite princesse, et toi, tu seras morte.

Reid arracha le couteau de son épaule et tenta de frapper Rowna aux jambes, mais l'Hérétique fut plus rapide. Elle le repoussa violemment, puis saisit Talyana à la gorge et la décolla du sol. Le serpent golem siffla et glissa le long de son bras vers Talyana, qui suffoquait.

– Repais-toi, ordonna Rowna au reptile.

– Frappe, dit Mikira à un poignard.

Celui-ci toucha Rowna dans le dos, juste au-dessus du cœur. Lentement, elle se tourna pour regarder Mikira.

– Raté.

Mikira inclina la tête.

– Vous croyez ?

Les yeux de Rowna flamboyèrent. La lumière blanche qui irradiait de ses iris vacilla, puis s'atténua. Elle lâcha Talyana en criant, se mit à genoux et se griffa la peau comme pour en arracher quelque parasite. Ses ongles lacérèrent sa chair, ses hurlements retentirent dans l'immense salle.

– Comment ? gémit-elle entre deux convulsions.

Reid essuya une trainée de sang sur sa lèvre et désigna d'un signe de tête une seringue brisée.

– Le couteau que vous avez lancé est tombé dans l'élixir. Mikira n'a plus eu qu'à vous perforer la peau.

– Et maintenant, le sérum dissout la magie d'Eshlin, expliqua Talyana. Quand elle aura disparu, le lien se rompra, vous n'aurez plus rien à quoi vous accrocher.

Mikira récupéra son couteau.

– C'est terminé.

Telle une flamme qui s'éteint, la lumière quitta les yeux de l'Hérétique, et la princesse s'écroula.

52
ARIELLE

La force de l'explosion projeta Arielle au sol.

La lumière blanche se dissipa vite, mais il lui fallut plusieurs battements de cils énergiques pour ne plus être éblouie. Étendue au bord de la clairière, elle sentait déjà ses douleurs s'atténuer, étouffées par son vérillion.

Une humidité suintante s'écoulait sur son flanc, et elle plaqua la main dessus, certaine d'y découvrir du sang. Mais le liquide sur ses doigts était noir.

La seringue s'était brisée.

Elle se redressa et chercha Rivkah. Si elle se sentait si débordante de magie, cela signifiait que sa cadette… Un grand soulagement l'envahit lorsqu'elle vit Bidule, qui, de son corps de lion, formait une paroi protectrice autour d'elle, dont la poitrine se soulevait et s'abaissait par souffles lents.

Ari se releva, étourdie et vacillante, mais elle parvint à rester debout. Au centre de la trouée, Nava haletait bruyamment. La puissance de la déflagration avait délogé la seringue de Rivkah, qui se trouvait par terre, intacte.

Nava suivit son regard, et s'apprêta à l'écraser.

Ari fit flamber son vérillion et s'élança, son enchantement de vitesse encore intact. Elle percuta Nava. Toutes les deux chutèrent, et l'Hérétique la repoussa avec une force surhumaine. Ari dérapa sur l'herbe, se releva aussitôt après une roulade, et se précipita vers la seringue.

Dès qu'elle l'eut saisie, Nava lui asséna un coup de pied dans les côtes. Elle fut projetée dans les airs et sentit ses os se fracturer. Lorsqu'elle retomba, le souffle coupé, elle roula sur le côté et vit Nava qui se jetait sur elle. Les doigts de l'Hérétique l'effleurèrent, puis Bidule lui fonça dedans.

Nava se releva, à peine ébranlée par l'impact de l'animal de trois-cent-cinquante kilos.

La magie d'Ari ressouda ses côtes avec un craquement douloureux. Après une inspiration saccadée, elle s'appuya sur Bidule pour se redresser.

– Le plan de Selvin est déjà en cours. Je perçois la magie dans l'atmosphère, elle s'intègre à moi.

Nava avait les cheveux dans un grand désordre, la peau zébrée de sang et de saleté. Ari supposait qu'elle-même avait une allure similaire, mais alors que son vérillion et sa force faiblissaient, Nava paraissait prête à affronter une armée.

– Tu ne t'approcheras jamais assez de moi pour utiliser ceci.

– Ce n'est pas nécessaire, rétorqua Ari, avant de retourner la seringue et de presser l'aiguille contre son bras.

Nava se précipita en avant, puis serra le poing.

Ari leva la tête.

– Vous m'avez menti.

Les lèvres de Nava tremblèrent, puis elle éclata de rire. Bidule poussa un grognement, et Ari remua nerveusement.

– Qu'y a-t-il de si drôle ?

– L'idée que tu sois disposée à te rendre si impuissante, répondit Nava en secouant la tête. Que feras-tu sans ta magie, petite lionne ? Tu iras retrouver la famille qui ne veut pas de toi ?

Ari tressaillit, et l'aiguille lui piqua la peau. Nava n'en manqua rien.

– Tu oublies que je sais tout de toi, reprit-elle. Je connais chaque recoin obscur de ta personne. Tu ne peux pas renoncer à cette force. Elle te définit. Si tu la détruis, tu seras comme morte.

Nava s'adressait au cœur de son être, à la partie d'elle qui, encore à présent, cherchait un moyen de mettre fin à cet affrontement sans sacrifier son pouvoir. Qui serait-elle, sans sa magie ? *Que* serait-elle ? La fille tremblante que les hommes des Kelbra avaient plaquée au sol ? Elle n'aurait peut-être pas l'occasion de le savoir. L'élixir pouvait la tuer elle aussi.

– Il n'est pas trop tard pour te joindre à moi, la cajola Nava, en s'avançant vers elle, main tendue. Je peux te rendre plus forte que tu ne l'as jamais été. T'enseigner une magie que tu n'imagines même pas. Plus jamais tu n'aurais peur.

C'était ce qu'elle voulait, plus que tout. Être affranchie de ses craintes, de ses douleurs. Mais elle comprenait à présent que c'était impossible. Ces choses faisaient partie d'elle. C'était la peur qui l'avait poussée à accepter l'offre de Damien. Qui avait façonné son lien avec Mikira. Cette peur lui avait ouvert une porte qui l'avait rapprochée de son histoire bien plus qu'elle l'aurait cru possible, et offert des soirées près du feu en compagnie des amis qu'elle avait toujours rêvé d'avoir.

C'*est la peur qui crée les monstres*, surgit la voix de son Saba. *Promets-moi de ne jamais laisser la peur te contrôler. Promets-moi d'être sans peur*, ahuvati.

Depuis toujours, elle avait cru qu'elle devait éradiquer la peur, l'arracher à sa chair comme des racines, et depuis toujours, elle avait fait exactement ce contre quoi son grand-père l'avait mise en garde. Mais à présent, elle comprenait le sens de son injonction. Il n'avait jamais attendu d'elle qu'elle détruise quoi que ce soit. Il avait voulu qu'elle se montre courageuse.

Car si elle n'avait jamais eu peur, elle n'aurait pas pu devenir forte.

Nava dut sentir sa décision à travers leur lien. Pour la première fois, Ari décela une véritable terreur sur les traits de l'Hérétique. Puis celle-ci se précipita vers Rivkah. Ari cria, mais s'arrêta net lorsque Nava souleva le corps inerte de sa sœur, une main sur sa gorge. Rivkah, qui revenait à elle, toussa et cligna de ses yeux voilés.

– Lâche la seringue, ou je la tue.

Rivkah émit un rire rauque et cracha du sang dans la terre.

– Mauvais choix.

Nava jeta un coup d'œil à Ari, qui flamboyait de colère, et comprit son erreur.

– Vous n'auriez pas dû toucher à ma sœur, gronda Ari, avant de plonger l'aiguille dans son bras.

Nava hurla. Le sérum fusa en trainées de feu dans les veines d'Ari, qui tomba à genoux et s'écroula presque, avant de buter sur un pelage chaud. Elle eut vaguement conscience que Bidule la soutenait, seulement elle ne pouvait penser qu'à la douleur atroce qui la déchirait, à l'élixir qui ne détruisait pas que sa magie, mais la tuait elle aussi.

La brulure du vérillion dans son ventre se dissipa, sa force lui fut arrachée. Après un halètement, elle serra les doigts enfouis dans la fourrure du golem et s'efforça de lever les yeux.

Nava s'était figée.

Son visage reflétait un tourbillon d'émotions qui se propageaient par leur lien en train de se disloquer. Cet être, qui avait nourri et entretenu sa vengeance pendant un siècle, n'était pas encore mort, mais il n'avait jamais été vraiment vivant, et il voyait son futur lui être volé par quelqu'un qui, à ses yeux, était à peine une enfant – une enfant dont, d'une certaine manière, il avait pris soin.

Nava relâcha Rivkah. Lentement, sa stupéfaction se durcit et se fit plus acérée. Ses lèvres se retroussèrent, alors même que son corps se désintégrait.

– Idiote, dit-elle d'une voix râpeuse. Ils ne t'accepteront jamais. Tu ne serais *jamais* en sécurité.

Ari vacilla, un petit rire affleurant dans sa gorge.

– Je sais. Mais je fais un autre choix, rétorqua-t-elle. Je ne laisserai pas la peur me contrôler.

Puis le cordon qui les reliait se rompit, et Nava se désagrégea en un tas d'argile. Ari perçut l'ultime écho du hurlement de Nava, du puits sans fond de sa rage.

Puis elle se sentit partir.

53
DAMIEN

Damien rampa en arrière sur sa main valide, afin de s'éloigner de Selvin, qui contemplait Rezek d'un air fasciné. Son corps dégageait des volutes de lumière blanche, ses yeux brillaient d'un éclat doré.

– Tu seras témoin de notre triomphe, jeune Adair.

Il écarta les bras, les cris et hurlements mêlés des chimères redoublèrent et étouffèrent tout autre bruit.

Rezek sortit quelque chose de sa poche et tendit à Selvin un livre à reliure de cuir couvert d'os opalescent. Il détenait le Racari de Selvin depuis le début, comme si l'Hérétique n'avait jamais douté qu'il reviendrait.

Je le gardais à l'abri.

Et à présent, il allait absorber le pouvoir du grimoire et accéder à la divinité, avec l'Enderlain pour terrain de jeu.

Les oreilles félines de l'Hérétique remuèrent, son sourire s'effaça. Sa main s'immobilisa sur celle de Rezek.

– Que marmonnes-tu ?

N'obtenant pas de réponse, il s'élança en avant, le saisit par les cheveux et lui fit basculer la tête en arrière. Rezek s'empara alors de son poignet et parla plus fort. Damien finit par identifier ce qu'il entendait, mais aussi par en comprendre le sens.

Rezek acheva le sortilège d'association.

Avec un feulement rageur, Selvin repoussa Rezek. Damien agit par réflexe : il tira une balle dans la poitrine de la première chimère, se releva, puis abattit l'autre.

L'Hérétique se précipita vers lui, mais Rezek s'interposa.

– Arrêtez, ou Damien nous tue tous les deux.

Selvin s'immobilisa.

– Qu'as-tu fait ?

Rezek ouvrit la main et révéla un jaspe sanguin.

– J'ai lié nos vies, déclara-t-il en reculant vers Damien, le Racari serré contre lui. Si je meurs, vous mourez.

Selvin haletait, grondait. Les chimères des degrés supérieurs de la mine s'agitèrent à l'unisson avec lui.

Ce n'était qu'un piège depuis le début.

Rezek avait eu besoin de s'approcher pour le refermer, mais Damien, certain d'avoir été trahi, lui avait mis des bâtons dans les roues. Pourtant, son ancien rival l'avait arraché deux fois aux griffes de Selvin, s'était prosterné afin de gagner sa confiance, et maintenant…

– *Rezek*, dit-il dans un souffle.

Son ami d'autrefois le regarda, ses yeux bleus brillant d'un éclat incroyable, et Damien comprit ce qu'il voulait. Selvin était trop puissant pour qu'ils puissent l'affronter, ses serviteurs étaient trop nombreux. Même si Damien lui tirait dessus, il guérirait de la même façon qu'Arielle, protégé par son pouvoir.

Mais Rezek, lui – *Rezek* pouvait mourir.

Lorsque Selvin se dirigea vers eux, Damien leva vivement la main et appuya son arme sur le front de son ancien rival. L'Hérétique s'arrêta, son attention braquée sur ce dernier.

– Ce n'est pas ce que tu veux, déclara-t-il. Défais le lien, et tu seras mon bras droit. Ensemble, nous pourrons faire nôtre ce royaume.

Le souffle de Rezek trembla, et Damien replia l'index sur la détente. Il n'avait pas réussi à tuer Loïc le moment voulu, mais on lui offrait une deuxième chance – à condition qu'il tue aussi Rezek.

Encore récemment, il aurait vendu son âme pour une telle opportunité. D'une certaine manière, il l'avait fait. Chacun de ses choix au cours des mois passés avait eu pour objectif de mener à sa perte celui dont il avait été si proche autrefois. Il s'était égaré dans la vengeance, déterminé à acquérir le pouvoir de contrôler chaque aspect de sa vie, de sorte que rien de semblable à la mort de sa mère ne puisse jamais plus lui arriver.

Pourtant, ça s'était produit.

Trop souvent. Tout ce pouvoir était insignifiant. Il l'avait conduit à devenir l'un de ceux qu'il détestait. À présent, il appuyait un revolver sur la tête de son ami d'enfance, et celui-ci lui demandait de presser la détente qui le tuerait, ainsi que Loïc.

– Rezek, gronda Selvin.

– *Pourquoi* ? haleta Damien.

Rezek pivota vers lui.

– J'ai tué ta mère. J'ai fait de ta vie un enfer, j'ai monté tous ceux que je pouvais contre toi.

Sa voix était aussi froide et tranchante que des éclats de verre, mais ses paroles ne mirent pas Damien en colère, car cette fois, il voyait clair en lui. Il distinguait la peur et la douleur cachées sous ces mots, la vérité.

– Tu voulais que je te déteste, dit Damien, la main tremblante. C'était plus facile comme ça.

Le regard de Rezek se fit implorant.

– Vas-y, tire.

– Je ne peux pas…

– Alors donne-moi le revolver et je le ferai moi-même.

Selvin rugit, et, sur les degrés de la mine, les chimères lui répondirent par des hurlements. Elles dévalèrent le flanc de la cavité, se précipitaient vers eux à une vitesse phénoménale. Rezek plongea la main dans la veste de Damien, s'empara du second Lonlarra. Selvin s'élança, et tous les deux ouvrirent le feu.

Une éruption de lumière blanche, de la magie à l'état pur, forma un bouclier autour de l'Hérétique et repoussa les balles, puis le sol se mit à trembler sous la cavalcade des monstres.

– Vas-y, Damien ! lui enjoignit Rezek, la voix cassée, avant de vider le barillet sur les créatures. Je t'en supplie.

Je sais que tu ne m'as pas vraiment pardonné. Les mots que Rezek avait prononcés plus tôt lui revinrent.

Aide-moi à tuer un enchanteur tout-puissant, et peut-être que je le ferai.

C'était ce qu'il lui avait répondu, et à présent, Rezek lui demandait une dernière chance d'obtenir l'absolution de son crime. Mais Damien n'était même plus sûr de lui en vouloir.

Il appuya le canon contre son front et s'intima de tirer, mais en fut incapable. Rezek referma alors la main sur la sienne, appuya le pouce sur son index, le regarda dans les yeux et prononça un seul mot.

– Bang.

Puis il pressa la détente, à l'instant où la vague de chimères déferlait.

54
DAMIEN

Il n'y avait que les ténèbres.

Lorsque Damien rouvrit les yeux, dans un monde dépourvu de lumière, il crut qu'il était mort. Qu'il était entré dans l'au-delà, où résidaient les esprits des défunts. Il se demanda si ses parents y seraient.

Puis, peu à peu, il remarqua que quelque chose de dur lui appuyait contre le mollet, les côtes, la gorge. Des rayons d'une lumière blafarde percèrent la nuit noire.

Il se hissa péniblement vers le haut.

Des griffes lacérèrent ses vêtements et sa peau, des cadavres l'écrasaient, mais il lutta jusqu'à émerger de la dernière couche et, suffoquant, prit enfin une grande inspiration. Le soleil faiblissant inondait les alentours, illuminait l'amas de cadavres. Les chimères avaient péri en même temps que Selvin, mais leurs corps avaient continué dans leur élan, l'avaient percuté et enseveli.

À cause de son poignet blessé, il peina à se dégager et à ranger ses revolvers dans leurs étuis. Non loin de là gisait Selvin, les yeux gris ouverts et vitreux. Mort, il ressemblait encore moins à Loïc. Ce qui avait subsisté de son frère dans ce monstre avait disparu depuis longtemps quand Damien avait tiré, mais il sentait quand même le poids de la responsabilité, le fardeau de ce qu'il n'avait pas eu la force de dire.

Si Loïc avait su la vérité sur la mort de leur mère, son frère lui aurait-il pardonné ? Ou lui en aurait-il malgré tout voulu d'avoir fait entrer Rezek dans leurs vies ? Auraient-ils pu de nouveau former une famille, ou même les liens du sang n'étaient-ils pas assez épais pour endurer certaines épreuves ?

Sans réfléchir, Damien empoigna le bas de sa chemise et l'arracha, et l'on n'entendit que le bruit de déchirure dans ce qui était devenu un tombeau. Il ne connaissait pas la prière kinienne qu'il lui fallait prononcer, aussi se contenta-t-il de serrer dans sa main le bout de tissu en silence.

Puis il se mit à creuser.

Avec précaution, il écarta les cadavres, et, au bout d'un moment, retrouva Rezek. Le vérillion dans les veines de celui-ci avait tenté de guérir la blessure, mais elle était trop profonde et encore ensanglantée.

Il sentit de nouveau son doigt sur le sien, le cliquetis de la détente, et le recul de l'arme. Il revit son visage blême lorsqu'il avait dit :

Bang.

Damien le contempla longtemps.

– Tu as raison, je ne te pardonne pas, dit-il finalement, d'une voix étranglée. Je ne te pardonne pas ce que tu as fait, ni ce qui vient de se produire, et ça n'arrivera jamais, parce que…

Tu es mort.

Il ne put que rester là, à observer un cadavre qui ne réagirait pas, en sachant qu'il ne pouvait *rien* y changer. Il était démuni, et pour cela, il détestait Rezek. Plus que jamais auparavant.

– Espèce d'imbécile, cracha-t-il. Tu crois que tu as gagné, je parie.

Comme pour lui répondre, le corps d'une chimère bougea, entrainé par la gravité. Damien remarqua quelque chose qui dépassait sous la poitrine de Rezek, le coin dur d'un livre à peine plus gros que sa paume. Il s'accroupit pour le déloger.

Le Racari.

Damien caressa le jaspe sanguin au centre. Semblable à ceux qui étaient liés aux couteaux de Mikira, le sortilège était prêt. S'unir au grimoire ne nécessitait pas la magie d'un enchanteur, seulement le sang de son nouveau propriétaire. Il ne fallait pas davantage pour posséder un pouvoir divin. Talyana avait peut-être raison à son sujet, tout compte fait. Peut-être était-il incapable d'y renoncer – en tout cas pas complètement.

Damien passa le pouce sur une blessure à son flanc, l'imprégna de sang, et le pressa contre la gemme.

Celle-ci s'illumina, et quelque chose s'enclencha entre eux.

… peux te le garder, ton pardon. Et pour ta gouverne, on dirait que tu vas pleurer.

Damien lâcha le livre dans un sursaut, et la voix se tut. Une voix qui ressemblait étrangement à…

Tu m'as entendu, là ?

Il est vivant, songea Damien avec un soulagement si incompréhensible qu'il en fut abasourdi. Rezek était *vivant*. Vivant et…

– Non, hoqueta Damien. Ce n'est pas possible.

Je crois bien que si, rétorqua la voix mielleuse de Rezek. *Quelle catastrophe pour toi !*

Damien se dirigea vers la bordure de la mine, où l'on avait creusé dans la roche un escalier menant à la surface. Son esprit ne pouvait accepter ce que cela signifiait. Pas question qu'il soit lié à Rezek pour l'éternité.

Ça ne va pas être tenable, fit Rezek d'un ton réprobateur. *Nous sommes tous les deux unis à ce livre. Même si tu l'abandonnes…*

Lorsque Damien posa le pied sur la première marche, le Racari se matérialisa dans ses mains.

… il te retrouvera.

Un rictus mauvais aux lèvres, Damien lança l'ouvrage aussi loin que possible et se précipita dans l'escalier, sans s'arrêter avant d'avoir atteint le sommet. Là, il s'écroula, le souffle court, et découvrit le Racari posé à côté de lui.

Vas-y, réessaie, lui suggéra Rezek. *Je suis sûr que ça va fonctionner, cette fois.*

Damien grinça des dents.

– Si tu essaies de me posséder…

Je ne peux pas te posséder, tu n'es pas un enchanteur. C'est bien dommage, d'ailleurs. Ça aurait été amusant.

– Rien de ce qui se passe n'est amusant, gronda Damien.

Pour toi, non.

Damien s'empara du grimoire.

– Arielle saura comment régler ça.

Si elle est encore en vie, rétorqua Rezek avec douceur. *Sinon, tu pourras nous avoir tous les deux dans la tête.*

Car, comme Rezek, Arielle était liée à un Racari, et si elle mourait…

Damien se releva vivement et s'enfonça dans le Bois-d'Argent. Arielle lui avait dit qu'elle y avait décelé la présence de Nava, juste au nord de la route des Voyageurs, et à l'ouest de la base de Selvin dans la mine. Il était si épuisé et meurtri que chaque pas représentait un effort harassant.

Elle est surement morte, dit Rezek. *Éparpillée en lambeaux.*

– Si tu ne la fermes pas…

Tu feras quoi ? Tu me tueras ? Le rire de Rezek résonna dans sa tête, et il fit tout son possible pour s'en couper tandis qu'il fonçait dans les bois. Il atteignit la route plus tôt qu'il s'y attendait, et hésita à la suivre quelque temps ou à replonger tout de suite dans la forêt. Si seulement il avait ce faucon golem de malheur.

Quelque chose bruissa dans les broussailles un peu plus loin. La main valide de Damien saisit par réflexe un revolver, qui était vide.

Une longue créature difforme surgit des bois, et l'espace d'un instant, il crut qu'il s'agissait d'une chimère s'accrochant à la vie. L'animal le fixa de deux yeux verts familiers, et Damien comprit qu'il n'était pas difforme, mais qu'il portait quelqu'un sur son dos. Avachie sur le cou du lion, une main plaquée sur ses côtes, Rivkah grimaçait de douleur, mais elle était vivante.

Puis Arielle émergea de la lisière. Ses cheveux étaient dans un désordre impossible, son visage était couvert d'égratignures. Ses yeux s'écarquillèrent lorsqu'elle le vit, et elle se précipita vers lui comme vers une bouée dans une mer déchainée.

Lorsqu'il la prit dans ses bras, elle dit dans un souffle :

– C'est fini.

55
MIKIRA

Mikira et Talyana étaient assises dos à dos à côté d'Eshlin, qui était inconsciente. Elle avait survécu aux effets de l'élixir, mais ne s'était pas réveillée. Elles n'avaient pas encore eu de nouvelles des autres, et les gardes attendaient dehors comme ils en avaient reçu l'ordre. Le serpent golem, qui restait enroulé autour des épaules de la princesse, menaçait de mordre chaque fois que Reid tentait de l'examiner. Le reptile s'apaisa seulement quand il comprit que le jeune homme essayait de la soigner, après avoir pansé ses propres blessures avec les bandages qu'il avait fourrés dans ses poches.

– Vous croyez que les autres vont bien ? demanda Mikira.

Elle promena le regard sur les vitraux. Leurs enchantements avaient besoin d'être renouvelés ; les oiseaux virevoltants et les feuilles d'automne se mouvaient par à-coups sur le verre.

– J'ai beau le détester, je n'ai pas très envie d'être l'adversaire de Damien Adair, répondit Talyana, d'une voix rauque. Et la seule que j'aurais encore plus peur d'affronter, c'est Arielle.

Un sourire effleura les lèvres de Mikira.

– Ouais, elle est balèze.

Talyana lui prit la main et la pressa doucement.

– T'es pas mal, toi aussi. Par contre, si jamais tu utilises tes nouvelles aptitudes de grande menteuse sur *moi*, ça chauffera.

– Dit celle qui prétendait être une tout autre personne pour éviter de me révéler la vérité.

– Je ne suis pas la plus jeune championne de l'Illinir, moi. Je n'ai pas à présenter un visage parfait en public.

Mikira émit un grognement narquois.

– Non, voyons, mademoiselle est juste la princesse de l'Enderlain.

Talyana inclina la tête en arrière contre celle de Mikira.

– Ah oui, c'est vrai…

Une ombre s'étendit sur elle, et elles découvrirent Reid dressé devant elles, qui les fixait de son habituel air renfrogné.

– Vous avez l'air de nager en plein délire, vous deux. Vous avez reçu un coup sur le crâne ?

– En fin de compte, c'est vrai que tu ressembles à un épouvantail géant… commenta Talyana.

Reid fit la moue, mais au lieu de répliquer, il s'accroupit, imbiba un chiffon propre d'un liquide clair, et l'appliqua ostensiblement sur une des blessures de Talyana. Elle lâcha un juron et fit un bond, puis Reid lui tendit un rouleau de gaze.

– Tiens, essaie de ne pas t'étrangler avec.

Mikira étouffa un rire, avec en effet l'impression d'être délirante, mais fut coupée par un léger grognement. Tous les trois se tournèrent vers Eshlin, qui s'asseyait avec précaution. Elle porta une main à sa tête, cligna des yeux jusqu'à ce que son regard trouble se fixe sur eux. Mikira ignorait ce qu'elle s'attendait à voir dans le regard de la princesse, mais certainement pas de l'agacement.

– Tu étais vraiment obligée de me poignarder ? demanda-t-elle.

– Par chance, j'ai une grande expérience en la matière, plaisanta Mikira.

Reid montra du doigt le bras d'Eshlin.

– Ne le bougez pas.

Eshlin passa péniblement sa main valide dans ses cheveux.

– Bon sang, j'ai plus la gueule de bois qu'après une des satanées fêtes de Darius.

La réalité la rattrapa une fraction de seconde plus tard, et elle contempla sa main comme si celle-ci l'avait trahie.

– Darius… Je l'ai tué.

Mikira s'assit sur ses talons.

– C'est Rowna qui l'a tué. Vous n'êtes pas responsable des actes de l'Hérétique.

La princesse détourna le regard.

– Je suis responsable de ne pas m'être opposée à elle. Elle a pris le contrôle si vite que je ne me suis même pas rendu compte de ce qui m'arrivait. Ma magie est si faible que je n'ai jamais essayé de l'exploiter.

– Comment vous êtes-vous unie au Racari, alors ? s'enquit Reid, ôtant cette question de la bouche de Mikira.

Pour créer le lien, une enchanteresse devait saigner sur le jaspe.

Eshlin grinça des dents.

– C'est Rezek. Je ne sais pas comment il s'est procuré mon sang, mais il l'a appliqué sur la gemme. Où est cette petite ordure, d'ailleurs ?

– Si tout va bien, en train d'aider Damien à tuer Selvin.

Mikira se releva d'un mouvement hésitant et offrit une main à Eshlin et Talyana, qu'elles acceptèrent de bonne grâce.

– Il l'a fait, oui, répondit la princesse.

Elle épousseta sa robe, l'air très contrariée de la voir si froissée, alors même qu'elle tenait à peine debout.

– J'ai perçu l'énergie de Selvin et de Nava qui disparaissait juste avant que vous rompiez mon lien avec Rowna.

Le soulagement de Mikira fut si étourdissant qu'elle vacilla presque sur ses jambes. La mission dans laquelle ils s'étaient lancés lui avait semblé si insurmontable qu'elle n'avait jamais vraiment cru à leur succès. Elle sentit Reid à côté d'elle et s'appuya contre lui.

– Et nos amis ? s'enquit-elle d'un ton plein d'espoir.

– Je ne peux pas me prononcer, désolée. Mais je peux vous dire que nous avons du pain sur la planche pour remettre les choses en ordre. Entre les chimères, les rebelles, et ce jeu de chambouletout pour l'accession au trône, Veradell va être sens dessus dessous.

Mikira et Talyana échangèrent un regard nerveux.

– Que comptez-vous faire pour y remédier ? demanda la seconde.

– Exactement ce que je vous ai promis, répondit la princesse en levant le menton. J'ai organisé la rébellion et je vous ai recrutées de mon propre gré. C'est plus tard que Rowna a pris le contrôle. Dès que j'aurai fait nettoyer le carnage, je laisserai la destinée du royaume entre les mains du peuple.

Avec un sourire en coin, elle ajouta :

– À moins que tu souhaites devenir reine, bien sûr.

Talyana émit un grognement.

– Je ne veux plus jamais être responsable de rien.

Mikira sourit.

– Même pas de quelques chevaux ?

– Mmh, ça peut s'envisager. Mais seulement si tu es là – pas lui, par contre.

Reid se renfrogna.

– Qui a dit que je le voudrais ?

Mikira rit.

– Juste nous deux, alors.

Cependant qu'Eshlin réglait quelques affaires urgentes au château, Mikira, Reid et Talyana se firent soigner, puis regagnèrent le quartier général. On avait transformé la caverne principale en infirmerie, où des couvertures et des paillasses posées par terre accueillaient rebelles et civils blessés.

Des soignants s'affairaient à trier les patients, et parmi eux, Mikira reconnut un visage familier, qui appliquait un bandage par gestes experts. D'un coup de coude, elle attira l'attention de Talyana, voulant obtenir confirmation que son imagination ne lui jouait pas un tour.

– C'est une blague, s'exclama Talyana tandis que la personne terminait sa tâche et se relevait, à la recherche d'un autre blessé à prendre en charge.

Mais ses yeux noirs se fixèrent sur Mikira.

Iel leur adressa un immense sourire, comme si iel retrouvait ses meilleures amies. En tenue rouge vif rappelant celle d'un médecin, y compris une cravate couleur or chatoyante, iel vint vers elles d'un pas dynamique.

– Vous avez l'air d'avoir bien besoin d'un remontant, toutes les deux, déclara-t-iel. Accordez-moi une minute, que j'aille me changer et…

– Qu'est-ce que vous faites ici ? s'enquit Mikira d'un ton méfiant.

Rahzen s'approcha.

– J'observe, mon amie, et j'attends. J'ouvre l'œil.

Mikira s'écarta, désarçonnée. Iel afficha son grand sourire encore un bref instant, puis regarda un peu plus loin.

– Shira ! s'exclama-t-iel, avec une joie sincère. Quel bonheur que vous n'ayez pas été tuée !

– Pourtant, tous ces monstres se sont donné du mal, rétorqua l'ainée des Adair en les rejoignant, avant de promener le regard dans la salle.

Ses vêtements étaient maculés de sang, un hématome bleuissait sur sa mâchoire.

– Est-ce que mon frère et Ari sont revenus ?

– Je ne les ai pas vus, pour l'instant, indiqua Mikira d'un air distant.

Reid lui asséna une bourrade dans le bras accompagnée d'un coup d'œil interrogateur, et Mikira se frotta les yeux. Elle avait l'impression qu'une simple brise pourrait la faire tomber. Elle n'avait qu'une idée en tête : dormir.

– Kira !

La voix d'Ari retentit dans la cavité et donna un coup de fouet à Mikira, qui se retourna juste à temps pour serrer l'enchanteresse contre elle. Elle ferma les yeux et savoura leur embrassade.

– Comme je suis contente que tu n'aies rien.

– Moi aussi, répondit Mikira d'une voix étranglée, avant de la serrer de plus belle.

Lorsqu'elles s'écartèrent l'une de l'autre, Damien et Rivkah s'étaient joints à eux, avec Bidule blotti dans les bras de la jeune fille. Mikira les regarda tous, avec un immense sourire aux lèvres.

Ils étaient vivants. Vivants !

Et ils avaient gagné. Pas seulement contre les Hérétiques, mais aussi contre l'Enderlain. La Guerre éternelle était finie, la conscription n'existait plus, et Eshlin s'apprêtait à tout bouleverser. Son père et ses sœurs ne seraient plus jamais à la merci d'une maison noble. Ils pouvaient rentrer.

Elle n'était pas naïve : elle savait qu'un changement de gouvernement allait exiger du temps et du travail, et que cela ne règlerait pas tout. Des problèmes subsisteraient, il y aurait toujours des gens qui abuseraient du pouvoir et d'autres qui souffriraient. Néanmoins, ils avaient changé la donne, ce qu'autrefois elle aurait cru impossible.

Rahzen avait pris congé à l'arrivée d'Ari, et son absence fit remarquer autre chose à Mikira. Les yeux plissés, elle regarda Damien.

– Où est Rezek ?

– Il est mort, répondit-il en détournant le regard.

Mikira était partagée. Elle éprouva un soulagement mêlé de culpabilité, et un autre sentiment plus sombre, mais elle pensait ce qu'elle avait dit à Talyana et Reid en chemin.

Elle ne voulait plus être en colère.

– Béni soit son souvenir, déclara Shira.

Bien que cette formule soit plus douce que Rezek ne le méritait, Mikira ne la contredit pas. Damien, lui, sembla contrarié. Elle n'entendit pas ce qu'il marmonna, mais elle aurait juré que c'était pour quelqu'un d'autre.

Il raconta alors ce qui s'était passé, ne s'arrêtant que brièvement pour dire à son ainée que Loïc comptait parmi les victimes de Selvin, une douleur que Mikira peinait à se représenter. Perdre Lochlyn avait déjà été terrible ; elle n'osait pas imaginer ce qu'elle aurait ressenti en le voyant transformé, si elle avait dû choisir entre sa vie et celles de milliers d'autres.

Shira encaissa la nouvelle comme si elle s'y attendait, mais Ari lui étreignit quand même le bras, et dit à son tour la formule prononcée peu avant pour Loïc.

Puis Shira prit une grande inspiration et demanda comment les choses s'étaient déroulées avec Eshlin. Mikira les lui relata, avec des interventions de Reid et de Talyana, puis Ari raconta son affrontement avec Nava. La voix tremblante, elle décrivit le moment où elle s'était injecté l'élixir. Mikira lui saisit la main, sachant ce que la perte de sa magie lui coutait, mais aussi consciente qu'Ari lui en parlerait lorsqu'elle serait prête. L'ancienne enchanteresse resserra les doigts sur les siens, puis les lâcha, et respira à fond avant de poursuivre.

Son récit de la métamorphose de Bidule provoqua un discret sourire chez Shira, puis Ari sortit un livre noir de sa poche.

– Le quatrième Racari, leur expliqua-t-elle. Nava le gardait sur elle. Quand elle m'a dit qu'elle voulait seulement protéger Morgaren, je crois qu'elle était sincère. J'aimerais trouver un moyen de… de libérer son âme de…

Elle s'interrompit et vacilla légèrement.

– Ari ? fit Rivkah en s'approchant d'elle.

– Je vais bien.

Puis elle s'écroula.

Mikira et Damien la rattrapèrent au même moment, et le grimoire tomba par terre. Avec précaution, Mikira transféra son poids vers Damien, qui se baissa pour la porter dans ses bras malgré son poignet bandé. Puis Reid lui prit le pouls et lui souleva doucement les paupières.

– Je crois qu'elle va bien, déclara-t-il, au grand soulagement de Rivkah. Elle a sans doute juste besoin de repos. Nous devrions la ramener au manoir.

Damien sursauta et regarda Reid comme si ces mots étaient la réponse à une question qu'il avait eu peur de poser, mais il n'insista pas. Mikira résista à l'envie de demander à repartir avec eux. Reid allait prendre soin d'Ari, et elle avait tant de choses à faire ici.

– Vous pouvez rentrer avec le fiacre, dit Shira. Je passerai plus tard.

Damien hocha la tête, son attention attirée par le Racari.

– Tu peux t'occuper de ça ?

Shira ramassa le livre tandis que Damien suivait Reid et Rivkah vers la sortie. Elle glissa l'ouvrage dans sa poche, puis se tourna vers Talyana et Mikira.

– Vous êtes épuisées, toutes les deux, dit-elle. Vous feriez mieux de...

– Rester pour aider ? la coupa Talyana. Oh, vraiment, il ne fallait pas.

Mikira eut un sourire espiègle.

– On fera ce qu'on peut.

Pendant l'heure d'après, elles rassurèrent les uns et les autres, aidèrent à répartir les tâches et les soins. La plupart des patients finiraient par rentrer chez eux, mais Shira voulait que la base reste opérationnelle assez longtemps pour permettre une transition fluide.

Alors qu'elle consultait une liste de denrées, Mikira leva les yeux et aperçut Rahzen à l'autre bout de la caverne. Celui-ci jeta un bref coup d'œil alentour, puis se glissa dans le bureau d'Eshlin, où Mikira était certaine que Shira avait mis le Racari sous clé.

Les sourcils froncés, elle tendit la liste à un autre rebelle et traversa la cavité en vitesse, puis atteignit la pièce juste à temps pour surprendre Rahzen en train d'ouvrir de force le tiroir du bureau aussi facilement qu'iel aurait cassé la coquille d'une cacahouète.

– Qu'est-ce que vous faites ?

Rahzen ne parut pas s'étonner de la voir. Iel sortit le grimoire d'un geste déférent, puis le retourna doucement pour révéler le jaspe sanguin sur la couverture.

– Je récupère mon bien.

Seule en sa présence, Mikira ressentit le même frisson étrange que la fois précédente, avec l'impression de se trouver face à quelque chose d'aussi insaisissable et lointain que les étoiles. Rahzen se contenta de l'observer, d'attendre, comme avide de savoir si Mikira avait enfin résolu une énigme ancestrale.

– Qui êtes-vous ? demanda-t-elle dans un souffle.

Rahzen fit le tour du meuble d'un pas nonchalant. Une soudaine envie de s'enfuir envahit Mikira, mais une peur primitive la paralysait. Quand Rahzen se posta juste à côté d'elle, elle resta absolument immobile.

– Tu reconnais ton amie, quand même ?

Sa voix avait changé, s'était adoucie pour se faire plus féminine, plus familière.

Mikira eut un vif mouvement de recul en découvrant Jenest, dont le regard brillait d'un vif amusement. Son esprit mit quelques instants à assimiler ce qui venait de se produire, avant de se rappeler les explications d'Ari au sujet des pierres divines. Des métamorphoses.

Elle contempla le Racari dans les mains de Jenest.

Je récupère mon bien.

Mikira fournit un effort pour respirer. Elle tenait là sa réponse, sans que celle-ci soit explicite. Elle résidait dans la métamorphose de Jenest, dans le rouge de ses vêtements. Dans les ailes cousues sur les anciennes tenues de Rahzen, dans la lueur de ses yeux devenus dorés.

Elle s'efforça tout de même de le dire à voix haute, de formuler l'impossible.

– Vous êtes une Messagère, dit-elle d'une voix rauque. Vous êtes Skylis.

Jenest éclata d'un rire retentissant, déjà à mi-chemin de la porte. Elle retira sa veste, sous laquelle se trouvait une simple tunique. Elle ôta ses chaussures, les rangea dans un coin, et son pantalon prit un aspect plus miteux. Le Racari disparut de ses mains.

– Moi ? fit-elle, en décrochant une autre veste de la patère. Je ne suis personne.

– Mais… *pourquoi* ? lâcha Mikira, toujours déroutée. La rébellion, les armes – vous avez refusé d'aider Shira, et pourtant vous étiez déjà impliquée. Qu'est-ce que vous vouliez ?

Jenest enfila le vêtement, parachevant sa transformation.

– Je suis certaine de ne pas savoir de quoi tu parles. Mais si c'était le cas, je suggèrerais qu'intervenir est contraire aux règles. Les influences subtiles, en revanche, sont autorisées.

– Vous vouliez que nous barrions la route aux Hérétiques, comprit soudain Mikira. Vous avez dit à Damien où trouver Elidon, mais pas à moi, parce que vous ne vouliez pas qu'Eshlin s'empare du trône, puis vous avez armé les rebelles pour qu'ils luttent contre les chimères. Mais pourquoi avez-vous refusé les fusils à Shira quand elle les a demandés ?

– Je n'étais pas sure de ses motivations. Les tiennes, en revanche… disons que tu es plus transparente qu'une vitre. Tâche de ne pas perdre cela. Et aussi, Kira ?

Mikira la fixa du regard en silence, abasourdie.

– Tout ça, c'est notre petit secret.

Jenest lui fit un clin d'œil, puis disparut.

56
DAMIEN

Lorsqu'ils arrivèrent au manoir, Damien avait contrôlé le pouls d'Arielle au moins une centaine de fois. Elle était si immobile, si pâle, que chaque fois qu'il la regardait, il était sûr de l'avoir perdue. Après tout ce qu'elle avait accompli, c'était un miracle qu'elle soit encore en vie. Elle avait poussé son corps bien au-delà de ses limites, et sans le vérillion pour la guérir… non, il se refusait à l'envisager.

Reid se laissa tomber dans un des fauteuils près de la fenêtre, après avoir accompagné Rivkah à sa chambre et examiné Arielle de façon plus exhaustive. Bidule grimpa sur son épaule intacte et lui donna un petit coup de tête. Damien resta debout au chevet d'Arielle, à observer chacune de ses respirations.

Je ferai tout ce qu'il faut, promit-il aux dieux qu'il ne priait jamais. *S'il vous plait, gardez-la en vie.*

Il prit sa main dans la sienne, qu'il pressa alors contre la chaleur de son visage, en s'efforçant de ne pas craquer.

Au bout d'un moment, il entendit les légers ronflements de Reid, et lui seul demeura éveillé. Shira était passée le voir. Après un coup d'œil à Arielle, elle avait déclaré :

– Tu ferais mieux de ne pas merder, cette fois.

– Je sais, avait-il répondu doucement.

– Tu ne la mérites vraiment pas.

– Je sais aussi.

– En fait, quand elle se réveillera…

– Shira, avait-il grogné, tombant d'épuisement. C'est bon, j'ai compris.

Sa sœur avait posé sur lui un regard où se mêlaient la pitié et un profond soulagement, avant de le serrer dans ses bras. Damien avait mis un instant à réagir. À rendre son accolade à la seule personne qui l'avait toujours soutenu, qu'importait ce qu'il faisait ou pourquoi, et à l'en remercier, non pas avec des mots, mais en l'étreignant fort.

Lorsque Reid se réveilla, elle était partie. Assis au bord du lit d'Arielle dans un état proche de la transe, Damien sursauta en entendant la voix de son ami.

– Elle te pardonnera.

– Je ne suis pas sûr de mériter le pardon, rétorqua-t-il, en retournant avec réticence dans l'autre pièce afin qu'ils puissent discuter.

Reid le suivit et ferma la porte, qu'il laissa à peine entrouverte.

Damien s'assit lourdement dans son fauteuil et se passa la main dans les cheveux, avant de regarder Reid en face.

– Que ce soit le sien ou le tien, ajouta-t-il.

– Qu'est-ce que tu en ferais ?

Reid s'attarda au bord du tapis, comme s'il redoutait ce qui pouvait se passer s'il reprenait ses vieilles habitudes.

Damien eut plus de mal à l'admettre qu'il ne s'y attendait. La douleur n'était pas un sentiment qu'il savait gérer. C'était limpide, à présent. Il voulait changer, comme il voulait changer tant d'autres choses, à commencer par ses relations avec Arielle et Reid. Il voulait puiser en eux la force qu'il ne pouvait trouver en lui.

– Je ne sais pas, franchement, lui confia-t-il au bout d'un moment, au prix d'un grand effort.

Reid inclina la tête.

– Quand tu auras une idée, préviens-moi, répondit-il, avant de repartir vers la porte d'un pas lent, comme s'il luttait contre une force invisible. Je vais envoyer quelqu'un chercher mes affaires. En attendant, garde un œil sur Bidule pour moi, d'accord ?

Alors, le nœud dans la poitrine de Damien se desserra, et il se surprit à sourire. D'un sourire franc et sincère. Puis Reid s'en alla, et il fut seul.

Son corps endolori, Damien regagna la chambre. Arielle dormait toujours, la respiration plus régulière.

Si tu continues à la regarder sans arrêt, je vais devenir fou, surgit la voix de Rezek dans sa tête. Fais autre chose, à la fin !

Damien poussa un soupir. Il n'était pas si seul, tout compte fait. Rezek s'était manifesté de temps en temps pendant tout le trajet du retour, la maitrise de ses nouvelles capacités encore fragile, accordant à Damien des moments de silence salutaires.

Contrairement à Nava et à Arielle, Rezek ne possédait que le Racari auquel Damien était uni. Il ne pouvait pas le contrôler comme Nava l'avait fait avec Ari, mais un lien existait quand même entre eux, lien qui laissait passer d'infimes traces de l'agacement de Rezek.

Damien l'ignora et s'installa avec précaution au bord du lit, afin de ne pas déranger Arielle. Il ne pouvait rien faire d'autre. S'assoir, attendre, et gager qu'elle lui reviendrait.

Il resta donc là, à l'observer, et lui fit la promesse silencieuse de ne plus jamais la quitter.

57
MIKIRA

À son réveil le lendemain matin, Mikira avait mal partout.

Les évènements de la veille lui revinrent par bribes. Le combat contre Rowna. Talyana et Reid qui avaient failli mourir. Son retour au château pour aider Eshlin à régler les problèmes les plus urgents, heure après heure, alors qu'elle rêvait d'un lit où elle pourrait dormir une éternité.

Skylis.

Certains éléments lui semblaient inconcevables, comme l'idée que Rahzen, qu'elle venait de rencontrer, était en fait l'organisatrice de courses clandestines qu'elle connaissait depuis des mois, et *surtout*, l'un des quatre Messagers.

Lorsqu'ils étaient repartis, la princesse avait commencé à élaborer des plans pour abolir le système des maisons nobles et mettre en place une nouvelle forme de gouvernement avec l'huissière royale, apparemment déterminée à remplacer le sommeil par des quantités astronomiques de thé.

Mikira se tourna dans le lit, où Talyana empiétait sur son oreiller. La lumière de l'après-midi filtrait par les hautes fenêtres de sa chambre. Elle avait oublié qu'elles étaient rentrées au haras plutôt qu'au quartier général de la rébellion. Elle se rappela vaguement avoir émis le souhait de dormir dans son propre lit, et que Talyana avait renâclé, argüant que la propriété se trouvait presque deux fois plus loin.

Elle l'avait quand même accompagnée.

Mikira caressa l'hématome sur le cou de son amie. Elle aurait voulu pouvoir le faire disparaitre, mais trouvait aussi un réconfort dans ce qu'il représentait : Talyana était vivante, saine et sauve, et endormie à côté d'elle.

Elle sortit péniblement du lit, son corps protestant à chaque mouvement tandis qu'elle s'habillait et descendait au rez-de-chaussée. La maison semblait encore très silencieuse en l'absence de sa famille, qui ne rentrerait pas avant plusieurs jours, mais elle ne paraissait plus vide. Pour une fois, elle savoura le silence, sachant que, dès le retour de ses sœurs, les lieux déborderaient de bruit. Elle leur devait tant de réponses, tant d'excuses. Ailene, en particulier, aurait beaucoup de chagrin, car, Ari ayant perdu sa magie, son chien Wolf n'avait pas survécu.

Cela lui fit penser à Atara.

Dans l'effervescence des derniers jours, elle avait réussi à écarter sa peine, mais celle-ci revint avec fracas. Sur la marche du bas, elle eut un instant d'hésitation, s'agrippa à la balustrade, et laissa la tristesse la submerger. Pas seulement pour la mort d'Atara, mais aussi celle d'Iri. Pour sa mère et Lochlyn, et la vie que sa famille aurait pu avoir.

Lorsqu'elle se fut ressaisie, elle s'avança dans le vestibule et alla à la porte. Alors qu'elle en attrapait la poignée, quelqu'un frappa. Elle ouvrit et tomba nez à nez avec Reid.

– Quelle rapidité, commenta-t-il.

– J'allais sortir.

Elle posa le regard sur le sac à ses pieds, où elle ne distingua que les bords d'une sorte de pomme de pin.

– Tu pars en voyage ? lui demanda-t-elle.

– Je vais me chercher une maison. Je pressens que Damien et Ari ne vont pas s'attarder là longtemps, et même s'ils restaient, je n'ai pas très envie d'être avec eux la moitié du temps.

Mikira eut un sourire en coin.

– Tu en as marre de leurs conversations silencieuses ?

– Comment on peut se dire autant de choses par le regard ? Ça me dépasse.

– C'est vrai que toi tu es un vrai moulin à paroles.

– Et toi, tu parles aussi peu qu'un prêtre sendien, rétorqua-t-il.

– Mmh, pas faux.

Mikira passa à côté de lui et alla vers la balancelle du porche. Elle s'y installa, la fit un peu osciller, et tapota la place à côté d'elle.

Après l'avoir rejointe, il sortit un petit ballot de tissu de la poche de sa veste et le déposa promptement sur ses cuisses.

– Tiens.

Elle s'en empara.

– Qu'est-ce que c'est ?

– Ouvre, et tu sauras.

Elle leva les yeux au ciel et défit le tissu, dans lequel se trouvait une gemme prismatique gravée de caractères qu'elle ne put déchiffrer. Elle fronça les sourcils.

– Donc, je te le redemande : qu'est-ce que c'est ?

– Une pierre de vérité. Celle d'Atara, plus exactement.

Elle releva vivement la tête, mais il regardait droit vers le haras. Les garçons d'écurie avaient déjà mené les chevaux dans les prés, et ils broutaient l'herbe trop longue qu'elle n'avait pas eu le temps de tondre.

– C'est Damien qui a eu l'idée, expliqua-t-il. Quand un golem est détruit, je suppose que ses composants reprennent leur forme d'origine, et ça inclut cette gemme. Je suis donc allé au temple dont Ari avait parlé, et en effet, celle d'Atara y était.

– Est-ce que tu crois que…

– Franchement, je ne sais pas.

Mikira pressa la pierre contre son cœur. S'il existait la moindre possibilité qu'Atara soit encore dedans, qu'ils puissent la ramener, elle tenterait sa chance.

– Merci, dit-elle.

Pendant quelque temps, ils restèrent sous le porche dans l'air frais automnal, en se laissant bercer par la balancelle. Au bout d'un moment, Talyana les rejoignit, vêtue seulement d'une chemise trop longue qui lui tombait sur les cuisses, et ignora ostensiblement la mine gênée de Reid.

Elle poussa le sac de Reid du bout du pied.

– Tu emménages ? lui demanda-t-elle dans un bâillement, en étirant les bras au-dessus de la tête, avant de se serrer sur la banquette, à moitié juchée sur Mikira.

Reid se renfrogna lorsqu'il crut qu'elle allait poser ses jambes sur lui.

– Non, je déménage.

– Tu pourrais t'installer ici, remarque, si tu voulais, suggéra Mikira avant de trop tergiverser. La chambre de Lochlyn est libre.

Sa gorge se noua lorsqu'elle prononça ces mots, mais cela lui semblait juste.

Reid la regarda en clignant des yeux, sans rien dire, mais elle pressentait qu'il allait rester. Dans le silence, ils étaient trop à l'aise, trop en confiance, pour qu'il puisse prendre une autre décision.

C'était là ce qu'elle souhaitait depuis le début, comprit-elle, ce dont elle avait toujours eu besoin. Ni la renommée ni la fortune, ni son nom sur les lèvres de milliers de personnes. Seulement quelques amis qui comptaient pour elle, et pour qui elle comptait.

Quelqu'un avec qui s'assoir sous le porche et admirer les chevaux.

58
ARIELLE

Arielle se réveilla dans un lit baigné par la lumière matinale.

Elle se sentait différente de mille façons infimes, à commencer par l'absence d'un élément vital. Sa magie avait disparu. Celle-ci ne bourdonnait plus sous sa peau, ne comblait plus le vide qui existait en elle. Comme le jour où le bracelet l'avait entravée, mais en beaucoup plus terrible.

Quand elle était revenue à elle dans la clairière, elle était restée allongée, en cherchant à s'adapter à cette absence. Elle avait tenté de se convaincre que son sacrifice en avait valu la peine. Qu'elle avait de la chance d'être en vie, ce que son corps perclus de douleurs ne manquait pas de lui rappeler. Et aussi que ce serait plus sûr pour elle de ne plus posséder de magie kinienne.

Tout cela était vrai, mais ça ne suffisait pas.

Au bout d'un moment, elle se tourna pour regarder Damien. De toute évidence, il n'avait pas eu l'intention de s'endormir, car il portait encore ses vêtements déchirés et ensanglantés. Il n'était qu'en partie sur le lit, une jambe repliée au bord, le visage à quelques centimètres d'elle. Il semblait toujours si innocent quand il dormait, malgré le sang qui lui mouchetait la peau et ses revolvers serrés contre ses côtes.

Comme s'il la sentait même dans son sommeil, il ouvrit lentement les yeux, ses cils foncés papillotant sur le gris métallique de ses iris. Pendant un moment qui s'étira, il ne fut pas Damien Adair, autrefois roi et chef de la maison Adair, mais seulement un garçon contemplant une fille, comme s'il n'avait besoin de rien d'autre.

Puis l'inquiétude affuta son regard, et il s'assit.

– Qu'y a-t-il ? Qu'est-ce qui ne va pas ?

Cette simple question la fit craquer, et ses larmes coulèrent à flots. Il la prit dans ses bras, et elle plaqua la tête contre sa poitrine. Il ne lui demanda pas une deuxième fois ce qui n'allait pas. Il le savait ; il l'avait toujours su. Elle resta blottie contre lui le temps que ses sanglots se calment, et le vide qui existait en elle lui parut un peu comblé.

Puis elle le sentit se raidir, et il murmura d'un ton autoritaire :

– Ça suffit.

Sans se l'expliquer, elle sut qu'il ne s'adressait pas à elle. Elle se redressa, essuya ses larmes, et constata qu'il serrait les poings, un air familier dans le regard.

– Damien ?

Il leva les yeux en l'air, comme s'il écoutait quelque chose qu'elle ne pouvait pas entendre, et il se renfrogna, affichant une émotion étonnamment transparente. C'était la chaleur ardente qui bouillonnait sous sa peau, le véritable Damien, qu'elle cherchait depuis toujours. Son contrôle intransigeant sur lui-même s'était délité, et elle voulait explorer ce qui s'était caché dessous.

– Damien, répéta-t-elle. Qu'est-ce qu'il y a ?

– L'âme de Rezek, sa magie ou je ne sais quoi est liée au Racari de la même façon de celle des Hérétiques, répondit-il d'un ton crispé.

La mine presque coupable, il sortit un petit livre noir de sa poche de pantalon.

– Et moi, je voulais garder le grimoire. Alors…

Elle ouvrit de grands yeux.

– Ce n'est pas vrai.

– J'ignorais qu'il était dedans !

Elle le fixa d'un air hébété. Puis, faute de savoir comment réagir, elle rit. Damien semblait hésiter entre s'en offusquer et rire avec elle de l'absurdité de la situation. Finalement, il se contenta de l'admirer, subjugué, comme s'il était prêt à ravaler sa fierté pour le seul plaisir de la voir rire.

– Tu crois qu'on peut annuler ce lien ? lui demanda-t-il lorsqu'elle se fut ressaisie.

– Honnêtement, je ne sais pas. Rezek a beaucoup plus d'expérience que moi en matière de jaspes sanguins, et j'ai le pressentiment qu'il ne sera pas coopératif.

Damien marqua une pause, écoutant encore la voix, puis grinça des dents.

– Qu'est-ce qu'il a dit ? s'enquit-elle.

– Il faudra lui passer sur le corps.

Ari eut un sourire narquois.

– Ça pourrait être une idée, remarque. Nous avons donné un corps aux Hérétiques, alors pourquoi pas à lui ?

– Parce que ce serait pire de le savoir de nouveau en liberté. Shira m'a dit qu'Eshlin faisait nettoyer la mine. Je lui ai demandé de récupérer son cadavre quand elle est allée chercher celui de…

Il laissa sa phrase en suspens, incapable de prononcer le prénom de son frère. Ari lui étreignit la main aussi fort que possible. Il appuya son front contre le sien, et pendant quelques instants, elle fut tout ce qui lui permit de se tenir droit.

Puis il s'écarta en poussant un soupir exaspéré.

– Si tu ne la fermes pas, je me tire une balle dans la tête.

– Rezek, tais-toi, lui enjoignit-elle, avant d'écarter les draps. Et je connais quelqu'un qui pourra peut-être nous aider.

Elle posa les pieds par terre et s'assit dos à lui au bord du lit. De cette manière, cela fut plus facile de lui faire part de sa suggestion.

– Cette personne est à Aversheen, par contre, le village de ma famille. Je… je pensais y retourner avec Rivkah.

Sans sa magie, sans Nava, elle ne représentait plus aucun danger pour ses proches, et elle n'était pas rentrée chez elle depuis si longtemps. Ce qui s'y était produit avait été un accident, certes, mais tant qu'elle ne l'aurait pas affronté, ainsi que la peur qu'elle en avait, elle ignorait si elle serait capable de se pardonner comme sa sœur l'avait fait.

Ce n'était toutefois pas ce qui l'effrayait le plus. Ce qui la terrifiait vraiment, ce fut la réponse qui lui vint aux lèvres quand Damien demanda :

– De quoi as-tu besoin ?

Elle avait peur de ne pas pouvoir obtenir ce qu'elle voulait, pourtant elle n'avait jamais rien désiré autant. Elle se tourna vers lui et dit :

– De toi.

– Alors tu m'auras. Comme tu souhaiteras que je sois.

Il l'embrassa, dans la lumière du soleil qui se déversait derrière lui.

En sortant de son bain, les cheveux humides mouillant l'arrière de sa blouse, Ari remarqua la théière. Celle-ci était posée sur une table entre les deux fauteuils près de la fenêtre, où Bidule était blotti dans un carré de soleil. Deux messages étaient appuyés contre le récipient. L'un était de Rivkah, qui l'informait qu'elle allait bien et qu'elle était allée récupérer ses affaires au Corbeau Noyé.

L'autre venait de Reid. Elle le déplia et sourit en découvrant les deux mots simples qu'il y avait inscrits :

Bois tout.

– Il s'est installé ailleurs.

Damien se tenait à l'entrée de la salle de bains, vêtu seulement d'un pantalon, en train d'éponger ses cheveux dans une serviette.

– Je ne sais pas trop où il est allé, ajouta-t-il.

Ari, elle, le savait exactement, et son sourire s'élargit.

– Viens, dit-elle. Faisons nos bagages.

En fin d'après-midi, ils prirent des chevaux aux écuries et se rendirent au Corbeau Noyé. Leurs sacoches étaient pleines à ras bord pour un long voyage, leurs montures enchantées pour être endurantes et ne jamais se perdre.

En partant, Ari avait posté une lettre pour Mikira, dans laquelle elle la remerciait pour tout et lui promettait de lui rendre visite bientôt. Dans le pli, elle avait inclus les documents faisant d'elle la propriétaire des chevaux, bâtiments et hippodromes des Adair. Elle avait moins eu à insister auprès de Damien qu'elle l'aurait cru, mais elle soupçonnait qu'il cherchait encore des moyens de se racheter.

Elle avait aussi envoyé un message en avance à Vix, dans lequel elle lui demandait de contacter Shira. Après le départ de Damien, celle-ci allait devoir prendre les rênes de la maison Adair, ou de ce qu'il en resterait quand Eshlin aurait terminé de démanteler le système actuel.

Après la mort des autres membres du Conseil, et avec une Adair dans son camp, elle n'avait plus à mettre au pas que les maisons mineures et les familles fortunées qu'elles soutenaient.

Shira les attendait dans le pub, assise au comptoir, où elle dépiautait un des petits pains de Vix, dont elle semblait faire une consommation industrielle. Malgré tout ce qu'elle avait traversé au cours des derniers jours, elle ne paraissait que légèrement fatiguée.

– Tu te fais la malle et tu me laisses tout le travail ? demanda-t-elle avec un coup d'œil à leurs sacs.

– Arrête, je sais que tu en rêvais, répliqua Damien, en ignorant la façon appuyée dont elle observa sa tenue.

À la place de son habituel costume trois-pièces, il ne portait qu'une chemise, un pantalon, et de robustes chaussures. À son grand désarroi, Bidule était perché sur son épaule.

– Je reviens tout de suite, annonça Ari. Ça vous fera du bien de parler un peu, tous les deux.

Shira eut un sourire malicieux.

– Dommage qu'on n'ait pas quelques siècles devant nous.

Donnant l'impression qu'il préfèrerait se jeter dans le vide, Damien s'assit à reculons à côté de sa sœur, tandis qu'Ari montait dans les chambres. Elle trouva la douze au bout du couloir, et resta un moment devant la porte, le temps de mettre de l'ordre dans ses pensées. Puis elle frappa. De l'autre côté, le plancher grinça, puis on tourna la poignée.

Rivkah eut à peine posé un pied dehors qu'elle se précipita dans les bras de son ainée. Elle l'étreignit assez fort pour l'ancrer dans le torrent d'émotions qui la submergea.

– Tu n'as rien, murmura Rivkah.

– Non, je vais bien.

Dans un coin de la pièce, il y avait un lit et une table de chevet, et l'on avait calé un bureau sous la large fenêtre qui surplombait l'entrée de l'établissement. Dessus étaient empilées plusieurs assiettes, donnant l'impression qu'on avait passé beaucoup de temps là.

À attendre.

Le cœur d'Ari se serra. Elle n'aurait jamais dû laisser sa sœur quitter l'atelier sans elle. C'était seulement parce qu'elle avait repoussé Rivkah qu'elle avait éprouvé le besoin de trouver le quatrième Racari seule, et à cause d'elle que Nava l'avait blessée deux fois.

Rivkah entortilla nerveusement ses cheveux. C'était une habitude qu'elle avait depuis petite, qui les faisait souvent frisoter et s'emmêler. Ari lui prit la main et l'emmena jusqu'à la chaise, puis lui sépara les cheveux en trois mèches à tresser.

– Tu rentres à la maison avec moi ? s'enquit soudain sa cadette, ses mots lui venant plus facilement maintenant qu'elles étaient occupées.

– Oui.

Ari ne fit pas de commentaire en sentant la tension s'évacuer de sa sœur.

– Je veux voir nos parents, et je veux leur présenter Damien.

– Il vient aussi ?

– Oui.

Ari commença la natte.

Rivkah resta silencieuse le temps qu'elle la termine et la noue avec un ruban pris sur le bureau. Ari lui tendit un petit miroir, et Rivkah sourit en contemplant son reflet. Puis elle regarda Ari, qui se tenait derrière elle.

– Je suis contente que tu reviennes, déclara-t-elle doucement.

Ari l'entoura de ses bras.

– Moi aussi.

Elles préparèrent le sac de Rivkah et rejoignirent les autres en bas. À en croire la mine dépitée de Damien, Shira était en train de lui faire la leçon, et il faillit bondir de son siège en les voyant.

– Vous êtes prêtes ? demanda-t-il d'un ton plein d'espoir.

– Oui, c'est bon.

Ari jeta un coup d'œil à Rivkah, qui observait Damien avec l'air d'un lion qui hésiterait encore à dévorer sa proie sur-le-champ.

Cela n'échappa pas à celui-ci, mais il choisit de ne pas la mettre dans l'embarras, et se contenta d'adresser un regard curieux à Ari.

Shira se leva.

– Soyez prudents, déclara-t-elle, avant de les serrer tous les deux dans ses bras.

– On se revoit bientôt, dit Ari, ce qui déclencha un rire tonitruant chez Shira.

– J'espère bien que non !

Elle les chassa d'un geste de la main, et ils retournèrent à leurs montures. Ils en avaient amené une de plus pour Rivkah, qui l'enfourcha avec une grande aisance, signe d'une pratique assidue de l'équitation. La jeune fille qu'Ari avait quittée avait peur des chevaux. Encore un morceau de la vie de sa sœur qu'elle avait raté, encore un souvenir à compenser.

Rivkah bombardait déjà Damien de questions – depuis combien de temps il fréquentait sa sœur, ce qu'il comptait dire à leurs parents quand, immanquablement, ils l'interrogeraient sur ses intentions. Damien s'en sortit avec le talent d'un jeune homme rompu à l'art des négociations avec des adversaires redoutables, s'interrompant de temps à autre pour menacer Rezek de diverses mutilations s'il ne se taisait pas.

En écoutant le son de leurs voix, Ari sentit le vide en elle se combler encore un peu. Ils dirigèrent leurs chevaux vers la route des Voyageurs, une aventure mouvementée dans leur sillage, et un long voyage devant eux. Un nouveau chemin, une nouvelle chance.

Les mots de Shira au sujet du *chet* lui revinrent. Cela signifiait seulement dévier du droit chemin.

On peut toujours le retrouver, lui avait-elle dit. *Mais d'abord, on doit obtenir le pardon.*

Autrefois, Ari pensait qu'elle n'y parviendrait jamais. Elle envisageait le pardon comme un absolu, qu'on se voyait accorder ou pas, mais elle comprenait à présent que c'était un processus. Ce serait l'apogée de tous les choix qu'elle ferait, de ses décisions de ne pas s'écarter du chemin. Elle ne pouvait pas se promettre d'être parfaite, mais elle en avait assez d'essayer de l'être, de se juger pour ses erreurs passées.

– Je te pardonne, se murmura-t-elle.

Au fond de l'espace vide dans sa poitrine, sous les émotions qui se tissaient lentement pour refermer ce trou, elle sentit quelque chose frémir.

Un bourdonnement pareil à la magie.

REMERCIEMENTS

Pour maintes raisons, la rédaction de ce livre a été pour moi une tâche ardue, et il m'est arrivé de douter d'en voir un jour la fin. C'est pourquoi ma gratitude envers ceux qui m'ont soutenue n'en est que plus profonde.

À mon équipe éditoriale, Kate Meltzer, Cate Augustin et Emilia Sowersby, merci de m'avoir aidée à trouver l'âme de cette histoire, et ce en environ 120 000 mots. Merci à mon agente, Carrie Pestritto, de m'avoir toujours prêté une oreille attentive.

Sans mes Dames Guillotines – Tracy Badua, Alyssa Colman, Rae Castor, Koren Enright, Jessica Jones, Brittney Arena, Sam Farkas et Jennifer Gruenke –, j'aurais bien du mal à achever le moindre travail d'écriture. Vous comptez énormément pour moi, et j'ai hâte que tout le monde découvre vos romans.

Joss et Shannon, merci d'être toujours présentes pour discuter littérature, vie et pommes de pin. Et surtout, d'échanger avec moi vos souvenirs de Mervyn. Puissions-nous toutes vivre notre meilleure période Gilmore Girls.

Rowan, termine ton livre.

À Rosiee Thor, pour m'avoir aidée à couper quelques milliers de mots dans la panique, et à Linsey Miller, pour m'avoir épaulée dans les moments de doute : je suis super impatiente de lire vos prochains livres géniaux.

Merci à l'équipe formidable qui a travaillé sur ce livre et le précédent des deux côtés de l'Atlantique : Morgan Rath, Gabriella Salpeter, Samira Iravani, Kathy Wielgosz, Janet

Rosenberg, Cheyney Smith, Emma Oulton, Bethan Thomas et Louisa Sheridan.

Toute ma reconnaissance à Arielle Vishny pour avoir enrichi ce roman de touches de culture juive, aux talentueuses narratrices de l'audiolivre, Laurel Lefkow et Rebecca Norfolk, qui ont donné vie à Ari et Mikira, et à Billelis pour la magnifique couverture.

Merci à ma petite bande et à toutes les merveilleuses lectrices, blogueuses, libraires, bibliothécaires et plus encore qui ont soutenu cette série, ainsi qu'à ma famille et mes amis, qui sont toujours à fond derrière moi au bout de cinq ans.

À cinq autres années.

Page Turners Book Club

Tu as frémi, pleuré, souri pendant ta lecture ?
Ce roman t'a fait vivre mille émotions ?
Parce que tu n'as pas envie de quitter son univers,
partage tes impressions et tes coups de cœur sur les réseaux.
Le bookclub Page Turners rassemble des passionné·es
de fantasy, romance, thriller, dystopie...
Retrouve celles et ceux qui ont vibré comme toi !
Pour que la lecture ne s'arrête jamais...

#lebookclubpageturners

Cet ouvrage a été mis en pages
par Nord Compo à Villeneuve-d'Ascq

Imprimé en Italie par Elcograf
en juillet 2025
pour le compte des Éditions Bayard